M

Susana Rubio

Un te quiero a destiempo

Montena

Penguin
Random House
Grupo Editorial

Primera edición: abril de 2024

© 2024, Susana Rubio
© 2024, Penguin Random House Grupo Editorial, S. A. U.
Travessera de Gràcia, 47-49. 08021 Barcelona

Printed in Spain – Impreso en España

ISBN: 978-84-19848-53-6
Depósito legal: B-1.734-2024

Compuesto en Compaginem Llibres, S. L.
Impreso en Artes Gráficas Huertas, S. A.
Fuenlabrada (Madrid)

GT 4 8 5 3 6

Para Paqui Milán, por estar siempre ahí

LA BODA

GABRIELA

Creo que en este momento no puedo ser más feliz y sonrío al espejo al observarme, aunque frunzo el ceño al pensar en qué me deparará el futuro. Es algo que me obsesiona, sé que no debería pensar tanto en ello, pero no lo puedo evitar. ¿Cómo irá la boda? ¿Cómo será estar esas dos semanas viajando por México? ¿Notaremos algún cambio al estar casados? Soy positiva y siempre pienso que todo va a ir bien. ¿Por qué pensar lo contrario?

—¿Estás preparada?

Veo a mi madre a través del espejo y asiento con la cabeza.

—¿Nerviosa?

—Un poco —le digo, observando su amplia sonrisa.

Mi madre es una persona estricta y seria, pero hoy ha decidido mostrar su sonrisa más radiante, algo que agradezco de verdad, porque hoy es un día importante para mí.

—No te preocupes, Gemma acaba de hacer un repaso y está todo bajo control. Y yo también he echado uno de mis vistazos.

Suelto una risotada porque puedo imaginar a Gemma inspeccionándolo todo para que no haya ningún fallo. Justo entonces entra en mi habitación jadeando.

—Gabriela, las flores, las flores…

—¿Qué ocurre? —le pregunto, observando su figura menuda. Lleva un vestido largo de color azul cielo y está guapísima.

—No son todas blancas.

—¿Y cómo son?

—Si te fijas bien, algunas son de un color rosa muy clarito…

Sonrío al entender que el problema no es en absoluto un problema.

—Y las pedimos blancas. Blancas, Gabriela.

—No pasa nada —le dice mi madre, acercándose a ella con un vaso en la mano—. Tómate una tila, Gemma, te sentará bien.

Miro agradecida a mi madre; ella también conoce bien a Gemma. Ahora nos observa a ambas esperando que reaccionemos. Pero no vamos a preocuparnos por unas simples flores de un rosa clarito que probablemente son casi de color blanco. Mi amiga tiene una vista de lince y se fija en todo, demasiado.

Suenan unos golpes en la puerta y, a continuación, Paula se asoma despacio.

—¡Oooh, estás preciosa!

Se acerca a mí y me observa desde todos los ángulos.

—¡Guapísima! ¿Seguro que no quieres casarte conmigo?

—Nunca me lo has propuesto —le digo con el rostro serio.

—Es verdad, ¡qué gilipollas soy!

Soltamos una carcajada, un poco por los nervios, pero la verdad es que Paula y yo siempre estamos de risas. No se toma nada en serio y eso me encanta de ella.

—He visto a Marcos, está cañón —me informa, cogiendo una de las galletas de mantequilla que hay en una bandeja de plata.

—Paula, no puedes decir nada del novio —la riñe Gemma, poniendo los ojos en blanco—. Y esas galletas son para Gabriela.

Paula la mira enarcando las cejas, mira la galleta y le da un mordisco provocando a nuestra amiga.

—Dios, qué niña —dice Gemma antes de suspirar.

De reojo, veo que mi madre sonríe.

—Tranquila, Gemma, no tengo hambre —le digo para que no se preocupe.

Es capaz de irse corriendo al supermercado a por algo de comer si cree que se van a acabar esas galletas que yo no voy a probar. La verdad es que he comido poco porque estoy nerviosa, pero imagino que es lo normal. Una no se casa cada día.

Me miro al espejo de nuevo. El vestido es de corte princesa con escote en uve, largo y de color blanco. Me probé muchos, no sé ni cuántos, pero cuando vi este, sentí que era mi vestido. *El vestido.*

Doy una vuelta sobre mí misma y sonrío a mis amigas.

—Me encanta —les digo feliz.

—Es que es precioso —afirma Paula antes de coger otra galleta.

Gemma asiente con la cabeza y mira a Paula con el ceño fruncido.

—Parece hecho para ti, cariño —comenta mi madre con los ojos húmedos.

—Venga, mamá, no llores, que se te va a estropear el maquillaje.

Mi madre no es de lágrima fácil: no llora cuando ve una historia de amor en la televisión o cuando ve un vídeo de un perro abandonado, pero hoy está más sensible que nunca.

—No, no voy a llorar —dice respirando hondo mientras me sonríe.

Está emocionada, lo entiendo, porque yo no quería casarme, algo que ella no llevaba demasiado bien.

—Voy a ver si ha llegado todo el mundo —nos dice Gemma mirando el reloj.

Todavía quedan quince minutos, pero imagino que tiene la sensación de que llegamos tarde. A ver, estoy a un minuto del altar porque nos casamos a las afueras de Madrid, en los jardines de un castillo que pertenece a unos amigos de mis padres. El banquete se celebrará en unas carpas que hay justo al lado y que están preparadas para este tipo de eventos.

—¡Gemma! —exclama Paula.

—¿Qué? —pregunta ella volviéndose hacia nuestra amiga.

—No te olvides de eso.

—¿De qué? —dice asustada.

—De que nadie lleve vestido blanco.

—Eres tonta, Paula —le dice Gemma negando con la cabeza—. Yo no sé en qué estarían pensando tus padres.

—¿Mis padres? —pregunta Paula, interesada.

—Sí, tía, cuando te concibieron.

Gemma cierra la puerta tras ella y nos quedamos las tres mirando hacia allí un segundo antes de echarnos a reír. Las salidas de Gemma siempre son sorprendentes y muy divertidas. Ella dice este tipo de cosas en serio, pero provoca nuestras risas constantemente, algo que a ella también la hace reír mucho.

—Joder, no me voy a quitar esa imagen de la cabeza en días —murmura Paula con cara de asco.

Mi madre, aún riendo, se va hacia la puerta.

—Cariño, voy a ver si tu padre está preparado. Estaba con tu prima comiendo alguna de esas galletas y espero que no se haya manchado el traje.

—Seguro que no, mamá.

—Más le vale… —dice antes de cerrar la puerta.

—Bueno, pues ahora que estamos solas y te quedan pocos minutos de vida, tengo que hacerte la pregunta de rigor.

—¿Qué pregunta?

Paula se pone delante de mí y nos miramos a los ojos fijamente. Lleva un vestido gris perla muy bonito y el pelo rojo recogido en un moño alto que le estira los ojos. Está guapa.

—¿Estás segura?

Arrugo la nariz, extrañada.

—¿Me lo preguntas en serio?

—Sí, claro. Sabes qué opino de las relaciones estables, largas y aburridas. Y casarse es sinónimo de todo eso.

Suelto una risilla.

—A ver, por partes. Primero: me voy a casar, pero existe el divorcio.

—Vale, sí, acepto «divorcio» como una buena salida.

—Y segundo: quiero casarme con Marcos porque a los dos nos hace ilusión formalizar así nuestra relación. Sé que hasta que él no me lo propuso no entraba en mis planes, pero tú sabes bien que le dije ese «sí» de corazón.

Es verdad, hemos estado durante casi un año preparando la boda, y ha sido un año muy especial. Ahora quiero dar ese paso con él.

Paula se muerde el labio inferior y lo esconde entre sus dientes hasta que decide hablar:

—Entonces estás segura. Lo digo porque a mí no me importa echar fuera a toda esa gente y decirles que te lo has pensado mejor.

—Estoy segura.

Paula coge mis manos y me sonríe con cariño. Es muy burra cuando quiere, pero también es un amor.

—Vale, si tú estás segura, yo también estoy segura.

—Tú no vas a casarte.

—No, pero tú sí, y eres una de mis mejores amigas y tengo que asimilarlo.

—Asimilarlo…

—Hasta ahora, las tres estábamos solteras, ahora ya no será así…

—Paula, no va a cambiar nada. Llevo un año viviendo con Marcos, ¿ha cambiado algo?

Ella mira hacia el techo un momento y entonces me mira de nuevo.

—No, es verdad.

—Pues todo va a seguir igual.

—¿Y cuando tengas críos?

—Joder, Paula, solo tengo veinticinco años, ¿no vas muy rápido?

—Yo pregunto por si acaso —me dice alzando los hombros.

—Pues cuidado no los tengas tú antes.

—¿Yo? —Abre los ojos asustada.

—A ver, ¿quién vive rodeada de niños?

—Soy profesora de primaria, mi profesión es el mejor anticonceptivo.

—Bueno, bueno, cosas más raras se han visto…

—Vamos a dejar el tema.

Me río porque siempre dice eso cuando no le interesa hablar de algo o no encuentra salida.

Alguien da un par de golpes a la puerta y aparece mi madre con mi padre. Él es quien va a recorrer conmigo del brazo esos metros de distancia hasta llegar a Marcos.

—¿Listos?

Asiento con la cabeza y sonrío de nuevo. Estoy feliz de verdad. Casarme con Marcos es como celebrar con todos que él es el hombre de mi vida, así que quiero disfrutar mucho del día. Me muero por verlo, porque no sé qué tipo de traje ha escogido. ¿Clásico? ¿Moderno? No lo sé. Marcos es una caja de sorpresas. De repente lo ves escuchando a Bad Bunny y al minuto siguiente está bailando por casa una canción de Camilo Sesto, y eso es algo que me tiene enamorada de él. No es una persona predecible, es divertido y muy inteligente. Recuerdo que cuando lo conocí a través de un amigo en común pensé que a mis padres les encantaría alguien como él porque iba vestido con pantalones de pinzas y con una camisa azul cielo; todo muy formal. Estaba con unos amigos en un bar tomando algo, era sábado y la mayoría vestíamos de forma más bien cómoda e informal. Cuando vi que se desabrochaba un par de botones de la camisa me atreví a preguntar…

—¿Demasiado calor?

—Demasiado bien vestido —me respondió sonriendo, y yo arrugué el ceño porque imaginé que esa ropa la había escogido él de su armario—. Vengo de una reunión.

—¿En serio?

¿Quién tenía reuniones un sábado por la tarde?

—Muy en serio. O hacíamos esa reunión hoy o perdíamos al cliente.

—Vaya.

—Trabajo como publicista, y lo de tener reuniones los sábados no suele ser lo normal, pero hoy ha tocado. Por eso voy así vestido.

Asentí con la cabeza, sonriendo.

—Has pensado que era un estirado con traje.

Me lamí los labios aguantando la risa.

—Sí, claro —respondió por mí, soltando una risilla—. Pero te prometo que no soy así. ¿Te lo demuestro?

—¿Cómo? —pregunté divertida.

—Quedando conmigo otro día.

Lo miré enarcando ambas cejas y me gustó lo que vi en sus ojos oscuros, pero no lo conocía apenas.

—Aunque, si te parece, primero podemos charlar por WhatsApp y así te aseguras de que no soy un loco que quiere quedar contigo a la primera de cambio.

Me gustó su propuesta, y me gustó Marcos.

MARCOS

Estoy al lado de mi hermano mayor, David, ambos nerviosos. En nada veré a Gabriela vestida de novia junto a su padre y creo que no voy a olvidar en la vida este momento.

Me toco la sien porque siento un leve dolor de cabeza, hace un tiempo que tengo unas migrañas muy molestas, pero imagino que son los nervios, llevamos unos días de locos con los últimos preparativos: las flores, los invitados que se suman al último minuto, los que preguntan qué regalarte, mi madre que está el doble de nerviosa, la madre de Gabriela... Un todo incluido muy divertido que ambos hemos llevado como hemos podido.

Por suerte, Gabriela se lo toma todo con mucho humor, una de las muchas cosas que me enamoraron de ella. Hace cuatro años que nos conocimos en un bar, y la verdad es que al minuto de hablar con ella me quedé prendado de sus ojos, de su manera de hablar y de... ¿todo? Creo que sí, para qué negarlo. Por entonces hacía poco que había empezado en la empresa de marketing y, si tenía que trabajar un sábado, pues trabajaba, y justo eso fue lo que había hecho el día que nos presentaron. Ahora soy uno de los directivos y procuro que lo de trabajar en fin de semana no ocurra a menudo, ni a mí ni a nuestros empleados.

Suena «I got Summer on My Mind», de Orcun Sanchez, y dejo a un lado mis pensamientos sobre nuestro pasado. Hemos elegido juntos esta canción, de modo que en nada veré a Gabriela.

Suspiro y un pinchazo me traspasa la cabeza. Está claro que

llevo mal esos nervios, pero espero que, una vez que estemos los dos juntos, mi cuerpo se relaje un poco.

Todo el mundo se vuelve hacia la novia y yo me balanceo sobre mis pies. Sé que va a estar preciosa, pero necesito verla ya.

Oigo que la gente murmura y alzo el cuello. ¡Ahí está!

Madre mía… Parece una princesa…

GABRIELA

Cuando veo a Marcos, noto un hormigueo en mi cabeza: está muy muy guapo con ese traje negro liso. Nuestras miradas se cruzan y nos sonreímos. Yo me siento más ligera y pienso que tengo ganas de correr a sus brazos para comérmelo a besos. Pero sigo el paso de mi padre y continúo sonriendo a algunos invitados hasta llegar a él. Coge mi mano y nos besamos bajo la atenta mirada de todos.

—¡Guapos! —oigo que grita Paula, lo que provoca alguna que otra carcajada de los asistentes.

Su pregunta regresa a mi cabeza: «¿Estás segura?».

Por supuesto que lo estoy.

Estoy enamorada de Marcos y nuestra convivencia es muy buena, no voy a decir perfecta porque todos sabríais que es mentira. Puede ser que me moleste un poco que no tenga su armario tan ordenado como el mío o que no sepa cocinar, pero tiene otras muchas cualidades que me encantan y que superan con creces lo malo. Además, todos tenemos taras o fallos o defectos de serie, no todo el mundo nace sabiendo o con un don. Yo, por ejemplo, soy un cero en todo lo relacionado con la mecánica de un coche, no sé ni cómo es un gato ni cómo se usa.

Lo bonito con Marcos es que nos complementamos en muchos aspectos. Él no cocina, pero le encanta ir a hacer la compra; no le gusta leer, pero le apasiona ir de librerías conmigo; no le gusta probar nuevos sabores, pero siempre suelta un cumplido cuando prueba mi comida… No sé, creo que estamos hechos el uno para el otro, aunque suene muy cursi. Recuerdo cuando hablamos de nuestro futuro, fue precisamente el primer día que entramos a vivir juntos a nuestro piso en El Retiro…

—*¿Crees que lo nuestro será para siempre?*
Yo lo miré sorprendida, nunca habíamos hablado de ese tema.
—*¿Tú no?*

La verdad es que yo soy bastante escéptica con este tipo de definiciones: ¿para siempre? ¿Quién asegura eso? ¿No hay demasiada gente que se divorcia? ¿Por qué?

—*Creo que opino lo mismo que tú.*
Nos reímos por su respuesta tan diplomática.
—*Vale, ¿y qué opino yo?*
—*Lo hablamos una vez con nuestros amigos, al principio, cuando aún no estábamos juntos.*
—*¿Ah, sí?*
No recordaba nada, la verdad.
—*Sí, sí, me acuerdo perfectamente de lo que dijiste.*
Nos miramos con intensidad y lo insté a decírmelo.
—*Venga, cuenta.*
—*Dijiste que dudabas de los para siempre, que no lo tenías claro y que a lo largo de los años podían pasar mil cosas entre dos personas, que todo podía cambiar.*
Arqueé ambas cejas y asentí con la cabeza, reconociendo esas palabras como mías.
—*Sí, así es. ¿Y opinas igual?*
—*La verdad es que sí, creo que no podemos afirmar que estaremos juntos para siempre. Tú puedes cambiar, yo también, y quizá esas dos nuevas personas no congenien en el día a día.*

Lo miré fascinada porque yo pensaba exactamente lo mismo.

—Muy cierto…, aunque me da pena pensarlo.

Marcos me abrazó y nos quedamos callados. Ambos sabíamos que era una tontería decir: «A nosotros no nos va a ocurrir», porque era imposible saberlo.

Lo importante es disfrutar del presente y eso es lo que hemos hecho hasta ahora.

Cuando nos volvemos a besar ya estamos casados y los invitados aplauden con entusiasmo en cuanto nos giramos hacia ellos para saludarlos.

—Tengo complejo de reina de Inglaterra —murmura Marcos en mi oído mientras saludamos con la mano.

Lo miro para reírme con ganas y él pone una de sus caras raras para provocar más risas. Suelto una buena carcajada y él se ríe conmigo.

—Dios, te quiero —le digo entre risas.

—Y yo a ti, princesa.

—¿Princesa?

—Hoy déjame que te llame «princesa» porque estás preciosa.

Me muerdo los labios, emocionada. A mí el vestido me encanta, pero es verdad que deseaba que a él también le gustara mucho. El día está siendo perfecto.

Se acercan familiares y amigos para felicitarnos y entonces empieza la sesión de fotos. Pasamos otro rato bastante divertido porque el fotógrafo, que es amigo de Paula, no es nada convencional y nos hace unas fotos muy distintas, pero que creemos que van a quedar genial.

—Quiero hacerte esta solo a ti —me dice Iván, el fotógrafo—. ¿Puedes apoyarte en ese árbol? Genial. Y ahora mira hacia el cielo, como si estuvieras muy relajada…

Sigo sus instrucciones al pie de la letra mientras él me va diciendo que lo estoy haciendo muy bien.

—Han quedado perfectas. Seguimos —dice Iván.

Busco con la mirada a Marcos y él se acerca despacio mirándome fijamente.

—Creo que este fotógrafo sabe bien lo que hace, estabas increíble...

—Ya te dije que era bueno.

—O quizá es que la modelo se lo pone muy fácil.

Marcos se apoya en el árbol y ladea la cabeza.

—¡Quietos! No os mováis. Ni un pelo. Estáis perfectos no, lo siguiente...

Marcos arquea las cejas y yo me aguanto la risa. Intentamos no movernos, tal y como nos ha dicho Iván.

—Marcos, ¿puedes dar un paso más y colocar tu mano en su cintura? Genial...

La sesión se alarga media hora más y cuando terminamos nos enseña alguna de las fotos.

—Vaya... —digo, asombrada—. Realmente, han quedado muy bonitas.

—Cuando hay amor, es mucho más sencillo —nos dice Iván.

Los tres nos reímos mientras empezamos a ir hacia las carpas, donde nuestros invitados han empezado a tomar algunos aperitivos.

—¿Tienes hambre? —le pregunto al que ahora es mi marido.

¡Mi marido! Me suena raro, pero me gusta.

—Un poco sí, espero que se me vaya el dolor de cabeza.

—¿Hoy también?

—Sí, pero es muy leve. Seguro que mañana, rumbo a México, ya se me habrá pasado del todo.

Marcos lleva días con dolores de cabeza, pero no es la primera vez. De vez en cuando sufre algún episodio de migrañas, no muy fuertes, pero sí molestas. Solo espero que hoy no le fastidien el día.

—Tranquila, estoy bien.

Le sonrío y pienso que adoro que me lea el pensamiento. Es algo que siempre hemos compartido. Hablamos con la mirada y nos entendemos casi a la perfección.

Cuando entramos en las carpas, empieza a sonar «Shut Up and Dance», de Walk the Moon, y los más jóvenes, amigos y familiares se levantan de las mesas para aplaudir, saltar y cantar. Nosotros también bailamos mientras nos acercamos a la mesa más larga, donde están nuestros padres. En cuanto nos sentamos, mi padre nos ofrece bebida y Marcos y yo brindamos con una gran sonrisa. A partir de ahí las horas me pasan volando, porque cuando me doy cuenta ya estamos delante de la tarta para que nos tomen algunas fotografías.

—No han traído la espada esa —me dice Marcos poniendo morritos.

Suelto una risotada porque dijimos que ni hablar, que no queríamos hacer el paripé de esa manera.

—¿Quieres que la pida?

Me mira abriendo mucho los ojos.

—¿Harías eso por mí?

—Lo haría —le digo riendo porque sé que está bromeando.

—Te quiero, princesa.

—Te quiero, loquito.

Nos damos un beso sin pensar que estamos delante de todos, y nuestros invitados aplauden y gritan una vez más, la verdad es que están muy animados y creo que se lo están pasando de miedo. Es lo que queríamos, que fuese un día divertido para todos.

Cuando acabamos los postres, el hermano de Marcos se levanta de la mesa y pide silencio, algo que cuesta un poco porque el vino entra demasiado bien.

David coge el micrófono y se vuelve hacia nosotros.

—Para quien no lo sepa, soy el hermano de Marcos y ahora el cuñado de esta preciosa mujer.

Nos sonreímos y él vuelve la vista hacia nuestros invitados.

—No quiero enrollarme mucho, que tenemos ganas de ver cómo nuestros queridos novios abren el baile. ¿Has practicado, hermanito? Mamá todavía recuerda aquel pisotón de hace cinco años…

Nos reímos todos, aunque solo los más íntimos sabemos que bailar no es lo suyo.

—Pareja, ahora en serio, me alegro mucho por vosotros. Sabéis que os quiero y espero que no tardéis demasiado en darme un sobrinito, y a poder ser, que se llame como yo…

David gesticula demasiado y soltamos una carcajada general.

—¡Vivan los novios! —grita mi flamante cuñado por el micrófono, provocando que nuestros invitados griten lo mismo unos segundos más tarde.

Marcos y yo nos besamos con suavidad. ¿Está saliendo todo perfecto? La verdad es que sí. Yo estaba nerviosa por si algo salía mal, pero entre todos hemos conseguido la boda ideal.

Tras un ratito de charla con nuestra familia, Marcos y yo nos dirigimos a la mesa de mis amigas para regalarles un ramo a Gemma y Paula. El ramo es igual que el mío y las dos se emocionan, aunque cada una a su manera.

Gemma me abraza con fuerza y me dice al oído que me quiere mucho y Paula se abalanza sobre mí y casi me tira al suelo. Nos reímos las tres y ellas me comentan que tenía el secreto de los ramos muy bien guardado.

—Gemma, estás fallando —le dice Paula dándole un codazo.

—La de la floristería no ha dicho ni mu de esto —se queja ella, con las mejillas rojas por el vino.

Siempre se le enciende el rostro cuando bebe un poco.

—¿Esto significa que me tengo que casar? —me pregunta Paula de guasa.

—Sí, y pronto —le respondo aguantando la risa.

—Qué poco me quieres —me dice soltando una risilla.

—Nos encanta, Gabriela, es precioso —me dice Gemma más seria.

Nos abrazamos las tres y nos decimos «te quiero» varias veces; es una de las muchas costumbres que tenemos.

—Toca bailar ya, ¿no? Necesito quemar lo que he comido. Qué bueno todo… —dice Paula acariciando su vientre.

—Buenísimo, creo que voy a pedir la receta del solomillo —nos comenta Gemma.

—Pero si solo has picoteado, Gemma —la riñe Paula.

—Es que no quiero engordar.

Paula suspira y parpadea un par de veces con exageración.

—Claro, te sobran tantos kilos.

Gemma es muy delgada y siempre está cuidando lo que come, demasiado.

—Porque vigilo lo que como, pero mi yo de quince años me recuerda que esto puede cambiar en cualquier momento.

Gemma, la adolescente, tenía unos kilos de más, y es algo que no ha logrado olvidar.

—Por un día no pasa nada, Gemma —le digo yo con cariño.

—Se empieza así…

Paula y yo lo dejamos estar porque es una batalla perdida, lo sabemos bien.

—Cariño…

Me vuelvo hacia Marcos y cojo su mano para ir al centro de la pista. Nos toca bailar y empieza a sonar la canción que hemos escogido entre los dos: «Mr. Brightside», de The Killers.

Me da la impresión de que estoy en un sueño a pesar de que nunca he deseado vestir de blanco ni ser el centro de atención de esta forma. Adoro cómo me mira Marcos, cómo nos balanceamos al ritmo de la música y cómo siento su respiración pausada junto a la mía.

Es perfecto.

MARCOS

La canción termina y nos miramos con intensidad.

—Creo que eres la novia más guapa que he visto nunca. Y he visto algunas —le digo divertido.

—Tu madre por la derecha —me indica en un tono más bajo.

—Y tu padre por la izquierda…

Nos reímos antes de besarnos de nuevo con rapidez porque sabemos que en unos segundos nos van a separar.

—¿Puedo bailar con el novio más elegante del mundo? —pregunta mi madre, pizpireta.

Nos separamos y yo me vuelvo para encontrarme con el rostro alegre de mi madre. Nos abrazamos y entonces empezamos a bailar. Ella me va comentando que le ha gustado mucho la celebración, la comida y los detalles de la boda. Yo asiento feliz mientras observo de reojo a Gabriela; no miento si digo que me tiene embobado.

—Cariño, ¿y tú?

—¿Yo qué, mamá?

—¿Estás contento?

—Muchísimo, Gabriela es única.

Mi madre me sonríe y seguimos bailando hasta el final de la canción.

Gabriela y yo nos buscamos con la mirada y nos unimos a nuestros amigos para empezar la fiesta de verdad. Cantamos, gritamos, aplaudimos y saltamos mientras bailamos todos juntos.

—¿Una copa? —me pregunta mi hermano.

—Sí, gracias.

Nos damos un abrazo apretado, estamos muy unidos; es el mejor hermano del mundo.

—¿La novia quiere algo?

—No, no, ya he bebido demasiado.

La música se para de repente y el DJ cambia de tercio: empieza a sonar «See You Again», de Wiz Khalifa. La música es lenta y Gabriela y yo nos abrazamos para bailarla.

—Gabriela…

—¿Mmm…?

—¿Te he dicho hoy que te quiero?

Ella suelta una risilla porque eso es algo que le digo muchas veces.

—Creo que no.

—Te quiero con locura.

Ella se separa un poco y me mira fijamente.

—Yo a ti también.

Sus labios buscan los míos y cierro los ojos. Dios, la amo de verdad.

Justo en ese momento siento un pinchazo en la sien, muy fuerte, y me separo de ella con brusquedad.

—Joder…

Otro pinchazo en el centro de la cabeza, el dolor casi no me deja respirar y siento como una extraña rigidez en el cuello.

—¿Marcos?

No puedo hablar, oigo a Gabriela, pero me es imposible decir nada. Me da la impresión de que me va a estallar la cabeza.

Me apoyo en una columna que tenemos al lado y con la otra mano me cojo la cabeza. ¿Qué cojones me pasa?

Miro a Gabriela.

Princesa…

GABRIELA

La mirada de Marcos me hiela la sangre. Es algo que me va a perseguir siempre.

¿Qué le pasa?

Veo que va a caerse e intento cogerlo. Su peso puede conmigo, pero saco fuerzas de no sé dónde para que no se haga daño en la cabeza. Al final cae al suelo, pero he amortiguado el golpe.

—¿Marcos? ¡¡Marcos!!

No responde. No abre los ojos. No reacciona a mis gritos.

Oigo voces a mi alrededor, pero no entiendo qué dicen. Mis nervios solo me dejan centrar la vista en Marcos.

—¡¡¡Marcos!!! ¡¡¡Marcooos!!!

No entiendo por qué no abre los ojos, estoy gritando, tiene que oírme.

—Llamad a una ambulancia…

En ese momento pienso que la ambulancia va a tardar mucho, estamos a las afueras, en un castillo, demasiado lejos. ¿Cómo es que nadie ha pensado que algo así podía ocurrir?

—Marcos, cariño, Marcos…

—Dejadme paso… ¿Está consciente?

Es David, su hermano, que se coloca a su lado y me mira con horror. Es médico, tiene que saber qué le pasa.

«No, joder, no me mires así. Marcos está bien, tiene que estar bien».

David le mira el pulso y comprueba su respiración.

—Respira con dificultad… y tiene el pulso muy débil, ¡joder!

Un nudo me aprieta la garganta y soy incapaz de hablar.

—Voy a intentar reanimarlo —dice en un tono muy bajo.

¿Reanimarlo? ¿Eso no se hace cuando alguien puede morir?

David empieza a hacer compresiones con las manos en el tórax y lo alterna con el boca a boca. Lo miro entre impresionada y asustada.

Siento a Gemma y Paula a mi lado, ambas me cogen las manos frías. Tengo toda la sangre en el cerebro, intentando entender qué está ocurriendo.

Marcos, mi marido, está en el suelo sin reaccionar y su hermano, muy concentrado, intenta reanimarlo.

No sé cuántos minutos pasan, ¿cinco mil? ¿seis mil? Y Marcos sigue igual. David resopla; está cansado.

—David, déjame que lo haga yo un rato.

Él mira a Gemma sorprendido.

—He hecho varios cursos de primeros auxilios. Se me da bien.

Mi amiga toma el relevo y, cuando la veo empujando el pecho de Marcos, empiezo a entender que puedo perderlo.

Las lágrimas caen solas sin ningún impedimento.

Paula me rodea los hombros y me acaricia el brazo sin decir nada.

—¿Qué ha pasado? ¿Qué le ha pasado a Marcos? —grita su madre.

—Dejad espacio, por favor. Necesita aire —dice uno de los invitados.

—Cariño, David está con él, no te preocupes —escucho que comenta su padre.

Oigo gritos, lloros, murmullos, pero lo dejo todo a mi espalda. Busco los ojos de mi marido, sé que los abrirá, no puede ser de otra forma.

—Vamos, Marcos, vuelve…

Trago saliva al escuchar a Gemma y me muerdo los labios para no gritar. Sigo llorando y me limpio los ojos cada pocos segundos, necesito poder ver y las lágrimas me nublan la visión.

Cojo la mano de Marcos, no está fría, pero está tan inmóvil que me resulta extraña, como si no fuese suya. Acaricio su piel.

Gemma mira a David, y él se pone en su lugar para continuar con la reanimación.

«Por favor, Marcos, abre los ojos, mírame, sonríeme, por favor, Marcos…».

Creo que repitiendo esto puedo lograr algo, pero en el fondo sé que no sirve de nada. Su cuerpo inerte sigue igual y no reacciona.

—Tenemos un desfibrilador —grita uno de los camareros.

David alza la vista y asiente con la cabeza.

—Gemma, sigue tú. Le voy a colocar el desfibrilador.

Vemos cómo David le desabrocha la camisa y le mira la frecuencia cardíaca.

—Está fibrilando, vamos a hacerle una descarga.

Tengo ganas de gritar y de llorar, todo al mismo tiempo, pero aguanto mis emociones para estar atenta.

David le hace la descarga y entonces continúa con las compresiones.

Veo cómo el cuerpo de Marcos se mueve con brusquedad y siento que mi corazón también se detiene.

Madre mía. ¿Por qué no funciona? ¿Por qué nada funciona?

—Ya llegan los de la ambulancia… —dice alguien.

Paula y yo nos movemos para dejar paso a una mujer, que le hace varias preguntas a David: «¿Cuánto tiempo lleva así? Unos veinte minutos». «¿Qué le ha ocurrido? De repente se ha caído al suelo». «¿Tiene problemas cardiovasculares? No, ninguno…».

Un enfermero le pone un suero para suministrarle medicación y un técnico sustituye a Gemma para seguir con las compresiones.

La mujer que supongo que es la médica los detiene a los pocos minutos para mirar de nuevo la frecuencia cardíaca.

—Está en asistolia. ¿Edad? —pregunta.

—Veintiocho —responde Paula al momento.

—Es joven, debemos seguir.

Gemma vuelve a mi lado y observamos cómo continúan con la reanimación. Me apoyo en Paula porque siento que me mareo con todo lo que está pasando.

—Gabriela, ¿quieres salir? —me pregunta Paula, apurada.

—No, no…

No, necesito estar con él. Ver sus ojos cuando despierte. Saber que va a recuperarse de este susto. Paula me abraza por la cintura y Gemma hace lo mismo. Que ella no me diga que todo va a ir bien me preocupa, y yo no quiero preguntar.

Detienen de nuevo el proceso y yo solo pienso que esto se está alargando demasiado. ¿Por qué no despierta? Continúan con la reanimación y mi esperanza sigue latente.

Pasan los minutos más largos de mi vida. Me da la impresión de que Marcos lleva demasiado tiempo en el suelo, inconsciente, sin hablar, sin estar conmigo, sin ser él…

—Nada, no responde, continúa en asistolia. En ningún momento ha habido ritmo cardíaco…

Miro a la médica que ha dicho aquello y busco con rapidez el rostro de David, que ha continuado a su lado en todo momento. Veo como junta sus labios en un gesto de derrota y me tapo la boca para no gritar.

—Hora de la muerte…

Y, con esas cuatro palabras, mi mundo se derrumba.

FASE 1

NEGACIÓN

No significa que uno no sepa que la persona querida ha muerto. Significa que regresa a casa y no puede creer que su mujer no vaya a entrar por la puerta en cualquier momento o que su marido no esté únicamente de viaje de negocios. Simplemente, no puede llegar a entender que la persona no va a volver a cruzar esa puerta nunca más.

Elisabeth Kübler-Ross y David Kesser

GABRIELA

Me siento perdida, como si no supiera qué camino he de seguir. No entiendo nada. Hace unos días enterramos a Marcos, con su familia, con la mía. Con todos nuestros amigos.

No puedo soportarlo…

Una lágrima rueda por mi mejilla.

Gemma y Paula están a mi lado, sentadas en el sofá del piso, con mi mano entre las suyas, pero no siento nada. Soy incapaz. Solo siento la muerte en mis entrañas y un vacío tan grande que me da la impresión de que ocupa toda mi mente. Es como un pozo negro que lo acapara todo, no hay sitio para más.

Otra lágrima cae en mis pantalones de pijama, soy incapaz de vestirme con otras prendas. El día del entierro, Gemma y Paula escogieron mi ropa, mis zapatos, mi bolso, eso lo recuerdo. Pero apenas recuerdo haberme vestido o haberme peinado. Todo está borroso en mi mente.

Todo, excepto su muerte.

¿Cuántas veces puede tu cerebro repetir una escena? ¿Miles? ¿Millones?

Trago las ganas de llorar gritando, porque desde su fallecimiento solo quiero gritar. Gritar que no lo entiendo. Gritar que es injusto. Gritar que alguien se ha llevado a mi marido el día de nuestra boda. Gritar que lo necesito a mi lado. ¡¡¡Gritar que no puedo vivir sin él!!!

No, no, no. Es que no me lo puedo creer. Estoy esperando despertar en cualquier momento y darme cuenta de que todo ha sido una simple pesadilla. Una de esas que parecen tan reales que acabas por abrir los ojos, asustada, con un miedo que te abraza y te aprieta a partes iguales.

La boda, el baile, su muerte. ¿Tiene sentido? No, no lo tiene.

GABRIELA

Abro los ojos al oír el timbre por quinta vez. ¿No pueden dejarme dormir en paz?

El móvil me suena al mismo tiempo y veo que es Gemma.

Suspiro y me levanto de la cama. Sé quién está detrás de la puerta. Abro y me doy la vuelta, sin decirle nada. Ella me sigue en silencio hasta el salón.

Me detengo para echar un vistazo. Está todo igual que el día que enterramos a Marcos. No he tocado nada y se nota que el polvo empieza a acumularse en los muebles.

Me da igual. ¿Qué sentido tiene nada? No sé ni por qué respiro.

—Gabriela, ¿dormías?

—Ajá.

Son las doce de la mañana y nunca he sido de dormir demasiado, pero durante estos días es lo único que me apetece. Es la forma más sencilla de desconectar, aunque duermo mal, a ratos, moviéndome y llorando. He pensado en el alcohol y las drogas, pero prefiero dormir. También he pensado en desaparecer, en quitarme la vida, pero es un pensamiento efímero; creo que no tengo valor para hacerlo.

—¿Te preparo un café? —me pregunta Gemma en un tono neutro.

—No, gracias.

Me siento en el sofá sobre mis piernas cruzadas y Gemma hace lo mismo mirándome. Sé qué ve: a alguien que lleva el mismo pijama desde hace días, a alguien que no se ducha, que en la cabeza

35

lleva una maraña de enredos, a alguien con los ojos hinchados, con la tez pálida. En definitiva, con pocas ganas de vivir.

—¿Ya comes?

—Poco.

—Entiendo.

La miro un segundo porque me sorprende su respuesta. Conozco muy bien a Gemma y sé que no soporta que se hagan las cosas de forma incorrecta, y que yo coma poco entra dentro de ese desorden.

—¿Qué entiendes?

—Que no tengas ganas de nada.

Frunzo el ceño.

—Así es.

En otro momento le preguntaría por qué sabe cómo me siento, pero no me apetece hablar.

Gemma se levanta y se sienta a mi lado. Me coge la mano y se queda allí sin hacer nada. Sin decir nada.

Vuelvo a mirarla y siento un nudo en mi garganta. La mayoría de mis familiares dicen que tengo que animarme, que tengo que salir de la cama, que tengo que levantar la cabeza. ¿Cómo voy a levantar cabeza si no me siento el cuerpo?

En cambio, aquí está Gemma, acariciando mi mano con su dedo con suavidad. Y me gusta.

Cuando me despierto, ya es casi de noche y estoy arropada con una de las mantas que compramos Marcos y yo en Ikea.

—¿Una mantita de cebra? El salón va a parecer un zoo, Gabriela.

Yo me reí porque también habíamos comprado una pequeña alfombra con el dibujo de un tigre para colocarla debajo de la mesita.

Cuando llegamos al piso y la pusimos en su sitio, Marcos me miró con admiración.

—Creo que, en vez de abogada, deberías ser decoradora de interiores o algo así. En la vida se me habría ocurrido comprar esa alfombra, y fíjate, queda genial.

—¿Verdad?

—¿Cómo lo haces?

—Me lo imagino y ya está.

Marcos me abrazó por la cintura y sentí su aliento en mi cuello.

—Así de fácil.

—Eso es.

—¿Y cómo imaginas nuestro futuro?

Acabábamos de firmar las escrituras de ese piso en El Retiro.

—Se me antoja perfecto...

Me paso las siguientes horas llorando.

El timbre del teléfono me despierta del estado de duermevela en el que me encuentro. Lo miro con la intención de no cogerlo, pero cuando leo el nombre de David, se me congela la sangre.

David.

El hermano de Marcos.

—¿Da... David?

—Gabriela...

Siento el dolor en su tono de voz y me echo a llorar. Él también acaba llorando.

—No quiero hacerte llorar —me dice como puede.

—Lo sé...

—Solo... quería saber cómo estás.

Yo no he pensado en él, ni en su madre, ni en su padre, ni en sus amigos, ni en nadie de su familia. Solo he podido pensar en Marcos, en este dolor punzante, en lo irreal que me parece todo. No hay cabida para más.

—Siento no haber llamado.

—Lo entiendo, Gabriela, aquí estamos igual.

—Ya…

—Yo… me voy a ir unos meses. No puedo seguir aquí.

Durante un segundo se me ocurre la tonta idea de decirle que me voy con él, que yo también quiero huir adonde sea.

—Un centro médico de Berlín me ha ofrecido un trabajo temporal y voy a desconectar un poco. No quería irme por mis padres, pero ellos mismos me han animado a hacerlo. Estoy roto.

Todos estamos rotos. ¿Volveremos a recomponernos alguna vez? Lo dudo.

—Solo quería decírtelo…

—Ya.

No tengo palabras. Oírlo me trae demasiados recuerdos, sobre todo los últimos, cuando él intentó recuperar a Marcos de una muerte inevitable.

Y así van pasando las horas, y los días.

PAULA

Voy corriendo hacia la parada del autobús, no quiero llegar tarde porque Gemma se pone nerviosa. Hemos quedado en una cafetería para hablar de Gabriela. Lleva muchos días sin salir de casa, está demasiado triste y no quiere hacer nada. Empiezo a estar preocupada, porque ya ha pasado casi un mes y todo sigue igual. Entiendo que necesita su tiempo, pero no sé si esto es normal, por eso necesito hablar con Gemma.

Cuando entro en la cafetería, ella ya está sentada con un libro en las manos, pero lo cierra y suspira antes de verme. Nos sonreímos con pesar, no están siendo buenos días para ninguna. Ver así a Gabriela nos tiene el alma arañada.

—Gemma…

—Paula…

El camarero pasa un momento para tomar nota y nos miramos fijamente.

—¿Cómo la ves? —le pregunto directamente.

—Está mal, pero es lo normal.

—Ya, claro, pero ¿no debería empezar a reaccionar?

—Cada persona tiene sus propios tiempos.

—Lo sé, lo sé, pero esto no puede ser indefinido…

—Ayer se duchó.

Asiento con la cabeza aliviada porque me parece un gran paso.

—Joder, ¿va a ser todo así de lento? Es que no soporto verla sufrir.

—Paula, ya te dije que debes tener paciencia con el luto.

—Soy profesora de una montaña de enanos, tengo mucha paciencia, Gemma, pero es que mataría por verla feliz.

—Lo sé, pero no podemos hacer nada. Ella tiene que pasar por este proceso.

Gemma sabe mucho del tema porque ha leído varios libros sobre el duelo, sus fases y cómo afrontarlo desde que sucedió lo de… Marcos. Además, fue a un curso de duelo hace un par de años. En ese momento le pregunté por qué coño se había apuntado a eso. Ahora pienso que yo también tendría que haber ido a ese curso, porque de verdad no sé cómo ayudar a Gabriela a sobrellevar su sufrimiento. Joder, entiendo que esté destrozada, porque solo quiero llorar cada vez que recuerdo lo que pasó, y eso que Marcos no era ni mi marido, ni mi pareja, ni alguien con quien iba a construir un futuro.

—Madre mía, Gemma, tiene que sentir tanto dolor.

—Mucho, y lo único que podemos hacer es estar a su lado y no meterle prisa. Eso es muy importante.

—La teoría es muy sencilla, pero cuando voy a verla y está así…, tan apática… No parece ella. Me rompe el corazón. Quiero hacer cosas con ella, quiero que salga conmigo, quiero ir a tomar un café, a dar un paseo, lo que sea, con tal de sacarla de casa, pero sé que Gabriela no puede.

—Exacto, no puede. Y debemos esperar a que salga ella sola de esta etapa.

—Porque saldrá… —digo dudando.

—Por supuesto. Gabriela es fuerte, mucho, y podrá con ello.

Quiero creer a Gemma, se equivoca pocas veces, pero me da miedo que en esta ocasión no acierte.

FASE 2

IRA

La ira es una reacción natural a la injusticia de la pérdida. Por desgracia, no obstante, puede aislarnos de nuestros amigos y nuestra familia precisamente en el momento en que más podemos necesitarlos.

También podemos sentir culpa, que es la ira vuelta hacia uno mismo. Pero nosotros no tenemos la culpa.

ELISABETH KÜBLER-ROSS Y DAVID KESSER

GABRIELA

Hoy mis padres han venido a verme. Les he dicho que no era necesario, pero imagino que están preocupados por mí porque hace días que no voy a verlos. Todos hemos sufrido la muerte de Marcos, sé que ellos también, pero ahora mismo me veo incapaz de hacer mucho más. Creo que solo con respirar ya estoy cumpliendo.

—Papá, no me siento con fuerzas ni para ir al bufete ni para nada.

—Cariño, comprendo lo que dices, pero yo necesito que regreses.

Miro a mi padre, incrédula. No comprende nada, joder, ¡nada!

—No, papá. No.

—Gabriela… —insiste mi madre.

Vuelvo la vista hacia ella: está sentada en el sillón preferido de Marcos, con su postura recta y siempre correcta.

—¿Qué es lo que no entendéis? No quiero ir al bufete, ¡no puedo!

—No alces la voz, Gabriela —me indica mi madre en un tono neutro.

A veces no la soporto. No me entra en la cabeza cómo es capaz de ser siempre tan formal, tan recta, tan inhumana.

—Entonces deja de decirme qué tengo que hacer.

—Cariño, han pasado casi dos meses…

Lo miro con una rabia que me nace en el estómago. Creo que tengo ganas de vomitar lo poco que he desayunado. He recuperado un poco el apetito, me ducho por obligación todos los días y salgo a pasear al mediodía, cuando hay menos gente. Pero no me veo con fuerzas para ir al despacho y ser la abogada enérgica y luchadora que he sido hasta ahora.

—¿Te parece mucho tiempo?

Mi padre me mira fijamente y no responde. Creo que es capaz de ver el dolor que sigue latente en todas las horas de mi vida.

—Papá, sabes cómo soy. Sabes que adoro mi trabajo, pero ahora mismo no puedo.

«No puedo porque Marcos se ha muerto, ¡joder!».

Él asiente con la cabeza y yo cierro los ojos unos segundos. Aprieto los dientes para no llorar, porque cada vez que pienso en Marcos se me encoge el alma.

—Está bien, cogeremos a alguien, ¿te parece? —me pregunta al cabo de unos segundos.

Lo miro con cariño.

—Me parece bien.

Sé que mi padre confía en mí como en nadie, que soy necesaria en el bufete, que soy su mano derecha, pero es verdad que ahora sería un estorbo. Es preferible que alguien me sustituya.

—Bien, creo que tengo al candidato perfecto.

Lo miro con gesto interrogante. ¿Lo tenía preparado?

—Justo hace unos días se presentó en el despacho para dejar el currículum y lo conocí de casualidad.

—¿Quién es? —le pregunto con curiosidad.

—Bruno Santana, hijo de Carlos Santana.

—¿El empresario textil? —pregunta mi madre.

—Sí, el mismo. Por lo visto, Bruno suele ir a su aire.

—Estos críos… ¿No será un hijo de papá?

Miro a mi madre frunciendo el ceño.

—Ya sé que tú no lo eres, Gabriela. Que trabajas duro como tu padre, pero hoy hay mucho niño rico que no sabe lo que es eso.

—A mí me dio buena impresión —replica mi padre, convencido.

—Pues todo solucionado —le digo yo olvidándome del tema.

Si el tal Bruno hace bien su trabajo, mejor para mí, y si no, ya buscarán ellos la solución.

—Voy a necesitar que vayas un día. Solo uno —me pide, casi me ruega, mi padre.

Joder, entiendo que es necesario para que mi sustituto sepa en qué estaba trabajando, pero solo de pensar que tengo que ir al despacho… Que tengo que soportar que me miren con pena. Que susurren a mi paso. Que piensen que soy una desgraciada…, aunque es lo que soy. Lo tenía todo y ahora no tengo nada.

—Una mañana, no más.

—Gracias, cariño.

Cuando mis padres se van, respiro más tranquila y pienso con cierta ilusión que esta noche mis amigas van a venir a casa y veremos una película juntas. Es algo que hacemos de vez en cuando: pizza, palomitas y película. Solemos escoger entre las tres, pero esta vez Paula se ha empeñado en elegirla ella. Suelen ser películas antiguas que ya hemos visto y que nos apetece ver de nuevo.

Me dedico el resto del tiempo a dormitar en el sofá, me siento cansada a pesar de no haber hecho demasiado en todo el día.

Cuando suena el timbre, corro hacia la puerta y me sorprende mi reacción: me apetece mucho estar con mis amigas. Al abrir, las abrazo de repente y ellas me devuelven el saludo con cariño.

—Dime que no has olvidado encender el horno, porque me muero de hambre —me dice Paula.

—Está listo para las pizzas que no habrás olvidado… —le replico bromeando.

—¿Yo traía las pizzas?

Nos separamos y Gemma y yo la miramos porque parece que lo dice en serio.

—Ah, sí, aquí están —nos dice riendo—. Dios, es verdad eso de que el sexo causa estragos en la memoria.

Ellas dos sueltan una carcajada y yo sonrío. Me cuesta mostrarme igual de risueña que antes, no me sale y con ellas no necesito fingir.

Preparamos la cena, nos sentamos delante del televisor y Paula busca la película en Netflix. Suena la musiquita de cine y, tras unos segundos de espera, empieza la película hablando de un virus y de chimpancés.

—¿En serio, Paula? —le pregunta Gemma frunciendo el ceño.

—¿Qué? Es una gran película.

—Sí, sí, pero no sé. Algo más alegre, ¿no?

La mira como quien mira un crío que la ha liado gorda.

—*El amanecer del planeta de los simios* es… entretenida.

—Gemma, no te preocupes —le digo intentando poner paz, como siempre he hecho.

—Sí me preocupo, porque Paula no sabe lo que es algo alegre —le dice con retintín.

—¿Será que no soy alegre?

—No hablo de ti, hablo de esta película.

—¡Ey, chicas! Que estoy bien —les digo en un tono un poco seco.

Las dos me miran en silencio, y entonces me doy cuenta de que estoy siendo un poco difícil para ellas.

—Lo siento, no quiero que discutáis por mí —les digo con un hilo de voz.

Ambas me abrazan al mismo tiempo y nos quedamos unos segundos notando nuestras respiraciones.

—Es que te queremos mucho —me dice Gemma.

—Sí, más que mucho —añade Paula con ternura.

Siempre he tenido claro que son mis dos pilares, pero ahora mismo, sin ellas, la estructura se vendría abajo en dos segundos.

—Y yo a vosotras...

Es verdad, lo siento en mi corazón a pesar de lo que he vivido, siento que mi corazón aún late... ¿Podré superar este dolor algún día?

GEMMA

—Gemma, no necesito niñera.

—Lo sé, pero quería traerte el desayuno.

—Tengo comida en la nevera. Has venido a comprobar que me levantaba.

Gabriela me conoce bien, demasiado bien.

Hoy tiene que ir al despacho, ha quedado con su padre para ayudar al nuevo abogado que va a sustituirla mientras ella esté... así.

—También.

—¡Pues no necesito que estés encima de mí!

Lleva un par de semanas que está irascible, enfadada y muy nerviosa. Pero es preferible eso a la apatía que llevaba encima al principio, porque no reaccionaba ante nada, no quería levantarse de la cama y parecía un alma en pena.

Incluso yo, que sé que es un proceso lento, llegué a preocuparme. ¿Y si no quiere vivir? ¿Y si cree que debe vivir así? ¿Y si se ha secado tanto por dentro que es incapaz de volver?

Pero ahora siento que va a salir de esta, por supuesto que sí. Está en la fase de la ira, está muy enfadada con todo el mundo porque Marcos se ha... ido. A mí me cuesta pensarlo, así que imagino que a ella le resulta muy doloroso...

—Lo sé, Gabriela, pero sé que estos minidónuts de chocolate del panadero más divertido del barrio te encantan...

Me mira fijamente. Sé que su mente entra en debate. Está sopesando si seguir enfadada o no.

—No me apetecen —dice en un tono más bajo.

—Pues te los dejo en la cocina por si te apetecen más tarde. ¿Puedo acompañarte?

Mi tono es tranquilo y suave, sé que sus gritos, sus desplantes, sus malas caras son un síntoma más de todo lo que está pasando. No es contra mí ni es por mí, así que yo voy a seguir a su lado en todo momento.

—Como quieras.

La veo entrar en su habitación y la espero en el salón. Hecho un vistazo rápido. Parece que se ha dedicado a limpiar, no hay polvo y está todo muy ordenado. Las fotos de Marcos siguen ahí, supongo que es difícil desprenderse de todas ellas, pero también supongo que verlas a cada momento es muy duro. No voy a decirle nada al respecto, creo que Gabriela ya es mayor para saber qué necesita. En el curso que hice sobre duelo, incidieron mucho en que no debíamos frenar el sufrimiento. Si tienes ganas de llorar, llora. Si tienes ganas de gritar, pues grita. Si no quieres salir, no salgas. Da igual lo que se supone que esperan los demás, debes hacer lo que te cure a ti, no a ellos. Si alguien no lo entiende, es su problema, no el tuyo.

Sé que soy una persona muy metódica y organizada, pero creo que también tengo una empatía muy desarrollada, y eso es bueno para Gabriela. No puedo ponerme en su lugar porque no he vivido una situación parecida, pero intento ser respetuosa y no obligarla a sentir algo distinto a lo que siente.

Ahora mismo está furiosa, no entiende por qué Marcos se ha ido de esa forma y el día de su boda. Lo ve como una broma de muy mal gusto. A ratos se cabrea con él, a ratos con ella misma y a ratos con el mundo entero porque es complicado asumir que alguien a quien amas haya desaparecido de tu vida así, sin aviso alguno.

Hoy nos casamos y al cabo de un par de días voy a tu entierro. Es muy duro.

GABRIELA

Salgo de mi habitación y entro en el salón pensando que Gemma es un sol.

—Igual me como uno de esos dónuts —le digo más tranquila.

Me exalto, me irrito, me enfurezco sin razón aparente. Me da la impresión de que estoy permanentemente en un estado de irritabilidad que no controlo, como si a la mínima se encendiera la mecha y no hubiera marcha atrás.

Contesto mal, grito y sé que soy déspota, pero no puedo evitarlo. Es como si mi otra Gabriela saliera antes que yo a responder, y cuando quiero darme cuenta, ya estoy en un bucle del que no sé salir. No es nada agradable, ni para los que me rodean ni para mí. Pero ¿qué puedo hacer? Gemma me ha hablado de una psicóloga especialista en el duelo, pero no sé si quiero hablar con una desconocida. Imagino que me hará preguntas, que querrá saberlo todo, que hurgará en mi herida, y solo de pensarlo me entran todos los males.

Cojo un dónut y le doy un mordisco. El sabor me inunda los sentidos y siento un pinchazo de culpabilidad. No quiero sentir placer, ni siquiera comiendo, porque creo que no es justo. No es justo que Marcos esté bajo tierra y que yo pueda disfrutar del sabor del chocolate. Dejo el dónut a un lado y cojo las llaves enfadada.

—Vamos —le ordeno a Gemma sin mirarla.

Ella no dice nada y al segundo me siento como una mierda. Joder, odio ser así, sobre todo con ella.

—Te dejas el bolso, petarda —me dice en su tono cantarín, ignorando mis desplantes.

La miro y la veo coger el bolso de Calvin Klein que me regaló Marcos en Reyes. Las ganas de llorar regresan de nuevo. Por el bolso. Por Gemma. Sé que mis dos amigas íntimas son lo mejor, y es en estos momentos en los que me demuestran por qué lo son.

—Gracias —le digo con cariño mientras ella me sonríe.

¿Estoy en una montaña rusa? Lo estoy. Pienso que una persona con un trastorno bipolar debe de sentir algo similar.

—Vamos, que no queremos hacer esperar a tu padre.

—Qué pereza —le digo saliendo de casa.

—¿Sabes que tengo un vecino nuevo?

—¿Ya han alquilado el piso los Gómez?

—Sí, hace unos días. Llegó durante la madrugada y pensé que era un ladrón.

Sonrío porque me imagino a mi amiga con un cuchillo en la mano detrás de su puerta de madera noble.

—No te rías —me riñe con su habitual seriedad.

Me gusta eso de Gemma, mucho. A pesar de mi estado, sigue siendo ella, no me trata de forma diferente, y la verdad es que se lo agradezco mucho. Mis padres, los primeros días, no dejaban de llamarme a todas horas y eso me deprimía aún más.

—Casi aviso a la policía —sigue diciendo.

La miro sorprendida.

—¿En serio?

Salimos del ascensor y continuamos charlando.

—Pues claro, ¡eran las dos de la madrugada! ¿A quién se le ocurre? Pero miré bien por la mirilla y vi que iba cargado de bolsas y maletas.

—¿Venía solo?

—Sí, vive solo.

—¿Y ya lo has conocido?

—Pues todavía no. Se va muy pronto por la mañana y no he coincidido con él. No mete ruido, eso es lo importante.

Suelto una risilla y Gemma también.

—Y espero que siga así, que sea ordenado, limpio y que no me apeste el rellano de aromas raros.

Subimos a un taxi y le doy la dirección del bufete. Me siento rara, ni bien ni mal, pero sí rara. Como si estuviera yendo hacia un lugar conocido y desconocido al mismo tiempo. Miro por la ventana y pienso en todos los días que he hecho el mismo recorrido. Días en los que Marcos estaba en mi vida. Y ahora no está, soy consciente de que está muerto, pero me cuesta tanto asimilarlo que no sé si seré capaz algún día de pensar en él sin llorar.

Lo veo complicado.

BRUNO

Cambio de vida, cambio de ciudad, cambio de piso y de trabajo. Todo es nuevo, excepto los trajes hechos a medida y la ropa informal que suelo usar en cuanto puedo. Me siento más cómodo y, por lo general, soy una persona comodona, no me gustan los problemas. De ahí que haya huido de Barcelona y haya aterrizado en Madrid.

No, no empiezo de cero en plan «quiero descubrir cómo es Madrid». Conozco la ciudad, he nacido aquí. He vuelto porque necesito poder perderme por sus calles. Me apetece mucho salir de mi piso, coger el metro, llegar a mi lugar de trabajo, dar los buenos días a mis compañeros y sentarme a la mesa con un café recién hecho. Todo eso, rodeado de gente, de mucha gente a la que no le importo en absoluto.

No necesito nada más ahora mismo.

—Buenos días, Bruno.

—Buenos días, Pau.

—¿Un café?

—Por supuesto.

Pau es de Barcelona y lleva aquí unos cuatro años trabajando. Lo acaban de ascender a asociado, y eso implica que tiene casos más complicados. Yo he entrado directamente en esta posición porque voy a sustituir durante un tiempo a la hija del socio más importante del bufete, una tal Gabriela. Me sorprendió cuando el señor Martos me llamó para darme ese puesto, pero imagino que sabe quién es mi padre. Los de alta cuna somos más de fiar para los ricos, algo que es una soberana tontería. No voy a tirar piedras sobre mi tejado, soy muy bueno en lo mío, porque me gusta, pero también he de reconocer que soy un culo inquieto y que me aburre mucho hacer siempre lo mismo, con la misma gente, en el mismo lugar de trabajo. Es algo que no entiendo, ¿cómo lo soporta el resto del mundo?

Soy joven, claro, solo tengo veintinueve años, pero creo que sé lo que quiero y ahora mismo no es un trabajo de esos para toda la vida, así que estar unos meses en este bufete me va de perlas mientras pienso hacia dónde enfocar mi energía.

El móvil suena en mi bolsillo y lo miro con rapidez. Un wasap de Txell. Dudo en leerlo, pero al final acabo haciéndolo en la misma pantalla del teléfono.

Txell

Bruno, no dejo de pensar en nosotros.

No dice «en ti», dice «en nosotros», y durante unos segundos me quedo mirando la nada y pensando que ese «nosotros» me pareció real; sin embargo, ahora es algo oscuro y pegajoso. Algo parecido al alquitrán.

Frunzo el ceño.

—¿Todo en orden? —me pregunta Pau al mismo tiempo que me ofrece una taza de porcelana blanca, nada de vasitos de papel.

—Sí, sí. No es nada.

—Apuesto a que es una tía.

Lo miro sonriendo.

—¿Eres adivino?

—No, pero esa cara me la conozco.

Soltamos ambos una risilla al mismo tiempo. Imagino que con casi treinta años hemos vivido experiencias similares: el primer beso, el primer polvo, el primer amor, la primera desilusión, algún corazón roto...

—En fin, ¿preparado?

—¿Para?

—Hoy viene Gabriela.

—Ah, eso. ¿Cómo es?

—¿Gabriela?

Pau arquea las cejas un par de veces y sonríe abiertamente.

—Perdona, Bruno —nos interrumpe María—. Gabriela está en su despacho. Esperándote. —Su tono es de «date prisa, Bruno».

—Ahora mismo voy.

Ella duda un segundo y se va con rapidez. Miro el reloj, quedan tres minutos para que empecemos la jornada y yo no tengo ninguna prisa.

—Yo de ti no la haría esperar.

—¿Es que va a morirse por tres minutos?

—Mejor evita con ella cualquier término relacionado con «morirse».

—¿Por...?

—Buenos días, soy Gabriela... ¿Eres Bruno?

Miro hacia la puerta y me encuentro con unos ojos azul cielo rasgados y sin maquillar. Me sorprende que no vaya maquillada. Todas las compañeras de trabajo que he tenido se han acicalado en mayor o menor medida.

—Sí, soy yo.

—¿Podemos empezar?

No es una pregunta, aunque lo parezca, y me molesta ese tono soberbio que detecto en su voz.

Miro el reloj, quedan dos minutos. Podría pelear por ellos, pero creo que no vale la pena empezar con mal pie.

—Claro que sí, Gabriela —le respondo en el mismo tono.

Nos miramos unos segundos en silencio, como si estuviéramos midiendo nuestras fuerzas, y ella se da la vuelta dejándome ver un cuerpo lleno de curvas.

Vale, Bruno, deja de mirarla así.

GABRIELA

Quizá mi madre tiene razón y este tipo es solo un hijo de papá que se aburre demasiado. No sería el primero que conozco de ese estilo. Son niños ricos que juegan a ser como el resto y no miden las consecuencias de lo que hacen. Espero equivocarme, porque va a ser mi sustituto y me molestaría mucho que echara a perder mi trabajo.

Lo miro de reojo mientras vamos hacia el despacho. Parece que tiene unos treinta años, como Marcos. Carraspeo porque siento ganas de llorar.

—¿Has trabajado antes? —le pregunto con la esperanza de que su respuesta sea positiva.

—Al poco de terminar el doble grado de abogacía y economía, estuve como becario en el bufete que trabaja con la empresa de mi padre. Después estuve viajando por el mundo durante un año y seguidamente aterricé en Barcelona, donde he estado como asociado en un bufete de renombre.

—Así ya sabes de qué va todo esto.

Entro en mi despacho y abro el ordenador para mostrarle los casos.

—Sí, me han puesto un poco al día. Empecé el lunes —me dice con retintín.

Yo debería haber ido el lunes, pero le dije a mi padre que me diera un par de días más. No me apetecía nada aparecer por el despacho.

Paso de su indirecta.

—Genial. ¿Te explico?

—Sí, claro.

Estamos las siguientes dos horas charlando de los diferentes casos que tengo entre manos, y Bruno escucha atento todo lo que digo. Hace las preguntas pertinentes y parece que controla bastante algunos temas, incluso me sorprende, pero no se lo digo ni lo muestro. Creo que tiene el ego por las nubes y no necesita más halagos.

—¿Un café? —me pregunta antes de pasar a otros temas.

Lo miro confundida y luego miro el reloj de mi muñeca, regalo de Marcos. Trago saliva con dificultad y asiento con la cabeza.

—Puedes ir, claro. Yo te espero aquí.

—¿No quieres nada?

«Sí, que Marcos regrese a mi vida, pero es imposible. Lo sé».

—No, gracias.

—No lo harás para mantener el tipo…

Lo miro mal, muy mal, porque me parece que no tenemos la suficiente confianza para que me diga algo así.

—Bruno, prefiero no intimar contigo.

—Era una broma —comenta molesto.

—No me gustan las bromas —contesto, también picada—. Te espero aquí —digo en un tono cortante.

No dice nada, pero sé que está pensando algo así como: «Menuda tía». Me da igual. Él no tiene ni idea de nada. No me conoce. No sabe quién soy ahora, ni quién era unos meses atrás, así que se puede meter sus pensamientos por el culo.

Inspiro hondo y suelto el aire despacio.

No quiero estar irascible, no quiero que la ira domine mi vida. Paula me ha enseñado a respirar con tranquilidad. «Inspiras hondo, aguantas el aire unos segundos y luego lo sueltas despacio.

Siendo consciente de que estás respirando, de que estás eliminando el estrés de tu cuerpo». La teoría, como siempre, es fácil, pero la práctica no tanto.

Me tranquilizo respirando de esa forma mientras miro por uno de los grandes ventanales. La gente va y viene, la gente sigue con sus vidas sin saber que estoy destrozada por dentro. Me estremezco al pensar lo poco que nos importamos. Todas esas personas que estoy viendo me son indiferentes, y lo mismo les pasa a ellas conmigo. Compartimos espacio, compartimos este mundo, pero en la vida cruzaremos una palabra o una mirada. ¿No es demasiado grande el mundo? Ahora mismo me parece inmenso, sobre todo sin él.

Me vuelvo hacia la mesa, no quiero entrar en ese tipo de pensamientos aquí. Sé que acabaré llorando y no me apetece tener que darle explicaciones a Bruno. Parece que es el único del bufete que no sabe que he perdido a mi marido el mismo día de nuestra boda; imagino que nadie se lo ha dicho todavía.

—Te he traído un café con un poco de leche de almendras.

Levanto la vista y lo miro arrugando el ceño. Quiero decirle que no me apetece, pero algo en sus ojos me hace callar.

—Le he preguntado a tu padre qué sueles tomar.

—¿A mi padre?

—Estaba tomándose un café.

—Ya.

Me pasa la tacita y lo miro un segundo para darle las gracias sin palabras. Me entiende a la primera, porque me devuelve el gesto con una sonrisa rápida.

Me giro de nuevo hacia la ventana y le doy la espalda. No tengo ganas de hablar con él y me da igual que crea que soy una borde. Ahora mismo solo pienso en mí, en lo que yo necesito, en lo que me pide el cuerpo. Los demás no existen, y menos alguien como Bruno, alguien a quien acabo de conocer.

Acerco la taza a mis labios y huelo el café cerrando los ojos. Realmente, ahora sí me apetece; me alegro de que Bruno no me haya hecho caso. Oigo el tintineo de su cucharilla y entonces permanezco atenta para saber si es de esos que sorben el café; es algo que no soporto.

Como no hace ningún tipo de ruido, me tomo el mío y me giro hacia él.

—¿Seguimos? —me pregunta sentado a la mesa.

—Sí, claro —respondo mientras me siento frente a él.

Miro el reloj. En un par de horas me liberaré de todo esto, no veo el momento de llegar a mi casa, cambiarme de ropa y sentarme en el sofá toda la tarde con la televisión de fondo. Por hoy ya tengo bastante.

—Ayer estuve leyendo este caso. ¿Debería hablar con López de nuevo?

—Sí, yo tenía pensado hacerlo hace… un par de meses.

Bruno no dice nada y lo miro directamente. Parece que quiere preguntarme algo, pero no se atreve.

—¿Qué?

—No, nada.

—Nadie te lo ha dicho —le comento casi con desprecio.

—No, no sé por qué estás de baja —me responde sorprendiéndome.

Me resulta chocante que sea tan perspicaz y que no se vaya por las ramas.

—¿Una enfermedad? —pregunta con gravedad y sin miedo.

Lo miro unos segundos. Pelo corto y moreno, ojos negros, nariz recta y labios bien dibujados.

—No, me he quedado viuda.

Cuando lo digo, mi corazón se encoge de repente. Creo que no había usado aún esa palabra y parece que a mi cuerpo no le sienta nada bien.

—¿Viuda?

—Marcos murió el día de nuestra boda.

Retiro la mirada porque no quiero ver la pena en sus ojos, no la necesito.

Oigo que inspira fuerte y cómo suelta el aire. Parece que son los ejercicios de Paula y ese pensamiento provoca que las lágrimas no empiecen a saltar de mis ojos.

—Entiendo.

«Dudo que entiendas nada».

—¿Ah, sí?

Lo miro retándolo. No quería soltar aquello, pero mi otra yo está a la que salta y no puedo recriminárselo.

—Comprendo que después de una experiencia así necesites tu tiempo.

—No me hables como si fuese uno de tus jodidos clientes.

Apoyo los codos en la mesa y me sujeto la frente intentando poner mis ideas en orden: «No es necesario que te enfades con Bruno, no te va a servir de nada».

—Vale, perdona —le digo, reaccionando con rapidez.

—Tienes razón, he sido poco sensible.

—No, no…

—Sí, joder, he hablado como un puto robot.

Nos miramos unos segundos en silencio. Veo en sus ojos que lo dice de verdad y decido dejar el tema de lado.

—Pues si hablas con López, mucho mejor. Te lo agradeceré.

—Cuenta con ello.

Seguimos con el resto de casos y cuando terminamos me quedo mucho más tranquila. Bruno es un tipo listo. No es necesario explicárselo todo al detalle. Tiene tablas y eso se nota. Agradezco que mi padre haya escogido a alguien eficiente; creo que a mi vuelta todo estará en orden.

¿A mi vuelta? Frunzo el ceño porque hasta ese momento no había pensado en ello. Pero está claro que algún día tendré que retomar mi vida.

Suspiro casi sin darme cuenta.

—¿Nos hemos dejado algo? —me pregunta Bruno al oírme mientras recoge todo el papeleo.

—No, no.

Asiente con la cabeza en silencio y se levanta de la mesa.

—Mientras yo no esté, puedes usar este despacho —le digo, sabiendo que eso le facilitará el trabajo porque los archivos están aquí.

—No te preocupes, estoy bien ahí fuera.

Me sorprende que lo rechace, pero no le digo nada más.

—Si tengo alguna duda…, ¿puedo consultarte?

Nos miramos de nuevo fijamente. Debería decirle que no, porque estoy de baja y no me apetece nada que me haga ningún tipo de consulta.

—Si es algo urgente, sí —respondo al final, pensando que es por el bien de los clientes.

—Genial. ¿Me das tu número?

—Mejor te paso mi mail. Lo leeré enseguida, no te preocupes.

—Bien, hasta pronto.

—Hasta pronto —digo con una sonrisa forzada.

Me cuesta sonreír, me siento falsa e hipócrita. Como si no hubiera una razón real para hacerlo.

Me guiña un ojo y sale de allí silbando bajito. Lo envidio. Mucho. Pero no quiero que se dé cuenta de lo mal que me siento, lo poco que me gusta ahora mismo estar en el despacho o lo difícil que me resulta seguir viviendo sin Marcos.

FASE 3

NEGOCIACIÓN

La gente a menudo cree que las etapas del duelo duran semanas o meses. Olvida que son reacciones a sentimientos que pueden durar minutos u horas mientras fluctuamos de uno a otro. No entramos ni salimos de cada etapa concreta de una forma lineal. Podemos atravesar una, luego otra y retornar luego a la primera...

La negociación cambia con el tiempo.

ELISABETH KÜBLER-ROSS Y DAVID KESSER

GABRIELA

Lo pienso mucho mucho. Si no nos hubiéramos casado, ¿Marcos seguiría a mi lado? ¿Qué podría haber hecho yo? ¿Qué es lo que hice mal? Tenía dolores de cabeza y él me dijo que no era nada, ¿por qué lo creí? Mis amigas me han repetido hasta la saciedad que no ha sido culpa mía, pero ¿cómo pueden estar tan seguras?

Hace poco hablé con los padres de Marcos por teléfono, apenas nos hemos llamado, porque tanto a ellos como a mí nos duele horrores, y creo que lo entendemos sin problema. Ellos también opinan que todo fue mala suerte, pero yo no puedo dejar de culparme…

Quizá sin el estrés de la boda seguiría vivo. Tal vez con una boda más sencilla la cabeza de Marcos no habría terminado con él, a pesar de lo que nos dijo el doctor: aneurisma cerebral. Nos explicó que es una protuberancia en un vaso sanguíneo del cerebro que acaba rompiéndose, y que, si no se trata enseguida, el paciente puede morir.

Nadie sabía que padecía un aneurisma, ni él mismo. Pensábamos que esos dolores de cabeza eran una simple migraña, y la verdad era que hasta entonces no le habían molestado demasiado. El doctor me recalcó que no se sabe qué provoca esa rotura final, no se sabe qué causa el derrame cerebral, así que, en teoría, no me tengo que culpar. Pero lo hago porque no puedo dejar de pensar que tuve algo que ver.

Ojalá hubiera hecho algo más.

Ojalá pudiera retroceder en el tiempo.

Ojalá todo haya sido una simple pesadilla.

A veces lo imagino a mi lado, en nuestra casa, en nuestra cocina, en nuestra cama.

Pero no está. Lo sé perfectamente.

PAULA

Tras tres meses, lo hemos conseguido. O eso parece. Gemma y yo estamos en el salón del piso de Gabriela esperando a que salga del baño. Hemos quedado para salir a cenar las tres.

A ver, hemos estado ya varias noches cenando en su casa. Hemos pedido pizza, sushi, tapitas, pizza de nuevo y no sé qué más —el chico de Glovo (que solo tiene diecisiete años) me hace ojitos cada vez que lo llamamos—, así que ya nos toca salir un poco y que nos dé el aire a las tres, porque Gemma y yo hemos aparcado nuestra vida social para estar al lado de nuestra amiga, algo que, desde luego, haríamos mil veces si fuese necesario.

—¿Crees que al final saldremos? —le pregunto a Gemma porque temo que Gabriela se arrepienta en el último momento.

Quiero salir, claro, pero lo que de verdad quiero es que ella salga al mundo exterior. Lleva recluida entre estas paredes demasiado tiempo. Sí, ha dado algunos paseos y ha salido a comprar, e incluso ha ido al despacho, pero Gabriela solo tiene veinticinco años y necesita vivir. En mayúsculas.

Sí, sí, sé qué estáis pensando: «Lo está pasando mal». Lo sé, lo veo día tras día y entiendo que ese dolor no puede desaparecer de un día para otro. Ni en tres meses, claro que no. Pero me mata verla así. Ella siempre ha sido una persona activa, dinámica, divertida y muy positiva. No quiero obligarla a salir de ese caparazón en el que se siente tan bien, pero creo que ha de empezar a encontrarse con ella misma. No puede vivir en la sombra para siempre. Gemma me dice que no tenga prisa, que tenga paciencia, y la tengo, pero me cuesta. Soy demasiado resolutiva y necesito las cosas para ayer. Que conste que con todo esto estoy aprendiendo a no agobiarla, de verdad.

—Yo creo que sí —me responde con seguridad.

Se levanta de repente y coloca bien uno de los cuadros de la pared. Son réplicas de Dalí, uno es *El juego lúgubre* y el otro *Fantasías diurnas*. Los dos son bonitos. Los escogieron Marcos y Gabriela, pero ella, justo antes de casarse, comentó que los iba a quitar de allí porque se había enterado de que Dalí maltrataba a las mujeres. Escuchó un pódcast de Judith Tiral (que después escuchamos también nosotras) en el que una de las madames más importantes de Barcelona habló sobre Dalí bastante mal. A partir de ahí, Gabriela quiso saber más y confirmó (confirmamos) que el gran artista era un misógino de los buenos. Pero ahora esto ha quedado en un segundo plano; nos importa una mierda Dalí.

GABRIELA

Llevo todo el día pensando en que no debería salir a cenar. ¿Por qué? Porque no sé si estoy preparada para mezclarme con la gente normal, y uso ese término a pesar de que no es de mis favoritos. Pero en estos momentos me da igual no utilizar bien las palabras. Para mí, el resto de la gente vive su vida con normalidad y yo estoy rota. Muy rota.

Sin embargo, no quiero decepcionar a Gemma y a Paula. Llevan días hablando del restaurante al que vamos a ir, y me sabe mal decirles ahora que lo último que me apetece es pisar la calle. Pero es que es así. Marcos se ha muerto, solo hace tres meses, y me siento culpable. Él bajo tierra y yo de risas. No es justo.

Me miro en el espejo del baño y recuerdo su reflejo en él mientras se afeitaba o se lavaba los dientes. No volveré a verlo, pero este piso está plagado de recuerdos y a veces me da la impresión de que Marcos me está mirando desde el otro lado del sofá, a pesar de que sé que no es posible. Quizá… quizá debería irme de aquí. Es algo que me dijo Paula nada más llegar del funeral, pero me negué en rotundo. Yo necesitaba seguir atada a Marcos, y este piso era lo único que me quedaba. Ahora, sin embargo, veo las cosas de otro modo, ahora todo esto me hace daño: creo que no debería vivir aquí.

Cuando entro en el salón, las veo mirando un programa de deporte en la televisión y arqueó las cejas.

—¿Desde cuándo nos gusta el tiro con arco?

Ambas se vuelven hacia mí.

71

—Esos tíos tienen unos buenos brazos —me dice Paula sonriendo.

—Yo estaba pensando —se justifica Gemma.

—Y colocando bien esos cuadros.

Miro los cuadros de Dalí y les sonrío.

—Quería quitarlos, pero antes quería tener otros para colocarlos en el mismo sitio, y ahora…

—¿Ahora qué? —me pregunta una Paula más seria.

Me conoce, sabe cuándo algo es importante.

—Llevo días dándole vueltas…

Mis dos mejores amigas me miran esperando a que continúe.

—Esta casa se me cae encima, solo veo a Marcos y me cuesta mucho dormir.

Ambas me escuchan en silencio y no me dicen lo que debería hacer, a pesar de que las tres lo sabemos bien.

—Creo que debería irme de aquí.

—Me parece una buena idea —comenta Gemma, cogiendo mi dedo meñique con el suyo.

Le sonrío y miro a Paula. Solo hay una posibilidad entre un millón de que me diga: «Te lo dije». Pero la hay.

—Cuando quieras, te ayudamos con la mudanza —dice señalando a su alrededor—. ¿Has pensado qué harás con el piso?

—Le podría decir a mi padre que se encargue de venderlo. No tengo ganas de meterme en esas historias.

—Mejor, tu padre sabe de estas cosas, y así te olvidas —dice Gemma.

—¿Y has pensado dónde vivirás? Si quieres, en mi minipiso hay un sofá… o podemos dormir juntas…

—Paula, gracias, pero no. Miraré pisos de alquiler.

—¡Ey! Tengo una idea… —empieza a decir Gemma con los

ojos muy abiertos. Se coloca delante de mí y por un momento parece que va a besarme—. ¿Y si vivimos juntas?

—¿Tú y yo? —le pregunto asombrada.

Gemma es muy particular con sus cosas y siempre ha querido vivir sola en la casa de su abuela a pesar de que es muy grande y de que podría haber ganado un buen dinero extra alquilando alguna habitación.

—Exacto —me responde divertida.

—¿Esto es parte de la terapia? —dice Paula.

—Mi psicóloga me ha comentado que debería compartir espacio con alguien, pero me es imposible —empieza a decir Gemma—. Ya me conocéis. Cada vez que me lo dice, se me pone el vello de punta, y ella no deja de insistir en que tengo que encarar mis miedos. Yo le digo que no es miedo, que es que no quiero discutir con nadie por como soy… Sin embargo, contigo, contigo no va a pasar, ¿no crees?

La miro entre desconcertada y satisfecha. Gemma confía en que puede vivir conmigo, pero… ¿qué opino yo?

—Me pillas fuera de juego —le digo intentando no ser demasiado brusca.

No es que no quiera, es que no me lo he planteado siquiera. ¿Vivir con Gemma? Pensaba buscar un piso pequeño para estar sola, pero vivir con ella no me parece mala idea.

—¿Puedo pensarlo? —le pregunto seguidamente.

Ella da unas palmadas con una gran sonrisa y asiente con la cabeza.

—Claro que sí.

—Pues me dais un poco de envidia, la verdad —empieza a decir Paula en un tono desenfadado—, aunque yo con Gemma no podría vivir.

—O sea, quieres decir que yo no podría vivir contigo —se defiende Gemma sin perder la sonrisa.

Sabemos de qué pie cojea cada una y preferimos ir con la verdad por delante (sin faltarnos el respeto, eso siempre).

—Sí, más bien es eso, porque yo no tengo ningún problema en lavar el vaso de agua que he usado por la noche al día siguiente, pero tú no podrías conciliar el sueño sabiendo que el vaso está sucio.

Paula no lo dice burlándose, simplemente verbaliza una realidad. Gemma es así, y así la queremos.

—Ser ordenado es una gran virtud.

—Pero lo tuyo raya la obsesión y lo sabes.

Gemma pone los ojos en blanco y desiste de discutir ese argumento porque sabe que Paula tiene razón. Lo hemos hablado muchas veces. Durante alguna época, Gemma lo ha pasado mal, de ahí que al final fuese a una psicóloga. Ya lleva un par de años haciendo terapia.

—Vale, chicas, dejemos el tema. ¿Salimos?

Las dos asienten felices, sé que tienen muchas ganas de cenar conmigo fuera de este salón.

Bajamos por las escaleras y pienso en Marcos de nuevo. Pienso en aquel día que subimos cargados de cajas porque el ascensor no funcionaba. Acabamos agotados, pero nos reímos mucho. Éramos felices.

«Y ya no lo seremos más».

O yo me veo incapaz de volver a ser feliz.

En parte me da igual. Es como si tuviera un trozo de mi cerebro dormido, muerto o anestesiado. Es como si me diera igual todo. ¿Que no como bien? No me importa. ¿Que enfermo? No me importa. ¿Que lo pierdo todo? No puedo perder más después de haberlo perdido a él.

Escucho en silencio a Gemma y a Paula hablar del nuevo restaurante al que vamos a ir. Me gusta estar con ellas porque consiguen que desconecte de Marcos, aunque no siempre. Tal vez vivir con Gemma me siente bien. Es una maniática de la limpieza y el orden y sigue sus horarios al dedillo, pero no lo veo como un inconveniente; al contrario, puede que ahora mismo sea lo que necesito, porque hay días que desayuno a las cinco de la mañana y otros a las dos del mediodía. Gemma también es abogada. Trabaja en otro bufete y está pillada por uno de los socios, aunque ella dice que solo es un rollo. Él está casado, pero le ha dicho que está a punto de divorciarse (de eso hace ya casi un año). Paula y yo le hemos insinuado en más de una ocasión que su jefe es un poco cara dura, pero ella se lo perdona todo. Creo que tener una relación así, sin demasiadas ataduras, ya le está bien.

—Gemma, ¿has visto quién está dos mesas más allá?

Yo estoy observando la decoración: es un local más bien oscuro, con cortinas verdes muy tupidas, mesas de mármol y sillas acolchadas de un verde muy claro. Me parece un restaurante muy raro.

—No. ¿Quién es?

Nos sentamos y Gemma busca con disimulo hasta que se encuentra con los ojos de su jefe-amante, o sea, Wilson. Bueno, ese es su apellido. Se llama Antonio, pero como no le gusta su nombre... Está solo. Sin embargo, hay un bolso negro de Gucci en la silla vacía que tiene frente a él. Probablemente sea de su mujer.

—Joder, qué casualidad —se queja Gemma, mirándonos con una sonrisa falsa.

—¿No te habrá recomendado él este restaurante? —le pregunta Paula mientras yo observo que Wilson sigue mirándola.

—Pues sí.

—Qué majo —suelta Paula—. Bueno, vamos a olvidarlo.

Paseo mi mirada por los comensales. Una pareja que se ríe mientras charlan felices, otra pareja que come en silencio, dos chicas que brindan con una gran copa de vino blanco, cuatro hombres que están leyendo la carta en el móvil… Todos siguen con sus vidas… Marcos ha muerto y la vida sigue. Me cuesta entenderlo.

—¿Gabriela?

—¿Mmm…?

—Te preguntaba si te va bien que pidamos vino.

—Como queráis —digo como si no fuera conmigo.

Tal vez, si bebo, podré olvidarme un poco de lo vivido estos meses, pero dudo que lo consiga.

Veo que Paula y Gemma se miran entre ellas.

—Eh, estoy bien. Solo es que me cuesta, ¿vale?

—Vale, pero si no estás cómoda, nos vamos —me recuerda Gemma con cariño.

Realmente, no habría salido de casa, es como que allí me siento más segura. Cuanto menos haga, cuanto menos vea, cuanto menos sienta, mejor para mi salud mental. Vivir significa darme cuenta de que en todo momento me falta él.

Y duele.

Horrores.

—Venga, un vino blanco, pero que sea suave —les digo mientras Paula me enseña la carta de vinos en su teléfono.

Cuando ya hemos elegido el vino, escogemos varios platos para compartir. Todo tiene muy buena pinta, a pesar de que la decoración me sigue resultando extraña. Miro de nuevo las cortinas y pienso en Gemma: «¿Ya sabe la de polvo que queda entre esos pliegues?».

—Es una copia de un pub muy famoso de Nueva York —me dice al ver hacia dónde miro.

—¿De los años setenta? —le pregunto.

—Tal cual —dice sonriendo.

—Vale, entonces entiendo por qué me resulta tan…

Me callo porque llega un señor con un gran bigote, vestido de verde.

—Raro de cojones —suelta Paula, despreocupada—. El local es raro de cojones.

Gemma y yo la miramos diciéndole que se calle, pero a ella le da igual quién esté delante.

—¿Qué? Seguro que a él también se lo parece —nos dice, provocando una media sonrisa en el camarero.

Gemma y yo nos encogemos un poco a pesar de que deberíamos estar acostumbradas; estas situaciones son muy comunes con Paula. No tiene filtro.

—¿Ya saben lo que quieren?

—¿Un poco de luz? —le dice Paula bromeando.

—Usted brilla como una estrella, señorita —le dice el camarero, divertido.

Paula suelta una carcajada y nosotras acabamos sonriendo también.

—Lástima que sea lesbiana, casi me enamoro de ti —le replica ella.

El camarero sonríe abiertamente y Gemma se apresura a pedir por las tres. Mientras el hombre marca en una tableta lo que queremos, miro de nuevo a Wilson. Es un tipo más bien bajo, con un poco de barriga, muy atractivo de cara y con una mirada felina que imagino que sabe usar a la perfección. Su mujer ya está en la mesa. Es algo más alta que él, delgada, muy rubia… ¡y muy embarazada! Joder… ¿Lo sabe Gemma? Me vuelvo hacia ella y veo que justo en ese momento los está mirando.

—¡Gemma! —le digo alzando un poco la voz.

Mi intención es distraerla para evitar que vea ese bombo. Una tontería de las grandes, porque lo verá en cualquier otro momento.

—¿Qué? —me pregunta con cierto terror.

Lo ha visto.

—¿Qué os pasa, tías? —pregunta Paula sin entender nada.

—La has visto —le digo apurada porque no he podido avisarla.

—¿Cómo no voy a verla, Gabriela?

—Joder… —digo inspirando hondo.

—¡Qué hijo de puta! —suelta ella.

No suele decir palabrotas, y tanto Paula como yo nos quedamos mudas.

—¡Qué hijo de la gran puta! —repite con más énfasis.

—¿Habláis en otro idioma o qué pasa? —nos pregunta Paula intrigada.

GABRIELA

Gemma se ha puesto roja de la rabia y Paula sigue mirándonos sin saber qué ocurre, hasta que echa un vistazo al local y sus ojos se topan con la prominente barriga de la mujer de Wilson.

—¡La madre que lo parió! —exclama abriendo mucho los ojos.

—Paula, baja el tono —la riño al notar algunas miradas sobre nosotras.

—Pero ¿tú has visto eso? —me pregunta en un tono mucho más moderado.

—De eso estábamos hablando.

Paula mira a Gemma y le coge la mano como si fuese a darle el pésame.

—Podemos cortarle la polla si tú quieres —le dice muy en serio.

Gemma sonríe y Paula frunce el ceño.

—No bromeo. ¿De qué va?

—No sé a qué juega, de verdad que no lo sé. Hace unos días me habló de este nuevo restaurante y ahora resulta que me lo encuentro con su mujer. Y embarazada. Joder. ¡Embarazada!

—No lo sabías, claro —dice Paula un poco descolocada.

—No, claro que no sabía nada. ¿Cómo lo iba a saber? Casi nunca me habla de ella, y lo poco que dice no es significativo. Solo repite que la va a dejar, y yo no pregunto, porque bastante mal me siento ya siendo «la otra». La otra, la tonta a la que engaña, a la que miente.

Paula y yo le cogemos la mano casi al mismo tiempo y ella parpadea intentando no llorar.

—A ver, Gemma, tú no eres tonta, solo que... no puedes evitarlo —dice Paula.

Gemma la mira con una sonrisa forzada.

—No puedo, no. Un millón de veces me he dicho «Esta ha sido la última vez». Sin embargo, cuando aparece por mi despacho, con el traje hecho a medida y mirándome con sus ojos rasgados como si fuese única en el mundo, olvido todas mis promesas. Y me odio por ello. Cuando pienso en su mujer, en que yo también soy parte de esta mentira, de este engaño... De todas formas, es él quien debería poner freno a todo esto, ¿no? Yo os juro que lo intento, pero no sé qué me pasa cuando lo veo. Mi cerebro se convierte en gelatina y soy incapaz de pensar.

—Es complicado —le digo intentando ponerme en su lugar.

—Después, en frío, pienso en todas las estrategias posibles para no volver a caer en sus brazos, pero cuando llega el momento, soy una floja. Ahora no puedo dejar de pensar en que es un CERDO con mayúsculas. A mí me dice que la va a dejar y resulta que esperan un crío. Joder, eso son palabras mayores.

—Tenemos que hacer algo —dice Paula mirándome.

Me encojo de hombros. No podemos hacer nada y ella lo sabe.

—Esto es cosa mía —dice Gemma en un tono demasiado grave.

—¿Vas a dejarlo? —pregunta Paula sin cortarse un pelo.

Las tres sabemos que eso es complicado para Gemma. Ese tipo tiene algo que atrae demasiado a nuestra amiga.

—Debería... —dice mirándose las manos.

«Quiero y no puedo, la entiendo bien».

En demasiadas ocasiones sabemos qué debemos hacer, pero los sentimientos, la pasión o el deseo nos desvían del camino correcto. Gemma tiene clarísimo que liarse con un hombre casado no es la mejor opción, pero cuando lo tiene delante, se le nubla el cerebro y es incapaz de pensar con coherencia. Su psicóloga ha trabajado con ella sobre este tema, pero, por lo visto, el carisma de Wilson es demasiado potente. O eso, o es que Gemma está enamorada de verdad, lo que supondría un problema mayor.

—Vamos a ignorar que está aquí —comenta Paula con firmeza.

—Sí, vamos a olvidarlo —dice Gemma alzando la barbilla.

Justo en ese momento el camarero nos sirve el vino y tomamos la copa con cuidado para brindar por nosotras. Pienso en Marcos, en nuestra boda, en las veces que brindamos por nuestro futuro.

—Oye, Gabriela, ¿qué tal tu sustituto? —me pregunta Paula al ver mi mirada perdida.

—¿Eh? Bien, imagino que bien.

—¿Qué te pareció?

—La verdad es que me pareció un tipo listo.

—¡¿En serio?! —exclama Paula sonriendo.

—Mi padre tiene buen ojo, ya lo sabéis. Yo pensaba que sería el típico niño de papá que no sabe hacer la o con un canuto, pero no.

—¿Es guapo? —insiste Paula antes de tomar un sorbo de vino—. Dios, qué rico este vino. ¿Está bueno?

—Normal —le respondo sin ganas de profundizar en ese tema.

Gemma le da un leve codazo a Paula.

—A ver, solo es curiosidad —se queja ella.

—Hablando de guapos, tendríais que ver a mi vecino nuevo.

—¿Sí? ¿Cómo se llama? —salta Paula.

—No lo sé… Solo lo he visto a través de la mirilla y…

—Tía, ¿en plan abuela? —la interrumpe Paula.

—Es que oí ruido y miré a ver si había alguien raro por la escalera. Pero no, era él con una mujer que quizá le pasaba unos… ¿diez años? Los dos muy guapos, eso sí.

—Tu mirilla da mucho de sí —le digo sonriendo.

—Bueno, es que después los vi al salir del portal. Yo estaba fuera, charlando con la vecina del cuarto, y ellos pasaron por mi lado.

—¿Era su pareja? —le pregunta Paula con entusiasmo.

Le encanta cotillear de todo el mundo.

—Se me olvidó preguntárselo —responde Gemma con ironía.

Suelto una risotada y las dos me miran sorprendidas.

—Perdonad, pero es que me hacéis gracia —les digo.

—A ver, Gabriela, este tema es grave, ¿eh? —me dice Paula muy seria antes de estallar en carcajadas.

Gemma se une a nuestras risas y a partir de ahí me siento más ligera, con ganas de reír y de pasarlo bien con ellas. Merezco tener un ratito así. Necesito esta pausa en mi vida para poder coger un poco de oxígeno. Es imposible sobrevivir en un mundo lleno de tinieblas y de pesadillas, es agotador.

Cenamos charlando y sobre todo riendo, obviando a Wilson y a su mujer, aunque sé que Gemma está pendiente de ellos. Es lógico, porque para ella ese hombre es alguien importante, a pesar de saber que es bastante canalla. Paula, al principio, le dijo que, si le hacía eso a su mujer, se lo haría a cualquier pareja que tuviera, y Gemma estuvo de acuerdo con ella —no es que nuestra amiga le dé la espalda a la realidad—, pero, aun así, continuó con él. Hay veces que, aunque sabemos que algo no nos conviene, no somos capaces de dejarlo.

Entre una cosa y otra, consigo divertirme con ellas durante un buen par de horas. Por eso mismo, cuando salimos del restaurante, necesito continuar con esa sensación.

—¿Os apetece tomar algo? —les pregunto.

Ambas me miran con una amplia sonrisa.

—Claro que sí —responden casi al mismo tiempo mientras me cogen del brazo para seguir andando.

—¿Qué os apetece? ¿Algo tranquilo o algo más ruidoso? —pregunta Paula.

—Tranquilo, ¿no? —dice Gemma.

Es viernes, y probablemente hay mucha gente con ganas de fiesta, pero yo también prefiero sentarme con ellas y seguir charlando.

Nos decantamos por Trama Sin Final, un local de ambiente relajado y música diversa donde puedes sentarte y mantener una conversación sin tener que gritar. Además, allí trabaja el primo de Gemma y tienen los baños impecables, algo que para ella es fundamental.

Hay poca gente, así que nos sentamos al lado de una de las ventanas, donde hay unos pequeños sofás de lo más cómodos. Suelen estar ocupados, pero es pronto y podemos escoger sin problema.

—Ey, bonitas, ¿qué tal?

—Álex, ¿qué tal?

Saludamos al primo de Gemma, que se parece bastante a ella, pero solo físicamente, ya que, al contrario de mi amiga, Álex piensa poco antes de hablar.

—Gabriela...

Me da dos besos con cariño. Lo conozco bastante y es un tipo muy agradable, siempre me ha caído bien. Tiene veintidós años, pero es bastante maduro. Trabaja aquí los fines de semana y estudia el último curso de CAFD, quiere ser profesor de gimnasia en primaria.

—¿Algún cóctel nuevo en la carta?

—¿Os puedo sorprender?

—Por supuesto —responde Paula, animada, mientras le hace ojitos a una camarera.

Gemma siempre reñía a Paula por coquetear con su primo, pero ahora sabe que solo bromea y ya no le dice nada. Álex sabe que las miradas de nuestra amiga no significan nada y suele divertirse con ella.

—Paula, algún día te vas a quedar bizca —le dice sonriendo.

—De un polvito, Álex, no te digo que no.

—¡Paula! —la advierte Gemma.

—Gemmita, que tu primo ya tiene los huevos pelados…

—Vale, vale —digo yo—. Álex, trae algo que relaje a estas dos —le pido, cortando la discusión de mis amigas.

Gemma es muy protectora con él a pesar de que ya es un tipo adulto, y a Paula le encanta buscarle las cosquillas. Siempre estamos igual, pero es divertido.

—Uf, creo que me está subiendo un poco el vino —dice Gemma, recostándose en el sofá.

—Es que han caído dos botellas —le recuerda Paula.

—¿Dos? —pregunto yo asombrada—. ¿Cuándo hemos pedido la segunda?

—Cuando has ido a cagar.

—Paula, joder, he ido a retocarme.

Miro a mi alrededor por si alguien la ha oído.

—Qué bruta eres —le digo sonriendo.

—Todos cagamos —suelta mirando hacia su lado izquierdo porque hay un par de chicos que tienen la mirada puesta en ella—. ¿O vosotros no?

Deben de tener unos dieciocho años y dejan de mirarla con una carcajada.

—Paula, dejemos el tema —le pide Gemma.

—Vale, vale, ya me callo.

—Señorita Paula, va a usted a flipar con este nuevo cóctel que hemos bautizado con su nombre —dice Álex con una bandeja en las manos y tres vasos enormes con una pajita de color morado.

Paula abre los ojos y lo mira asombrada.

—¿Es broma?

—Para nada, mi jefe no sabía qué nombre ponerle y le hablé de una amiga de mi prima que habla... por los codos y que dice lo que piensa sin tapujos. En la carta hemos escrito: «Paula, un cóctel que dice lo que piensa».

Las tres abrimos la boca, alucinadas, mientras él coloca los vasos en la mesa.

Paula empieza a reír y entonces Gemma y yo también nos reímos.

—¿Voy a cobrar por esto? —le pregunta Paula cogiendo el vaso.

El color del líquido es de un rosa clarito, hay trocitos muy pequeños de fresa en él y alrededor del vaso han colocado azúcar de un rosa más fuerte. La verdad es que tiene muy buena pinta.

—A ver si te voy a cobrar yo a ti por el honor —le replica Álex en un tono cantarín que nos hace reír de nuevo.

Miro al primo de Gemma, lo veo distinto, como más mayor. Hace más de tres meses que no lo veía, claro. ¿Puede ser que haya cambiado tanto en tan poco tiempo?

—Si me gustaran los tíos, iría a por ti, a pesar de que tu prima me mataría —le suelta Paula.

—Obviamente —le dice Gemma asintiendo con la cabeza.

—Pero a mí me daría igual —sigue Paula.

—Y a mí también —continúa Álex con una risilla.

El chico me mira con picardía y luego se va para servir a otras mesas.

—Está bueno, ¿eh? —nos dice Paula, probando el cóctel.

—Mucho —le decimos nosotras, sorbiendo de la pajita.

—Me refiero a tu primo, Gemma.

Ella deja de beber y tose un poco porque se ha atragantado.

—Se nota que hace deporte, es verdad —digo yo, intentando que Gemma no se altere por los comentarios de Paula.

—A veces dudo de que seas lesbiana —bromea Gemma arrugando la nariz.

—Sí, ¿verdad? Yo también. —Paula la mira sonriendo y se queda tan ancha con su respuesta.

La conocemos bien, sus respuestas ambiguas y sus salidas de tono son lo habitual. Ya estamos acostumbradas.

Nos tomamos el cóctel con rapidez. Es muy suave. Sabe a fresa y te deja un sabor muy dulce al final del paladar. Además, está fresco y los trocitos de fruta le dan un toque especial.

—¿Otro? —pregunta Paula alzando el vaso.

Gemma y yo nos miramos y le decimos que sí al unísono.

Seguidamente, me recuesto en el sofá y cierro los ojos. El alcohol embota un poco mis sentidos y eso me reconforta, la verdad. Mis amigas están hablando. Yo las escucho atenta, pero sin participar. Últimamente, suelo hacerlo a menudo y ellas respetan con cariño mis silencios.

Paula explica que tiene un niño adoptado en clase que, debido a su síndrome alcohólico fetal, tiene muchos problemas de relación con el resto. Luego Gemma habla de un caso complicado que está llevando en su bufete y la escucho igual de atenta hasta que me pregunta qué haría yo. La miro pensando en lo que nos ha comentado y le doy mi opinión sincera. Trabajamos en distintos bufetes, pero somos lo bastante amigas como para explicarnos algunos casos sabiendo que la otra no dirá ni mu.

Terminamos la segunda copa y salimos del bar sonriendo. Me ha gustado salir con ellas, a pesar de la sombra que arrastro conmigo. Me lo he pasado bien y en algunos momentos he sentido que puedo volver a ser esa chica divertida y con ganas de vivir.

Me acompañan a casa y en cuanto entro siento que las paredes se estrechan. Está claro que tengo que dejar este piso cuanto antes.

Me vibra el móvil y veo que tengo un nuevo correo: ¿Bruno?

BRUNO

Llevo tres jodidas horas intentando redactar un buen alegato de clausura para mi cliente. Quiero convencer al juez Ortiz de que tenemos la razón, pero sé que es bastante exigente.

De: Bruno Santana
Para: Gabriela Martos
Hora: 00.15

Querida Gabriela:
Estoy con el alegato de los Martínez y te agradecería que le echaras un vistazo. Te adjunto el documento.
Gracias.
Un saludo

Bruno Santana
Abogado asociado en Bufete Martos
BrunoSant@martosbufete.com

Es tarde e imagino que Gabriela estará durmiendo. Según me han dicho, lleva encerrada en su piso desde la muerte de su novio. Menuda putada. No puedo ponerme en su lugar, pero entiendo que debe ser doloroso.

Repaso de nuevo el escrito y corrijo algunas frases. Soy muy meticuloso con mis escritos, a veces demasiado. Cuando estoy a punto de cerrar el ordenador, llega un correo de Gabriela y abro los ojos desconcertado. ¿Está despierta?

De: Gabriela Martos
Para: Bruno Santana
Hora: 00.33

Querido Bruno:

Puedes llamarme Gabriela a secas, no soy tan mayor. Eso lo primero.

Lo segundo, es viernes por la noche, ¿no deberías estar, no sé, de fiesta, con alguna chica o, perdona, con algún chico, o con una chica y un chico a la vez? Que a mí me da igual, como si quieres estar con cuatro al mismo tiempo, como dice aquella canción... ¿Cómo era? «Felices los cuatro»... Bueno, es igual. Que me voy del tema.

He leído tu alegato y prefiero volverlo a leer mañana, si no te importa, porque es muy tarde y justo acabo de llegar. He salido a cenar con las chicas y nos hemos tomado dos botellas de vino (o eso dicen ellas, porque yo no he visto la segunda). También hemos bebido dos Paulas en Trama Sin Final, y es que estaban demasiado buenos, pero, claro, ahora mismo mis neuronas están bailando con Bad Bunny.

Así que hasta mañana, Bruno.

Gabriela Martos
Abogada asociada en Bufete Martos
GabrielaMar@martosbufete.com

Lo he leído casi sin respirar y ahora lo leo de nuevo soltando una risilla. ¿En serio, Gabriela?

GABRIELA

De: Bruno Santana
Para: Gabriela Martos
Hora: 00.50

Gabriela, a secas:
Entiendo que has salido con tus amigas y que se te ha ido un poco la lengua 😄.
No estoy de fiesta porque soy un tipo muy responsable con mi trabajo. Eso, lo primero. Lo segundo es que aún no he estado con varias a la vez, pero gracias por la idea.
En cuanto a las botellas de vino y a los dos Paulas, no hay comentarios al respecto, señoría. Jajaja, me has sacado una buena carcajada. Espero que te lo hayas pasado bien.
Cuando puedas, ya me comentas algo del alegato.
Buenas noches

Bruno Santana
Abogado asociado en Bufete Martos
BrunoSant@martosbufete.com

Son las once de la mañana, me duele mucho la cabeza y no entiendo el correo de Bruno. Está claro que necesito un café para despejarme.

Murmuro lo de siempre («no voy a beber nunca más») mientras me levanto de la cama para dirigirme al baño.

Una vez que ya me he tomado el café, vuelvo a mirar mi correo y leo un par de veces lo que le respondí anoche a Bruno. Probablemente habrá pensado que soy un poco lerda, así que para arreglarlo me siento en el sofá para estudiar bien su alegato. Conozco el caso a la perfección, por lo tanto, sé que puedo ayudarlo.

Al cabo de una hora le paso un breve informe con algunos retoques y se lo envío en un tono más bien serio. Lo de anoche no hace falta que se vuelva a repetir.

De: Gabriela Martos
Para: Bruno Santana
Hora: 11.25

Buenos días, Bruno:
Te adjunto algunos cambios que espero que sean de tu agrado.

Saludos

Gabriela Martos
Abogada asociada en Bufete Martos
GabrielaMar@martosbufete.com

No sé por qué, leo de nuevo nuestros correos y acabo poniendo los ojos en blanco. Bruno se lo tomó todo en broma, por suerte; otro quizá me habría dicho que en ese estado es mejor no responder preguntas relacionadas con el trabajo.

Me siento contrariada. Salí, me reí, a ratos me lo pasé bien y creo que no debería ser así.

Pero ¿por qué no?

Porque él está muerto y yo ya no merezco disfrutar.

Gabriela

Gemma, necesito el teléfono de esa psicóloga que me recomendaste.

Gemma

Ahora mismo te lo paso.

Llamo a la doctora Mireia Rísquez y, cuando cuelgo, lloro desconsoladamente. La realidad me aplasta y no me deja respirar: Marcos se ha ido para siempre y no puedo cambiarlo.

FASE 4

DEPRESIÓN

Es importante comprender que esta depresión no es un síntoma de enfermedad mental, sino la respuesta adecuada ante una gran pérdida. Nos apeamos del tren de la vida, permanecemos entre una niebla de intensa tristeza y nos preguntamos si tiene sentido seguir adelante solos. ¿Por qué tengo que seguir adelante?

La vida parece no tener sentido.

ELISABETH KÜBLER-ROSS Y DAVID KESSER

GABRIELA

Descuelgo la camiseta y la doblo con cuidado mientras miro de reojo la ropa de Marcos que ahora está a un lado de la cama.

«Lo mejor es donarla».

Al principio me negué en rotundo. ¿Cómo iba a dar su ropa?, ¿sus zapatos?, ¿sus… sus cosas?

Duele tanto…, joder.

Su madre vendrá más tarde a recogerlo todo. Yo me he quedado con su camiseta favorita, una de un gris oscuro que usaba para dormir cuando hacía frío de verdad, porque él solía dormir en ropa interior.

—¿De veras no tienes frío cuando te levantas?

—Gabriela, ¿tú has visto todo este músculo?

Marcos se dio un par de golpes en los muslos y nos pusimos a reír los dos.

—Yo solo veo que está nevando y que tú sales casi desnudo de la cama.

—Ese es el secreto.

Sus cejas se arquearon un par de veces antes de entrar en el baño y yo solté otra risilla mientras me tapaba hasta la barbilla. Era un domingo cualquiera y no tenía ninguna prisa en pisar el frío suelo.

Cerré los ojos con esa sonrisa. No podía ser más feliz.

Ya no hay sonrisas, ni frío, ni calor, porque me cuesta sentir algo de verdad. Me da la impresión de que ya nada tiene sentido.

Hoy tengo la primera sesión con la psicóloga, sesión que he estado a punto de anular varias veces, pero voy a darme una oportunidad. ¿Y si me ayuda ni que sea un poco? Siempre he creído en la salud mental y en los psicólogos, así que voy a ir a esa visita, a pesar de que me está costando todo un mundo.

Hoy, al despertarme, he pensado en volverme hacia un lado y continuar durmiendo todo el día. ¿Por qué no? ¿A quién le importa? El mundo sigue dando vueltas, la gente sigue saliendo a la calle y todo sigue funcionando como si Marcos no hubiera existido; es algo que no entiendo. ¿Cómo es posible?

Hoy el día se me presenta duro: recoger mis cosas, hacer las maletas, irme de este piso para siempre, instalarme en casa de Gemma y mi primera visita con la psicóloga. ¿Demasiadas cosas? Lo sé, pero he sido yo misma la que lo ha dejado todo para el último día.

Podría haberme instalado ya hace unos días con Gemma, porque ella ya lo tenía todo preparado, pero le pedí un poco más de tiempo. No sé, necesitaba decirle adiós a este piso. No es fácil dejarlo sin más. A ratos pienso que quizá estoy traicionando a Marcos. Es complicado saber si lo estoy haciendo bien, no existe un manual para personas que han perdido a su pareja el día de su boda. ¿Y si me arrepiento? ¿Y si necesito volver? Mi padre ha vendido el piso a una pareja con una hija pequeña y no hay marcha atrás. Por eso mismo voy rozando con mi mano las paredes, los muebles, las ventanas, las cortinas… Este era nuestro hogar y ahora es un cascarón vacío del que necesito huir. De ahí mis sentimientos encontrados. ¿Pensará Marcos que soy una cobarde?

Intento alejar ese tipo de preguntas que solo pueden hacerme más daño, pero es complicado no pensar según qué.

GEMMA

—Me da la impresión de que Gabriela estaba mejor unos días atrás…

—Sí, es verdad, Paula, pero es lo normal. Tendrá días mejores y otros peores. Nos puede parecer que ya está recuperada, pero probablemente no sea así. Solo han pasado cinco meses…

Estoy dando un paseo hacia el piso de Gabriela mientras charlo por teléfono con Paula. De allí cogeremos un taxi para ir a mi casa y ayudarla a que se instale. Sé que es un momento duro y quiero estar con ella. Paula está de excursión con los niños de su clase, así que hoy llegará algo más tarde, por eso me llama, porque le habría gustado estar con nosotras. Pero Gabriela ha elegido el día, aunque yo no estaba segura de que al final diera el paso.

Lleva un tiempo de bajón, algo que es muy comprensible. Creo que empieza a asumir la muerte de Marcos.

—Ya, sé que el proceso no es lineal.

—Exacto.

—¿Y qué podemos hacer?

—Estar a su lado, Paula, tal y como estamos haciendo.

—Pero es que cuando la veo tan mal…

—Ya, pero tiene que estar mal.

—Joder, me gustaría tener tu temple.

—Paula, yo también lo paso mal, pero intento hacerlo lo mejor posible.

—En otra vida quiero ser tú.

97

Me echo a reír porque lo ha dicho totalmente en serio, y en el fondo me encanta, porque no podemos ser más distintas. Yo también he deseado ser como ella en algunas ocasiones: vivir al límite, no darle vueltas a todo, ser más impulsiva y un largo etcétera de cosas que admiro de mi amiga.

GABRIELA

—¿Lo tienes todo? —me pregunta Gemma en un tono neutro.

Es de las pocas personas que no me compadece, y la verdad es que se lo agradezco, porque en muchas ocasiones es el cariño de la gente el que me trae de vuelta a Marcos a la cabeza.

«¿Cómo te encuentras, Gabriela?».

«Mal, Marcos ha muerto».

«¿Qué tal descansas, cariño?».

«Mal, Marcos ha muerto».

«¿Ya has empezado a trabajar?».

«No, Marcos ha muerto».

Y como estas preguntas, muchas más; todas hechas con cariño, lo entiendo, pero es complicado dejar de pensar en él si la gente no deja de recordármelo.

En cambio, Gemma y Paula hacen todo lo contrario, a pesar de que sé que ellas también sienten mi dolor.

—Todo listo, vámonos —digo decidida.

No quiero mirar atrás, he sido yo quien ha elegido irse de aquí.

Gemma me ayuda con las maletas y las bolsas. Ha pedido un taxi, y este llega justo cuando salimos del portal. Miro a mi alrededor con tristeza, no puedo evitar pensar que yo creía que mi vida iba a discurrir entre estas calles.

Con Marcos.

Mi amiga le indica la dirección al taxista y empezamos a alejarnos de allí en silencio. Oigo la radio del taxi, pero apenas me entero de lo que dicen, porque me dedico a observar el ajetreo de Madrid. La gente viene y va, cada uno tiene su vida, y me doy cuenta de que sabemos bien poco de los demás. Quizá te cruzas con alguien cada día del mundo y no sabes ni su nombre. Me parece un poco lamentable, pero las cosas son así. Ahora mismo toda esa gente no sabe que yo estoy rota por dentro, pero, aunque lo supieran, les daría igual porque no soy nadie para ellos. Imagino que es la manera de sobrevivir en este mundo tan lleno de desgracias propias y ajenas.

—Ya hemos llegado —dice Gemma tocándome el brazo.

El taxi se ha detenido y no me he dado cuenta. Es la sensación constante que tengo ahora en mi vida: las cosas pasan por mi lado y no las veo. Como si una cortina de humo estuviera entre el mundo y yo.

El taxista, muy amable, nos ayuda con las maletas y entramos en el portal de Gemma. Me gusta la enorme puerta de madera con esos tornillos metálicos que le dan un aspecto muy rústico. Estamos en la parte alta de Chueca y, evidentemente, hay mucha gente por sus calles.

Cogemos el ascensor y le sonrío a Gemma. Tengo ganas de instalarme y compartir el piso con ella. Creo que será un buen cambio y, además, me apetece mucho estar con mi amiga. Tengo claro que Gemma y Paula están siendo los pilares que necesito para que mi vida no se desmorone. Son familia, esa familia que eliges porque te cuida, porque la cuidas, sin obligaciones de ningún tipo.

—Tu habitación es la del fondo, es la más grande. ¿Qué te parece?

—Genial, tengo balcón.

—Sí, sé que te gusta cotillear.

Gemma suelta una risilla y yo le sonrío con cariño.

—No sé por qué nunca has querido esta habitación. Por la noche tiene que ser chulo sentarse aquí a mirar el cielo.

—Porque los balcones de los vecinos están muy juntos y me da la sensación de que alguien puede entrar en la habitación.

La miro abriendo mucho los ojos.

—¿Te imaginas? —le digo bromeando—. Tú durmiendo y que alguien se cuele entre tus sábanas.

—Si fuera Mario Casas, no me importaría, pero como no vive aquí, prefiero estar en la otra punta del piso.

Dejo las maletas en la habitación bien colocadas, sé que a Gemma le pone nerviosa ver las cosas fuera de su sitio.

—Voy a guardar la ropa —le digo, mirando el reloj. Todavía faltan un par de horas para mi cita con la psicóloga.

—¿Quieres un café o algo?

—No, no, gracias.

—Vale, si necesitas ayuda, me dices.

—Lo haré…

Empiezo a colocar mis pertenencias en su lugar mientras escucho el ruido de la calle. He abierto el balcón porque empieza a hacer calor. Estamos en mayo, pero han subido las temperaturas de forma exagerada los últimos días.

De repente oigo una voz masculina y me quedo quieta un segundo hasta que entiendo que es el vecino de al lado que habla por teléfono.

—No, mamá, yo no quiero volver con ella…

Imagino que está en el balcón, así que sigo con lo mío, pero lo oigo a la perfección.

—Me da igual lo que te haya dicho, las cosas no van así…

Su voz se mezcla con los ruidos de la calle, pero por un momento me da la impresión de que me suena de algo.

—Mamá, te he dicho que no…

Esto último lo intenta decir en un tono más bajo, pero lo oigo igualmente, supongo que porque estoy un poco pendiente.

—Mira, creo que no debes hablar con ella. No tiene sentido. Es mi vida, no la vuestra, así que no quiero hablar más del tema… Pues yo opino así y debes respetarlo…

Lo oigo resoplar y tengo ganas de decirle que tenga paciencia, que, a veces, nuestras madres se ponen muy pesadas con según qué. Sonrío porque me hace gracia tener esa conversación imaginaria con alguien que no conozco.

Dejo de oírlo. Debe de haber entrado en su piso. Termino de guardar mis cosas y salgo al balcón para airearme. Miro hacia los lados y confirmo que lo que dice Gemma es real: los balcones están demasiado juntos, si quisiera podría pasar al del vecino sin problema alguno. No soy miedosa, así que tampoco me preocupa mucho. Además, imagino que en cualquier momento conoceré a ese vecino y podré comprobar que no es un asesino en serie.

Respiro hondo y miro hacia la calle. ¿Será mi vida así para siempre? El vacío en mi interior es tan grande que me da la impresión de que no podré volver a sentir nada. ¿Será así? Es como si viviera a medio gas, como si estuviera fuera de mi cuerpo, observándome: duermo, me visto, como, ando…, pero no soy yo. Es muy extraño y al mismo tiempo quiero pensar que necesito estar un poco anestesiada, porque, si no, no sé si lo soportaría. Cada vez que pienso en Marcos, quiero gritar y llorar.

—No, no me des explicaciones. ¡No las quiero!

Me vuelvo al oír gritar a Gemma, es muy raro que ella alce la voz.

—¿Me estás diciendo que no quieres ser padre?

Está hablando con su jefe, está claro. Debe de haberla llamado porque ella ha pasado de contestarle ningún mensaje. Paula le dijo que lo bloqueara, pero Gemma no sabe hacer ese tipo de cosas.

—Pero ¿tú te estás oyendo?

Quiero pensar que, si él la llama, es porque Gemma le importa, pero tampoco lo tengo muy claro. Quizá lo que no quiere es perder a su amante.

—No, ahora no puedo hablar. Adiós.

Salgo de la habitación para hablar con ella.

—Gemma…

—Perdona, me has oído…

—De perdona nada. ¿Estás bien?

—La verdad es que no.

—Siéntate, que te preparo ese café —le digo con cariño.

Mi amiga necesita ordenar su cabeza antes de hablar, la conozco bien, y es lo que hará mientras yo preparo el café.

Yo también pienso en su situación. Es evidente que ser la amante de un hombre casado no es fácil y que, aunque puedes decir que estás con él porque quieres, a veces las cosas no son tan sencillas. Con el tiempo hemos aprendido a entenderlo. Gemma está enamorada de Wilson, pero si él no fuera tras ella, podría llegar a poner punto final a esta relación. Sin embargo, él es el primero que busca estar con ella. ¿Cómo decir «no» cuando sientes que la pasión recorre todo tu cuerpo con una sola mirada? ¿Cómo negarte a lo que tu piel desea? ¿Cómo evitar estar con alguien que hace temblar todos tus cimientos?

Gemma ve mermada su voluntad cuando está frente a él, ¿cómo luchar contra eso? Paula y yo hemos entendido que es más complicado de lo que parece. Que es muy fácil decirle «Déjalo», pero que para ella no es sencillo dar ese paso, pues él es lo único que todo su ser desea. Y no, no la justificamos, creo que las tres opinamos igual: ser amante de alguien no es lo correcto. Pero la comprendemos, a pesar de que preferiríamos que lo mandara a la mierda. Quizá ahora con el tema del embarazo…

—Un café cargadito, como a ti te gusta.

—Gracias, Gabriela.

—¿Quieres hablar?

Gemma me mira pensativa y por un segundo pienso que me va a decir que no. Abre los labios y los cierra de nuevo.

—Se justifica diciendo que su mujer ha dejado los anticonceptivos.

—Y tú no te lo crees.

—¿Debería?

Me mira enarcando las cejas.

—No me ha dicho en ningún momento que su mujer estaba embarazada. Es verdad que no hablamos de ella, como puedes suponer, pero creo que eso debería saberlo, ¿no?

—Creo que sí.

—Pues él dice que no. Que su vida con ella no tiene nada que ver con su vida conmigo. «¿Qué vida?», le he preguntado, «¿la que vivimos a escondidas?».

Frunce el ceño e inspira fuerte para no llorar. La abrazo y suspira en mi cuello.

—Estás agobiada —digo.

—Sí, estoy agobiada por todo: por soportar esta situación, por no tener la fuerza de voluntad para dejarlo, por sentir todo lo que siento por él… Con todos los hombres que hay, me he tenido que fijar justo en él. Yo, que siempre lo tengo todo controlado, que me gusta secar bien los vasos después de que hayan salido del lavavajillas. Yo, que tardo en hacer la cama unos veinte minutos porque no puede quedar ni una arruga. Yo, que... mil cosas más, excepto mandar a tomar viento a Wilson. No me entiendo, todo esto me confunde mucho y me duele. ¿Por qué no lo dejo?

Asiento con la cabeza, pero seguimos abrazadas. Entiendo que su situación es difícil, por eso mismo no le voy a decir lo que ya sabe: que Wilson no le conviene.

—No sé, creo que lo de tener un crío son palabras mayores y que no podemos seguir así. Va a ser padre, Gabriela. ¿Qué clase de padre será si continuamos juntos? Yo no lo concibo.

—A mí él me da igual, Gemma, a mí lo que me preocupa es lo que puedes llegar a sufrir tú con todo esto.

—Sí, claro. Eso también. Sabes que yo... siento cosas por él.

Está enamorada, o eso creo, pero no quiere decirlo en voz alta porque le da vergüenza, porque no entiende que haya podido enamorarse de alguien a quien apenas ve y con quien solo tiene sexo, alguien a quien le roba miradas y con quien tiene conversaciones a escondidas. No tiene mucho sentido. En alguna ocasión ha comentado cómo sería salir con él: ir a tomar un café, ir al cine, ir a cenar... Hacer las cosas que hacen las parejas... Pero nunca se ha dado el caso. Él tiene muy claro qué tipo de relación quiere con ella.

—Por eso mismo —le digo en un tono muy serio.

—No creo que pueda soportarlo, tienes razón. Voy a sufrir, es que lo veo venir. Voy a pasarlo mal.

—Yo pienso igual, pero... ¿dejarlo?

Se lo pregunto dudosa porque lo ha dicho en más de una ocasión, pero nunca lo ha podido llevar a cabo.

—No tengo otra opción. No sé cómo lo haré ni cómo podré llevarlo, porque eso de trabajar juntos...

—Podrás y nosotras estaremos a tu lado. En todo.

Gemma se aprieta contra mí y siento el calor de todo su amor. Ella no lo sabe, pero yo me nutro también de ese cariño. La necesito. Las necesito. Y, por suerte, ellas a mí.

GABRIELA

Gemma ya lo está pasando mal y esto solo acaba de empezar. No quiero ni imaginar lo que puede llegar a sufrir cuando la mujer de Wilson esté de parto, cuando sus compañeros lo feliciten por ser padre o, si se da el caso, cuando lo vea paseando con su bebé en el carrito.

Mi amiga cierra los ojos y un gesto de disgusto me indica que toda esta historia le va a pasar factura. La verdad es que a ratos odio a ese tipo, odio que no deje a Gemma ser feliz porque él la busca por los pasillos; eso lo tenemos claro las tres. Tampoco entiendo por qué sigue con su mujer si necesita estar con Gemma. Y ahora lo entiendo menos. Va a ser padre, y él, sin embargo, está convencido de que todo puede continuar igual.

—Voy a dejarlo.

—Bien, si crees que es lo mejor, adelante.

Gemma me mira fijamente. Ambas sabemos lo complicado que le va a resultar dejar a Wilson.

—¿Tú crees que es lo mejor?

La miro sonriendo y con cariño.

—Gemma, eso debes pensarlo tú. Pero si me estás pidiendo mi opinión, sí, creo que a la larga será lo mejor para ti, aunque ahora te duela mucho.

—Me dolerá.

—Sí, lo pasarás mal.

—Sí, lo sé.

—Pero con él no vas a ser feliz.

—Él no va a dejar a su mujer ni a su... hijo.

No digo nada porque no puedo afirmar eso, a pesar de que pienso que Wilson, en efecto, no los dejará nunca.

—Y, además, yo tampoco quiero que los deje. No sé si podría vivir sabiendo que un niño crece sin su padre por mi culpa... Ya sabes lo importante que es para mí la familia.

—Lo sé...

Es verdad. De las tres, Gemma es la más familiar, se lleva genial con sus padres. Antes de conocer a Wilson, siempre comentaba que quería formar una gran familia, pero en cuanto empezó con él, esa idea desapareció. ¿Y ahora? Suspiro porque creo que todo esto va a traer cola.

—Pues nada, está decidido. Creo que ahora necesito una copa.

La miro muy sorprendida.

—¿Ahora? No puedo acompañarte, tengo psicóloga...

—Es verdad, ¿nos la tomamos juntas cuando regreses? Voy a preparar una buena cena y después nos tomamos algo a la salud de mi futura soltería.

—Eso está hecho, aunque, si quieres, hacemos la cena entre las dos...

—No te preocupes, que cocinar me ayuda a relajarme.

—Pues me doy una ducha y me voy.

Gemma me sonríe.

—Gracias, me encanta que estés aquí.

—Gracias a ti, a mí también me encanta estar aquí. No sé por qué, pero me da la impresión de que ya llevo días en esta casa, y solo hace un rato que he llegado...

—Este piso tiene magia —dice con una risilla.

Estoy a punto de explicarle la conversación del vecino, pero me lo pienso mejor y no digo nada. No quiero parecer una cotilla, lo he oído sin querer y no es cosa mía lo que haga ese tipo.

Cuando salgo de la ducha (una ducha muy moderna que no pega nada con el piso, pero que me ha parecido lo más), me voy dando un paseo hasta el centro, donde tengo cita con la psicóloga. Tengo una sensación extraña en el cuerpo, como si estuviera empezando de cero, y durante un segundo veo una luz al final del túnel, pero solo dura un instante. Una pareja cogida de la mano, sonriendo, charlando, feliz, me recuerda la ausencia de mi marido. Cada vez que pienso que se murió el día de nuestra boda, me cuesta creerlo, parece una broma de mal gusto. Odio ese día, odio mi vestido de novia, odio no haber elegido otro día, porque pienso que, si lo hubiera hecho, quizá Marcos seguiría vivo, aunque su hermano David me dijo que todo habría sucedido de la misma forma, en cualquier otro lugar.

En ocasiones, me aferro a la idea de que podría haberlo salvado, de que, si hubiéramos estado en el piso tranquilos, su cabeza no habría reaccionado así. Me autoengaño, sé perfectamente que el aneurisma habría llegado para llevárselo de mi lado.

Tras hablar con la recepcionista del centro, entro en una sala blanca con sillas de colores muy bonitas. No hay nadie, así que me siento cerca de la puerta y saco el móvil del bolso. Suelo leer con el teléfono en este tipo de situaciones: cuando espero a alguien, en la sala de espera del médico o del dentista, en mis ratos muertos..., pero hace tantos días que no lo hago que ni abro la aplicación. Justo en ese momento me llega un correo.

Bruno de nuevo.

De: Bruno Santana
Para: Gabriela Martos
Hora: 18.50

Buenas tardes, Gabriela:
Solo informarte de que hemos ganado el caso y que tus correc-

ciones en el alegato final me fueron genial para conseguir la victoria.

Gracias por el tiempo dedicado, te debo un café.

Saludos amables.

Bruno Santana
Abogado asociado en Bufete Martos
BrunoSant@martosbufete.com

Evidentemente, me alegro por la noticia y le respondo al momento.

De: Gabriela Martos
Para: Bruno Santana
Hora: 18.54

Buenas tardes, Bruno:
Me alegro mucho y enhorabuena. El mérito es tuyo.

Saludos cordiales,

Gabriela Martos
Abogada asociada en Bufete Martos
GabrielaMar@martosbufete.com

No le digo nada de ese café porque lo último que me apetece es tomar algo con alguien del sexo opuesto que apenas conozco. Me da igual que sea un superabogado o un tío superlisto, no tengo ganas de conocer a nadie.

BRUNO

De: Bruno Santana
Para: Gabriela Martos
Hora: 18.57

El mérito es de los dos. Está claro que el trabajo duro ya estaba hecho. Supongo que siempre ganas...

Que tengas una bonita tarde.

Bruno Santana
Abogado asociado en Bufete Martos
BrunoSant@martosbufete.com

Quería añadir «Tan bonita al menos como tú», pero no lo he hecho...

Gabriela es de ese tipo de chicas guapas y llamativas, a pesar de que le falta brillo en la mirada. Imagino que sigue muy triste por la muerte de su novio en plena boda. Ella me lo comentó por encima, pero un par de compañeros me contaron lo sucedido con tantos detalles que pude imaginarme la situación a la perfección.

Miro el correo un par de veces para ver si me responde, pero no lo hace, algo que ya imaginaba. Gabriela es correcta, pero no tiene ninguna intención de confraternizar conmigo. En cambio, a mí me parece una mujer interesante con la que no me importaría tomar un café mientras tenemos una conversación entretenida. Solo eso, porque ahora mismo no tengo ganas de liarme en una nueva historia. Después de estar con Txell, creo que tengo para varios años de soltero.

Justo entonces me suena el teléfono y, cuando veo que es mi ex, lo escondo de nuevo en el bolsillo. No tengo ganas de hablar con ella, y menos después de saber que va por detrás hablando con mi familia sobre nosotros. Dándoles su versión de la historia, claro.

«Ella dice que todo lo has provocado tú, que no sabías cómo acabar vuestra relación. Creo que deberías pensar un poco antes de hacer las cosas, Bruno».

Y ya está, sentenciado.

GABRIELA

Estoy a punto de contestar el correo de Bruno cuando una chica muy alta me llama por mi nombre.

Es Mireia Rísquez. De entrada, su cara me resulta agradable porque me sonríe sin ningún tipo de lástima, aun sabiendo todo lo que arrastro conmigo. Y lo agradezco.

Echo un vistazo rápido a su despacho: paredes de un blanco roto, ventana grande con una cortina de color azul cielo, una mesa grande de madera noble y tres sillas negras, todas iguales. En una de las paredes hay un par de cuadros que no reconozco y, en la otra, varios diplomas enmarcados en el mismo azul que las cortinas. Es un lugar acogedor, la verdad.

—Hola, Gabriela, me llamaste por un tema de duelo...

—Sí, una amiga me pasó tu número y me dijo que eras especialista en duelo.

—Sí, así es. Cuéntame, ¿a qué te dedicas?

—Eh... Soy abogada, trabajo en un bufete importante, donde mi padre es el socio mayoritario. Soy su mano derecha, pero ahora mismo estoy de baja... No me veo capaz de hacer nada.

Mireia me mira asintiendo con la cabeza, como si me entendiera a la perfección.

—Es normal, no te preocupes, y haces bien en tomarte tu tiempo.

—A veces me siento culpable...

La hora se me pasa volando. Me doy cuenta de que la sesión ha acabado porque suena un pequeño reloj que Mireia tiene en la mesa de su despacho. Le he terminado explicando cómo murió

Marcos el día de nuestra boda y, aparte de coger algún dato en su libreta rosa, me ha estado escuchando con mucha atención sin apenas hacer comentarios ni poner caras raras. No soporto que sean condescendientes conmigo ni que se digan comentarios vacíos sobre lo que ocurrió, algo que es muy común entre familiares y amigos.

Durante los últimos cinco minutos solo habla ella y lo primero que me dice es que debo aceptar lo que siento como algo bueno, no debo sentirme culpable ni creer que lo estoy haciendo mal. Cada persona vive el duelo a su manera y durante el tiempo que necesite. Es un proceso lento, sobre todo cuando has perdido a alguien muy cercano, y debo tener paciencia conmigo misma. Si tengo un día malo, si quiero llorar, si no quiero hacer nada, debo aceptar que es parte del proceso y que probablemente el día siguiente o el otro será mejor. No debo tener prisa ni pensar en ningún momento que estoy equivocándome. Estoy dolida, sufro, pero sigo siendo Gabriela, esa persona a la que conozco perfectamente. No he de culparme por sentirme mal, y si alguien no lo entiende, es su problema, no el mío.

Asiento con la cabeza porque estoy de acuerdo con su modo de enfocar el duelo. Me voy de allí sintiéndome más ligera, como si hubiera dejado un gran peso entre aquellas cuatro paredes y ahora pudiera andar con más brío. Sé que es algo momentáneo, pero me gusta esa sensación.

«Debo aceptar lo que siento».

Me repito este mantra hasta llegar al piso de Gemma. Decido subir por las escaleras porque el ascensor está ocupado, pero en cuanto he subido solo algunos escalones, oigo que se abre la puerta y sale alguien. Miro de reojo y veo que es un hombre vestido con traje. Imagino que es algún vecino y bajo las escaleras con rapidez para poder subir en el ascensor. Al entrar, noto su perfume e inspiro con fuerza. Huele bien, no puedo negarlo. ¿Qué colonia será? Sea la que sea, se ha echado media botella, imagino que tiene una cita con alguien. Tal vez es nuestro vecino. Según Gemma, es muy presumido y siempre va impecable.

Cuando entro en casa, otro delicioso aroma me llega con rapidez: ¿huele a pizza? Creo que sí, así que acelero el paso para ver si no me equivoco. Sus pizzas siempre están buenísimas.

—¿De qué es? —le pregunto con ansia.

Ella se ríe y yo acabo riendo también, porque es que ni siquiera la he saludado.

—Hola, ¿de qué es que huele tan bien?

—Hola, es una boloñesa con huevo y rúcula.

—Uy, sí, ya la hiciste una vez y estaba riquísima…

—Pues espero que esta también lo esté. ¿Qué tal con Mireia?

—Pues muy bien, de verdad. Me ha gustado y creo que he conectado con ella. En algunos momentos parecía que me entendía a la perfección… Además, me gusta que no dé por hecho que tengo que ser fuerte. Dice que es normal que a veces tenga ganas de llorar y me sienta mal.

—Genial, es una muy buena profesional.

—Así que, si me oyes llorar, no te preocupes.

Lo digo sonriendo para que entienda que es algo natural, pero Gemma siempre me sorprende.

—Y si tú me oyes llorar a mí, tampoco te preocupes.

La miro enarcando las cejas.

—De vez en cuando lloro y así libero emociones. Siempre lo he hecho, aunque en la intimidad, claro.

—Vale, confieso que yo también. Y alivia…

—Mucho, es casi terapéutico.

Nos reímos por la coincidencia y porque nunca lo habíamos comentado. ¿Llorará también Paula de vez en cuando para descargar tensiones? Ella es mucho más fuerte que nosotras, salta a la vista, pero estoy segura de que también necesitará llorar en algún momento. Lo comentaré con ella en cuanto tenga ocasión.

Suena el timbre justo cuando Gemma saca las pizzas del horno.

—Voy yo —le digo, imaginando que es el vecino pidiendo un poco de sal.

Tengo curiosidad por ponerle cara y por saber a quién pertenece esa voz más bien grave.

Cuando abro la puerta, me quedo alucinada: ¿Hugo?

—¿Hola? —le pregunto muy sorprendida.

—Gabriela…, ¿os pillo mal?

—Eh, no, no…

—¿Puedo pasar?

Miro hacia dentro invitándolo a hacerlo. Es el hermano pequeño de Paula, así que ningún problema.

Hugo tiene veintiún años, está estudiando en una academia para sacarse una plaza de bombero y también el carnet de camión. Además, trabaja algunos fines de semana en una discoteca y vive justo a dos calles de esta casa, en un piso compartido…

—¿Qué haces aquí? —digo, extrañada por que se presente en el piso de Gemma.

Él mira también hacia dentro.

—Pues… vengo a estudiar.

—¿A estudiar?

—Y a cenar, si Gemmita me invita.

¿Gemmita?

—¿Quién es? —pregunta Gemma acercándose—. Ah, Hugo… Pasa, pasa.

Él me mira sonriendo y pasa por delante de mí dando un par de zancadas. Oigo el ascensor y me quedo unos segundos mirando, porque estoy casi segura de que es el vecino. Pero cuando lo oigo salir del ascensor, me meto dentro con rapidez; no quiero que piense que soy una cotilla.

—Necesito paz, Gemma.

—Pues allí tienes el despacho. ¿Has comido algo?

—Nada desde el mediodía.

—Hugo, no puedes estar sin comer tantas horas.

—No me llega para más, ya lo sabes.

Los miro con la boca abierta. ¿Qué pasa aquí?

Hugo se va directo hacia el despacho. Está claro que se sabe bien el camino.

—¿Me lo explicas? —le pregunto a Gemma, intrigada.

—No le digas nada a Paula.

—¿Y eso?

—A Hugo no le llega el dinero para todo y no quiere volver a casa. Ya sabes que a sus padres no les gusta ni que trabaje ni que viva con gente.

Sus padres son parecidos a los míos: demasiado sobreprotectores.

—Entiendo.

—Necesita estudiar y, por lo visto, en su piso siempre están de fiesta. Me lo encontré un día en la cafetería y estuvimos charlando un buen rato. Le ofrecí el despacho porque… este piso es muy grande y hay espacio suficiente. A mí no me molesta, es un buen tío.

—¿Y suele cenar aquí?

—De vez en cuando, tampoco me importa.

Miro a Gemma pensando que es un trozo de pan, aunque eso de no decirle nada a Paula no lo veo claro.

—Pero Paula...

—Si se entera, acabará soltándolo delante de sus padres, ya sabes cómo es. No lo hará con mala intención, pero se le escapará.

—Sí, puede ser.

—Hugo y yo decidimos no decirle nada. Es algo temporal, en cuanto acabe el curso, hará las oposiciones y seguro que las aprueba. Estudia mucho. Y Paula no viene por aquí entre semana, así que no puede pillarlo.

La miro pensando que habla de él con mucho cariño.

—¿Ha pasado algo entre vosotros?

Gemma me mira asustada.

—¿Qué dices? —exclama bajando la voz—. ¿Estás chalada? Tiene veintiún años y es... es el hermano de Paula, tía.

—¿Y qué? Solo os lleváis cuatro años.

—Es más pequeño.

—¿Y qué?

No entiendo esos prejuicios, otra cosa es que me diga que es muy inmaduro, algo que no es cierto. En más de una ocasión nos hemos reído diciendo que Hugo parece más mayor que Paula porque tiene mucha más cabeza que ella.

—Joder, que nada, Gabriela. No digas cosas raras.

—Vale, vale, solo preguntaba —le digo sonriendo—. ¿Cenamos?

—Venga, que se nos van a enfriar las pizzas.

—¿Aviso a Hugo?

—¿Eh? Sí, a ver si quiere cenar.

Me acerco al despacho y lo veo desde fuera. Está sentado en la silla de Gemma, con varios libros abiertos y sus apuntes. Parece estar muy concentrado y carraspeo un poco para llamar su atención. No me hace caso y lo llamo con suavidad para no asustarlo, pero no reacciona. Me acerco a la mesa y entonces levanta la cabeza. Lleva auriculares, por eso no me oye. Se los quita y me sonríe.

—¿Qué hay, Gabriela?

—¿Quieres cenar con nosotras?

—No quiero molestar.

—No molestas, Hugo.

—Pero tú has venido para estar con Gemma y eso…

—Yo ahora vivo aquí —le informo con simpatía.

—Es verdad, me lo dijo el otro día… Pues genial, esa pizza huele de maravilla —dice mientras se levanta y se dirige hacia la cocina.

GABRIELA

Hugo es alto, mide un metro noventa y tiene un cuerpo muy atlético porque se cuida y porque entrena mucho para prepararse para las pruebas de bombero. Se parece a Paula, pero sus facciones son más rudas. Tiene los mismos ojos negros, el pelo castaño oscuro corto y una sonrisa amplia y muy bonita que muestra sus dientes perfectos. Es verdad que es un buen chico y siempre ha tenido clara su meta. Sus padres querían que fuera a la universidad, pero él se decantó por estudiar ciclos y obtuvo el grado superior de Acondicionamiento físico. Ahora lleva un par de años preparándose para las oposiciones de bombero. Por lo visto, es mucho más complicado de lo que parece y Hugo dedica todo el tiempo libre que tiene a estudiar.

—¿Por qué huele como si hubieran cocinado los mismísimos dioses?

Gemma pone los ojos en blanco y seguidamente se ríe.

—Dejad de piropearme o al final me lo voy a creer.

—Pues créetelo —le digo cogiendo un trozo de pizza.

La cena con Hugo es la mar de divertida porque nos explica anécdotas de la academia de bomberos y nos hace reír en más de una ocasión. En cuanto terminamos, nos prepara unos mojitos sin alcohol y salimos al balcón. Él se queda recogiendo la cocina para después seguir con sus apuntes.

—Qué majo es —le comento a Gemma, observando el fondo del vaso.

—Sí, siempre me echa de la cocina y lo deja todo tan limpio como si hubiera sido yo la que hubiera recogido.

—Eso sí que es toda una hazaña —le digo bromeando.

—Pues sí, por eso mismo dejo que lo haga —suelta ella riendo—. Qué bueno está esto…

Gemma sorbe con la pajita y yo la imito. Estamos en el balcón, sentadas en unos cojines grandes, apoyadas en la pared y separadas por la puerta. Nos miramos y nos sonreímos, nos entendemos con una sola mirada: estamos en la gloria; no necesitamos nada más.

Justo en ese momento tan tranquilo oímos música, viene del piso del vecino.

—Le gusta Bisbal, mucho.

La miro aguantando la risa.

—¿En serio?

—Por lo visto, sí. Lo pone a menudo.

De repente oímos que canta junto a David Bisbal y lo escuchamos atentas.

—Lo hace regular —murmura Gemma.

La verdad es que sí. Soltamos una risilla traviesa y entonces pienso en Marcos. En la de veces que compartimos este tipo de situaciones en que algo nos pareció divertido y nos reímos sin maldad. No habrá más momentos como ese con él.

—Gabriela.

—¿Eh?

Me he puesto seria de repente, lo sé.

—Solo pensaba.

—Ya imagino, pero conmigo puedes hablar de Marcos siempre que quieras…

—Lo sé, Gemma, y te lo agradezco.

Oímos un grito del vecino:

—¡Bulería, buleríaaaa…!

Gemma abre mucho los ojos y yo me tapo la boca para no reír fuerte. Es que desafina bastante, el pobre.

—Esa es muy antigua —dice Gemma bromeando.

—¿Habíamos nacido? —le pregunto entre risas.

Ella se echa a reír también.

—Sí, sí, creo que Bisbal empezó… Espera que lo busco en Google. A ver… Vale, en 2001 fue finalista de Operación Triunfo y esa canción es… de 2004. Así que nosotras teníamos seis años.

—Claro, es verdad. No es tan mayor…

—Qué va, tiene cuarenta y tres, pero como lo hemos oído siempre, nos parece que es más antiguo.

—Real que me lo parece. Oye, ¿me dijiste que el vecino era joven?

—Sí, debe de rondar los treinta, o eso parece.

—¿Aún no lo has conocido?

—Qué va, apenas coincidimos. Lo oigo cuando se va por la mañana y poco más.

Damos un sorbo al mojito y miramos hacia el cielo. Está lleno de estrellas, lo que hace que me acuerde del último libro que leí, de eso hace meses: *Un cielo lleno de estrellas*. Las hermanas Luna me robaron el corazón y recuerdo que le expliqué a Marcos por encima de qué iba esa historia romántica…

—Tienes que leer algún thriller, yo creo que te gustará.

—¿Tú crees? No tengo ganas de pasarlo mal.

—A ver, sabes que es ficción…

—Cuando veo una película también sé que es mentira y mira cómo tengo que esconderme tras el cojín.

Marcos se rio y me abrazó. Estábamos en la cama, desnudos y charlando en voz baja antes de coger el sueño.

—Te dejaré el que estoy leyendo ahora: Dulce hogar.

—¿De qué va?

—Es mejor que lo descubras tú sola.

—Vale, déjamelo, que en nuestra luna de miel lo empezaré.

—No sé si tendrás tiempo…

Marcos soltó una risilla pícara y yo sonreí mientras el sueño me atrapaba. No podía ser más feliz.

Creo que nunca olvidaré nuestras conversaciones. De repente, tengo muchas ganas de llorar, pero no quiero hacerlo delante de Gemma, estamos compartiendo un momento tranquilo, así que me muerdo el labio y me aguanto las ganas. Estoy aprendiendo a controlar esos ataques repentinos que aparecen en cualquier momento del día.

—Oye, Gabriela, ¿dónde crees que debería hablar con Wilson?

—Con Wilson…

Estoy pensando, porque no sé dónde puede resultar todo más fácil. Si quedan en alguna cafetería, Gemma va a estar intranquila por si alguien los ve; es algo que siempre le ha preocupado mucho. Y si lo hablan en el despacho, puede que él use sus encantos para hacerle cambiar de opinión.

—Tal vez en alguna cafetería lejos del bufete, donde tú estés segura y tranquila.

—En un restaurante, no…

—No, no; lo alargarías demasiado, ¿no?

—Sí, es verdad, pero me preguntará cómo es que quiero quedar en una cafetería. Nunca lo hacemos.

Lo sé. Se ven en el despacho de Wilson casi siempre y, a veces, cuando su esposa está fuera por motivos de trabajo, han estado en algún hotel.

—Ya, pero creo que debes hacer lo mejor para ti. Si se lo dices en el despacho…

—Lo sé, ya lo he pensado. Me abrazará o me besará y me quedaré sin voluntad.

Al principio de su relación, ya intentó cortar con él porque tenía muy mala conciencia, pero le fue imposible, ya que Wilson la llevó a su terreno con besos, mimos y palabras bonitas.

—Sí, lo citaré en alguna cafetería.

—Paula y yo podemos estar por ahí… —le dejó caer.

—¿En serio?

—Claro, te podemos esperar cerca y así, cuando termines de hablar con Wilson, nos vamos las tres juntas.

Gemma sonríe y da otro sorbo.

—Sois las mejores.

—Lo somos —le confirmo seria.

Es verdad, siempre nos cuidamos. No solo nos divertimos mucho juntas, sino que, cuando tenemos un problema, no es necesario que ninguna pida nada. Siempre estamos ahí.

Seguimos charlando un rato más mientras nos terminamos el mojito y después Gemma se lleva los vasos a la cocina. La oigo hablar con Hugo, aunque no escucho lo que dicen, estoy demasiado relajada. Ahora, el vecino ha puesto la música más baja y está cantando Eminem. Me sorprende el cambio, aunque este tipo de música me gusta mucho más. Suena «Sing for The Moment». Cierro los ojos y me dejo llevar por la melodía y la voz de Marshall.

Una cosa me lleva a la otra y acabo repasando toda la charla con la psicóloga. Sigo sintiendo esa paz extraña, como si de repente alguien me hubiera dado un salvavidas en medio de un naufragio. Y sí, tal vez las olas del mar me lleven mar adentro, pero voy a intentar sobrevivir a la muerte de Marcos. No es la primera vez que alguien cercano muere. Recuerdo bien cuando mi abuela murió por culpa de la COVID o cuando el hijo recién nacido de mi prima apareció muerto en su cuna una mañana. La muerte siempre es dolorosa, pero lo que me ha pasado a mí ha sido tremendo. Ver morir a Marcos el día de nuestra boda, ver cómo se moría delante de mí… Los primeros días no dejaba de repetir esa imagen en mi cabeza, no sé para qué, solo para sentir más dolor. Ahora también la recuerdo, pero intento alejarla de mi mente y no recrearme en los detalles. Dicen que el tiempo lo difumina todo, pero yo creo que jamás olvidaré esa escena.

Cojo el móvil y doy un repaso a mi correo. En la bandeja de borradores tengo el correo que quería escribirle a Bruno. Lo estoy a punto de eliminar, pero al final me decido a responderle.

De: Gabriela Martos
Para: Bruno Santana
Hora: 23.10

Buenas noches, Bruno:
En nuestro bufete siempre intentamos ganar, es la premisa número uno de mi padre.

Saludos,

Gabriela Martos
Abogada asociada en Bufete Martos
GabrielaMar@martosbufete.com

En cuanto le doy a enviar, me arrepiento. ¿Por qué le hablo de mi padre?

BRUNO

Un poco de música, una cena ligera y un montón de papeles. Ese es mi plan hasta que recibo un correo de Gabriela.

—Interesante, no me lo esperaba.

Lo leo atento y con una sonrisa. ¿Me habla de su padre? Vaya, vaya. Parece que va cogiendo confianza…, o eso o indirectamente me está diciendo que mi trabajo es ese: ganar y punto. Me decanto por esto último y le respondo con energía. No es necesario que me diga cómo debo hacer mi trabajo.

De: Bruno Santana
Para: Gabriela Martos
Hora: 23.17

Buenas noches, Gabriela.
Cuando hablé con tu padre, entendí bien cuál debía ser mi objetivo, pero, igualmente, gracias por la información.

Saludos nocturnos,

Bruno Santana
Abogado asociado en Bufete Martos
BrunoSant@martosbufete.com

Lo releo antes de enviarlo. ¿Estoy siendo demasiado brusco? Tal vez, pero no quiero que me trate como si fuese un simple becario. Soy bueno en lo mío, y lo soy porque adoro mi trabajo. No estoy en la empresa de mi padre porque no me apetece estar bajo su yugo. Es bastante déspota, de ahí su gran imperio. Soy de esas personas a las que no les gusta que les digan cómo tienen que hacer las cosas, soy muy mío. Así que no voy a dejar que la princesa Gabriela me mire por encima del hombro, me da igual que sea hija del socio mayoritario. Si estoy en su puesto, es porque hago bien mi trabajo, no por ser una cara bonita (que también lo soy).

GABRIELA

Después de lavarme los dientes y de ponerme el pijama, leo el correo de Bruno y me parece bastante antipático. Le he dicho lo de mi padre en plan bien y él se lo ha tomado mal, quizá porque es así de negativo. Paso de responderle; la verdad es que me da igual lo que piense de mí. Si no lo ha entendido, es su problema. Bastantes preocupaciones tengo ya como para añadir a Bruno y sus elucubraciones equivocadas. Si me importara, lo sacaría del error, porque en ningún momento he querido decirle cómo debía hacer las cosas. Es más, creo que es un buen abogado. Pero no voy a gastar mi energía en un desconocido que ni me va ni me viene.

Apago la luz e intento dormir. Es mi primera noche en casa de Gemma y sé que me va a costar coger el sueño. Tengo que acostumbrarme a la cama, a la habitación y a los ruidos del exterior, porque he dejado la puerta del balcón un poco abierta. Es en estos momentos en los que siento más angustia, cuando estoy sola entre las sábanas, cuando todo el mundo está en su cama a punto de dormir y yo no puedo conciliar el sueño.

Las primeras noches tras su muerte, era imposible dormir y me pasé varios días durmiéndome en cualquier lugar del piso; iba todo el día muerta de sueño. Después, poco a poco, fui recuperando la rutina, pero aún ahora hay días que puedo estar dando vueltas en la cama durante dos o tres horas. La ansiedad me atrapa y no puedo dejar de pensar, como si en mi cabeza hubiera alguien dando vueltas a un rodillo lleno de imágenes. Incontrolable.

Estoy pensando en cómo me siento ahora que han pasado cinco meses, la verdad es que a mí me parece mucho menos, pero la fecha la tengo grabada a fuego.

De repente oigo unos golpes en la habitación de al lado y aguanto la respiración. Creo que alguien está moviendo la cama, que la está pegando a la pared. Luego, al cabo de unos minutos de silencio, oigo una voz de fondo y entiendo lo que dice casi a la perfección. ¡Si es que las paredes están hechas de papel! Estoy a punto de dar un par de golpes con la mano cuando me doy cuenta de que se trata de un pódcast de Elisabet Benavent, y sonrío sin querer. Yo ya los he escuchado todos y me gustaron mucho, sobre todo cuando ella se deja llevar y suelta esas risillas tan graciosas. Holden Centeno, su acompañante en el pódcast, no me convenció el primer día, pero poco a poco se fue ganando mi cariño.

Cierro los ojos y los escucho. Aunque algunas de las cosas que dicen se me escapan, sus voces me ayudan a dormir.

—¿Has dormido bien?

—He dormido genial, Gemma.

—¿En serio?

Me he levantado en cuanto la he oído a ella porque quiero empezar a ordenar un poco mis horarios.

—Sí, me dormí rápido, algo raro últimamente. Resulta que el vecino escucha un pódcast de Benavent y…

—¿Y has tenido que usar tapones? Yo suelo usarlos, aquí se oye todo siempre.

—Qué va, me ayudó a coger el sueño.

—Vaya, me alegro.

—Sí, hacía días que no dormía tan bien. Creo que tu piso me va a encantar.

—Ay, qué bien. Me gusta tenerte aquí. ¿Qué te parece si invitamos al vecino un día de estos a cenar? Tengo una receta de solomillo con *foie* que quiero probar.

—Ah, bien...

—Se lo digo para mañana, así lo conocemos y aprovecho el solomillo que tengo en la nevera.

Asiento con la cabeza. No me parece una mala idea, aunque quizá el vecino tiene un plan mejor para un jueves por la noche.

—Pues ahora, cuando salga, se lo comento, siempre se va a la misma hora. Es muy madrugador.

Gemma se coloca el bolso y justo entonces oímos la puerta del vecino.

—Voy a por él —me dice señalando con el dedo, y yo la animo con el pulgar alzado.

—Hola, soy tu vecina...

Cierra la puerta y no oigo nada más. Podría acercarme a la puerta y poner la oreja, pero me parece un poco infantil. Gemma ya me dirá si ha aceptado o no la invitación. Me tomo el café tranquila y después voy a la ducha. Mi idea es limpiar un poco el piso, algo que ya he hablado con Gemma, y después daré un paseo por los alrededores e iré a comprar cuatro cosas para cenar.

En cuanto salgo de la ducha, Gemma me envía un wasap diciéndome que el vecino vendrá a cenar. «El vecino», como si no tuviera nombre.

Al rato me llama mi padre y lo cojo rápido porque me extraña que me llame en horas de trabajo.

—¿Papá? ¿Pasa algo?

—No, no, cariño, no te preocupes. Solo es que...

—¿Qué? —le pregunto aún inquieta.

—Necesito que vengas, solo será un rato.

Estoy a punto de decirle que no, porque lo conozco y no será solo un rato.

—Te lo prometo —dice con rapidez antes de que yo diga nada—. El caso de Santa María lo llevas tú, y Bruno necesita que le expliques lo que hablaste con él.

Cierro los ojos y pienso en la viuda de Santa María, ella no tiene ninguna culpa de que su marido fuese un cretino.

—Está bien, ahora voy para allí.

—Vaya, pensaba que me dirías que no.

—Y no quiero ir, pero me sabe mal por su mujer.

—Después comemos juntos, ¿te parece?

—Sí, me parece bien.

Siempre tiene mil compromisos a la hora de comer, pero cuando puede, me reserva algún día y comemos los dos solos, algo que disfruto de verdad porque, sin mi madre de por medio, todo fluye mucho mejor entre nosotros.

Me llevo bien con los dos, pero mi madre es muy sibarita y le gustaría que yo fuese como ella, cosa que no es así. Soy hija única y, por lo tanto, todo su tiempo libre lo ha dedicado a mí, a mi educación, a mi manera de vestir, etc. Pero me parezco mucho más a mi padre y siempre me ha gustado ir a mi aire, a pesar de que acabé estudiando Derecho para seguir los pasos de mi progenitor. Eso era algo que en mi casa estaba clarísimo y que yo nunca cuestioné. Por suerte, ser abogada me gusta, disfruto mucho trabajando en el bufete. Además, afortunadamente, me salí con la mía y pude estudiar en la universidad pública donde conocí a Gemma, quien a su vez me presentó a Paula. Salimos juntas una noche a cenar y a partir de ahí empezó nuestra gran amistad.

Cuando llego al bufete, suspiro y siento un pellizco en mi interior al observar la gran puerta de cristal. Marcos siempre me esperaba apoyado en la pared para irnos juntos a tomar algo después de trabajar. Inspiro con fuerza y sigo adelante, aunque no me niego a sentir ese dolor. La psicóloga me ha dicho con claridad que no debo rechazar este tipo de sentimientos. Lo extraño sería que no los sintiera.

—¿Estás bien?

Siento una mano en mi brazo y analizo el tono de preocupación de esa voz.

Me vuelvo para ver quién es.

Bruno, con su mirada sincera, me deja un poco descolocada, hasta que recuerdo lo antipático que fue en su último correo.

—Perfectamente —le respondo con brusquedad.

Entramos juntos en el ascensor. Hay más gente, así que no es necesario hablar, pero por lo visto Bruno tiene ganas de molestarme.

—¿Has venido a ver si hago bien mi trabajo?

Su tono irónico no me pasa desapercibido.

—Si no haces bien tu trabajo, es tu problema. Creo que ya no eres un simple becario, Bruno.

Digo su nombre despacio, separando bien las sílabas y en un tono repipi. No sé por qué me dejo provocar por él; no puedo evitarlo.

—He pensado que quizá estabas preocupada por si no ganaba *tus* casos.

—Ahora son *tus* casos, así que *tú* mismo.

Cuando dejo de mirarlo, observo una sonrisa en sus labios y me pongo más seria. A mí no me hace ninguna gracia.

Salimos de allí al mismo ritmo y de reojo veo que sigue a mi lado.

—¿Quieres algo? —le pregunto sin mirarlo.

—No, pero creo que vamos al mismo sitio.

Claro, tengo que hablar con él del caso Santa María y explicarle las notas sobre el difunto.

—Cariño…

Mi padre sale de uno de los despachos y me da un abrazo.

—Has venido rápido.

—Sí, claro.

—Ahora tengo una reunión, ¿nos vemos luego? Os dejo —nos dice, dando un paso hacia la sala de reuniones.

Bruno pasa por delante de mí y se dirige a mi despacho. Abre la puerta y me deja pasar con galantería. Entro sin decirle nada y me quedo al lado de la mesa, mirando hacia la ventana con nostalgia. Me veo meses atrás, trabajando y siendo feliz. ¿Y ahora? Mis ojos se humedecen y trago saliva. Sí, debo aceptar mis sentimientos, pero lo último que quiero es llorar delante de Bruno.

—¿Qué necesitas? —le pregunto cogiendo aire.

Él está buscando el informe del caso y cuando lo encuentra me mira directamente. Abre la boca para decir algo, pero se calla. Mejor. No quiero que me pregunte qué me pasa o que me diga que lo siente mucho, estoy cansada de oír siempre lo mismo.

—Me gustaría que me detallases tu charla con Santa María.

Me siento en una de las sillas y él hace lo mismo, a mi lado. Coge uno de mis bolígrafos y se prepara para tomar notas. Empiezo a explicarle aquella conversación y él me hace alguna pregunta de vez en cuando. Su rostro serio me hace pensar que debe de ser un abogado duro de roer, implacable, frío, sin miedo a perder. En eso se parece mucho a mí, aunque yo en el fondo sufro por la gente. ¿Le pasará a él lo mismo?

—¿Qué opinas? —le pregunto al terminar.

Me mira achicando un poco los ojos, como si mi pregunta tuviera algún tipo de trampa.

—Creo que su viuda debe recuperar lo que es suyo.

Opino lo mismo y asiento con la cabeza.

—Tu padre tiene una reunión de un par de horas, ¿quieres que lo repasemos todo? —me propone con gravedad.

Lo pienso unos segundos… La verdad es que esperar a mi padre en la cafetería no me apetece nada.

—Por mí, bien.

Con ese par de horas trabajando con Bruno, me queda claro que es muy profesional, está pendiente de todos los detalles, tanto como yo, y eso me sorprende. No le digo nada, por supuesto, pero me agrada trabajar con alguien tan metódico como yo.

Cuando mi padre aparece, nos despedimos de Bruno y él reza un «hasta pronto» divertido. Lo miro y arquea las cejas un par de veces como si supiera algo que yo no sé.

Bruno es un poco… enigmático.

BRUNO

Me lo he repetido en alto y en mayúsculas en varias ocasiones: no más mujeres que puedan hacerme perder la cabeza. Ni una más.

Y aquí estoy trabajando codo con codo con Gabriela, una de esas mujeres que podrían volverme loco. ¿Que cómo lo sé? Pues lo sé, joder; lo sé porque me conozco bien y sé qué significa ese cosquilleo que me sube por la columna. Lo he sentido en el ascensor cuando subíamos juntos al despacho. Y eso que en parte pienso que es una niña rica estirada, acostumbrada a salirse siempre con la suya, lo que me encantaría romper. Pero tiene algo que me atrae de verdad. Quizá son sus ojos, o su manera de andar, o cómo me mira fijamente mientras está pensando. O quizá es todo.

Vamos bien, Bruno, vamos bien.

Vale, podría alejarme de ella, pero estoy sustituyéndola en su puesto de trabajo y es evidente que necesito que discutamos algunos asuntos. Hoy mismo ha venido al bufete para explicarme una charla que tuvo con el marido de una clienta. La explicación ha durado una media hora, pero como soy un poco masoca, pues le he pedido que se quedara un rato más conmigo para trabajar juntos en el caso. Tenía la esperanza de que durante este rato largo viera cosas en Gabriela que no me encajaran: que sabe menos de lo que me he imaginado, que es menos eficiente de lo que parece, que es menos guapa de lo que es… Y ya llevo dos largas horas mirándola de reojo…, y nada. Es una mujer lista, eficiente y guapísima. Lo único que me salva es que es inaccesible, en todos los sentidos. Su mirada nunca se alarga más de lo normal, no ha coqueteado conmigo en ningún momento y su sonrisa apenas ha asomado. Sigue triste y es normal, lo que le ha pasado con su marido es muy duro. No está receptiva, así que a su lado me siento mínimamente seguro porque no soy tan imbécil como para dar un paso hacia ella y darme de bruces contra una pared de ladrillo. Eso no significa que no piense en ella o que no sueñe con ella… Eso no está prohibido y es totalmente inocente.

Txell

> Tenemos que hablar, Bruno,
> esto ya está durando demasiado.

Leo el mensaje con el ceño fruncido. Es increíble que Txell no entienda que me he ido de Barcelona por ella y que quiero olvidar todo lo que ha ocurrido entre nosotros.

GEMMA

Estoy a punto de escribirle a Gabriela un wasap porque acabo de pensar en el vecino y no puedo creer lo que se me acaba de ocurrir.

—No, no puede ser —me digo mientras saco el teléfono del bolso.

—¿Gemma?

Dejo el móvil rápido, como si estuviera haciendo algo indebido. Es Wilson y me ha asustado.

—¿Qué? —contesto casi sin pensar.

—Tenemos que hablar.

Me mojo los labios, nerviosa.

—¿De qué?

—Ya sabes de qué —dice, indicándome que lo siga hacia su despacho.

Estoy a punto de no hacerlo. Miro el reloj, en media hora salgo y no quiero acabar en sus brazos.

—Si quieres, quedamos en una cafetería y lo hablamos.

Wilson me muestra su sonrisa de medio lado y arquea una de sus cejas.

—Hoy no puedo.

—Pues cuando puedas.

—¿Y no podemos hablar en mi despacho? Será solo un momento.

Está mintiendo y los dos lo sabemos. Lo miro fijamente porque me lo pienso durante unos instantes. ¿Uno de despedida? No, no, esto se tiene que terminar aquí y ahora.

—Tengo que acabar un informe.

—Pues yo necesito que vengas al despacho para recoger un informe.

Su tono autoritario me sorprende, pero al mismo tiempo me hace temblar por dentro. Está jugando conmigo.

—Por favor —me dice antes de irse hacia su despacho.

Lo sigo y observo su ancha espalda. ¿Por qué me tiene que gustar alguien como él?

Cuando entramos en el despacho, cierro la puerta y él se vuelve hacia mí con rapidez.

—No puedo vivir sin ti —suelta, agarrándome por la cintura para acercarme a su cuerpo.

Noto su sexo duro y me sobresalto.

—No quiero vivir sin ti.

Me apoya en una de las paredes y se roza contra mí provocando que yo me derrita. No puedo luchar contra el deseo que siento por él.

Me besa el cuello y me da un pequeño mordisco que me hace gemir.

—Y sé que tú tampoco quieres…

Una de sus manos me levanta la falda y la deja alrededor de mis caderas. Con la otra se desabrocha el pantalón con mucha agilidad y nuestros sexos quedan separados solo por la ropa interior.

Uno de sus dedos aparta mis braguitas y resbala por mis pliegues húmedos. Es inevitable, solo con tocarme un poco me humedezco.

—Y creo que tu cuerpo tampoco, ¿verdad?

Gimo a modo de respuesta y él me besa con hambre, como si lleváramos días sin hacerlo cuando no es así, porque estuve entre sus brazos ayer mismo. Eso me sube a la cabeza, porque es real que me desea, es innegable. Pero ¿me voy a conformar solo con eso?

Aparto los pensamientos en cuanto sus dedos entran en mí para darme más placer.

—Gemma, Gemma, eres única…

Saca su mano de dentro de mí, dejándome al límite, y entonces se coloca un preservativo con rapidez.

—Ábrete.

Lo obedezco, ciega de deseo, y levanta una de mis piernas con su mano para penetrarme con dureza. Los dos soltamos un pequeño grito de placer y entonces empieza a empujar fuerte y duro, como nos gusta. Es sexo, puro sexo, sexo del bueno, y es tan adictivo que en ese momento todo me da igual.

—Fóllame, así, Wilson. Así…

GABRIELA

Después de comer con mi padre, me voy hacia el piso de Gemma dando un paseo. Me ha gustado estar con él, hemos hablado mucho del bufete, pero en ningún momento ha insistido en que vuelva, algo que me ha sorprendido gratamente. Parece ser que entiende que mi dolor es muy real y que no estoy preparada para regresar y tomar el mando. Es verdad que he estado un par de horas ayudando a Bruno, pero eso es algo muy distinto a coger las riendas de mi puesto de trabajo.

También hemos hablado de Bruno y hemos coincidido en que escogió bien a mi sustituto. Mi padre está encantado con él, y no me extraña, porque Bruno y yo nos parecemos bastante a la hora de trabajar. Me alegra que la elección haya sido la acertada, así estamos todos mucho más tranquilos.

Cuando giro la esquina hacia la casa de Gemma, me da la impresión de que veo a Marcos y me vuelvo de nuevo para verlo bien. Es un tipo alto, con una constitución y un cuerpo parecidos, pero no camina como él; es algo que podría reconocer sin problema.

«Y Marcos está muerto».

Entro inspirando fuerte y resoplando. ¿Cuándo sentiré que todo vuelve a la normalidad? ¿Cuándo dejaré de verlo, de sentirlo, de echarlo tanto de menos? Ahora mismo no veo un final a todo esto. Creo que mi vida será así para siempre: sufriendo por él, notando este dolor tan fuerte en mis entrañas, estas ganas de gritar de repente o de llorar muy fuerte.

Una vez en casa, voy directa a mi habitación y me tumbo en la cama tras abrir la puerta del balcón. Cierro los ojos y escucho los ruidos de la calle. Hay vida ahí fuera y seguro que mucha gente ha perdido un ser querido en circunstancias más o menos duras. Y ahí están, siguiendo con sus vidas, siendo fuertes, aguantando el tipo. Yo también podré.

Me despierto con música clásica y miro a mi alrededor para situarme. Vale, me he dormido y, por lo visto, al vecino, al igual que a Edward Cullen, le gusta *Claro de luna,* de Debussi, algo que me hace sonreír sin querer, porque *Crepúsculo* es uno de mis libros antiguos favoritos. Creo que vi las películas tropecientas veces, o más.

Cada vez tengo más ganas de conocer a nuestro vecino, de ponerle cara, no porque tenga ningún interés real, sino porque me pica la curiosidad. ¿A qué se debe de dedicar? Sale temprano por la mañana, como Gemma, y por lo visto termina pronto por la tarde. Y va con traje. Espero que esta noche no aparezca vestido con traje… Gemma y yo no podríamos parar de mirarnos de soslayo para aguantarnos la risa floja.

Miro la hora que es y pienso que es raro que Gemma no haya llegado ya. Quizá se ha liado en el trabajo. En eso nos parecemos, porque no nos gusta irnos de la oficina sin tenerlo todo bien cerrado. Le escribo un wasap por si está al llegar.

Gabriela

¿Voy preparando una copa de vino y voy sacando los ingredientes?

Gemma

> Qué tarde es, prepara
> el vino, que ya llego.

Justo cuando saco el vino, Paula me llama.

—Gabriela, ¿qué tal?

—Bien, hoy tenemos vecino para cenar.

—¿Cómo?

—Lo he dicho mal. Gemma ha invitado al vecino nuevo a cenar.

—¿Y no me habéis dicho nada? Ya os vale…

—Eh… Como es jueves…

—Ya podéis poner un plato más. Quiero conocer al futuro marido de Gemma.

¿Futuro marido?

—¿No dijo que estaba muy bueno?

—Sí, creo que sí —le respondo sonriendo.

—Y ya sabes que Gemma es de lo más exigente, así que seguro que cuando deje al imbécil ese de Wilson se liará con el vecino para ahogar sus penas y acabarán casándose.

—Mucha imaginación tienes tú.

—¿Por qué? ¿No dejará a Wilson? —me pregunta muy preocupada.

—Espero que sí, pero lo digo por lo de que vaya a casarse con el vecino.

—Ya veremos, ya veremos.

—Entonces ¿te apuntas? —pregunto para asegurarme de que no es broma.

—Claro que me apunto. Llevaré vino y postre. En treinta minutos estoy ahí. Por cierto, he conocido a alguien.

—¿Sí?

—Os lo explico en la cena. Hasta ahora…

Sonrío al pensar en Paula. Siempre está conociendo a alguien. Si no la ha conocido en el metro, la ha conocido en la cafetería y si no en la consulta del médico. Suele ir bastante al médico porque siempre tiene miedo a enfermar y su lema principal es el de «Más vale prevenir que curar». Lo malo es que estas nuevas amistades le suelen durar muy poco porque se aburre rápido de todo. Creo que su relación más larga ha sido de tres meses, algo con lo que Gemma y yo nos ilusionamos. Pero al final acabó en una tremenda pelea en la que se echaron en cara que ninguna de las dos quería nada en serio.

Es cierto que Paula huye del compromiso, de la responsabilidad de tener una relación al uso, de la fidelidad…; todo eso le cuesta mucho y no le vale la pena el sacrificio. Prefiere vivir la vida, conocer a gente constantemente y no cerrarse con una sola persona. A nosotras nos parece genial mientras ella sea feliz así. ¿Por qué no? No sé quién nos ha metido en la cabeza que la felicidad es tener pareja, tener hijos, tener una familia… En la vida hay más cosas, lo sé, a pesar de que yo me enamoré locamente de Marcos, me casé con él y queríamos formar una familia. Pero también supe tener mis amigas, mi trabajo, mi propio espacio personal, mis aficiones… Y eso es ahora mismo como una pequeña tabla de salvación, sobre todo ellas dos: Paula y Gemma. Pasar por todo esto sin ellas podría ser un auténtico infierno.

Le envío un wasap a Gemma para que sepa que Paula vendrá a cenar, sé que no le gustan los imprevistos, así que es mejor ponerla sobre aviso.

Sonrío al pensar en lo distintas que son mis amigas. A Paula le encanta la improvisación, y Gemma la odia, no soporta no tener la situación bajo control. A veces me pregunto cómo puede ser que conectemos tan bien las tres si somos tan diferentes, sobre todo ellas dos. Quizá ese es el secreto, como en una relación. Marcos y yo también éramos distintos, aunque coincidíamos en lo más importante. Tuvimos peleas, claro, pero nada trascendental y siempre intentamos buscar una solución que nos gustara a los dos. No todo era perfecto, por supuesto, a él le costaba mucho hablar de sus sentimientos, pero como yo ya lo sabía, intentaba ayudarlo en eso. A veces, lo conseguía; otras, no tanto. En algunos momentos deseaba que fuese más abierto en ese sentido, pero cada persona es como es. Yo misma sé que soy muy orgullosa, que me cuesta reconocer mis equivocaciones. Con Marcos, me resultaba difícil admitir mis errores, algo que él sabía de mí y por lo que habíamos discutido en más de una ocasión. La mayoría de las veces eran tonterías, pero como me cuesta recular y decir en voz alta que me he equivocado… Marcos decía que era mi «tarita» y nos reíamos de ello. La verdad es que es uno de mis puntos flojos y sé que debería mejorar en eso.

Oigo a Gemma que abre la puerta y sirvo el vino en un par de copas.

—Hola, ya he llegadooo…

—Estoy en la cocina —le digo alzando un poco la voz.

Entra sonriendo, con las mejillas sonrojadas. Le miro el pelo, no lo lleva impecable.

—¿Qué ha pasado? —le pregunto. Sé que ha vuelto a estar con Wilson.

—No sé si quiero hablar de eso —dice, cogiendo la copa para darle un buen trago—. Creo que me voy a emborrachar.

Se acaba la copa y la miro sorprendida.

—Gemma, tienes que hacer el solomillo ese… Viene el vecino…, ¿recuerdas?

—Joder, el vecino. No te lo vas a creer.

Me mira y pone los ojos en blanco antes de ponerse a reír. ¿Será el vino?

—¿Qué le pasa? ¿No puede venir?

No entiendo esas risas.

—¿Sabes cómo se llama? Madre mía, cuando me ha dicho su nombre no he caído, pero después he pensado que no puede ser otro.

—¿De qué hablas?

—De Bruno, Gabriela. De Bruno.

Me mira esperando una reacción que no llega porque no comprendo nada de lo que dice.

—Gemma, o me hablas en cristiano o voy a pensar que, aparte de follar, te has bebido una botella de whisky antes de venir.

—Que el vecino se llama Bruno y acaba de llegar de Barcelona.

Los ojos de Gemma se clavan en los míos esperando que diga algo y yo intento pensar con rapidez: Bruno de Barcelona... Bruno de...

—¡De Barcelona! No puede ser, seguro que es una casualidad... ¿Cómo es?

—Guapo, alto, pelo corto y moreno, ojos negros, nariz recta y labios bien dibujados.

Es Bruno... Mi Bruno, o sea, mi sustituto en el bufete.

—Joder, y él lo sabe. ¿Por qué lo sabe?

—¿Qué sabe? —me pregunta Gemma.

—Hoy me ha dicho un hasta pronto en tono bromista, como si escondiera algo. Y era esto, la cena de esta noche.

—Pues claro, le he dicho tu nombre y le he dicho que las dos somos abogadas. Cuando le iba a preguntar de qué trabajaba, le han llamado por teléfono, así que nos hemos despedido con rapidez.

—Increíble —le digo, pensando que me cuesta imaginar a Bruno escuchando a Bisbal o a Benavent por las noches.

—Cuando me ha dicho su nombre, no he pensado que fuese el de tu bufete…, a ver, hay muchos Brunos en el mundo, pero entonces me he acordado de tu descripción: ojos negros, nariz recta y labios marcados. Y dijiste que venía de Barcelona. Demasiadas coincidencias, ¿no?

—Sí, la verdad es que, si no lo es, nos vamos a reír un buen rato.

—Sí, y pensará que estamos locas.

—Un poco sí.

Está claro que venir a vivir con Gemma ha sido una decisión muy acertada, porque, entre unas cosas y otras, empiezo a respirar con menos dificultades. Me distrae, y eso es lo mejor que puede pasarme ahora mismo.

—Por cierto, ¿y Wilson?

Gemma me mira arrugando la frente y niega con la cabeza.

—¿No, qué?

PAULA

Cuando llego al piso de Gemma, me abre Gabriela con una copa de vino en la mano y me indica con prisas que entre.

—Pasa, pasa.

—¿Qué ocurre?

—Gemma tiene que explicarnos algo…

—¡Yo no he dicho eso! —nos dice Gemma desde la cocina.

—¿Sobre Wilson? —le pregunto con interés, observando que los ojos de Gabriela brillan un poquito más.

Sabía que vivir con Gemma le sentaría bien. No podía ser nada bueno vivir en el hogar que había construido junto a Marcos sin Marcos. Nuestra amiga se estaba consumiendo, se estaba quedando sin fuerzas, y ya era una necesidad real salir de allí. Yo se lo habría repetido mil veces hace meses, pero Gemma, que es la prudencia personificada, me prohibió insistir en ello. Por suerte, Gabriela ha llegado ella sola a esa conclusión, y solo hay que verla: está mucho mejor, sin duda. Probablemente, la sesión con la psicóloga también tiene bastante que ver. Según me explicó, le fue muy bien y se siente más fuerte.

Sin embargo, «fuerte» es otra de las palabras que Gemma me prohibió usar con Gabriela, y cuando me explicó por qué, comprendí que tenía toda la razón. Decir a alguien durante el duelo cosas como «Eres fuerte, tú puedes» o «Debes ser fuerte; seguro que tú puedes hacerlo…» es poco efectivo, es más bien algo que decimos para nuestro propio beneficio. No nos gustan los débiles, los que no saben luchar, los que se dejan arrastrar…, pero, a veces, la vida no

147

te da opción. Así que hice caso a Gemma. Creo que todo lo que ella sabe sobre el duelo nos ha servido mucho a las tres, sobre todo a Gabriela.

—Sí, sobre Wilson.

Entramos en la cocina y Gemma me da una copa llena de vino blanco. Brindamos con una sonrisa y le pregunto directamente:

—¿Has vuelto a follar con él?

Somos amigas, no es necesario irse por las ramas.

—Eh… Sí, joder, sí.

—¿Quieres hablarlo? —le pregunta Gabriela con mucho más tiento que yo.

GEMMA

Les explico lo que ha pasado con Wilson: desde que yo he intentado quedar en una cafetería con él hasta que he terminado en la mesa de su despacho con sus dedos dentro de mí.

—Creo que estoy enganchada a él; si no, no lo entiendo.

—Necesitas otro tío —me dice Paula con sinceridad.

—Un clavo no saca otro clavo, te lo he dicho muchas veces —le contesto mosqueada.

—Sí, sí, sé tu teoría de que un clavo deja un agujero y que no resuelves nada poniendo otro clavo para taparlo, pero a mí no me convence.

—Pues tengo razón —confirmo antes de tomar otro trago.

Miro la copa, extrañada. ¿Ya la he terminado de nuevo?

—Para un poco el ritmo o el vecino va a flipar con su nueva vecina —dice Gabriela con una risilla.

—¿Sabes que creemos que el vecino nuevo es el sustituto de Gabriela? —le digo a Paula cambiando totalmente de tema.

No quiero que me digan que soy idiota, que no debería haber follado con Wilson de nuevo y todas esas cosas que ya sé. Las sé a la perfección. Y lo que más me jode es que yo siempre intento ayudarlas y darles buenos consejos, pero después... ¿Cómo es ese dicho? «Consejos vendo que para mí no tengo». Pues eso.

—¿Perdona?

Gabriela se lo explica todo mientras yo termino de preparar el solomillo. Espero que esté bueno, porque es la primera vez que lo hago así.

—Pues me muero de ganas de conocerlo. La última vez me dijiste que era un poco capullo —le dice Paula a Gabriela.

—Solo un poco —afirma ella riendo.

Creo que el vino este tiene demasiados grados.

Suena el timbre y les digo que vayan llenando mi copa mientras voy a abrir. Me miro en el espejo de la entrada y me coloco bien algunos pelos que están fuera de su lugar. Estoy segura de que es Bruno, así que abro con mi mejor sonrisa.

—Ey, Gemma. ¿Puedo pasar?

Cierro la puerta de golpe, casi sin pensar. Mierda.

GABRIELA

Paula y yo hemos oído la voz de Hugo, evidentemente no estamos sordas. Miro a mi amiga, que a su vez me mira a mí con gesto interrogante.

—¿Es mi hermano? ¿O es que Bruno tiene la misma voz?

Se vuelve hacia la puerta y anda hacia Gemma antes de que yo pueda reaccionar.

Se va a liar.

—¿Gemma?

—¿Sí?

—¿Por qué le has cerrado la puerta a mi hermano?

—Eh…

Paula abre y se encuentra a Hugo frente a ella.

—¡Paula!

—¿Qué coño haces aquí?

Me acerco y contemplo la escena unos pasos por detrás.

—Eh…, puedo explicártelo si dejas de mirarme con esa cara de bruja —le responde Hugo con calma.

—¿Te estás tirando a mi mejor amiga? —le pregunta sin darse cuenta de que en ese momento aparece nuestro vecino.

Es él, es Bruno, y me mira unos segundos antes de prestar atención a lo que ocurre allí.

Genial. Vamos a darle un bonito espectáculo.

—¿Qué dices, Paula?

—Digo que sé cómo te las gastas.

—¿Como tú?

—Tú eres un enano.

—Un enano de veintiún años, hermanita.

Paula resopla y se vuelve para mirar a Gemma.

—¿Alguien me explica qué hace mi hermano aquí?

—¿Y si entramos todos? —propone Gemma en un tono más bajo.

Hugo y Bruno entran en el piso y nos quedamos en el recibidor. Como nadie dice nada, me dirijo en un tono neutro a nuestro invitado. Debe de estar flipando y lo último que necesito es que piense que estamos piradas.

—Bruno, qué bonita casualidad, ¿quieres una copa?

—Eh, sí, claro.

—Sígueme.

Vamos hacia la cocina mientras Gemma le empieza a explicar a Paula por qué su hermano está en su casa.

Bruno me tiende una botella que ha traído como obsequio, la miro con rapidez: es un vino carísimo que reconozco porque a mi padre le gusta mucho.

—¿Vino blanco?

—Sí, gracias.

Sirvo el vino en una de las finas copas de Gemma y se la ofrezco. Nuestros dedos se rozan y nos miramos de más. Me giro bruscamente, no quiero sentir eso, no quiero sentir nada, ni con él ni con nadie más en mi vida. Me niego.

—Perdona el numerito. Hugo viene aquí a estudiar porque en su piso de estudiantes hay mucho ruido; y su hermana, Paula, no lo sabía.

—Y no lo sabía porque...

—Porque podía escapársele esa información delante de sus padres y entonces sus padres tendrían una razón más para darle la tabarra a Hugo. No les gusta ni que comparta piso, ni que trabaje, ni que estudie para las oposiciones de bombero.

—Vaya, pues es para estar orgulloso.

Me vuelvo hacia él para saber si bromea o no.

—Pues sí, yo opino lo mismo.

Oímos que Paula y Gemma charlan tranquilamente, así que imagino que se han entendido sin problema. Ahora solo cabe esperar que Paula no se vaya de la lengua sin querer delante de sus padres. Como siempre dice lo que piensa, es muy fácil que les diga que estaría bien que echaran una mano a Hugo económicamente para que pudiera estar en un piso él solo.

—Por cierto, podías haber dicho algo esta mañana —le digo más seria.

—¿De la cena?

—Sabías que cenaríamos juntos, porque lo sabías, ¿no?

—Gemma me ha dicho que su compañera se llama Gabriela, que las dos sois abogadas, que tú ahora estás de baja…

—Gemma ha hablado de más.

—Estaba un poco nerviosa, es verdad —dice con una sonrisilla.

—Lleva unos días nerviosa… —le informo para que no se crea que es por él.

Es un tipo atractivo, eso es evidente, pero dudo que Gemma quiera más enredos en su vida ahora mismo.

—Todo hablado —dice Gemma entrando en la cocina—. ¿Cenamos?

—Todo hablado, pero que sea la última vez que me mientes, guapa —puntualiza Paula antes de coger la copa de vino y bebérsela entera. Seguidamente, mira a Bruno, que a su vez la mira divertido—. Tenía sed, los malos rollos siempre me dan sed —le dice, pizpireta.

—Sed de alcohol —aclaro yo.

—Sí, claro, el agua es para los patos —suelta ella, llenando su copa de nuevo—. ¿Así que eres Bruno, el abogado? —le pregunta antes de hacer un brindis con su copa, lo que provoca una sonrisa sincera en él.

Está más guapo cuando sonríe de verdad.

—Ese soy yo —responde—. Y tú eres la hermana de Hugo, la amiga de Gabriela y Gemma. ¿También eres abogada?

—Qué va, soy profesora de primaria.

Bruno arquea las cejas sorprendido.

—La mejor profesora de primaria —dice Gemma con orgullo.

—Eso es verdad —afirma Paula sin vergüenza—. Cuando tengas hijos, ya sabes.

—Lo tendré en cuenta —replica Bruno, divertido.

—¿Nos sentamos? —pregunta Gemma.

Todos ayudamos a la anfitriona, Bruno incluido, y la cena discurre entre risas y muchas preguntas entre nosotros. Descubrimos que Bruno ha estado un tiempo viviendo en Barcelona por temas laborales, que le gusta mucho viajar e ir a su aire y que no le gusta vivir bajo el mando de su padre, que es uno de los hombres más influyentes del país.

—Y te gusta Bisbal —le suelta Paula con su gran bocaza.

Él nos mira con gesto divertido a las tres.

—¿Algún problema con eso?

—Qué va, qué va… Aquí todas somos melómanas —responde Paula con naturalidad.

—Bueno, a mí Bisbal no me gusta, pero para gustos… —digo riendo.

—Creo que noto cierto tonito de cachondeo —contesta mirándome fijamente.

Siento todas las miradas puestas en mí, y Marcos aparece en mi cabeza. No va a participar más en cenas de este tipo, donde todo son risas y charlas distendidas, donde el vino va y viene y donde solíamos terminar con una copa de bola en la mano llena de ginebra y tónica.

Frunzo el ceño sin darme cuenta y Bruno me mira preocupado.

—Eh, voy al baño un momento —les digo para escapar de la situación incómoda que yo misma he creado.

Me siento en la taza del váter con las manos en la frente aguantando mi cabeza. No quiero llorar.

No me gusta ser una dramática, realmente no me gustan las personas que hacen un drama de todo. Soy más bien peleona, orgullosa, y creo con fervor que hay que luchar con uñas y dientes en la vida, pero esto me supera. La muerte de Marcos está demasiado presente y tengo ganas de tirar la toalla. Me metería en la cama para no salir nunca, porque… ¿qué sentido tiene ya nada?

Me resbalan un par de lágrimas por las mejillas y me aguanto las ganas de llorar con desconsuelo.

La puerta se abre de repente y levanto la cabeza para ver quién coño ha entrado sin llamar.

Es Hugo.

—Gabriela, perdona. Como soléis cerrar…

—No he pensado en cerrar…

Fija sus ojos negros en los míos y se agacha para ponerse a mi nivel. Me coge las manos y me acaricia la piel con los pulgares. Se queda en silencio varios segundos antes de hablar:

—Hace un par de años perdí a un amigo. Éramos amigos desde solo hacía unos tres años, pero había muy buena conexión. Una noche salimos y él se fue más tarde con una chica. Cuando volvió a su casa, lo atropelló un borracho que iba como un loco por la carretera. No murió al momento, sino que lo hizo un par de días después. Durante esos días, tuve la esperanza de que se pondría bien, a pesar de su estado crítico, pero al final se fue.

Hugo aprieta los dientes y se le marca la mandíbula. Yo asiento con la cabeza porque sé qué está sintiendo en esos momentos.

—Después del entierro me di cuenta de qué había sucedido, como si hasta ese momento todo hubiera sido solo una pesadilla. Los primeros días no podía creerlo… ¿Por qué él? Era un buen tío, muy buena persona y tenía toda la vida por delante, joder, solo tenía diecinueve años.

—Pobre…

—Pensé que jamás podría superarlo, o sea, que estaría en mi mente las veinticuatro horas del día, porque todo lo relacionaba con él, las clases, los trabajos, los exámenes, las fiestas, los amigos, las chicas… Todo me lo recordaba y, cuando parecía que me recuperaba un poco, algo volvía a hacer que cayera en picado. Una tortura.

Asiento con la cabeza porque yo estoy viviendo esa sensación del mismo modo y a todas horas.

—Realmente, llegué a pensar que mi vida sería así siempre, pero llega un día en que pasas más horas sonriendo que triste. Y ahí empiezas a sentirte mejor.

—Quiero creerte.

—Lo sé, pero es difícil creer que será así.

Lo que me ha explicado Hugo lo he leído en varios libros, pero me cuesta creerlo. Tengo la sensación de que yo no llegaré a ese punto.

—Tú has empezado a ir a la psicóloga, algo que yo debería haber hecho, pero me cerré en banda y no dejé que nadie me ayudara.

—Se pasa mal —le digo pensando que, además, él era mucho más joven que yo cuando sufrió la muerte de su amigo.

—Y era más enano.

Soltamos los dos una risilla porque Paula siempre lo llama así.

—Gracias, Hugo.

—Cuando quieras hablar, ya sabes.

De repente veo a un Hugo distinto y me asombra que el hermano pequeño de Paula sea tan maduro.

Me gusta este Hugo.

PAULA

Observo bien a Bruno, ha estado a punto de levantarse para ir a buscar a nuestra amiga, pero se lo ha pensado mejor y se ha quedado en su sitio. Me resulta curiosa su preocupación, dado que apenas la conoce, quizá es empático por naturaleza. Yo, por ejemplo, soy una descarada por naturaleza, algo que me cuesta controlar. Hoy mismo he conocido a alguien interesante en una cafetería porque he pensado que quería ligar conmigo y, como no me corto un pelo, he terminado en su mesa charlando con él…

—¿Todo bien? —le pregunta en un tono bajo Bruno a Gabriela.

—Sí, sí.

La noto incómoda, no quiere hablar del tema, así que me lanzo con mi anécdota del día.

—He conocido a alguien —les digo de nuevo para conseguir su atención.

—¡Qué raro! —exclama Gemma sonriendo.

—No le hagas caso —le digo a Bruno—. Esta vez es especial.

—¿Y eso? —me pregunta Gabriela con interés.

—Es un chico.

—¿Un chico? —dicen las dos casi al mismo tiempo.

—Sí, un chico que se llama Samuel. Yo estaba en la cafetería comiendo con Belén y hemos cruzado nuestras miradas. Entonces él me ha guiñado el ojo, y cuando yo le he sonreído, ha dejado de mirarme. He pensado que era tímido. Al cabo de unos minutos, ha vuelto a pasar exactamente lo mismo y me ha extrañado. ¿Por qué me provoca y después deja de mirarme?

—Y has ido hacia él —dice Gemma, entusiasmada.

—Ya me conoces, así que sí.

—¿Y qué ha pasado? —pregunta Gabriela igual de emocionada.

—Que no te estaba guiñando el ojo —dice Bruno, provocando que todas lo miremos.

—¿Cómo lo sabes? —le pregunto sorprendida.

—Porque tengo un amigo con el mismo síndrome.

—¿Síndrome? ¿Qué síndrome? —pregunta Gemma, intrigada.

—El de Tourette, chicas.

—Joder, Paula, eres un caso —dice Gabriela, aguantándose la risa.

Gemma suelta una risilla y yo sonrío, porque, según Samuel, le suele ocurrir a menudo. Uno de sus tics nerviosos es guiñar el ojo y ya se ha encontrado con este marrón en más de una ocasión. A ver, tampoco me extraña, es un tipo atractivo, con un cuerpo de infarto y con unos ojos que quitan el hipo. Y sí, es un tío, y sí, me ha entrado por los ojos.

GEMMA

—A ver, Paula, en orden. ¿En qué sentido te ha parecido interesante? —pregunto con interés.

—En que me ha gustado a pesar de que es un tío. —Se vuelve hacia Bruno para hablarle solo a él—: Es que soy lesbiana, o eso es lo que creía hasta hoy.

—Nunca es tarde para cambiar de opinión —le dice él divertido.

A mí no me parece divertido porque no entiendo a Paula.

—Pero no pueden gustarte los chicos de la noche a la mañana.

—¿Ah, no? —me dice enarcando las cejas como si acabara de decirle algo muy raro.

—¿Por qué no? —pregunta Bruno.

Los miro a ambos y entonces busco los ojos de Gabriela. Vale, están todos de acuerdo en que no es tan raro. Quizá soy yo, sí, lo más probable es que sea yo y mi rigidez mental.

—Gemma, no me gustan los tíos. Me gusta este, en especial este. ¿Lo entiendes? A mí Bruno no me dice nada.

Él la mira y se echa a reír.

—Y perdona por la sinceridad. Es Samuel quien me atrae, ¿me explico? La persona en sí, no el sexo, ni si es un hombre o una mujer.

—Vale, intento entenderlo —le digo con sinceridad.

Comprendo lo que me quiere decir, pero yo necesito mis tiempos para asimilar este tipo de ideas. Soy más de blanco y negro, de mujer y hombre, de siempre o nunca.

—¿Y por qué Samuel? Explica… —le pide Gabriela.

Observo que Bruno la mira durante unos segundos de más, no es la primera vez que lo hace e imagino que verla con sus amigas también le resulta «interesante».

—Ay, no sé... Es como raro, ¿sabéis?

Paula nos mira a los tres y suspira, lo que provoca nuestras risas. Parece una princesa en lo alto de una torre, enamorada de un príncipe inalcanzable.

Ay, madre, mía. Nuevo lío desbloqueado.

GABRIELA

—Hemos estado charlando durante más de una hora y me ha gustado todo de él. Cómo entona, cómo sonríe, los hoyuelos que tiene en las mejillas. Tiene varios tics, aunque no siempre en el mismo momento. Charlando conmigo solo guiñaba el ojo y nos hemos reído mucho cuando le he dicho que deje de ligar conmigo.

—Pues ojalá mi amigo hubiera encontrado a alguien como tú, Paula, porque se ha llevado muchos palos con las chicas —dice Bruno.

Lo miro con intensidad. Es bonito eso que ha dicho.

—¿En serio? Qué tontería, el síndrome de Tourette no te condiciona como persona.

Ahora miro a Paula, no puedo estar más orgullosa de ella.

—Eso he pensado yo siempre. Mi amigo es un tío de puta madre.

—Pues claro, como tú —le dice Paula, dándole una palmada en la espalda que nos hace reír a todos de nuevo.

Es increíble la facilidad con la que Bruno se ha integrado en mi grupo de amigas. ¿No es un poco extraño? Lo miro de nuevo y pienso que ya no me parece tan engreído como el primer día. Es verdad que cuando lo conocí yo estaba mucho más cerrada a todo. Pienso en ese momento en Hugo y en la pérdida de su amigo. Lo que me ha pasado a mí no es algo exclusivo, o sea, que mucha gente ha sufrido pérdidas muy dolorosas. Esto me lleva a pensar que saldré de este agujero negro en el que me siento bastante perdida.

«No te niegues a sentir, no te niegues a llorar. No te niegues a estar mal. Estás en todo tu derecho, y si alguien te dice que no llores, que debes ser más fuerte, tienes mi consentimiento para mandar a esa persona a la mierda».

Sonrío al recordar las palabras de mi psicóloga. No se anda por las ramas, y eso me gusta mucho. Tengo ganas de verla de nuevo, porque me da la impresión de que sus palabras me ayudan de verdad.

Recogemos entre todos, pero, al final, Gemma nos manda al salón porque prefiere hacer las cosas a su manera, aunque aparece Hugo por la cocina y a él no lo echa.

—Por lo visto, Hugo tiene un pase vip en esta cocina —dice Paula mientras salimos de allí.

—Porque hace los mejores mojitos de Madrid —le replica Gemma, divertida.

—Y porque soy muy ordenado —comenta Hugo con una risilla.

—Eso también —afirma Gemma.

Paula, Bruno y yo nos sentamos en los cómodos sofás de color gris claro del salón. Paula le pregunta de nuevo por su vida en Barcelona. Es una ciudad que hemos visitado un par de veces porque los abuelos maternos de Gemma son de allí, de ahí que su nombre se escriba con doble eme.

Bruno comenta por encima que trabajaba en un bufete pequeño del centro de la ciudad, que vivía solo en un piso de alquiler y que ha dejado allí a algunos amigos.

—Y a amigas… —le dice Paula enarcando las cejas varias veces.

—Paula… —digo, llamándole la atención porque es una auténtica cotilla.

—¿Qué? Ya somos amigos, ¿no? Yo le he explicado el principio de mi historia de amor con Samuel.

Bruno y yo nos miramos un segundo y recuerdo la conversación que escuché desde mi habitación mientras él estaba en el balcón. Hablaba con su madre de una chica...

—Hubo alguien importante, pero ahora ya es pasado —nos dice mientras se recuesta en el respaldo del sofá.

Está cómodo, eso está claro, y no le importa que Paula quiera saber sobre su vida personal.

—Vale, así que ahora estás soltero.

—Eso parece.

Oímos de fondo cómo se ríen Gemma y Hugo, y Paula frunce el ceño.

—¿Seguro que mi hermano y Gemma no...? —pregunta juntando los dedos índices.

—Que no, Paula, no seas pesada. Además, Gemma ya tiene bastante con lo suyo —le digo en serio.

—No sé por qué no lo deja.

—Porque no es tan fácil.

—¿Que no es fácil? Solo hace falta que le diga «*Ciao*, bacalao».

—Sí, claro, porque no siente nada por él.

Paula levanta el labio en un gesto de asco.

—Pues no se lo merece.

—Ese es otro tema, no tiene nada que ver.

Bruno nos mira con interés sin decir nada. Paula se da cuenta y abre de nuevo su gran bocaza:

—Gemma está pillada por un tío casado que acaba de dejar embarazada a su mujer cuernuda.

—¡Paula!

Le echo una mirada que podría desintegrarla.

—Bruno no va a decir nada, tranquila. No creo que quiera explicarlo en la próxima reunión de vecinos.

Él sonríe y niega con la cabeza.

—Pero quizá Gemma no quiere que su vecino lo sepa, ¿no?

—Vale, vale, tienes razón. Bruno, borra lo último que he dicho.

—Borrado —dice él con un gesto gracioso que nos hace reír.

—Los mojitos —anuncia Gemma entrando en el salón.

Hugo la sigue con tres más en las manos.

—Qué arte tiene mi hermanito —dice Paula mientras coge uno de los grandes vasos.

—Qué bien me vendes —le responde él bromeando.

—Bueno, es que tus mojitos son de lo mejor que yo he probado —comenta Gemma antes de darle un sorbo.

Gemma y Hugo se miran unos segundos y se sonríen. Me gusta esa complicidad que hay entre ellos. Ella no lo trata como un crío, a pesar de que tiene unos años menos, y él demuestra que aquí se siente muy a gusto.

—¿Así que estás estudiando para bombero? —le pregunta Bruno con interés.

—Sí, siempre he tenido claro que quería trabajar de bombero.

—Es complicado, ¿verdad? —sigue preguntando Bruno.

—Sí, tengo que estudiar mucho y también tengo que prepararme para las pruebas físicas. Son duras, porque…

Hugo sigue explicándole cómo son las oposiciones y todos acabamos haciéndole mil preguntas sobre el tema.

—Por eso mismo no tiene pareja, porque no tiene tiempo de nada —dice Paula al final.

—Paula, no tengo pareja porque tampoco me interesa ahora mismo.

—Claro, si quisiera, la tendría —dice Gemma con naturalidad.

—La defensora de mi hermano —suelta Paula resoplando.

—Eres una celosa, amiga —replica Gemma riendo.

Seguimos charlando entre risas hasta que terminamos el mojito. Es tarde y mañana es viernes, así que nos despedimos con pocas ganas, porque estamos a gusto, pero todos tenemos responsabilidades. Bueno, yo no, pero prefiero seguir su ritmo. Además, mañana quiero hacer la compra de la semana, así Gemma no tendrá que ir el sábado al súper y podrá descansar un poco más.

Cuando me meto en la cama, oigo un par de golpes en la pared y me incorporo extrañada. Escucho atenta y vuelvo a oír esos dos golpes. ¿Es Bruno? Le respondo por inercia, sin pensar en que no tiene sentido comunicarse así, como si fuésemos dos críos.

—Buenas noches —oigo que dice a través de la pared.

Me saca una sonrisa, no sé por qué.

—Buenas noches —le digo del mismo modo sin pensar que estoy alzando un poco la voz.

—¿Gabriela? —Gemma me llama desde su habitación, porque imagino que me ha oído.

—Eh, nada, nada.

Suelto una risilla mientras me tumbo.

Menuda tontería.

BRUNO

Cierro los ojos con una sonrisa. Esta noche ha sido diferente, divertida e interesante. Paula y Gemma me gustan, son muy distintas entre ellas, pero se llevan genial. Y lo que más me ha gustado ha sido conocer un poco más a Gabriela, aunque no es que haya hablado en exceso. Le gusta dejar que sus amigas hablen mientras ella va siguiendo el hilo. En algún momento parece que desconecte e imagino que su cabeza la lleva hacia algún recuerdo del pasado, de ahí que sus ojos no brillen del todo. Supongo que es de lo más normal, pero, aun así, Gabriela se deja llevar algunas veces, y cuando ríe, puede llegar a dejarme embobado. No sé si es por las arruguitas alrededor de los ojos o por sus dientes blancos y casi perfectos o por el sonido de su risa. Vale, sí, es por todo el conjunto. Me encanta cuando ríe porque lo hace de verdad.

Ahora mismo la imagino con una bonita sonrisa en los labios porque le he dado las buenas noches a través de la pared, como si fuésemos dos niños (debo recordar que se oye todo, pero cuando digo todo, es todo).

No sé, me resulta curioso que entre nuestras camas solo haya una pared de separación. Eso es casi como dormir juntos, ¿no? Me río por ese pensamiento de adolescente.

Una notificación ilumina la habitación. Es un wasap de Txell.

Txell

Sigo sin entender nada, Bruno.

Sé que no entiende nada, porque en su cabeza no entra que alguien no quiera estar con ella. Su ego es tremendo, pero su capacidad de autoconvencerse de lo que le interesa todavía lo es más.

Bruno

No quiero seguir dándole vueltas a lo mismo. Ya lo hablamos. Ya no estamos juntos. No quiero seguir con esto.

Txell

¿Con esto? ¿Ahora solo soy esto? Ya has conocido a alguien, ¿verdad?

Leo el mensaje un par de veces, no puedo creer que siga por ahí.

FASE 5

ACEPTACIÓN

En esta etapa, se acepta la realidad de que nuestro ser querido se ha ido físicamente y se reconoce que dicha realidad es la realidad permanente. Nunca nos gustará esta realidad ni estaremos de acuerdo con ella, pero, al final, la aceptamos. Aprendemos a vivir con ella.

La aceptación no consiste en que guste una situación. Consiste en ser consciente de todo lo que se ha perdido y en aprender a vivir con dicha pérdida.

La aceptación es un proceso que experimentamos, no una etapa final con un punto final.

ELISABETH KÜBLER-ROSS Y DAVID KESSER

GABRIELA

Acabo de llegar de la compra y veo que mi padre me está llamando. ¿Querrá que vaya de nuevo al despacho? Semanas atrás, no habría descolgado, pero ahora no me importa ir al bufete si me necesita otra vez. Entiendo que yo soy la que controla mejor algunos casos en concreto.

Pero me equivoco, su llamada no tiene nada que ver con el trabajo.

—¿Gabriela?

—Dime, papá.

—Tengo un cliente que quiere el Audi.

Durante unos segundos no sé de qué me habla, hasta que caigo en ello. Habla del coche que Marcos y yo compramos meses atrás, un A4 que pensábamos utilizar para nuestras escapadas.

Por un momento, pienso en decirle que ya no quiero venderlo, pero sé que es absurdo. Es un coche demasiado grande para mí sola. Además, no suelo conducir, no me gusta demasiado hacerlo, y por la ciudad prefiero el transporte público.

—¿Sigue en venta? —me pregunta como si adivinara mis pensamientos.

—Sí, claro.

Me cuesta aceptar que Marcos no va a conducirlo nunca más, es una idea terrible que aún me resulta difícil asumir. Sí, claro, sé cuál es la realidad. Sé que ha muerto, murió delante de mis propios ojos, pero sigue pareciéndome muy increíble que su vida se haya terminado así, sin más. Es como si en mi cabeza hubiera una mínima esperanza de que todo haya sido una pesadilla, pese a que soy muy consciente de su muerte. Más que nunca. La charla con Mireia, con mi psicóloga, me ha ayudado a ser consciente de lo que ha pasado y también me ha ayudado a entender que ahora empieza un proceso duro en el que tengo que reconstruirme de nuevo. Yo era una chica feliz, con un novio al que amaba muchísimo, con una vida bastante plena en todos los sentidos, y la muerte de Marcos ha derrumbado todo eso, me he quedado solo con algunos restos y necesito volver a empezar.

«Sin prisas, Gabriela. No tienes prisa alguna. Hay gente que se recupera en un par de meses; otros, en años. Tú tómate el tiempo que necesites. Es tu vida, no la de otros, ¿me explico?».

—¿Qué te parece si vienes a cenar mañana y así me traes esas llaves?

—Me parece buena idea.

—¿Seguro? Es sábado…

—Sí, no he quedado, ni nada —le digo pensando en Paula y Gemma.

Ellas tienen planes distintos, y yo les dije que me quedaría en casa tranquila viendo una película y tomando helado. Es un plan que siempre me ha gustado, la verdad.

—Perfecto, tu madre se pondrá muy contenta.

Sonrío porque me apetece cenar con ellos dos y charlar un poco de mis avances. Me siento algo más fuerte y empiezo a pensar que quizá en unas semanas podría volver al bufete. Ya veremos si se lo comento, porque tampoco quiero darle a mi padre falsas esperanzas. Además, sé que Bruno lo está llevando muy bien, con lo cual estoy tranquila y no me siento nada culpable por no estar allí. Lo más importante ahora mismo es mi salud mental, que evidentemente no está al cien por cien. En muchos momentos me siento floja, decaída y desanimada, en otros me siento esperanzada y con ganas de tirar hacia delante.

Por Marcos.

Por mí.

Como sola, como casi cada día, porque Gemma come con sus compañeros. Me siento en el suelo del balcón y empiezo a masticar despacio una ensalada de pollo que he comprado ya preparada. No me apetecía cocinar.

—Que aproveche —oigo que me dice alguien demasiado cerca.

Me vuelvo asustada. Vale, es Bruno desde su balcón. Lleva aún el traje y está apoyado en la barandilla negra decorada con flores enroscadas.

—Gracias… Me has asustado.

—Perdona, he venido antes porque tengo que ir al fisio esta tarde.

—¿Y eso?

—Nada, tengo las cervicales un poco cargadas.

—Claro, el trabajo…

—Y otras cosas… —dice mirando hacia el cielo—. Comes tarde, ¿no? —pregunta volviendo sus ojos hacia los míos.

—Sí, no tenía demasiada hambre.

—¿Te importa que coma aquí contigo?

Lo miro con gesto interrogante. Me parece un poco raro que se siente allí a comer en traje.

—Ahora vuelvo —me dice sin dejar que responda.

Cuando regresa, lleva unos pantalones de deporte de un azul oscuro y una camiseta blanca de manga corta, simple, sin nada. Lo miro de más porque me resulta curiosa su vestimenta tan informal, pero, claro, imagino que por casa no va con pantalones de pinzas y camisa o con traje.

Se sienta en el suelo con un plato hondo y un vaso en la mano.

—¿Quieres un cojín? —le ofrezco, pensando en lo duro que está el suelo.

—Pues no te digo que no.

Nos levantamos al mismo tiempo y me sonríe cuando le paso el cojín. Luego volvemos a sentarnos y yo sigo comiendo.

Lo miro de reojo un momento y veo que come espaguetis.

—¿Los has hecho tú? —le pregunto.

—Sí. Esta mañana, antes de irme. ¿Quieres probar? Tengo más en la cocina.

—No, gracias, llevo unos años procurando no comer alimentos con azúcar.

—¿Nada de nada?

—A ver, si ceno fuera o con amigos o eso…, pues me lo salto, pero en mi día a día procuro portarme bien.

Bruno arquea las cejas y me da un repaso rápido.

—Estás bien —dice con rotundidad.

Sé que se refiere a mi físico, pero no le doy demasiada importancia.

Seguimos comiendo en silencio, en un silencio cómodo que me sorprende, porque apenas nos conocemos, pero Bruno parece estar muy a gusto, y yo, sentada en el suelo de ese balcón, me siento como si esa siempre hubiese sido mi casa. Como si siempre hubiera estado allí.

Miro hacia el cielo, está despejado y el color es precioso gracias a los rayos del sol.

Suspiro al sentir toda aquella calma a pesar de estar en el centro de la ciudad.

—¿Todo bien? —me pregunta Bruno.

Me vuelvo hacia él. Tiene sus ojos negros clavados en los míos.

—Todo lo bien que se puede.

En cuanto digo la última palabra, me arrepiento, no sé por qué hablo de más con Bruno.

—Te diría que lo entiendo, pero no sería verdad. ¿Cómo te sientes?

Abro los ojos, muy sorprendida por su pregunta tan directa. Separo los labios para responder, los aprieto para callar y finalmente siento la necesidad de soltárselo:

—Me siento vacía, como si me hubieran arrancado el corazón entero.

Bruno y yo nos miramos fijamente. Tal vez he sido demasiado sincera, pero es la verdad. Él asiente con la cabeza y no dice nada, lo cual me parece mejor que oírlo decir alguna frase de esas tan manidas que no sirven de nada. En demasiadas ocasiones rellenamos algunos silencios con palabras que tienen poco sentido, lo hacemos con todo el cariño del mundo, pero, a veces, es mejor callar y limitarse a estar al lado de la persona que está padeciendo. Sin más. Yo no quiero lástima ni compasión, esos sentimientos solo me sirven para recordar mi desgracia, porque sí, en muchos momentos me siento una desgraciada a la que el destino ha señalado con el dedo para sufrir.

Cuando termino la ensalada, me recuesto en la pared y cierro los ojos para sentir el sol en la piel. No se puede estar mejor ahí arriba. Oigo que Bruno se levanta y, cuando lo miro, veo que entra en su casa. Es curioso que hayamos comido juntos, balcón con balcón. Me hace sonreír, porque me ha gustado su compañía, algo extraño, ya que, en estos últimos meses, aparte de con mis dos grandes amigas, no me apetecía relacionarme con nadie más. Está bien que empiece a salir de la burbuja.

Y sí, lo analizo todo ahora en mi vida porque me da la impresión de que estoy andando por una cuerda floja muy fina. En cualquier momento puedo caer, y no quiero sufrir más. Necesito ser consciente de cómo me siento, de lo que me ocurre, de lo que pienso. Estoy muy sensible.

—¿Café? —me pregunta Bruno.

Abro los ojos y lo veo con dos vasitos de cristal en las manos.

—Sin azúcar ni leche —me informa—. No tengo leche de almendras.

Por lo visto, tiene buena memoria.

—Gracias —le digo mientras me levanto.

No suelo beber demasiado café, pero no quiero parecer una antipática. Además, así me despejaré un poco, porque la verdad es que con este solecito me está entrando sueño.

Nos sentamos de nuevo.

—¿Y tú, Bruno? ¿Tú cómo te sientes?

La pregunta me sale sola al ver que se toca el cuello de nuevo. Debe de dolerle. Imagino que la tensión se le acumula en esa zona.

Me mira enarcando una de sus cejas, en un gesto interrogante. Le aguanto la mirada; yo le he dicho cómo me sentía.

—Pensaba que al regresar a Madrid dejaría mis problemas atrás, pero no ha sido así.

—¿Has huido? —le sigo preguntando. No suelo ser entrometida, pero, por lo visto, todo se pega: pasar tantas horas con Paula tiene sus consecuencias.

Sonríe y afirma con la cabeza antes de darle un sorbo al café. Tiene un asa plateada muy fina que le da un toque moderno.

—Necesitaba irme de allí y Madrid siempre ha sido mi ciudad.

Podría preguntar más, pero no me parece bien, tampoco somos amigos, así que opto por callar.

—¿No me preguntas por qué? Paula lo haría —me dice divertido.

Nos miramos y nos reímos a la vez. Ha calado rápido a mi amiga, está claro.

BRUNO

No entiendo por qué estoy tan a gusto con una chica a la que apenas conozco y que al principio me pareció tan estirada. Pero la he visto sentada en el balcón y me han entrado muchas ganas de imitarla y comer con ella allí.

A ratos hemos charlado y a ratos hemos estado en silencio, y es algo que también me ha gustado. Yo, personalmente, solo estoy cómodo en esos momentos con gente de confianza, con lo cual he sentido que la conocía de toda la vida. La he mirado de reojo y he visto que ella estaba igual de tranquila que yo, como si estuviese tomando el sol en el balcón con alguna de sus amigas. Incluso le he preguntado cómo se sentía y ahora ella me ha preguntado lo mismo a mí. Me gusta que sea directa, aunque no llega a ser una chismosa de esas que quieren saberlo todo.

—Paula ya te habría hecho un interrogatorio de primer grado —me contesta aún riendo.

Me gusta hacerla reír, me da la impresión de que últimamente es algo que le debe de costar. Pongo la voz más aguda y sigo bromeando. Acerco mi mano a Gabriela como si fuese un micrófono, a través de la barandilla del balcón.

—A ver, señor Santana, podría detallarnos por qué se marchó de la Ciudad Condal.

—¿Líos de faldas? —suelta ella con voz grave.

Estallamos en carcajadas de nuevo. El tema es serio para mí, pero necesito quitarle un poco de hierro, y no sé qué me pasa cuando estoy con Gabriela que me sale la risa floja.

—Pero ¿eran faldas cortas o largas? —sigo en mi papel de entrevistadora femenina.

Ella no deja de reírse.

—Probablemente eran cortas, muy cortas.

—Eh, ¿te estás metiendo conmigo? —le pregunto ya con mi voz grave en un tono irónico.

Sabe que sigo bromeando y se ríe de nuevo.

—Me refería a las faldas…

—Ah, vale.

—… no a la chica o a las chicas.

—Solo hubo una, pero te podría decir que en su cabeza había mil.

—¿Problemas de celos? —me pregunta ya más en serio.

—Si solo hubieran sido celos…

GABRIELA

Me muero de curiosidad por saber más, es así, pero prefiero que me explique la historia porque quiere, no porque yo le vaya haciendo preguntas.

—¿Gabriela?

Oigo a Gemma y miro el reloj. Madre mía, llevamos en el balcón hora y media y ni me he dado cuenta.

—Estoy en el balcón, Gemma.

—Ya voy… Seguro que ahí se está genial con el sol que hace —comenta mientras entra en mi habitación—. Dios, otro mensaje de Wilson. Tía, hoy hemos vuelto a follar…

Abro la boca para decirle que no siga porque Bruno está ahí, pero no me deja hablar.

—¡Es que no me deja, chica! ¡No me deja! Me ha llamado a primera hora a su despacho y me ha subido la falda hasta aquí, ¿y yo qué quieres que haga? Es que he pensado que voy a tener que cambiar de trabajo, porque me es imposible negarme. ¿Qué coño me pasa?

Sale al balcón de una zancada y suelta algunas palabrotas justo antes de ver a Bruno.

—¡Bruno, joder!

—¿Qué tal, Gemma?

—¿Me has oído?

—Todo —dice él en un tono neutro.

—¡Madre, qué día llevo!

—Siéntate, Gemma, quizá Bruno pueda ayudarte.

Ella me mira incrédula y yo asiento con la cabeza.

—Bruno tiene experiencia en líos de faldas.

Lo digo para que Gemma no se sienta tan mal, sé que no le gusta compartir su turbulenta historia con Wilson.

Él me mira sonriendo y ella me hace caso y se sienta a mi lado.

—Pensarás que estoy loca —le comenta a Bruno—, pero es que…

Las mejillas de Gemma se sonrojan y se muerde los labios. Bruno no dice nada, a pesar de que sabe cuál es la situación porque Paula se fue de la boca anoche.

—Pues nada, que estoy liada con un hombre casado. Esa soy yo.

—Bueno, no creo que eso indique quién eres tú… Además, por lo que veo, quieres dejarlo —le comenta Bruno con naturalidad.

Ella lo mira fijamente y luego suspira.

—Sí, pero no sé por qué no tengo fuerza de voluntad. Es como si lo que siento por él cuando estoy con él estuviera por encima de mi sentido común.

—Es el deseo —digo en un tono más bajo—, no es tan raro, Gemma. Pero vas a tener que ser más fuerte si de verdad no quieres seguir con él.

—Claro que no quiero. ¡Va a tener un hijo! —le dice a Bruno como si eso fuese algo horrible.

—E imagino que no quieres estar en medio cuando nazca ese niño —contesta él.

—Eso es, no quiero. Wilson dice que no puede vivir sin mí, pero deja embarazada a su mujer… ¿Cómo se come eso?

—Probablemente, te desea y no quiere dejarte, pero seguro que…

Bruno se calla y mira a Gemma arrugando el ceño.

—No, dilo, di lo que piensas, porque necesito oírlo.

—Seguro que también quiere estar con su mujer —le dice sin anestesia.

Es algo que ya hemos hablado las tres, pero quizá una voz externa le sirva para terminar de darle un carpetazo a esta relación que la lleva loca. Es que, si Gemma estuviera feliz, allá ella, pero no es así, sufre con todo esto.

—Lo sé, lo sé bien, pero es que cuando entro en ese despacho…

Gemma se calla. Imagino que estar en su piel no es fácil. Wilson es un malnacido que se lo pone más difícil, aunque quizá él tampoco sabe pararlo.

—¿Algún consejo? —le pregunta Gemma directamente.

Las dos miramos a Bruno y él me mira primero a mí y después a mi amiga.

—Bueno, no es mi especialidad —empieza diciendo, lo que provoca nuestra sonrisa—, pero creo que deberías frenarle los pies cuando te encuentres en ese tipo de situaciones; de lo contrario, esto no terminará nunca.

—Ya, es lo que temo —dice Gemma, agobiada.

—Cuando vea que no consigue lo que quiere, quizá dejará de intentarlo —añado yo, no muy convencida.

Me parece que Wilson es muy insistente y que cuando quiere algo no para hasta que lo logra.

—Pero no creo que debas dejar tu puesto de trabajo —comenta Bruno.

—Lo sé, eso sería demasiado. A mí me gusta trabajar allí.

—En el bufete de mi padre siempre tendrás un lugar —le recuerdo, a pesar de que sé cuál es su respuesta.

—Ya, pero sabes que me gusta mi puesto de trabajo, mis compañeros y, sobre todo, me gusta saber que estoy donde estoy por mis propios méritos.

—El padre de Gabriela no acepta a cualquiera en el bufete, eso lo tengo comprobado.

Miro a Bruno para ver si lo dice en serio o está de broma. Su gesto grave me indica lo primero.

—¿Es verdad o no? Allí solo hay buenos abogados —me dice.

—Tú incluido —contesto sonriendo.

—Bueno, sí, claro. Eso es evidente.

Soltamos los tres una risilla hasta que volvemos al tema de Wilson.

—Tengo que quedar con él fuera del bufete y hablar en serio.

—Sí, antes de que vuelva a acorralarte en su despacho —le advierto.

—Chicas, estoy muy a gusto aquí, pero tengo cita con el fisio…

Bruno se levanta y nos pasa el cojín que le he dejado.

—Ha sido una charla de balcón muy interesante —nos dice mirándonos a las dos, aunque sus ojos se quedan fijos en los míos

Retiro la mirada, no quiero que piense lo que no es. O lo que no puede ser. Comer y charlar con él ha sido muy agradable, él es muy agradable, pero eso no significa que yo vaya a bajar todas mis barreras; ahora mismo es imposible.

Por la noche cojo un taxi para ir a casa de mis padres, que está en las afueras, en uno de esos barrios ricos donde hay incluso vigilantes por las noches. Me he vestido un poco más formal porque sé que a mi madre le gustará ver que no voy todo el día en vaqueros. No me cuesta nada hacerla feliz.

Cuando estoy a punto de llegar a la puerta, esta se abre y mi padre sale a recibirme. Sabe que no me gusta que me abra el personal que trabaja en la casa, lo encuentro muy frío. Siempre he pensado que es muy impersonal, pero en casa de mis padres siempre ha sido así.

—Cariño, estás guapísima…

—Gracias, papá.

Nos damos un abrazo fuerte y entramos. Oigo voces y lo miro extrañada.

—¿Quién es?

—Tu madre ha invitado a los Pérez y a sus hijos. No te importa, ¿verdad?

Sí me importa, porque me apetecía cenar solo con ellos, pero no se lo digo. A mi padre ese tipo de cosas no le molestan, todo le está bien y pocas veces lleva la contraria a mi madre.

Los Pérez son los dueños de varias tiendas de ropa deportiva y también tienen bastante dinero. Su hija tiene diecinueve años y es muy estirada y su hijo tiene un par de años más que yo y es un poco especial. Es un genio con las máquinas y la tecnología, pero parece que tenga unos diez años menos.

Los saludo con educación, aunque lo último que me apetece es cenar con todos ellos. No es por nada en concreto, es porque me había hecho a la idea de estar sola con mis padres.

La cena discurre como esperaba, con charlas sobre gente que conocen ambas familias, sobre negocios y sobre los últimos logros de la hija de los Pérez. Natalia es nadadora y ha ganado varias medallas. Ahora están a la expectativa de que pueda ir a las próximas Olimpiadas.

Observo a su hermano, Fer, que o está en su mundo o está harto de escuchar las mismas historias sobre Natalia. Yo también estoy un poco cansada y les digo que voy al baño. Realmente, salgo al jardín a respirar un poco de aire fresco, tampoco se darán cuenta si tardo más, porque con los postres están todos mucho más relajados.

Mis ojos se posan en los rosales y de forma automática pienso en Marcos. No sé por qué siempre se quedaba embobado mirando las rosas rojas y blancas de mi madre. Decía que tenía un don con las flores, y probablemente es así. A mí se me mueren a los dos días, por eso mismo no tengo ni un sencillo cactus en mi poder.

—¿Aburrida?

Me vuelvo al oír la voz de Fer, que se sienta en uno de los escalones, a mi lado.

—No, no; necesitaba un poco de aire.

—Pues yo sí, me sé de memoria todo lo de las Olimpiadas.

—Ya imagino.

—Que me parece genial por mi hermana, pero zzz… —Fer finge que se duerme y suelto una risilla.

Nos quedamos callados unos momentos hasta que él habla de nuevo:

—¿Estás triste?

Lo miro buscando el sentido de la pregunta en sus ojos color café.

—¿Por qué lo dices?

—Por lo de Marcos.

—Eh…

—Eso es un sí. Ojalá pudiera inventar algo que hiciera disminuir el dolor.

Le sonrío, porque es en esos momentos en los que parece un adolescente.

—¿Pues, sabes? Mi psicóloga dice que es bueno sentir ese sufrimiento, que es una manera de pasar el duelo.

Fer arruga el ceño y me mira fijamente. De repente asiente con la cabeza y muestra una media sonrisa.

—Sí, claro, no tendría sentido perder a alguien y no sufrir.

—Exacto —le digo—. No sería lo normal.

—Pero, aun así, debes de haber pasado momentos muy duros.

Lo miro muy seria porque lo que dice es muy real. Pienso en el momento en que Marcos se apoyó en la columna porque se encontraba mal, en el momento en que tuve que cogerlo porque se caía, en el momento en que vi que no reaccionaba a la reanimación...

—Muy duros —murmuro con ganas de llorar.

—No quería entristecerte más —comenta compungido.

—No te preocupes...

No es culpa suya, cualquier recuerdo me lleva a Marcos y, aunque he empezado a aceptar que ya no está, me cuesta aceptar todo lo que él no va a vivir. Eso me crea una angustia terrible. Es él quien se lo va a perder todo, quien no va a levantarse por las mañanas para ir a trabajar, quien no va a salir de fiesta con los amigos, quien no va a celebrar más Navidades, con todo lo que le gustaban... Es tan duro pensarlo.

Yo me he quedado sin Marcos, pero él se ha quedado sin nada.

Y creo que esa idea me va a perseguir siempre.

BRUNO

Algunas noches me cuesta dormir y acabo escuchando algún pódcast para despejarme. Mi cabeza regresa a Barcelona y pienso en el día que conocí a Txell.

Estaba en un pub con un par de compañeros tomando una cerveza después de trabajar y ella entró allí con una amiga. Nada más verla, pensé que era guapísima, pero lo que más me cautivó fue su manera de mirarme: directa y descarada, sin miedo alguno. Para mí eso es un indicativo de persona segura, y lo es, vaya si lo es, pero nunca creí que acabaría pensando que lo es demasiado.

Al final de aquel día acabamos charlando, porque, con tanta mirada, me vi obligado a acercarme a ella. Fue inevitable.

A partir de ahí empezó el tonteo, el coqueteo y un tira y afloja entre los dos para ver quién se rendía antes. Lo hicimos al mismo tiempo en una discoteca. Nos besamos con pasión y entendimos que nuestra historia iba más allá de un simple flirteo. Yo había salido con un par de chicas anteriormente, pero nada serio, así que con Txell me tomé las cosas con calma, solo tenía veintiséis años y no tenía ninguna prisa.

El primer año estuvimos genial, pero poco a poco empecé a ver cosas en ella que me descolocaban. Era celosa, mucho, pero lo hablábamos a menudo y al final lograba entender que todos esos pensamientos eran irreales. Con el tiempo, pensé que acabaría confiando plenamente en mí y que sus celos dejarían de molestarnos, pero no fue así. Empeoró, y bastante. Siempre había alguna amiga o alguna mujer a la que, según ella, me tiraba. Así, sin paños calientes. Lo cual no era verdad, no es mi estilo. No me gusta engañar y suelo ser bastante leal. Pero daba igual lo que le dijera, ella estaba convencida de que yo la engañaba y terminaba llorando y diciéndome que lo mejor que podía hacer era olvidar mi infidelidad y perdonarme.

Todo esto durante el segundo año fue un sinvivir para mí, porque era inocente y ya no sabía ni cómo actuar. La quería, claro que la quería, y ya conocíamos a nuestros respectivos padres, habíamos hecho un par de viajes largos y algunas escapadas, dormíamos juntos la mitad de las noches a pesar de vivir cada uno en su respectivo piso y nos llevábamos genial. Y cuando digo genial, es genial. Pero esa Txell insegura y celosa le daba la vuelta a todo y conseguía que yo estuviera mal de verdad.

Cuando casi llevábamos dos años, quise dejarlo, pero sus lágrimas, su desespero y mi amor por ella hicieron que lo volviera a intentar. Sin embargo, la cosa empeoró y mucho. Si antes Txell se sentía insegura, entonces empezó a dudar de todo. A los pocos meses lo vi claro, no podíamos seguir juntos, así que decidí hablar con ella...

Unos gritos repentinos interrumpen mis pensamientos.

—¡¡Que te voy a matar!!

Me siento en la cama de repente. ¿Y ese grito?

—¡Gilipollas, que eres un gilipollas! ¡Que te mato!

Salgo al balcón asustado, pero solo veo a un hombre gritándole a una farola.

—¡Menuda hostia, menuda hostia! —grita el señor, con la mano en la frente.

—Creo que se ha dado él solito contra la farola. Y creo también que va bebido.

Me vuelvo hacia Gabriela, que está en el balcón con una camiseta muy fina y sin nada debajo, o eso parece, y sin poder evitarlo le doy un buen repaso. Hago un esfuerzo para no seguir mirándola de esa forma, pero la encuentro demasiado sexy.

Ay, Brunito…

—¿Bruno?

—¿Eh? Sí, sí, creo que sí. Parece que va borracho —digo mirando hacia abajo.

—¿Dormías? —me pregunta.

—Estaba escuchando un pódcast para ver si me entraba el sueño, pero este señor me ha despejado del todo.

—Sí, a mí también me ha asustado.

Ambos lo vemos alejarse calle abajo con su borrachera y su paso indeciso. Nos miramos de nuevo en silencio. Parece que no sabemos qué decir hasta que los dos hablamos al mismo tiempo:

—Bueno… Esto, yo…

Soltamos una risilla también al unísono.

—Buenas noches, Bruno —me dice dando un paso hacia atrás.

—Buenas noches, Gabriela. Si no puedes dormir, podemos hablar a través de la pared —le propongo, divertido.

—Bromeas —me dice asombrada.

—¿Qué? ¿No sabes usar el código morse?

—No, claro que no. ¿Tú sí?

—Pues tampoco.

Suelta una carcajada por mi tontería y niega con la cabeza mientras entra en su habitación.

—Que duermas bien.

—Tú también…

Cuando me meto en la cama, imagino a Gabriela haciendo lo mismo y sonrío. Seguidamente, pienso en su camiseta y en las formas de su cuerpo, y suspiro. Es complicado no tener ese tipo de pensamientos con ella…

GABRIELA

Es un martes lluvioso y voy de camino a la consulta de Mircia. Me apetece mucho explicarle que esta semana me he sentido mucho mejor. No puedo decir que esté bien, porque no lo estoy y no sé si volveré a estarlo. O, más bien dicho, no sé si volveré a ser la misma persona que era antes. Yo creo que no, porque cuando te ocurren cosas como la que me ha ocurrido a mí, cambias sí o sí. Pero eso no significa que no vuelva a reír, a vivir y a amar. Hace un par de meses habría dicho que me sería imposible sentir nada más que pena, pero ahora lo veo distinto, quizá sí es cierto eso de que el tiempo todo lo cura.

—¿Cómo ha ido la semana, Gabriela?

—Creo que mejor. Vivir con Gemma me está sentando bien y tus palabras me están ayudando mucho.

Ella asiente, como quitándose importancia.

Le explico que el hermano de Paula, Hugo, viene casi cada día al piso para estudiar y que paso a verlo algún ratito para charlar. Es un chico que transmite paz y me gusta tener esos momentos con él.

Le cuento también que Gemma y yo estamos más unidas y que hablamos de nuestros problemas mucho más que antes. No le cuento lo de Wilson porque creo que no es necesario, pero es verdad que mi amiga y yo hablamos de él a menudo. Ella está muy preocupada y yo intento ayudarla en todo lo que puedo. Eso mantiene mi mente ocupada, y todo lo que mantenga mi mente ocupada me va bien.

También le explico quién es Bruno y cómo ha pasado de caerme mal a parecerme alguien más bien interesante. A veces, las primeras impresiones no son las correctas por mucho que nos guiemos por nuestra intuición, en algunas ocasiones puede fallar.

Mireia me escucha atenta y va haciendo alguna pregunta para completar la información. Al final de la sesión le pregunto si cree que todo esto me beneficia.

—Gabriela, tú tienes que hacer en cada momento lo que te haga a ti feliz. Ahora mismo estás en un proceso complicado, en un duelo muy duro, y todo lo que te aporte felicidad es bienvenido. Pero ten presente que tendrás momentos de todo. Es decir, que puedes tener unos días muy buenos y de repente tener uno muy malo. No te asustes ni creas que estás tirando hacia atrás. Es muy lógico y no debes preocuparte. Pasamos ese día sabiendo que ese dolor que sientes es muy normal, sin querer apartarlo, ¿de acuerdo? Y entonces tiramos hacia delante, siempre adelante.

Salgo de allí pensando en sus últimas palabras. «Siempre adelante». Parece fácil, pero en mi cabeza no lo es tanto. Cualquier imagen, cualquier palabra me lleva a Marcos y al dolor que siento por su pérdida. Al principio, no dejaba de pensar que era una gran injusticia del destino; ahora ya no lo pienso tanto, ahora siento más pena que otra cosa. Ya no estoy tan enfadada con el mundo, ya no creo que el mundo tenga la culpa de su muerte.

Entro en una cafetería para tomar un té *matcha* y, cuando el camarero me lo sirve, me llega una notificación.

Es un correo de Bruno. Lo abro con ganas de saber qué quiere.

De: Bruno Santana
Para: Gabriela Martos
Hora: 11.15

Hola, Gabriela:
¿Qué tal vas de sueño?
Tengo una duda con el caso García-Jurado. ¿Puedes mirar lo que te he subrayado? No quiero molestarte, pero prefiero hacer las cosas bien.

Gracias.
Un saludo

Bruno Santana
Abogado asociado en Bufete Martos
BrunoSant@martosbufete.com

Sonrío al leerlo porque imagino que él también oyó a los vecinos del tercero mientras copulaban escandalosamente. Gemma ya me advirtió sobre ellos, pero cuando los oí anoche no podía creérmelo. Acabé con los tapones en los oídos y la cabeza bajo la almohada. Juro que era algo exagerado.

De: Gabriela Martos
Para: Bruno Santana
Hora: 11.18

Hola, Bruno:
Ahora mismo le echo un vistazo y más tarde te comento.

Sobre lo de anoche: sin palabras…

¡Un saludo!

Gabriela Martos
Abogada asociada en bufete Martos
GabrielaMar@martosbufete.com

Me descargo el documento que me ha enviado Bruno y busco lo que ha subrayado. Lo releo varias veces y, cuando estoy a punto de escribirle otro correo, pienso que es mejor que se lo explique en persona, me entenderá mejor. Como lo tengo de vecino, será fácil encontrarlo en algún momento. Si tuviera su móvil, podría enviarle un audio ahora mismo… Quizá lo necesite, pero fui yo quien no quiso darle mi número de teléfono.

Releo su correo, no veo que necesite una respuesta ya, así que decido esperar a cruzármelo. Si fuese algo urgente, me lo habría comentado. En ese mismo momento me llega otro correo de Bruno y sonrío pensando que esto se está convirtiendo en una costumbre. Es curioso que no haya insistido en tener mi número o que no lo haya conseguido por otra vía, en el bufete es algo sencillo.

De: Bruno Santana
Para: Gabriela Martos
Hora: 11.53

Yo no puedo dejar de preguntarme si era real o si es que tenemos unos estudios de porno duro en el vecindario.

Bruno Santana
Abogado asociado en Bufete Martos
BrunoSant@martosbufete.com

Suelto una risilla al leerlo, está de broma, claro, y me gusta su humor.

De: Gabriela Martos
Para: Bruno Santana
Hora: 11.56

A veces, la realidad supera la ficción. Según Gemma, sucede de vez en cuando, cuando se reconcilian de alguna pelea.

Gabriela Martos
Abogada asociada en Bufete Martos
GabrielaMar@martosbufete.com

Eso es lo que ella me dijo, tal cual.

No sé por qué mi amiga tiene esa información, pero imagino que es un tema que ya se ha comentado entre los vecinos.

De: Bruno Santana
Para: Gabriela Martos
Hora: 11.58

Jajajaja, tengo que pasar a tomar el café por allí para que Gemma me ponga al día.
Tengo una reunión, hablamos más tarde.

Bruno Santana
Abogado asociado en Bufete Martos
BrunoSant@martosbufete.com

De: Gabriela Martos
Para: Bruno Santana
Hora: 11.58

Sí, ya te comentaré lo del caso García-Jurado.
¡Hasta luego!

Gabriela Martos
Abogada asociada en Bufete Martos
GabrielaMar@martosbufete.com

Le doy a «Enviar» justo en el mismo momento en que me doy cuenta de que parece que esté charlando con un amigo. «¡Hasta luego!»… A ver, que apenas nos conocemos y además esos correos son de trabajo. Bueno, el tema de los vecinos no es precisamente algo del bufete…

Sonrío mientras me voy de la cafetería y alzo la vista hacia el cielo: sigue lloviendo, así que abro el paraguas de nuevo. Inspiro con fuerza porque me gusta el olor de la lluvia. Es una sensación que siempre me ha gustado y que hace muchos días que no disfrutaba siendo consciente. A veces me da la impresión de que llevo meses encerrada en una habitación oscura, húmeda y hermética de la que no he podido salir porque sentía que en el exterior me asfixiaba. El dolor es así, te encierras en ti mismo y es complicado ver nada más allá de un palmo de ti. No necesitaba saber nada de nadie, ni de lo que ocurría en el mundo. En ese momento solo existíamos mi dolor y yo.

Y, a veces, solo el dolor.

PAULA

Llevo un tiempo desaparecida, lo sé, pero es que Samuel y yo hemos tenido unos días intensos de sexo. Lo normal, vamos, porque tenemos que conocernos en ese sentido y entonces necesitamos pasarnos unos días con un solo pensamiento en la cabeza.

También tengo que reconocer que con Samuel el sexo es explosivo. Sabe cómo acariciar, dónde y cuándo. Sabe demasiado como para que no tenga ganas de hacerlo nada más verlo. Me guiña el ojo sin querer y ya me tiene arrodillada entre sus piernas para comérsela entera. Y es que esa es otra, no he visto persona que disfrute más con mi manera de hacer sexo oral, con lo cual yo disfruto el doble. No es lo mismo estar con un berberecho que con alguien activo sexualmente; eso es así, digáis lo que digáis. Que sí, que el sexo no es lo más importante, pero sí lo segundo; lo primero es que sea buena persona. Eso también lo tengo yo claro, pero como eso cuesta más descubrirlo, de mientras intento aprovechar al máximo todo el tiempo que pueda follando con él. Creo que vosotras haríais lo mismo, ¿no?

—Es curioso que cuando follas no tienes ningún tic, ¿verdad?

—Sí, así es.

—Te pasa como el cantante aquel… ¿Cómo se llama?

—Lewis Capaldi…

—¡Ese! Me encanta su canción «Someone You Loved». En un concierto dejó de cantar por culpa de los tics y el público continuó con la canción. Es muy emocionante.

—Sí, lo vi en un vídeo.

Samuel y yo estamos cara a cara, tumbados en la cama mientras oímos como llueve fuera. Me encanta estar así con él porque estamos los dos relajados y tranquilos tras una buena sesión de sexo. Los tics lo van atrapando poco a poco: primero guiña un ojo, después gira un poco el cuello hacia un lado y sus dedos acaban repicando en mi piel desnuda. A mí me dan igual todos esos movimientos, pero me jode que a él le molesten. Porque le molestan. Estuve toda una tarde haciéndole miles de preguntas y las respondió una a una sin problema. Tiene muy asumido su síndrome y no tiene ningún complejo, es una persona muy segura de sí misma y eso me pone a mil.

—Por cierto, Samu, ¿te apuntas a cenar con mis amigas este fin de semana?

GEMMA

Gabriela está con la psicóloga y yo he aprovechado el rato para hacer un poco de gimnasia a través de una aplicación que me instalé durante la pandemia y que uso más bien poco, la verdad. Prefiero ir a andar o a correr, pero hoy está lloviendo bastante y no me apetece salir.

La chica de la aplicación me anima desde la pantalla y yo empiezo a saltar, a levantar las rodillas, a hacer sentadillas y a correr sin moverme del sitio. Vamos haciendo los ejercicios durante un minuto y entonces descansamos unos quince segundos, que me parecen una miseria cuando ya llevo unos cuarenta minutos haciendo ese tipo de ejercicios.

«Y ahora, chicas, vamos a usar estos últimos momentos para hacer unas sentadillas búlgaras».

Pongo los ojos en blanco e inspiro con fuerza para empezar esos malditos últimos minutos. Odio esas sentadillas.

Suena el timbre y voy corriendo hacia la puerta mientras en mi cabeza suena la palabra «¡salvada!».

Abro jadeando y sin pensar en las pintas que llevo. Tampoco miro por la mirilla, creo que estoy demasiado cansada para pensar con claridad.

—¿Te pillo mal? —me pregunta Hugo mirándome de arriba abajo.

—Eh… No, no, pasa —le digo, un poco cortada porque imagino que tengo la cara roja como un tomate y el pelo superdespeinado.

—¿Haciendo deporte? —dice mientras entra con una sonrisilla de medio lado.

—Sí, cuando llueve, prefiero hacerlo en casa.

—Claro, tiene su lógica.

Hugo se ríe y yo cierro la puerta pensando que a veces hablo de más.

—Oye, vengo antes porque quería pedirte algo…

Lo miro fijamente esperando que siga hablando. Hugo se está convirtiendo en un hombre muy guapo. Que siempre lo ha sido, pero ahora ha dejado atrás esos rasgos más aniñados y parece más… mayor.

—Hay un par de leyes que se me resisten, ¿puedes echarme una mano?

—Ah, sí, claro. Me ducho primero.

Se me queda mirando con una sonrisa torcida en la boca que me descoloca.

—Estás… sexy.

Lo miro abriendo mucho los ojos.

—¡Hugo! —lo riño mientras me voy a la ducha.

A ver, Hugo es el hermano de Paula, el hermano pequeño, y sé que tiene mucho éxito entre las féminas, pero oírlo hablar así me resulta chocante.

—Vale, vale, ya me callo —lo oigo que dice entre risas.

Es guapo y es divertido, no me extraña que sea un ligón.

BRUNO

Es viernes y estoy hasta arriba de trabajo, así que he rechazado un par de invitaciones para salir esta noche. Si me lío hoy, mañana no soy persona, y quiero acabar varios informes para el lunes. Me estoy dejando la piel en algunos casos, pero es que quiero obtener buenos resultados. Para mí, para el jefe y también para Gabriela.

El martes se pasó por aquí para aclararme algunos puntos sobre un caso y me di cuenta de que a ella le apasiona su trabajo tanto como a mí. Me resultó curioso, porque había llegado a pensar que era la típica niña de papá que había seguido sus pasos por inercia y que está en el puesto que está por ser «hija de», no por méritos propios. Pero me he equivocado, lo reconozco. Sus conocimientos son amplios y todo lo que me explicó sobre el caso me ha sido de gran utilidad. Se toma en serio mis peticiones y eso me gusta de ella, no le cuesta ofrecer su ayuda.

Dejo la taza de café a un lado y me concentro en lo que tengo que hacer. Por lo visto, las vecinas tienen invitados porque oigo alguna risotada de Paula de vez en cuando y alguna voz más grave hablando. Imagino que están cenando y que más tarde saldrán de fiesta. ¿Gabriela también? Me da la impresión de que todavía no está preparada, aunque quizá me equivoco de nuevo, tal vez es más fuerte de lo que pienso.

El móvil vibra encima de la mesa y miro la pantalla. Es mi madre. Lo cojo a pesar de que me da un poco de pereza, pero llevo algunos días sin hablar con ella y no es necesario preocuparla.

—¿Mamá?

—Bruno, ¿estás ocupado?

Sé que lo pregunta con mucho interés porque sigue pensando que voy a volver con Txell.

—Estoy trabajando.

—Vaya, este trabajo te tiene absorbido.

—No es fácil, pero me gusta mucho.

—Me alegro, cariño. ¿Lo demás, bien?

Eso lo pregunta para saber si hay alguna chica nueva en mi vida, algo que me recriminaría sin duda alguna. Para ella, Txell es la candidata perfecta, y lo entiendo, porque con mis padres siempre se comportó como una persona no tóxica.

—Sí, he conocido a mis vecinas. ¿Te lo he dicho? El otro día cené con ellas y son un encanto.

—Ajá.

—Las dos son abogadas, fíjate qué casualidad, y no podría decirte cuál es más guapa, si Gabriela o Gemma.

—¿Viven juntas? ¿Quizá son pareja?

Me río por dentro porque eso es lo que querría ella.

—No, no, y tampoco tienen pareja —le explico antes de que pregunte.

«Bueno, Gemma está liada con su jefe, un tipo casado y que pronto será padre por primera vez. Y Gabriela, dudo que piense en tener pareja en breve, algo que es una pena, porque me parece una mujer de diez», pienso, pero no se lo digo a mi madre porque acabaría respirando tranquila al saber que mis posibilidades se reducen a cero con ellas.

—Y hablando de parejas, ¿sabes algo de Txell?

Suspiro cansado.

No sé si Txell habla a menudo con mi madre o es al revés, pero entre las dos me atosigan con algo que está más que terminado.

GABRIELA

Estoy cenando en el piso con Gemma, Paula, Hugo y la nueva pareja de Paula, Samuel.

Es un chico muy moreno, con los ojos rasgados de color miel, de labios gruesos muy rojos y de pelo rizado más bien largo que le queda muy bien. Es atractivo, pero no es de esos tipos que se lo tienen creído, más bien al contrario.

—Os lo juro, el otro día en el médico una señora me dijo que le estaba poniendo nervioso.

—No me lo puedo creer —le digo a Samuel enarcando las cejas, muy asombrada.

¿Es que la gente solo usa un diez por ciento del cerebro?

—Pero ¿era alguien mayor? —pregunta Gemma con cautela.

—Para nada, tendría unos… cuarenta años —responde Samuel.

—Es increíble —comenta Hugo negando con la cabeza.

Samuel ha sacado el tema de su síndrome con total naturalidad. Según él, hay que darle visibilidad, pero sin ser dramáticos. Es un síndrome complejo y a algunas personas les complica mucho la vida. No es su caso, sus tics son motores y más bien simples, y además los intenta controlar.

—¿Cómo que controlar? ¿Puedes decidir tenerlos o no? —le pregunta Gemma con curiosidad.

—No, no es eso. Puedo intentar controlarlos un poco, pero no durante demasiado rato porque, si no, al final incluso siento dolor.

—Vaya… ¿Es como que los intentas disimular? —dice Hugo, interesado.

No sabemos demasiado del tema, excepto algún vídeo que hemos visto por TikTok, y está claro que Samuel nos tiene a todos fascinados con sus explicaciones.

—Sí, eso es.

—Pero no puedes eliminarlos —continúa Hugo.

—No, no puedes. Y a veces tampoco puedes disimularlos, depende un poco de todo. Si estoy más nervioso, es más difícil, pero por suerte soy una persona bastante tranquila.

—A mí me ocurre algo parecido —dice Gemma—. Cuando veo algo mal colocado, necesito ponerlo bien antes de que me entren los mil males.

—Lo corroboro —dice Paula sonriendo.

—A mí me gusta el orden —comenta Hugo, quitándole importancia a la obsesión de Gemma.

Los dos se sonríen.

—Bueno, al final todos somos un poco especiales, ¿no? —concluye Samuel.

Paula lo mira embobada. Empiezo a pensar que está mucho más colada de lo que dice. Según ella, es solo un rollo más, pero me da a mí que no es así. El tiempo lo dirá.

Justo cuando estamos con los postres, suena el timbre y Gemma y yo nos miramos extrañadas.

—¿Voy yo? —pregunta Hugo.

Gemma lo mira con cariño y asiente con la cabeza.

—Quizá es el vecino —comenta Paula—, igual necesita hielo para el gin-tonic.

—¿O sea que lo de la sal ya pasó a la historia? —comenta Samuel riendo.

—Lo de la sal era solo un pretexto para ligar. A Gemma le pasó eso con un vecino, ¿os acordáis?

—¡Gabriela, es para ti! Es Bruno —me dice mientras entra en el salón.

—¿Bruno?

—Sí, está en la puerta, que dice que no quiere molestar…

Me levanto pensando qué puede querer un viernes por la noche. Dudo que sea hielo.

Está esperando apoyado en la pared blanca del pasillo mientras mira su teléfono.

—Hola, ¿pasa algo?

—Perdona que te moleste, pero es que necesito un dato con urgencia.

—¿Estás trabajando? —le pregunto asombrada.

—Eh, sí, es que quiero tener algunos informes acabados para el lunes.

Estaba segura de que Bruno era de los que no trabajaban el fin de semana, cosa que tampoco me parece rara. Para eso están los días de descanso: para descansar.

—¿Te los ha pedido mi padre?

—No.

—¿Entonces?

Se muerde el labio antes de responder, como si lo hubiera pillado en alguna travesura.

—Es cosa mía, me gusta llevar el trabajo avanzado.

—¿Por si milagrosamente se adelanta algún caso en los juzgados?

Nos reímos los dos al mismo tiempo porque eso es imposible, más bien suele suceder lo contrario.

—Lo sé, soy un poco ansias con el trabajo. No puedo remediarlo.

—A ver, es mejor ser así que no de los que no terminan nunca su faena, pero, Bruno, es fin de semana…

—No tenía planes.

Lo miro con escepticismo porque me cuesta creer que no le hayan propuesto ningún plan. Sé que se lleva muy bien con dos compañeros del bufete, que siempre están dispuestos a salir de fiesta.

—Y es tan urgente que has venido a pedirme ese dato.

Se pasa la mano por el pelo y sonríe avergonzado.

—Joder, es verdad. Soy patético.

Nos reímos de nuevo, pero en el fondo me sabe mal que esté trabajando a esas horas.

—Vamos a hacer un trato.

—¿Un trato? —pregunta divertido.

—Yo te doy esa información, pero primero tú pasas a tomar algo de postre y una copa. Solo una.

Me mira frunciendo el ceño.

—¿Seguro? —pregunta indeciso.

—Claro que sí. Venga, pasa.

Empiezo a caminar hacia el salón sabiendo que me va a seguir. Oigo que cierra la puerta.

—Tenemos un invitado más —les digo al resto cuando aparecemos los dos.

BRUNO

Sí, sí, podría haberle pedido ese dato por correo o podría haberme esperado, pero tenía ganas de terminar e irme a dormir. No me gusta dejar las cosas inacabadas, es algo superior a mí.

—¡Bruno! ¿Qué tal? —me saluda Gemma antes de darme dos besos.

Saludo a todo el mundo y me presentan a Samuel, la pareja de Paula.

—Fresas con yogur griego, ¿te apetecen? —me pregunta Gabriela, señalando su bol.

—Lo del yogur es cosa de Gabriela, pero están buenísimas —me dice Hugo con simpatía.

—Venga, sí —le respondo.

—Yo las traigo y así pongo un poco de música, que seguro que el vecino no está durmiendo —dice Paula, provocando algunas risas.

—Estaba trabajando —explico al ver que todos me miran.

—Yo debería estar estudiando, pero Gemma me corrompe —dice Hugo mirándola con intensidad.

Empieza a sonar «Olivia», de The Tyets, y miro a Paula, que viene con otro de esos cuencos de colores alegres.

—Me encanta este grupo —les digo sonriendo—. Antes de irme de Barcelona fui a uno de sus conciertos y me lo pasé genial. Tienen un directo buenísimo.

—¿Sí? ¿Cantan igual de bien? —me pregunta Paula—. A mí también me gustan mucho, aunque hay cosas que no entiendo de la letra, pero me da igual. Cuando cantan en inglés, me pasa lo mismo. Y esta es mi preferida.

Paula coge una cuchara y se la pone frente a la boca como si fuese un micrófono.

—*I ens vam passar el concert plorant, Oliviaaa. Quin moment tan bonic i estrany, Oliviaaa.*

Gemma, Hugo y Samuel la acompañan cuando dice «Olivia» y Gabriela y yo nos miramos para acabar riendo con ganas.

Me gustan mis vecinas. Me gustan los amigos de mis vecinas. Y, sobre todo, me gusta ver a Gabriela reír.

Puede ser mi próximo *hobby*. No digo que no.

GABRIELA

Observo a Bruno charlando con Samuel como si lo conociera de toda la vida; me gusta eso de él. No tiene problemas para hacer nuevos amigos, es extrovertido, pero tampoco es de esas personas que solo hablan de sus cosas. Le gusta preguntar, escuchar y saber. Estoy segura de que es un buen amigo, de aquellos que están por ti, en lo bueno y en lo no tan bueno.

Nos tomamos una copa después de las fresas con yogur y, cuando vamos terminando, Paula nos pregunta si queremos salir a tomar algo. Todos decimos que sí, incluso Bruno, aunque yo lo digo por inercia, tengo cierto miedo a no estar bien. ¿Y si me agobio? Sé que tengo que tirar abajo algunos muros que yo misma he construido, pero estoy muy bien en mi zona de confort y me da miedo pasarlo mal. Creo que ya he sufrido bastante, aunque soy muy consciente de que todavía quedan muchas situaciones que afrontar sin Marcos.

Recogemos entre todos, a pesar de que Gemma insiste en que lo dejemos estar. Ella prefiere hacer las cosas a su manera.

Salimos procurando no hacer demasiado ruido para no molestar a los vecinos, pero entonces Bruno pregunta si alguien conoce a la pareja de vecinos que gime tan fuerte, y empezamos a enlazar una broma con otra, y a reír y hablar más alto de lo normal.

—¿Adónde os apetece ir? —pregunta Hugo.

—Ahora que lo pienso, ¿no deberías estar estudiando? —lo increpa su hermana.

—Déjalo, Paula. Tendrá que divertirse también —lo defiende Gemma.

—Mírala, igual sí que lo estás pervirtiendo —replica Paula.

—Sí, mujer, yo, que soy una santa.

—Ay, una santa… Me gustaría verte con la falda por la cintura y las… —suelta Paula sin pensar.

—¡Paula! —lo corta Gemma.

—¡Joder! Qué imagen, hermanita.

—Dejemos el tema, chicas —digo yo, sabiendo que Paula no tiene filtro y que a Gemma no le gusta que hablen de su vida íntima. Lo normal, vamos.

—El otro día me llevaron a un sitio nuevo donde ponen música muy diversa y donde hacen unos mojitos de mango alucinantes —comenta Bruno.

—¿De mango? Eso tenemos que probarlo —dice Samuel guiñándole un ojo.

Mientras seguimos al vecino sin pensarlo, los miro a todos detenidamente. Samuel charla con Bruno, pero sin quitar ojo a Paula. Creo que le gusta de verdad; o eso, o es una persona muy pasional.

Yo estoy al lado de Hugo y escucho la conversación que tiene con Gemma.

—Ataxofobia, se dice ataxofobia —le comenta Hugo.

—Vaya, no sabía que lo mío tiene un nombre…

—Gemma, no creo que tú tengas esa fobia. La gente que la padece, aparte del miedo, siente dolores de cabeza, náuseas y cosas así.

—Yo solo me pongo nerviosa.

—¿Muy nerviosa?

—Necesito que todo esté en orden y que mis rutinas no varíen demasiado.

—¿Sigues una especie de horario?

—Sí; en mi cabeza, sí.

—¿Y si no puedes seguirlo? Por lo que sea…

—A ver, no me duele la cabeza ni me encuentro mal, pero no me gusta.

—Pues entonces no tienes ataxofobia.

—Ah, genial, doctor Hugo.

Ambos sueltan una carcajada a la vez y yo sonrío al oírlos.

—Estás muy callada…

Miro a Bruno, que se ha colocado a mi lado, y dejo espacio para que Hugo y Gemma nos adelanten.

—Bueno, también me gusta escuchar.

—Lo he notado —dice con rapidez, y nos miramos un par de segundos fijamente.

Soy la primera en apartar la vista, porque me da la impresión de que puedo perderme en sus ojos.

—Tú también sabes escuchar —le digo para no seguir hablando de mí.

—Lo intento, y además me gusta escuchar.

—A mí también —le digo sonriendo.

—¿Quizá porque somos abogados? —me pregunta medio en broma.

Suelto otra risilla.

—No creo, yo ya era así antes de estudiar Derecho. Mira, tuve una amiga en primero de la ESO que solo hablaba ella. Al principio me iba bien, pero en unos meses me di cuenta de que su necesidad de ser la estrella principal me anulaba un poco, así que al final dejé de escucharla.

—Vaya, yo también he conocido alguna persona del mismo estilo. Me acuerdo de María, una chica que hablaba por los codos. Y si hablamos de escuchar, poco o nada, ya puedes imaginarte. Pero es que encima, cuando charlabas con ella, acababa alzando un montón la voz si daba la casualidad de que al mismo tiempo tú decías algo.

—¿Imposible mantener una conversación? —le pregunto divertida.

—Imposible, solo hablaba ella.

—Bueno, ese no será nuestro caso.

Nos miramos fijamente de nuevo hasta que Hugo le pregunta a Bruno algo sobre Barcelona. En breve va a ir a la Ciudad Condal para asistir a un concierto de Coldplay con unos amigos.

—¡Qué envidia!, Coldplay… —comenta Gemma.

—Pues no quedan entradas, se agotaron en nada —le digo yo. Lo han dicho por la radio.

—Normal, tiene que ser todo un espectáculo —me dice resignada.

—¿Te gusta Coldplay? —le pregunta Hugo.

—¿A quién no le gusta Coldplay? —responde ella, pizpireta.

—Joder, si lo sé, te pillo una entrada…

—¿Qué dices, Hugo? Tú vas con tus amigos…

—¿Y qué? Mis amigos son muy abiertos con eso…

Ambos siguen charlando sobre el tema, y Bruno y yo continuamos callados, escuchándolos hablar sobre ese grupo de música.

Cuando entramos en el local al que nos ha llevado Bruno, lo observamos con curiosidad. La música no está muy alta, en ese momento suena la última canción de Miley Cyrus. Hay varias mesas bajas con sofás alrededor, una barra bastante larga con unos taburetes muy modernos y la luz es bastante tenue. Es acogedor y tranquilo y, de momento, no hay demasiada gente.

En cuanto nos sentamos, viene una camarera muy simpática y nos toma nota: todos queremos probar ese mojito de mango. Charlamos animados entre nosotros y nos lo bebemos demasiado rápido porque está rico de verdad. Pedimos una segunda ronda, pero con la promesa de beber más despacio. A mí me da igual, porque noto que ya me ha subido a la cabeza.

—Voy al baño —les digo mientras me levanto.

—Al fondo, a la izquierda —me indica Bruno sonriendo.

—Gracias, señor Bruno.

Él suelta una risilla y yo voy hacia el fondo del local pensando en él. Es un tipo muy agradable, algo que no pensé en un primer momento. No sé por qué. Bueno, sí lo sé. Cuando lo conocí, yo lo veía todo negro.

Entro en el baño y lo primero que veo es mi sonrisa en el espejo. La culpabilidad golpea mi pecho. Marcos. Marcos muerto. Y yo…, yo bebiendo mojitos y pensando que Bruno es muy simpático. ¿Qué pensaría Marcos de mí?

Me apoyo en la pared y miro hacia el techo para aguantarme las lágrimas. No quiero llorar más. Intento buscar en mi cabeza alguna palabra de la psicóloga que me reconforte, pero el alcohol me ha dejado una niebla espesa que no me permite pensar con claridad.

Odio sentirme así.

Cuando han pasado unos minutos y me siento más tranquila, entro en uno de los cubículos.

Al salir del baño me choco contra alguien…

—¡Uy! Perdona.

—Gabriela…

Es Bruno y ahora mismo estoy entre sus brazos. Siento el calor de su cuerpo y el latido de mi corazón acelerado. ¿Qué me pasa? Lo miro fijamente como si quisiera descubrir qué hay en el fondo de sus ojos.

—¿Estás bien?

Me mira preocupado y noto que se me forma un nudo en la garganta que no me deja hablar.

—Ven.

Me coge la mano y me lleva hacia un pasillo donde hay unas escaleras. Lo sigo sin pensar, la verdad, porque no entiendo de dónde ha salido ese pasadizo secreto. Abre una puerta y salimos a una sala con mesas y sillas. Miro a mi alrededor extrañada, allí no hay nadie.

—Aquí arriba organizan conciertos de música clásica en directo. Hace unos días estuve en uno y casi lloro de la emoción.

Lo miro sorprendida.

—Mira, hay un gran balcón. Es increíble estar aquí mientras escuchas *Las cuatro estaciones*.

Llegamos al balcón y miro hacia atrás. Nos soltamos de la mano e intento olvidar que su tacto me ha resultado demasiado placentero.

—¿Podemos estar aquí?

—No creo, pero tampoco creo que nos metan en prisión por esto. Y si lo hacen, conozco a dos abogados buenísimos. No te preocupes.

Sonrío de nuevo y me apoyo en la barandilla mirando hacia el exterior. Solo se ven edificios, luces y coches circulando; no es un paisaje encantador del que te puedas enamorar, pero el aire fresco me sienta bien.

Inspiro profundamente y suelto el aire despacio.

—¿Mejor?

Miro a Bruno. Es realmente guapo. Muy guapo. Miro hacia el frente y le contesto que sí con un movimiento de cabeza. No quiero decir cosas de las que luego me puedo arrepentir como: «Sí, mucho mejor, viendo una cara guapa como la tuya».

—Bien, no tenemos prisa.

—Gemma se va a preocupar —digo sin ganas de moverme de allí.

—Tranquila, les he dicho que iba a ver si estabas bien.

Lo miro enarcando las cejas.

—¿En serio? ¿Por qué?

—Porque imagino que el alcohol te hace estar más sensible a… a todo.

Lo miro fijamente pensando que es más tierno de lo que parece, algo que me rompe de nuevo los esquemas. ¿Cuántas veces juzgamos sin saber?

BRUNO

Lo sé, lo sé perfectamente. Ha pasado de gustarme a algo más, y no entiendo ni cómo ni cuándo ha sucedido eso. Tampoco quiero saber qué es ese «algo más», por dos buenas razones. La primera es que Gabriela no está en la mejor situación ahora mismo, hace unos meses que perdió a su marido y dudo mucho que esté pensando en tener otra pareja. La segunda razón es que acabo de salir de una relación asfixiante y necesito respirar aire durante un largo tiempo. Necesito divertirme, salir con amigos, pasarlo bien y poco más. No necesito más complicaciones. Creo que con Txell he tenido suficiente. Y no digo que Gabriela sea una complicación, para nada, pero no es justo que estés a medio gas en una relación. O estás o no estás.

Y ahora mismo escojo no estar, pero, claro, la vecina es guapa, es lista, es divertida y me encanta ver cómo se ríe cuando bromeo. A ver qué hacemos.

Ahora mismo tengo sus ojos color del mar clavados en los míos y me tiene como hechizado.

—Nunca habría dicho que eras… así —me dice con su boquita de piñón.

—¿Así?

—Eh…, sí. Así de observador y de receptivo.

—Ya, imagino que pensabas que era un poco más idiota.

—Solo un poco.

Nos reímos los dos al mismo tiempo.

¿He dicho ya que me encanta verla reír?

Estoy jodido con eso.

Nuestros ojos se encuentran una vez más y ahora soy yo el que retira la mirada. No quiero hacer algo que lo fastidie todo, como besarla. En otras circunstancias no me lo pensaría demasiado, a pesar de que no quiero meterme de lleno en otra relación. Pero soy débil, ¿qué queréis que os diga?

—¿Bajamos? —pregunta mientras da un paso atrás.

—Sí, claro. Gemma pensará que te he secuestrado.

Se sonríe de nuevo, pero esta vez su sonrisa está cargada de tristeza. Imagino que en su vida se ha descolocado todo y que es complicado poner las cosas en su lugar. ¿Cómo lo llaman a eso? «Reconstruirse». Gabriela tiene que reconstruirse, y el proceso no debe de ser nada fácil.

Debería apartarme de ella, pero, por lo visto, no me hago ni puto caso.

GEMMA

A ver, no me preocupa que Bruno se aproveche de mi amiga ni nada parecido. Sé que Gabriela ya es mayorcita y sabe bien lo que hace, pero el reloj me indica que ya llevan demasiado tiempo en el baño. ¿Qué estarán haciendo?

—Tardan, ¿no? —me dice Paula, mirando hacia el fondo del local.

—Estarán charlando —le digo antes de que suelte uno de sus disparates.

—Puede —contesta arqueando las cejas varias veces.

—¿Son muy amigos? —nos pregunta Samuel.

—Nooo —decimos las dos a la vez.

Hugo nos mira sonriendo, pero no dice nada. Prefiero que nadie haga bromas al respecto. Gabriela acaba de pasar por un bache muy gordo y dudo que esté liándose con el vecino en los baños.

—Voy al baño —digo levantándome de repente.

¿Y si va demasiado borracha y no sabe decirle que no? Luego se va a arrepentir, que la conozco, y me sentiré culpable.

—Gemma, no te metas —dice Paula más seria.

Quiero decirle lo que pienso, pero no delante de Hugo y de Samuel.

—¿Y si se encuentra mal?

—Bruno está con ella, tranquila —dice Hugo.

Justo entonces veo que regresan y los miro detenidamente: la ropa la llevan bien colocada, no van despeinados, no les brillan los ojos. Al contrario, a Gabriela la veo triste.

—Arriba hay una terraza y hemos salido a tomar el aire —nos dice Bruno mirándome a mí, que sigo de pie.

Me siento otra vez, con los ojos puestos en Gabriela.

—¿Todo bien? —le pregunto por inercia.

—Sí, he bebido demasiado rápido y me sentía un poco mareada.

En realidad, le preguntaba por su mirada apenada, pero no insisto porque tampoco es el momento adecuado.

Por suerte, Paula nos explica una de sus anécdotas divertidas en el colegio y nos hace soltar a todos una buena carcajada. Dicen que la amistad es el vino de la vida y no dudo de que sea así: entre todos, conseguimos, no sé cómo, que Gabriela vuelva a sonreír y que sus ojos se iluminen de nuevo.

GABRIELA

Hoy tengo sesión con la psicóloga y creo que la necesito como agua en el desierto. En mi cabeza hay demasiados enredos y tengo muchos sentimientos encontrados que no sé digerir sola.

—Me siento culpable, muy culpable. A veces, no entiendo qué estoy haciendo, Mireia.

—Gabriela, no debes sentirte culpable cuando no has hecho nada.

—Marcos se ha muerto y yo pienso que otro hombre me parece... atractivo.

—Bien, debes entender que es algo natural, no debes sentirte mal por ello. Al principio, es lógico que la idea del sexo te resulte repulsiva, pero con el tiempo es normal que experimentes este tipo de sensaciones. No debes criticarte ni ser tan dura contigo misma.

—Es que... siento que le soy infiel.

—No, Gabriela, lo que sientes es algo sano y está en nuestra naturaleza. Lo extraño sería que no sintieras nada nunca más.

—Sé que tienes razón, pero me cuesta no tener ese tipo de sentimientos.

—Gabriela, no hay un momento adecuado, ¿me explico? ¿Cuándo es correcto sentir deseo de nuevo? ¿A los seis meses?, ¿al año?, ¿a los cinco años? ¿Quién dice cuándo?

Asiento con la cabeza porque entiendo perfectamente a qué se refiere.

—Es complicado volver a tener relaciones, solo debes hacerlo cuando tú creas que es el momento, pero no te sientas mal por ello.

—Hay momentos que me superan, Mireia.

—Claro que hay momentos que te superan, tu dolor es muy real. No estás sufriendo porque has perdido el móvil o porque se te ha estropeado el frigorífico. Tu sufrimiento es intenso y es normal que en algunas situaciones sientas que no puedes más. Pero sabes que no es así, que puedes, que debes continuar hacia delante y que lo que sientes forma parte del duelo.

—Lo sé, no debo rehuir del dolor.

—Exacto, el dolor debe estar presente. Podemos buscar alguna herramienta que te ayude…

—¿Sí?

—Podrías escribir sobre lo que sientes…

¿Escribir?

—Es una manera sencilla de desahogarte, de plasmar tus sentimientos, de dejar que fluyan tus pensamientos. Puedes hablarle a Marcos, a ti misma o a quien quieras. La cuestión es que te dejes llevar porque sabes que nadie va a leer tus escritos. Después puedes guardarlos o no.

Me gusta la idea…

—Es una buena manera de exteriorizar todo ese dolor.

—Creo que lo probaré —le digo pensando en mis amigas.

Al charlar con ellas, me da la impresión de que aligero el peso de mi mochila, así que esto puede acabar siendo algo similar.

—Genial. Ya me dirás si te sientes mejor; si no, buscaremos otras opciones.

Le sonrío. Me siento más animada. Toda esa culpabilidad que llevaba encima parece que haya desaparecido después de hablar con ella.

Cuando salgo de la consulta, me voy directa a mi librería favorita y doy una vuelta por allí hasta que encuentro la libreta perfecta. Me apetece hacer estos escritos a mano, no en ordenador, así que busco una de buen tamaño porque creo que la usaré durante bastante tiempo. La dejo en la mesa de mi habitación, preparada para cuando sienta la necesidad de desahogarme. Acaricio la portada de color azul cielo y pienso en Marcos. Un año atrás, no hubiera imaginado nuestras vidas así, siempre pensé que estaríamos juntos, que seríamos muy felices. Nunca sabes cuándo puede cambiar todo en pocos segundos. Idealizamos nuestro futuro y la realidad acaba siendo otra. En los días anteriores a la boda, nos veía viajando, riendo a todas horas, contentos y dichosos. Y ahora él no está y, a veces, aún me cuesta creerlo, me cuesta hacerme a la idea de que no volveré a verlo nunca más. Nunca más. No hay ninguna probabilidad. Cero. Él está bajo tierra y no estamos en un cuento de fantasía donde pueda resucitarlo con un beso de amor sincero. ¿Y qué hago yo con todo ese amor que siento por él?

Una música más bien alta interrumpe mis pensamientos. Suena Bisbal una vez más y sonrío. Está claro que a nuestro vecino le gusta este tipo de música. Miro el reloj e imagino que llega ahora del bufete. Durante unos segundos añoro mi trabajo. Y me sorprende, me sorprende sentir eso, porque hasta ahora estaba muy apática, con pocas ganas de volver a mi vida de antes.

«No intentes hacer lo mismo que hacías, porque no eres la misma persona. Ahora eres otra Gabriela, pero eso no es algo negativo. Solo que debes darte tiempo, entenderte, quererte y mimarte mucho. Estás pasando por un duelo muy duro y complicado… Todos lo son, eso es evidente, pero ver morir a tu marido el mismo día de tu boda añade más dolor a la pérdida. Fue algo inesperado y muy chocante para ti, así que ten paciencia contigo misma».

Por suerte, Mireia aparece en muchas ocasiones en mi cabeza y de este modo logro sentirme bastante mejor.

—¿Gabriela?

Me vuelvo hacia el balcón al oír a Bruno. ¿Cómo sabe que estoy en mi habitación?

—Hola, ¿me has puesto cámaras? —bromeo al salir.

Lleva unos pantalones de deporte y una camiseta blanca de tirantes.

Se echa a reír con ganas y lo miro divertida.

—¿Te digo la verdad?

—Por supuesto.

—Quería cantar, pero primero he querido comprobar que no estuvieras.

Ahora la que suelta una buena risotada soy yo.

—¿En serio?

—Sí, sí, espera.

Entra y oigo que cambia la música. Empieza a sonar «Eyes Closed», de Ed Sheeran, la reconozco enseguida porque es una de mis canciones favoritas del cantante.

Bruno aparece de nuevo.

—¿Y ese cambio?

—No quiero acabar cantando delante de ti.

—¿Es que Bisbal te tiene hechizado?

—Algo así.

Nos reímos los dos a carcajada limpia.

—Bueno, ¿qué tal tu día?

Cuando oigo esa pregunta, me tenso al segundo porque es lo que me solía preguntar Marcos al final de la jornada, cuando teníamos un ratito para hablar con tranquilidad.

—Eh, bien. Acabo de llegar de la psicóloga…

En cuanto termino de decirlo, busco algo en sus ojos, no sé el qué, pero no encuentro nada extraño.

—¿Y bien?

—Sí, me gusta mucho… Me ayuda más de lo que pensaba que haría…

No entiendo por qué acabo siempre explicándole de más, dudo que le interese.

—¿Sabes? Yo creo que todo el mundo deberíamos ir al psicólogo de vez en cuando.

Lo miro sonriendo y extrañada al mismo tiempo.

—Sí, porque todos necesitamos que nos escuchen, que nos hagan pensar y también que nos hagan entender que muchos de nuestros pensamientos son un poco intrusivos.

—Es cierto.

—En demasiadas ocasiones creemos que podemos con todo, que somos fuertes e imbatibles, y no es así.

—También somos débiles, flojos y vulnerables. Y hay sucesos que pueden contigo.

Nos miramos en silencio y acabo pensando que lo he incomodado.

—Tal cual, Gabriela. No estamos hechos de piedra, tenemos sentimientos y hay experiencias muy duras en nuestras vidas.

Me he equivocado con él, una vez más. Bruno está entendiendo a la perfección cómo me siento.

—Sería más fácil poder olvidarlo todo o apretar algún botón para desconectar, pero no es así. Tengo que aprender a gestionar mi dolor, estoy en ello.

Asiente con la cabeza y nos sonreímos.

—Nos hemos puesto intensos —le digo soltando una risilla.

—Vaya, de Bisbal a esto hay un trecho.

Nos reímos más relajados, como si al compartir esa charla nos hubiéramos acercado más el uno al otro.

—Por cierto, tengo un caso nuevo que es muy muy complicado. ¿Te apetece echarle un vistazo?

Me gusta ese Bruno que no me mira con lástima, que no piensa que soy un cero a la izquierda a pesar de todo lo que estoy viviendo.

—Claro que sí.

Además, me apetece trabajar un poco. Solo un poco.

—¿Me ducho y me paso? ¿O prefieres venir tú?

—No, no, te espero.

¿Ir a su piso? Solos. No.

Aquí está Hugo. Está encerrado en el despacho, pero sé que está en el piso. Voy a verlo un segundo para decirle que vendrá Bruno. Llamo a su puerta y me dice que pase.

—¿Cómo van esas leyes?

—Menudo rollazo —dice resoplando, lo que me hace reír.

—Vamos, que ya casi lo tienes.

—Yo quiero ayudar a la gente y apagar fuegos. A ver para qué quiero saber todo este coñazo.

—Ya… Oye, va a venir Bruno por un tema del bufete.

—Ah, bien.

Me mira con demasiada intensidad, como si quisiera preguntarme algo más, pero no lo hace. Yo tampoco le digo nada.

—Vale, estaremos en el salón.

—Vale, yo estaré aquí.

—Vale.

—Vale.

Nos echamos a reír los dos y cierro la puerta con una sonrisa.

Entro en el salón y coloco bien los cojines, aunque realmente está todo en orden. Me siento, me levanto y voy al baño. Me miro en el espejo y me digo a mí misma que me tranquilice.

Solo es Bruno.

BRUNO

Abro el armario, cojo una camiseta, la dejo, cojo otra y me la pongo medio enfadado. ¿Qué me pasa? Solo voy al piso de Gabriela para comentarle un caso que nos ha entrado hoy en el bufete y quiero saber su visión sobre cómo enfocarlo. Todo muy normal. Pues no, en mi cabeza parece que hay otras ideas correteando por ahí porque, por lo visto, necesito ir como un pincel.

Cuando salgo de mi casa, respiro hondo y me digo a mí mismo que no debo hacer el idiota. Todos tenemos claro qué queremos: ella no quiere nada, yo no quiero nada y tengo que decirle a mi cuerpo que tampoco quiere nada. Comportémonos, por favor.

Carraspeo antes de llamar y cuando se abre la puerta pongo mi mejor sonrisa.

—Hola.

—Hola.

Vale, Bruno, puedes hacerlo mucho mejor.

—¿Estás sola?

¡¡Bruno!! Joder.

—Eh…, no… Está Hugo.

—Claro, debe de estar estudiando. Era por si podíamos poner a Bisbal, me ayuda a concentrarme.

Gabriela me mira unos segundos seria y se echa a reír de repente. El ambiente se relaja y yo también me río.

—De verdad, que creo que eres el primer abogado que conozco con esa… característica.

—Soy peculiar, lo sé. Pero cuando estudiaba Derecho siempre lo hacía con música… No solo con Bisbal, ¿eh?

Se ríe de nuevo y tengo que aguantarme las ganas de girarla hacia mí para clavar mis ojos en los suyos. ¿Qué pasaría?

Mejor me porto bien.

—Te imagino cantando y estudiando la Constitución española.

Mientras la sigo hasta el salón, observo su forma de andar. Me gusta. Me gustan sus gestos, ver cómo se coloca bien el pelo y cómo de vez en cuando se muerde el labio inconscientemente.

—La verdad es que canto fatal.

—Lo sé, te he oído.

Su manera de decirlo me provoca una carcajada.

—¿Es en serio?

—Sí, sí, te oí el día que me instalé en este piso.

—Bueno, entonces si ya has oído lo mal que canto, puedo repetirlo.

Nos reímos mientras ella pone música en el portátil. Yo abro la carpeta donde tengo todo el papeleo y le explico ya más serio lo que ocurre con los Vélez. Me escucha atenta y cuando termino se recuesta en el sofá y se muerde el labio. Yo miro hacia otro lado, no quiero distraerme.

—Creo que es un caso de estafa, ¿tú qué opinas? —me pregunta con gravedad.

Me vuelvo hacia ella otra vez, más sorprendido que otra cosa.

—¿Lo crees? Yo también opino lo mismo.

La contemplo durante un par de segundos: tiene sus ojos azules clavados en los míos. ¿Qué estará pensando?

GABRIELA

No debería mirarlo de esa forma, pero no puedo evitarlo. Es como si sus ojos tuvieran un imán y me obligaran a observarlos fijamente.

—Eh…, pues entonces pensamos lo mismo —le digo impulsivamente.

—Sí…, eso parece.

Ambos hemos bajado un par de tonos nuestras voces y seguimos mirándonos de forma intensa. Observo una minipeca que tiene al lado del ojo derecho y entonces me doy cuenta de que ese detalle es demasiado íntimo, pero no puedo salir de ahí.

—¡¡Holaaa!! Estoy en casa…

Gemma ha entrado en el piso y Bruno y yo rompemos inmediatamente esa conexión extraña que hay entre los dos.

—Estamos en el salón.

—¿Ha venido Paula? Me dijo que igual se pasaba a ver a su hermano.

—No, no. Bruno está aquí.

Mi amiga entra en el salón con una bonita sonrisa y saluda a Bruno con simpatía.

—¿Qué tal, vecino?

—Aquí trabajando, vecina. ¿Y tú?

Gemma se sienta delante de nosotros y suspira.

—Tengo que pedirte un favor —le dice Gemma con cara de buena niña.

—¿A mí? ¿Necesitas un abogado?

—¿Qué pasa? —le pregunto preocupada.

—No, no es nada... importante, tranquila. Es que el viernes tenemos una cena con la empresa y podemos ir con alguien...

—¿Quieres que vaya contigo? —dice Bruno, sorprendido.

—Ays, ya sé que es un favor enorme, pero te lo devolveré. Te lo prometo.

—¿Es por el tío ese de tu trabajo? —le pregunta él con gravedad.

—Sí, quiero que vea que no lo necesito para nada.

—¿Irá con su mujer? —digo. Me extraña que Gemma quiera meterse en líos de esa índole.

—No lo sé, pero necesito demostrarle que lo nuestro se ha acabado.

—¿Has hablado con él?

—A medias... Mañana tenemos los dos una reunión con unos clientes y aprovecharé para decírselo antes de que vengan. Le diré que he conocido a alguien y el viernes verá que es verdad. ¿Qué me dices, vecino?

—Eh...

—Yo puedo hacerlo.

Nos volvemos todos hacia esa voz: es Hugo, muy serio, apoyado en la pared.

—Yo puedo acompañarte y ser tu nueva pareja —dice arqueando las cejas un par de veces.

Gemma lo mira asombrada.

—¿Sí?

—Claro que sí. Puede ser perfectamente tu pareja, ¿o no? —dice Bruno.

Yo los miro a ambos igual de alucinada que mi amiga. La verdad es que Hugo se ve joven, pero podría pasar por un chico de veinticuatro o veinticinco años. Y es guapo. Y tiene buen cuerpo.

—Pues sí, ¿no? —dice Gemma mirando a Hugo.

—Pues solucionado —suelta Bruno, divertido.

—Genial, nuestra primera cita —le dice Hugo a Gemma con una sonrisa canalla que me hace reír.

—Te devolveré el favor —contesta ella, más relajada.

—Gemma, vengo casi cada día a estudiar aquí, a tu piso, ¿recuerdas?

—¿Eh? Ya, pero a mí no me importa que estudies aquí. No me molestas.

—A mí tampoco me molesta acompañarte a esa fiesta, al contrario.

Gemma y Hugo se miran fijamente y se sonríen. ¿Y esa mirada?

Suena el timbre y Gemma va a abrir la puerta. Al pasar por delante de Hugo, él le da un buen repaso. ¿Es normal ese repaso? En mi cabeza empieza a formarse una idea, pero la descarto porque Hugo es… es el hermano de Paula y hasta hace nada era un pequeño adolescente al que le encantaba decir palabrotas para sentirse mayor.

—Hola, Paula…

—¿Qué tal? He traído un poco de vino.

—¿Vino?

Paula ve a su hermano apoyado en el quicio de la puerta del salón.

—Hugo, ¿estudiando?

—Ahora mismo en una pausa.

—Uy, cuánta gente. Hola a todos. ¿Hay una reunión y no me habéis dicho nada? —pregunta mirándonos con una gran sonrisa.

—Estábamos trabajando —le comenta Bruno, también sonriendo.

—A todo lo llamáis trabajar. ¿Traigo copas?

Paula lo pregunta, pero no espera ninguna respuesta y se va directa a la cocina.

—¿Celebramos algo? —le pregunta Gemma.

—Que estamos aquí juntas, ¿te parece poco?

Hugo suelta una risilla y Bruno me mira sonriendo. Paula necesita pocas excusas para tomar un buen vino. Coloca tres copas en la mesa y Gemma otras dos.

—Yo... quizá debería irme —dice Bruno mientras se levanta.

—No, no, tú te quedas —le ordena Paula, señalándolo con el dedo antes de servir el vino en las copas—. Hugo, tú también, pero poquito que estás estudiando.

—Creo que por hoy ya he terminado.

—Pues venga —le dice su hermana dándole una copa—. Brindamos por... por todos nosotros, ¿no?

—Sí, y por los vecinos —añade Bruno.

—Y por los amigos —suelta Gemma mirándonos a todos.

—Y por los favores —comenta Hugo con su sonrisa perenne y los ojos fijos en Gemma.

—Vale, y por... por más momentos como estos —digo yo alzando mi copa.

Brindamos con cuidado y todos bebemos dando un sorbito.

—Buenísimo —le dice Bruno a Paula.

—Me lo ha regalado un admirador hace un rato...

—¿Un admirador? —pregunto desconcertada.

—Sí, hace días que me escribe un tipo por Instagram. La verdad es que es mayor.

—¿Mayor? —dice Gemma.

—Me dobla la edad.

—¡No jodas! —exclama Hugo.

—Bueno, que a mí la edad me la pela, ya lo sabéis. Sobre todo si son más mayores, pero es que el rollo de este tío no me mola. Es un *sugar daddy*.

—¿Qué dices…? —comento incrédula.

—Te la pela la edad y, por lo visto, el sexo —recalca Gemma con ironía, refiriéndose a que Paula era lesbiana hasta hace unos días.

—Solo charlábamos, no tenía ninguna intención con él. De ningún tipo.

—¿Y por qué no sabíamos nada? —la riñe Gemma.

—Eso, eso, hermanita.

Ella nos mira a todos con calma.

—A ver si ahora voy a tener que explicarlo todo. Solo charlábamos de vez en cuando, pero hoy ha querido verme. Hemos quedado en el centro y, *voilá*, me ha regalado este vino de quinientos euros. Un Álvaro Palacios Gratallops de 2019… —nos dice leyendo la etiqueta.

—¡Joder! —exclama su hermano.

Yo miro el vino que tengo entre mis manos intentando saber el porqué de ese precio. Sí, claro, está muy bueno, pero ¿quinientos euros?

—Madre mía, Paula, dime que no vas a verlo más —le exige Gemma, preocupada.

—No, claro que no. Paso de que me paguen por tener sexo. Además, ahora estoy conociendo a Samuel…

—Pero, Paula, podrías habernos dicho algo. Imagina que el tío te secuestra o algo, o yo qué sé… —insiste Gemma.

—No te preocupes, Gemma, que a las horas nos la devolverían —suelta Hugo, provocando un estallido de carcajadas.

—Eres muy gracioso, hermanito.

—Lo sé, lo sé…

—Gemma, tranquila, que estaba todo controlado. He quedado con él para decirle que no me interesa lo que me ofrece y me ha sorprendido lo bien que se lo ha tomado.

—Faltaría —dice Hugo.

Todos soltamos otra risilla ante el tono del hermano protector.

—Bueno, la cuestión es que nos vamos a tomar un vino exquisito a su salud —le replica Paula alegre.

—Eso es verdad —afirma Bruno antes de brindar de nuevo con ella.

Lo miro sonriendo y él da un sorbo de la copa con sus ojos en mí.

—Yo quería irme, pero ahora tengo otra razón más para no hacerlo —me dice con toda naturalidad en un tono tan bajo que creo que solo he oído yo.

¿Ha dicho lo que ha dicho o el vino me nubla otra vez los sentidos?

Decido ignorarlo por dos buenas razones. La primera es que no quiero hacer el ridículo, porque quizá no lo he entendido bien, y la segunda es que no quiero coquetear con Bruno para después dejarlo con las ganas. No estoy preparada para nada ahora mismo. Ni para tener una relación sentimental, ni una sexual, ni siquiera para tener una noche loca y ya está.

Paula empieza a hablar de nuevo porque Gemma le pregunta más detalles sobre ese tipo y la cita que han tenido. La escucho atenta mientras los demás van haciendo comentarios. A Gemma le parece fatal que existan hombres así, pero Paula le replica que cada uno es libre de hacer lo que quiera mientras no haga daño a nadie. Bruno y yo opinamos como ella: allá cada cual con sus historias, siempre y cuando lo que se haga con otra persona sea de mutuo acuerdo. En cambio, Gemma y Hugo coinciden en que es repulsivo tener sexo a cambio de dinero. Como os podéis imaginar, discutimos sobre el tema durante un buen rato, pero, al final, nadie acaba cambiando de opinión. Con la tontería, nos acabamos el vino y cuando nos damos cuenta estamos todos un poco contentos.

—¿Salimos? —propone Hugo contento.

—¿Salir entre semana…? Vale —dice Gemma echándose a reír.

—Pero si no hemos cenado —se queja Paula también entre risas.

—¿Unas pizzas? —pregunto hambrienta.

—Buena idea, yo me encargo —dice Bruno cogiendo el teléfono—. ¿Qué queréis?

BRUNO

Justo en ese mismo momento me entra una llamada y la contesto sin mirar.

—Bruno...

—¿Qué pasa, mamá?

Me levanto del sofá para hablar con ella.

—Txell se ha tomado un bote de pastillas.

—¿Qué dices?

Mi tono de preocupación provoca el silencio y cruzo una mirada con Gabriela. De repente quiero explicarle todo el infierno que he vivido con esa mujer.

—Está en el hospital. Le han hecho un lavado gástrico y ahora está bien, aunque débil.

—Joder... —Les doy la espalda a todos y me dirijo hacia la puerta.

—Quizá deberías hablar con ella.

—Ya lo hemos hablado todo, no creo que esa sea la solución. Debería ir al psicólogo o al psiquiatra, o donde sea que la puedan ayudar, porque está enferma.

—Pero, Bruno, ¿por qué no le das una oportunidad? Es un encanto de chica...

—¡Mamá! ¡Se quedó embarazada y después lo mató!

Mi madre se queda muda y yo también, porque sé que lo he dicho delante de Gabriela y de sus amigos.

Joder, mierda...

Me apoyo en el quicio de la puerta, con unas ganas de llorar que aguanto como puedo. No quiero liarla más, así que me giro hacia ellos y les digo con la mano que me voy. No miro a Gabriela, no quiero ver la decepción en sus ojos.

Salgo de allí a grandes zancadas.

—¿Mamá?

—¿Es verdad eso?

—Claro que lo es, ¿crees que me inventaría algo así?

GEMMA

Está claro que todos tenemos nuestras historias y nuestros problemas y que intentamos llevarlo lo mejor posible, pero, a veces, nuestras vidas parecen sacadas de una película.

Gabriela pierde a su marido nada más casarse y le está costando salir de ese pozo oscuro.

Yo estoy liada con un hombre casado que pronto será padre y no sé cómo salir de esa relación que sé bien que no me conviene.

Y Bruno... No sabemos exactamente qué le ocurre, pero imaginamos que se trata de su ex.

—Debe de ser esa chica celosa con la que salió, ¿no? —dice Paula.

—Supongo que sí —contesto, aún alucinada por lo que hemos oído.

—¿Ha dicho «lo mató»? —pregunta Hugo preocupado.

Gabriela asiente con la cabeza. Como todos, está muy seria.

—Pero ¿tuvo el hijo? —pregunta de nuevo Paula.

—No lo sabemos —le respondo yo.

—Alguien debería ir a hablar con él —dice Hugo con una sensibilidad que me hace mirarlo con afecto.

—Sí, tienes razón —contesto—. Lo conocemos poco, pero igual nos necesita.

—¿Vamos todos? —pregunta Paula mirando hacia la puerta.

—No, no, todos no —digo, pensando que podría sentirse apabullado—. Gabriela, tú has hablado más con él, ¿no?

—¿Eh? Sí...

—Pues podrías ir a ver cómo está...

Primero me mira un poco sorprendida, pero al segundo relaja el gesto de su rostro. Sabe que es la más indicada y con la que tiene más conexión.

Bruno parece un buen tipo y quizá nos manda a paseo, pero todos pensamos que los amigos estamos para lo bueno y para lo malo.

Y ahora aún no somos muy amigos, pero podríamos serlo.

GABRIELA

Acepto la propuesta de ir a hablar con Bruno, tal vez necesita a alguien con quien explayarse, aunque me espero diez minutos largos por si acaso sigue charlando con su madre.

En mi cabeza he imaginado varias situaciones.

Ella se quedó embarazada sin querer. Es algo que puede ocurrir, aunque es poco probable si tomas las medidas oportunas. Pero puede pasar.

También puede ser que se quedara embarazada adrede para seguir con Bruno; eso es en el peor de los casos. Porque quizá lo decidieron entre los dos, algo que me cuesta creer porque él nos dijo que al final no estaban demasiado bien. Dudo mucho que fuesen una de esas parejas que tiene un bebé para arreglar las cosas.

¿Y qué ha querido decir con que «lo mató»?

Prefiero no pensarlo.

—Bueno, voy a ver cómo está.

—Sí, sí, voy preparando algo para picar.

Al final no hemos pedido las pizzas, pero me da igual porque se me ha quitado el hambre con lo de Bruno. Parecía muy dolido.

Toco su timbre, nerviosa porque no sé cómo me va a recibir. Tampoco nos conocemos tanto. Cuando abre la puerta, me mira desconcertado e inmediatamente pienso que ir a su casa ha sido una mala idea.

—Gabriela…

—¿Estás bien?

Sus ojos están apagados, no brillan como siempre.

—Sí. Pasa, pasa.

Entro en su piso. El recibidor es igual que el del piso de Gemma.

—¿Te molesto? —pregunto antes de seguirlo.

Me mira forzando una sonrisa.

—No, no. Para nada. Pasa.

Entramos en el salón, que es algo más pequeño que el nuestro, aunque está muy bien decorado y luce muy bonito.

—¿Quieres tomar algo? —me pregunta mientras se sienta en uno de los sillones y yo me siento enfrente, en el sofá de tres plazas.

—No, gracias. Solo queríamos saber si estás bien…

—Sí, no pasa nada. Mi ex se ha tomado un bote de pastillas. Quiere que vuelva con ella e imagino que es su manera de llamar mi atención.

Asiento con la cabeza, aunque su manera tan fría de explicarlo me pone el vello de punta.

—Txell es así. No acepta que ya no estemos juntos.

—Ya, te hemos oído.

Bruno clava sus ojos en los míos y seguidamente se pasa las manos por el pelo. Está agobiado, eso está claro.

—No quiero molestarte, Bruno. No hace falta que me expliques nada.

—Yo… Ella se quedó embarazada en alguna de nuestras últimas reconciliaciones, de esas que lo haces casi más como una despedida…

—Entiendo.

—Por lo visto, hacía unos meses que había dejado las pastillas y yo no sabía nada. Confiaba en ella.

Bruno se recuesta en el respaldo del sillón y me mira fijamente.

—Cuando me dijo que estaba embarazada, se me cayó el mundo encima. Aquella tarde hablé con ella para decirle que no quería seguir con esa relación, no sentía que la amaba. Ni que ella me amara a mí. Me asfixiaba, no me dejaba hacer nada, no soportaba verme con otras personas, ya le daba igual si eran hombres o mujeres. Habíamos llegado a un punto en que era insoportable estar a su lado.

—Y entonces supiste que esperaba un hijo tuyo.

—Tuvo el temple de decírmelo cuando yo acabé mi discurso. Como si me retara.

Asiento de nuevo, comprendo qué quiere decir.

—Ella sabía que yo no iba a dejarla tirada. Ese niño era mío también, y no soy de ese tipo de personas. Tras decírmelo me pidió una última oportunidad y me dijo que iba a cambiar, algo que me había dicho ya un millón de veces.

—Y no se la diste —le digo intuyendo su respuesta.

—No. Lo tenía decidido. Tenía claro que aquello se había terminado, que no seríamos felices y que acabaríamos mal. Y tampoco era lo que quería para mi hijo.

Bruno frunce el ceño y se pinza la nariz en un gesto de disgusto. Me levanto como un resorte y me coloco delante de él, apoyando mis manos en sus rodillas. Lo está pasando realmente mal.

—Hablé con ella intentando que entendiera que estar separados sería lo mejor para todos, pero no hubo manera. Se fue enfadada, llorando y gritando que lo iba a pagar muy caro. Me quedé preocupado, por supuesto, pero no pensé que Txell estuviera tan mal de la cabeza.

—¿Abortó? ¿Sin decirte nada?

Es lo primero que me pasa por la cabeza y siento un dolor en el pecho por Bruno.

—Abortó, sí, pero ella sola, en casa.

Lo miro, sobrecogida. ¿Sola?

—Buscó en internet unos óvulos que sirven para abortar, en el mercado negro, y lo perdió.

Se me para la respiración durante un par de segundos y me obligo a tomar aire. Le aprieto las rodillas sin darme cuenta.

—Lo siento —le digo, pensando en ese pequeño embrión que formaba parte de Bruno.

—A los pocos días me marché. No podía más. Necesitaba cambiar de aires. Madrid ha sido como un soplo de aire fresco y trabajar con tu padre me ha ido genial. Mi madre no sabía nada y se lo he explicado ahora. Hasta este momento pensaba que Txell era la víctima y que yo era el cabrón que la había dejado en la estacada. No quería darle ese disgusto, pero me he visto obligado…

—Bueno, así ahora la tendrás de tu parte…

—Sí, eso sí, porque me estaba empezando a agobiar bastante con el tema. La imagen que tenía mi madre de Txell es la de la chica divertida y encantadora que conocimos todos al principio. Después todo se complicó bastante…

Bruno y yo seguimos charlando sobre su ex y acaba explicándome cómo fue su relación durante esos dos años. Acabo pensando que aguantó mucho más de lo que yo habría aguantado con alguien tan tóxico.

—A veces intentas hacer las cosas bien y al final la cagas. Debería haberla dejado mucho antes.

—No te culpes, Bruno, lo intentaste, y lo que ocurrió al final solo fue cosa de ella. Lo sabes.

Me mira asintiendo y sonríe a medias.

—Sí, lo sé, pero a veces pienso en ese crío…

Los dos suspiramos porque el tema es delicado. ¿Cómo habría sido ese niño? ¿Un pequeño Bruno?, ¿un bebé de ojos negros?

Mejor no darle muchas vueltas.

Justo en ese momento me suena el móvil y veo que es Gemma.

—Gemma…

—Hemos preparado un poco de picoteo para cenar, dile a Bruno si quiere venir.

—Se lo pregunto… Gemma dice si quieres venir a picotear algo.

Bruno me mira negando con la cabeza.

—Creo que necesita estar solo, Gemma.

—Vale, ¿te esperamos?

—Sí, ahora voy para allá.

—Si vas a tardar por… algo, avisa.

Sonrío al oírla.

—Ahora mismo voy —le recalco antes de colgar.

—Gracias por la invitación, pero no voy a ser muy buena compañía.

—Bueno, Bruno, los amigos estamos para eso, pero entiendo que quieras estar solo.

Lo entiendo perfectamente. Yo también he querido estar sola durante muchos días, hay cosas que solo puede curarse uno mismo. Es bonito estar rodeado de amigos, pero al final eres tú quien debe lamerse las heridas. Es bueno estar solo.

—Gracias, Gabriela.

Nos miramos en silencio hasta que me pongo en pie de golpe al darme cuenta de la intensidad de nuestras miradas.

—Pues me voy.

—¿Eh…? Sí, claro.

Bruno me sigue hasta la puerta y sin querer la abrimos los dos a la vez. Su mano está encima de la mía y siento un escalofrío extraño en todo el cuerpo.

Marcos pasa por mi mente y retiro la mano como si algo me hubiera quemado.

—Perdona —me dice Bruno, que ha notado la brusquedad de mi gesto.

—No pasa nada —murmuro con la boca pequeña.

Porque sí pasa. Me está costando un mundo gestionar todo lo que siento, pero no sé ni cómo explicarlo. Me siento culpable, triste, infeliz, y al mismo tiempo Bruno es como un soplo de aire fresco que consigue que me sienta bien. ¿Puedes sentir dos cosas totalmente opuestas casi al mismo tiempo? Por lo visto, sí.

Salgo fuera y él se apoya en el quicio de la puerta mientras clava sus ojos negros en los míos.

—Gracias por venir, en serio.

—No hay de qué. Si me necesitas, ya sabes.

Asiente en silencio y seguidamente me mira los labios, con lo que consigue que me ponga nerviosa. Doy un paso atrás.

—Te… paso mi teléfono.

Abre los ojos, sorprendido, y me sonríe mientras apunta mi número.

—Yo… me voy.

—Vale.

—Hasta luego.

—Hasta luego, Gabriela.

Me doy la vuelta y siento su mirada en mi espalda. Ahora mismo parezco una adolescente. ¿Por qué me pone tan nerviosa?

BRUNO

La observo con descaro mientras se va. No puedo evitarlo, pero es que me gusta ver cómo anda, cómo se le mueve el pelo y cómo me mira un segundo antes de abrir la puerta. Me sonríe con timidez y le devuelvo la sonrisa. Es preciosa, ¿lo he dicho ya?

No me ha pasado desapercibido ese «queremos saber si estás bien», en plural. Pero ha venido ella y su preocupación ha sido real. Lo he podido leer en sus ojos.

Gabriela es bastante expresiva, no es de esas personas que saben controlar sus sentimientos y que te hacen dudar. Notas a la perfección cuándo está contenta, cuándo está relajada o cuándo está preocupada. Me gusta eso de ella, porque no tienes que ir haciendo cábalas. Con Txell siempre iba perdido... Pero no quiero compararlas, porque son dos personas completamente distintas.

Me costaba mucho entender a Txell y comprender sus decisiones, pero cuando resolvió no decirme nada sobre su embarazo, me perdió.

Os aseguro que lo intenté con ella, varias veces. Txell es encantadora cuando no se muestra celosa, egoísta o paranoica. Pensé que cambiaría, aun sabiendo que es muy difícil que la gente cambie, pero de verdad creí que acabaría confiando en mí, porque yo la quería. Pero el amor no lo cura todo ni puede con todo.

Al final, no tuve más remedio que aceptar que Txell es tóxica y que no había nada que pudiera hacer por ella. Pero sí podía hacer algo por mí: dejarla, salir de esa relación que me ahogaba y desengancharme de ella. Sin embargo, pagué un precio muy alto... Ahora mismo no quiero ser padre, claro que no, pero se me encoge el estómago cada vez que pienso en ese embrión.

Pero la vida es así, muchas veces la gente de nuestro alrededor toma decisiones que nos afectan directamente y no podemos hacer nada.

PAULA

—Pues espero que esa tal Txell deje de amargar al vecino… Me parece un buen tipo —les digo a Gemma y a Hugo en cuanto se va Gabriela a ver cómo está.

—Sí, a mí también me lo parece —comenta ella—. ¿Queréis que preparemos algo para picar? Se me han quitado las ganas de pizza.

—Buena idea —le dice mi hermano.

Lo miro con curiosidad. Últimamente, lo estoy viendo mucho y me gusta, no digo que no, pero me resulta extraño que pulule tanto por aquí. He llegado a preguntarme si le gusta Gabriela, porque la trata con una delicadeza que salta a la vista. Él también perdió a alguien muy cercano, a un amigo que murió al cabo de un par de días después de que lo atropellaran. Recuerdo bien esos dos días: mi hermano estaba destrozado y a la vez esperanzado, y cuando supo que había muerto, lo pasó fatal.

—Pues venga, a la cocina —nos ordena Gemma—. ¿Sacamos embutido y hacemos unas tostadas de pan con tomate?

—Para mí, sin tomate; eso es pan mojado —le digo.

A ella le encanta. En su casa siempre lo han comido porque sus abuelos maternos viven en Barcelona y es algo típico de allí, pero a mí no me gusta nada.

—Hermanita, no sabes lo que es bueno…

—¿Tú qué sabrás?

—Pues lo probé hace ya días y me gustó mucho.

—¿El pan mojado?

—Paula, pan untado con tomate —me corrige Gemma riendo.

En ese momento le suena el móvil y coge la llamada.

—¿Mamá?… Sí, sí, recuerdo lo de mañana…

Gemma sale de la cocina y mi hermano y yo seguimos preparando la cena. Veo que se mueve en esa cocina como si viviera allí.

—¿Y tú qué, Hugo?

Se vuelve y me mira con gesto interrogante.

—¿Yo qué?

—No sé, estás más aquí que en tu piso de estudiantes.

Me muestra su sonrisa más canalla y no me responde.

—¿No será por Gabriela?

—Anda, Paula, qué ideas tienes…

—Más te vale, porque es mi amiga.

—¿Y qué?

—Pues que…

La verdad es que no hay una razón de peso y que realmente Gabriela no podría estar con alguien mejor que él, porque Hugo es una joya de persona. Lo sé, pero… sería raro, ¿no?

—Que todavía está jodida.

—Lo sé, he hablado con ella.

—¿Ah, sí?

—Sí, le estuve hablando de Rodri.

—Ya…

Su tono de voz se ha vuelto más grave y sus ojos se han oscurecido. Dejo lo que estoy haciendo y lo abrazo por la espalda.

—Hugo, te quiero. Lo sabes, ¿verdad?

—Y yo a ti, Paula. Lo sabemos los dos.

—Ay, mi niño pequeñooo —le digo, abrazando su cintura con fuerza.

Hugo se ríe porque es más alto y más ancho que yo, pero le hace gracia que le diga eso. Lo hago desde que tenía unos siete años.

—Tu niño pequeño necesita que lo dejes respirar.

Lo suelto y me río. Me encanta mi hermano.

Y me quedo más tranquila al saber que no está por Gabriela; creo que no los veo como pareja, y no quiero que Hugo sufra por amor.

GABRIELA

La semana ha pasado volando. Es algo que siempre comentamos entre nosotras, porque tenemos la teoría de que con los años el tiempo pasa más rápido, aunque en algunos momentos parece que se detiene y que no hay manera de que avance.

Estamos las tres en un bar de la plaza Mayor, no solemos ir por allí a tomar algo, pero Gemma ha conseguido quedar con Wilson en una cafetería de La Latina, y Paula y yo hemos insistido en acompañarla. Sabemos cómo es Gemma y sabemos que después de hablar con él va a necesitar que sus dos mejores amigas estén cerca.

—¿Nerviosa? —le pregunto, preocupada.

Sé que todo esto es complicado para ella. Le gusta mucho ese hombre, pero ahora ve claro que no tienen ningún futuro juntos. Tampoco quiere seguir siendo la otra ni destrozar una familia.

—Un poco, espero que sea la última vez que tenga que decírselo...

—Tienes que dejárselo claro —le dice Paula.

—Lo sé, lo sé. Pero es que cada vez que lo he intentado se escabulle como puede. Ya os lo dije: antes de la reunión, hizo varias llamadas y me fue imposible hablar con él.

La teoría es tan sencilla siempre...

No deberías acostarte más con esa persona, pero cuando la tienes delante se te nubla la razón.

No deberías dejar que te trate así de mal, pero cuando te pide perdón casi de rodillas, vuelves a caer en sus redes.

No deberías justificar todo lo que hace, pero lo amas, lo amas tanto que dejas de quererte a ti misma.

Y así con mil situaciones más que sabemos que no nos convienen, pero que siguen formando parte de nuestras vidas. Gemma se termina de un trago el agua con gas y se levanta de golpe.

—Es la hora.

La miramos intranquilas, ojalá no tuviera que pasar por todo esto.

—Estaremos aquí. Si hay algo, nos llamas —le recuerda Paula con determinación.

—Ánimo —exclamo yo con poca energía.

—Vale.

Paula y yo la seguimos con la mirada hasta que desaparece por uno de los arcos de la plaza.

—¿Crees que Wilson lo aceptará sin más? —me pregunta Paula.

—Lo dudo.

—Qué ganas de complicarse la vida.

—No voy a defenderlo, pero está claro que Gemma le gusta.

—A mí también me gusta la Nocilla y me aguanto las ganas.

Suelto una risilla y afirmo con un gesto de cabeza.

—Tienes toda la razón. ¿Qué tal con Samuel?

—Bien, el otro día tuvimos una sesión de sexo de puta madre.

—Imagino que te sientes distinta con él...

—Para nada. Al final, el placer es placer. Da igual si estás con un chico o con una chica.

—Entonces ¿no te resulta... raro?

—Bueno, a ver, al principio tener su polla en mis manos sí me chocó un poco, pero ya sabes que yo me hago a todo.

Nos reímos las dos al mismo tiempo. Me encanta su naturalidad. No tiene problemas en explicar sus intimidades. En cambio, yo soy mucho más introvertida.

—Además, cuando estoy con él, no pienso en nada, me dejo llevar. Creo que así lo disfruto todo mucho más.

A veces, me gustaría ser como ella, pero en mi cabeza las cosas funcionan de manera muy distinta.

—¿Y tú cómo estás? —me pregunta de repente.

—¿Yo?

Nos miramos unos segundos en silencio. Paula es una de mis mejores amigas, así que no necesito fingir con ella.

—Estoy mejor, aunque a ratos no puedo dejar de pensar en Marcos...

Su nombre en mis labios duele, pero no quiero dejar de nombrarlo. No quiero que pase a ser «él», «mi marido» o «mi pareja».

Paula no dice nada y me escucha atenta.

—Si miro atrás, estoy mucho mejor, eso es evidente, pero no puedo decir que esté bien. Mireia me está ayudando mucho, pero en algunos momentos siento que caigo de nuevo en el pozo.

—¿Y entones qué haces?

—Lo sufro lo mejor que puedo. No sirve de nada huir, porque tarde o temprano todo vuelve. Así que respiro hondo e intento sobrellevarlo. En ocasiones, es un dolor leve y, en ocasiones, es como si algo afilado me atravesara todo el cuerpo.

—Joder, me cuesta ponerme en tu lugar...

Paula, por suerte, no ha perdido a nadie tan cercano.

—Ya, si no vives algo así, no sabes lo que es. Pero mejor, no me gustaría verte mal.

—A mí tampoco me gusta ver que lo pasas mal, pero Gemma

me comentó que el duelo es un proceso y que cada uno lo vive de una manera diferente.

—Sí, imagino que sí. Los primeros días pensaba que no podría resistirlo, y mira ahora, estoy aquí tomando algo contigo y sufriendo por Gemma. A veces me siento culpable por seguir viva.

Paula me mira fijamente.

—Gabriela, si yo te dijera esto mismo, ¿qué me dirías?

Ahora soy yo la que clava mis ojos en los suyos. Paula continúa hablando:

—Que no tienes culpa de nada, que nadie podía saber que iba a ocurrir algo así y que… que probablemente a Marcos le encantaría decirte que vivas tranquila.

Siento un nudo en la garganta porque no solemos hablar de Marcos de esa forma. Pero me gusta poder hablar sin tapujos con Paula. Sé que lo que dice lo piensa de verdad.

—Sí, imagino que diría eso —contesto en un tono más bajo.

—No sé si es mejor o peor hablar de él, pero creo que es una forma bonita de recordarlo. No sé, a mí no me gustaría que lo olvidarais.

Noto que una lágrima escapa de mis ojos.

—No, a mí tampoco.

Paula me coge la mano y nos sonreímos. No hace falta decir mucho más. Sé que Marcos continúa presente en todos, aunque a veces me parezca que no porque la vida sigue su curso normal.

—Por cierto, ¿te he contado que el otro día me encontré a Rosaura y me miró como si fuese un bicho raro porque iba abrazada de Samu?

—¿En serio?

—Menuda gilipollas…

253

Me explica aquel encuentro con pelos y señales y, mientras estamos las dos opinando que esa tía es muy idiota, aparece Gemma.

—Ya está.

Se sienta en la silla como una muñeca rota.

—Bufff.

—¿Cómo ha ido? —le pregunta Paula.

—Mal.

—¿Mal? —repito yo.

Espero que ese tipo se haya comportado.

—No quiere dejarlo. Dice que me quiere, que me necesita, que no puede vivir sin mí. Etcétera.

—Joder, qué morro le echa —comenta Paula, mosqueada.

—¿Y qué le has dicho tú?

—Pues he continuado diciendo lo mismo: que no quiero seguir con él. Le he dado varias razones de peso, entre ellas, que está casado y que va a tener un hijo, pero le da igual. ¿Sabéis qué me ha dicho? Que él sabe separar una cosa de la otra.

—¡Madre mía! —exclamo, enfadada.

—Eso he pensado yo. Y entonces le he preguntado: «Wilson, ¿soy importante para ti?». Y él me ha respondido con un sí rotundo. «Pues si es así», le he dicho, «deja que me aleje de ti, porque todo esto me hace daño».

—¡Muy bien dicho! —exclama Paula con un par de palmadas.

—¿Y entonces…?

—Pues entonces nada, porque él dice que hasta ahora estábamos muy bien y que el bebé no tiene nada que ver con nosotros.

—Yo flipo —suelto, alucinada de verdad.

—No sé, él tiene en la cabeza que esto es normal y no ha habido manera de hacerle entender que no lo es.

—Pues tendrá que entenderlo, ¿no? —dice Paula con rapidez.

Gemma nos mira a las dos, primero a mí y después a Paula. Espero que siga teniéndolo igual de claro, pero tampoco me extrañaría que no supiera bien qué hacer.

—Tendrá que entenderlo —dictamina muy segura.

Paula vuelve a aplaudir y siento algunas miradas puestas en nosotras, pero me da igual porque veo el brillo en la mirada de Gemma y sé que ha tomado una decisión que la hace feliz.

—Veo que estás muy decidida —le digo, contenta por ella.

Esta historia le está haciendo más mal que bien.

—Sí, mira, ayer por la noche estuve hablando con Hugo…

—¿Con mi hermano?

—Sí, sí, con tu hermano. Ayer se quedó hasta bien tarde porque en su piso había una fiesta…

—Sí, era el cumpleaños de la novia de alguno de ellos —digo.

—Pues yo estaba nerviosa e intenté leer, pero como no podía concentrarme, fui a la cocina para hacerme un té y Hugo estaba tomando un café.

—Mi hermano, como si estuviera en su casa, ¿no?

—Tu hermano hace tiempo que está allí como en su casa —le replica Gemma—. ¿Sabes que a veces trae café, galletas y pastitas de esas que me pirran? Y eso que le tengo dicho que no hace falta que traiga nada.

—Es que es detallista como yo, ¿verdad?

Gemma y yo soltamos una buena carcajada, porque lo último que es nuestra amiga es detallista, algo que no le tenemos en cuenta porque tiene muchas otras cosas buenas.

—Bueno, ¿qué te dijo Hugo? —pregunto con curiosidad.

—Tras explicarle por encima por qué estaba nerviosa, me aconsejó que hiciera la típica lista de pros y contras. Y la hice.

—Y ganaron los contras —suelta Paula, divertida.

—Evidentemente. Y hoy, hablando con Wilson, me ha ido bien recordar esa lista.

—Si es que mi hermano es listo como yo.

Gemma y yo nos reímos de nuevo, pero no porque no sea lista, que lo es, sino por su manera de echarse siempre flores.

Nos encanta.

GEMMA

¿He dicho ya que tengo las mejores amigas? Pues las tengo. Las he tenido una hora larga esperando mientras yo hablaba con Wilson.

No ha sido fácil, porque él me gusta de verdad, y eso que no hemos salido como una pareja normal, pero hay algo en él que me tiene hechizada. Creo que si solo fuera algo meramente sexual no me habría costado tanto dejarlo.

Y sé que yo también le gusto, pero en la vida no se puede tener todo, es lo que he intentado hacerle entender durante esa hora.

Wilson quiere seguir conmigo y seguir con su mujer y su futura familia, pero yo no puedo continuar con esto, algo que no le entra en la cabeza.

—*Pero si hasta ahora estábamos bien, ¿o no es así?*

—*Sí, pero los dos sabíamos que esto no podía ser indefinido. Y tú vas a ser padre. Ni siquiera me lo dijiste, Wilson.*

—*Porque mi vida con ella no es nuestra vida.*

—*A ver, asumo que sales con ella, que cenas con ella y que dormís cada día en la misma cama… Asumo muchas cosas, Wilson, pero esto tendrías que habérmelo dicho. La situación ha cambiado.*

—*Para mí no ha cambiado nada. Sigo queriendo estar contigo.*

—*Pues para mí sí ha cambiado. Yo no quiero seguir estando contigo.*

A partir de ahí, la conversación ha seguido siendo más o menos similar. Yo le he dado mis razones y él ha intentado rebatir cada una de ellas. Pero me he ido de allí decidida, la lista que hice anoche me ha hecho abrir más aún los ojos. Cuando Hugo me aconsejó hacer una lista con pros y contras, me quedé mirándolo y vi un brillo especial en sus ojos. A veces..., a veces no, casi siempre..., lo encuentro tan guapo. Pero es el hermano pequeño de Paula y... ¿y qué? Pues no sé. De momento quiero cerrar esta etapa con Wilson, porque al final voy a acabar con el corazón roto y tengo que aprender a anteponer mi felicidad a la de alguien que no me conviene. Sabía que esta historia no tenía futuro, pero siempre había albergado una pequeña esperanza: «¿Y si deja a su mujer? ¿Y si se da cuenta de que quiere estar conmigo y no con ella?». Sí, sí, ilusiones con poco fundamento que yo me quise creer.

Ahora lo complicado va a ser no cruzarme con él en el trabajo. Sé que me va a llamar a su despacho, pero ya he tomado una decisión y, cuando decido algo, soy bastante terca. Así que lo tiene complicado.

O eso espero...

BRUNO

Observo a mis compañeros y sonrío. La verdad es que he conocido a gente muy interesante en este bufete. La mayoría se llevan bien entre ellos y hay buen ambiente. Me han invitado a tomar una cerveza en uno de los bares cercanos a las oficinas y estamos charlando animadamente.

—Pronto es el cumpleaños del jefe —comenta Pau.

—Sí, imagino que hará la gran fiesta...

—¿La gran fiesta? —pregunto.

—Sí, al jefe le gusta celebrarlo a lo grande. Alquila alguna terraza de moda y cenamos allí todos juntos.

—Suele contratar a un par de *disc-jockeys* y la fiesta se alarga hasta las tantas.

—Vaya, pinta bien —les digo.

—Sí, es mejor que la cena de Navidad. Así que imagina.

—Gabriela suele ser quien abre el evento con un discurso en nombre de todos, pero este año no sé si estará —comenta Pau alzando los hombros.

—Yo creo que no vendrá.

—Pues yo creo que sí, sabe lo importante que es esa fiesta para su padre.

Los escucho atento sin decir nada.

—¿Sabéis cómo está?

—Parece que está algo mejor.

—Menudo palo, pobre...

Pienso en Gabriela y en todo lo que le ha ocurrido. En ese

mismo momento me digo que voy a intentar que su sonrisa aparezca el máximo de veces posible. El duelo está ahí y seguro que ella sigue sufriendo, pero voy a tratar de aligerar un poco ese peso.

Bruno

Creo que se va a quedar una noche
genial para escuchar a Bisbal
mientras ceno en el balcón,
¿te hace?

GABRIELA

Leo el mensaje de Bruno un par de veces. Al principio, me parece una mala idea, pero después pienso que no es una cita ni nada parecido, es una invitación muy informal que me apetece aceptar. ¿Por qué no?

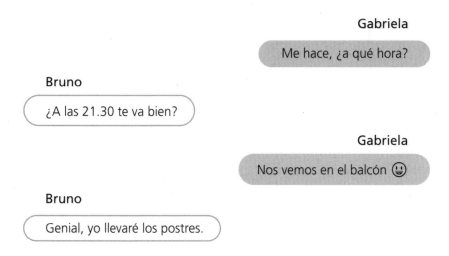

Gabriela

Me hace, ¿a qué hora?

Bruno

¿A las 21.30 te va bien?

Gabriela

Nos vemos en el balcón 😃

Bruno

Genial, yo llevaré los postres.

Sonrío de nuevo y dejo el móvil a un lado. ¿Estoy haciendo bien? No me gusta estar cuestionándome todo lo que hago, pero tengo que aceptar que no soy la misma Gabriela de antes y que me estoy reconstruyendo. Es como si mi vida hubiera empezado de cero. Es algo en lo que Mireia insiste bastante: «No quieras ser la misma persona que antes, porque no es posible. Has vivido algo muy difícil y has cambiado. Solo podrías ser la misma si lo olvidaras, y eso es algo que no va a suceder. Marcos siempre estará en tu corazón».

Siempre lo llama por su nombre y, aunque cada vez que lo hace me da un vuelco el corazón, me gusta que lo haga así.

Salgo al balcón y miro hacia el cielo. No creo en ángeles ni en nada parecido, pero me gusta imaginar que Marcos está en alguna parte, ahí arriba, entre todas esas nubes de algodón. Me habría gustado tanto poder despedirme, poder decirle que lo amaba con locura, poder susurrarle que siempre lo querré…

Cierro los ojos durante unos segundos y veo la imagen de la boda. Los dos mirándonos con tanto amor, los dos felices, los dos imaginando una vida futura espléndida…

¿Por qué, Marcos?

Sé que no hay respuesta, pero no puedo evitar repetirme una y otra vez la misma pregunta.

—Gabrielaaa, estoy en casaaa… ¿Dónde estás?

—En el balcón —digo sonriendo.

—No te lo vas a creer, pero Wilson no me ha llamado en todo el día.

Su tono es feliz, pero observo sus ojos para asegurarme de que está contenta de verdad.

—Tal vez ha recapacitado —comento, igual de ilusionada que ella.

—Espero que sí. Tenía preparadas varias excusas para no caer en sus brazos, pero no me han hecho falta.

—Pues genial, me alegro mucho.

—Por cierto, hoy tengo la cena del curro. Espero que Hugo no se eche atrás…

—Seguro que no, ayer estaba nervioso y todo.

Gemma se ríe.

—¿Y tú? ¿Adónde vas? —me pregunta, contenta.

—¿Yo? Al balcón.

Me mira sin decir nada y entonces se echa a reír.

—¿Estás de broma?

—No, no, he quedado con Bruno.

—¿En nuestro balcón?

—Bueno, él en el suyo y yo en el nuestro.

Gemma parpadea un par de veces, está procesando la información.

—Vale, que habéis quedado para cenar cada uno en su balcón.

—Sí, y él trae los postres.

Suelta otra carcajada y yo también me pongo a reír.

—¿Parece un chiste? —pregunto entre risas.

—Lo parece, pero también me parece muy guay. Creo que Bruno es un tipo listo.

—¿Listo?

—Yo ya sé qué me digo.

—No, no, ahora me lo cuentas —le exijo más en serio.

—Imagino que lo del balcón ha sido idea de él...

—Ajá.

—Pues que es una manera de acercarse a ti sin agobiarte. Me gusta.

Sí, yo he pensado lo mismo. Bruno no es de esos tipos que van a saco, quizá porque él también lleva una buena mochila con toda esa historia con su ex.

—Me voy a dar una ducha antes de irme —me dice seguidamente.

—Yo voy a ver qué me preparo de cena. Por cierto, hoy no ha venido Hugo. Me ha parecido raro...

—Sí, me dijo que tenía que ir de compras con su mejor amiga.

—¿Mejor amiga?

—Sí; por lo visto, Ruth se fía mucho de él.

—Veo que sabes muchas cosas de Hugo.

—Bueno, hablamos de vez en cuando y ya sabes que a mí me gusta escuchar.

La miro buscando algo más en sus ojos, pero Gemma se da la vuelta y se va hacia el baño.

Sí, sabe mucho de Hugo, pero es normal. Además, es cierto que Gemma siempre está dispuesta a escucharte. Es una muy buena amiga.

—A ver qué me preparo…

Abro la nevera justo en el mismo momento en que suena mi móvil. Es un mensaje de Bruno, concretamente una foto de una bandeja de sushi con una pinta deliciosa.

Bruno

¿Te apetece?

Gabriela

¿También vas a traer la cena?
Me sabe mal… Yo pongo el vino.

Bruno

Me parece bien.

Gabriela

Genial, no sabía qué
preparar 😃

Bruno

¡Solucionado! Nos vemos
en un rato 😃

Dejo el móvil en la mesa y me apoyo en ella respirando hondo. Me considero una persona fuerte, pero últimamente me noto un poco floja en algunos momentos, como si no pudiera seguir adelante, como si todo fuese cuesta arriba. Quizá es el esfuerzo de continuar con mi vida… Imagino que es eso, porque os juro que cuando Marcos se fue pensé que no levantaría cabeza, que no volvería a sonreír, que mi vida se había terminado también. Pero no, por lo visto somos más fuertes de lo que pensamos en un primer momento. Tenemos esa capacidad de rehacer nuestras vidas después de un golpe duro.

Vale, voy a por el vino y las copas y lo dejo todo preparado en el balcón. Miro el reloj. ¿Estoy nerviosa? Un poco, la verdad. Sonrío pensando en Bruno. Sin querer, se ha metido en mi vida, y me gusta, aunque estoy terriblemente asustada por lo que pueda pasar. No soy de esas personas que necesitan tenerlo todo bajo control, como Gemma, ni de esas que adoran la improvisación, como Paula, soy una mezcla de las dos, pero siento que todo esto se me escapa de las manos y no sé cómo llevarlo. No quiero sufrir ni hacer sufrir a nadie, no quiero empezar algo para lo que no sé si estoy preparada.

«Solo es una cena en el balcón».

Es verdad, no hace falta darle tantas vueltas.

—¿Arreglando el mundo con tus pensamientos?

Suelto un pequeño grito y Bruno se disculpa enseguida.

—Perdona…

—No, no, es que estaba desconectada…

—Eso me ha parecido.

Me enseña un par de bolsas y sonríe.

—¿Cenamos?

En ese momento pienso que es un poco ridículo que cada uno estemos en un balcón, como en los tiempos de la COVID.

—¿Y si te pasas aquí?

—¿A tu balcón?

—Sí, ¿no?

Quizá no era su idea, pero me parece raro que estemos compartiendo comida de esa manera.

—Sí, quizá mejor. A ver si se nos va a caer el sushi en la cabeza de alguien...

Sonreímos los dos y entramos de nuevo en el piso. Cuando le abro la puerta, justo aparece Gemma.

—¿Te vas? —me pregunta ella, cogiendo el bolso.

—No, no...

—Hola, Gemma, ¿qué tal?

—Bien, ¿y tú? ¿Habéis decidido compartir balcón? —pregunta ella en un tono bromista.

—Sí, creo que Gabriela teme que le ponga música de la mía.

Los tres soltamos una risilla y nos despedimos de Gemma.

Estamos solos, pero no quiero pensar que esto es una cita. Solo somos dos vecinos que vamos a compartir la cena.

Nos acomodamos entre los cojines y Bruno abre las cajitas de sushi.

—Tiene una pinta buenísima —le digo con entusiasmo.

—¿Verdad? Han abierto una tienda nueva de sushi y he pensado que sería una buena opción. Para los dos —dice mirándome fijamente con una bonita sonrisa.

—Gracias por pensar en mí. Hace tiempo que no como sushi y me apetece mucho.

—Genial, pues vamos a ver qué tal está.

Bruno me ofrece una de las cajitas y empezamos a comer.

—Riquísimo —le digo después de comerme una porción.

—Sí, muy rico.

—Oye, ¿qué tal con el caso Sorolla? ¿Os reunisteis ayer?

—Sí, sí, y fue muy bien porque se pusieron de acuerdo en el reparto de bienes. Ambas partes venían con ganas de solucionarlo rápido.

—Eso es lo ideal, me alegro.

Sin darme cuenta, le hago varias preguntas más sobre algunos casos mientras vamos cenando.

—Oye, Gabriela, igual deberías volver —dice al final.

Lo miro abriendo los ojos, sorprendida.

—Creo que en el fondo tienes ganas.

Sí, siempre me ha gustado mi trabajo, pero... ¿no es muy pronto?

—No te digo que no, pero no sé si es buena idea... Además, si yo regreso, ¿qué pasará contigo?

—¿Conmigo? No importa.

—¿Cómo que no importa?

—A ver, es cierto que estoy muy bien en el bufete y que hay muy buen ambiente...

—Estás contento.

—Sí, mucho, pero sé que es algo temporal. Cuando entré, sabía que te estaba sustituyendo.

—Y, aun así, me animas a ir a trabajar.

Bruno suelta una risilla que me deja un poco embobada.

—Sería un capullo si te dijera lo contrario. Creo que te apetece volver y yo ya encontraré otro trabajo, eso no me preocupa.

Ni le preocupa el dinero. Imagino que no tiene ese tipo de problemas al ser hijo del gran empresario Santana.

—Tengo que hablar con mi padre —le digo más en serio—. Me da miedo no ser capaz de llevar el mismo ritmo que antes.

—Entiendo...

Justo en ese momento le suena el móvil y ambos miramos la pantalla: Txell. Bruno y yo intercambiamos una mirada.

—No debería cogerlo, pero…

—Cógelo —lo animo, pensando que puede arrepentirse más tarde si a esa chica se le ocurre hacer alguna de las suyas.

No se lo piensa más y responde.

—¿Txell?… ¿Eh? Bien, me alegro de que tú también…

Durante un minuto largo, Bruno sigue callado, escuchando y muy serio. No sé qué debe de explicarle, pero aprovecho el momento para recoger las cajas vacías y llevarlas a la cocina. Quizá necesita intimidad y no quiero que se corte por mi culpa. De paso, voy al baño.

Cuando vuelvo al balcón, oigo que habla un poco nervioso.

—No, Txell, ya te dije que no. No vamos a volver, esto se terminó y las cosas son así en una pareja cuando uno de los dos lo decide. Tienes que asumirlo…

Me siento en silencio y miro hacia el cielo estrellado. No quiero parecer una cotilla, pero lo oigo todo, claro.

—En serio, no me llames más.

Deja el móvil a un lado y saca todo el aire de su cuerpo con un fuerte suspiro. Lo miro pensando que tiene que ser jodido que tu expareja siga insistiendo de esa forma.

—No lo entiende, y yo no entiendo por qué no lo entiende. Es algo que ocurre cada día, en la vida, en los libros, en las películas…

—Imagino que tiene esa idea en la cabeza y que no sale de ahí.

—Tú lo has dicho, no sale de ahí. No hay manera. Yo ya no sé cómo decírselo. Ahora no debería haber cogido el teléfono, pero, claro, me da miedo que esté en un acantilado a punto de tirarse.

—Ya, creo que haces bien, aunque todo esto se alargue más de la cuenta.

—¿Acabará algún día? —me pregunta en un tono tan tierno que estoy a punto de ponerme a su lado para abrazarlo y acunarlo.

—Mira, cuando se fue Marcos, pensé que mi vida había terminado, que nada tenía sentido. Que no volvería a ser feliz, ni a estar contenta, ni a reír con mis amigas ni con nadie. Realmente pensé que sería así, porque los primeros días...

Trago saliva y Bruno coge mi mano con suavidad. No dice nada, pero me mira con cariño.

—Los primeros días fueron terribles, no se los deseo a nadie. Me daba la impresión de que no había ninguna razón para seguir aquí, que no podría dejar de sentir esa opresión en el pecho. Lo veía todo negro, muy negro, pero después, poco a poco, he ido saliendo de ese agujero.

Asiente y me acaricia con el pulgar. No sé por qué le cuento todo esto, pero me sienta bien hacerlo.

—Al final, todo se pone en su lugar, a un ritmo más lento o más rápido del que querríamos, pero por suerte todo vuelve a la normalidad. Así que al final Txell entenderá que no puede obligarte a estar con ella si tú no quieres.

—Eso espero, porque vivo con el corazón en un puño. No voy a volver con ella, pero tampoco quiero que le pase nada. ¿Entiendes?

—Claro, pero no debes sentirte responsable, Bruno, porque no lo eres.

Me sonríe de medio lado y yo también acabo sonriendo.

—A ver, es algo que me ha enseñado mi psicóloga. No somos responsables de lo que hacen los demás.

—Sí, y tiene razón, pero a veces es complicado no sentirse así.

Muy cierto. Yo me he sentido responsable de la muerte de Marcos.

Muchísimas veces.

BRUNO

Pasar del puro nervio a la calma absoluta es algo inaudito en mí, pero Gabriela lo ha logrado con unos minutos de charla.

Txell sigue insistiendo en que debo darle una última oportunidad, pero yo no quiero volver. ¿Por qué no lo comprende? Cuando hablo con ella, intento ser sincero, aunque voy con cuidado porque no quiero desatar otra tormenta en su cabeza. Si le pasara algo, sé que yo lo llevaría mal. Me sentiría culpable, por mucho que los psicólogos digan que no somos responsables de la vida de los demás. ¿Cómo te deshaces de ese sentimiento? Txell está llegando a límites insospechados y me preocupa, claro que me preocupa, pero así no va a conseguir nada conmigo. ¿Cómo puede alguien pensar que vas a volver a quererlo si intenta matarse? Me cuesta entender nada.

—Bruno, no quiero meterme en tus cosas, pero creo que estás siendo sincero y coherente.

—La verdad es que intento hacerlo lo mejor posible, pero aun así me siento mal. Txell me da a entender que su vida está en mis manos.

Y a veces lo siento así. Sé que no es verdad, que yo no soy responsable de sus actos, pero es imposible que me aleje lo suficiente de lo que le ocurre como para que no me afecte. No soy tan frío.

Miro a Gabriela durante unos segundos largos. Aunque la conozco desde hace poco, me da la impresión de que lleva a mi lado mucho tiempo, como si fuese una amiga de toda la vida. ¿Cómo es posible? Tengo ganas de decirle que es una mujer increíble, que me gusta, que me encantaría recostarme con ella en la pared de ese balcón para charlar y reír juntos. Pero no lo hago, prefiero ser prudente y dejar que todo fluya a su ritmo. Gabriela tiene una herida muy profunda todavía, algo que me parece de lo más normal.

Además, debo recordarme que no es lo que ando buscando: no quiero saltar de una relación a otra. Creo que mi corazón necesita también cierto descanso.

GABRIELA

—¿Un poco de música? —me pregunta sonriendo.

—Sorpréndeme…

Empieza a sonar «Baila, baila, baila», de Ozuna, y lo miro sorprendida.

—¿Ozuna?

—También —me responde sonriendo—. Es que he estado viendo el evento de Ibai y… este es un temazo, no me digas que no.

—Sí, la he bailado muchas veces.

Sola, con mis amigas, con Marcos.

Siento un pinchazo de culpabilidad, pero intento rechazarlo porque no puedo vivir permanentemente en ese punto. Debo luchar contra esos sentimientos que no me hacen bien.

—Yo también —me comenta divertido, observando mis ojos.

Bruno siempre está pendiente de todo y creo que se ha dado cuenta de que en mi mente ha aparecido Marcos de nuevo.

—Entonces ¿bailas cuando sales? ¿Se te da bien?

—Igual que cantar.

Soltamos una carcajada al mismo tiempo y siento que con él todo es mucho más sencillo.

—No sé si quiero verlo.

—No quieres, no —sigue bromeando entre risas—. Pero, vamos, cuando quieras lo compruebas.

Nos miramos fijamente y yo retiro la mirada por miedo a quedarme demasiado enganchada.

—Por cierto, me han comentado que pronto es el cumpleaños de tu padre y que suele hacer una gran fiesta, ¿te veré por allí?

La fiesta. No había pensado en ello…

Mi padre suele invitar a todo el personal a una gran fiesta en alguna terraza de moda de la ciudad. La verdad es que solemos pasarlo muy bien, mi padre no repara en gastos. El último año contrató a un famoso *disc-jockey* que pinchó un éxito tras otro.

—Pues imagino que deberé pasarme un rato… Por mi padre, ya sabes.

—¿No te apetece?

Sus ojos negros se clavan en los míos y siento que puedo ser sincera con él. No sé por qué. Tiene ese efecto extraño en mí.

—Si te digo la verdad, no lo sé. Es como si empezara de nuevo en muchos aspectos de mi vida, ¿sabes? Como si hubiera estado dormida durante mucho tiempo y ahora, al despertar, tuviera que ubicarme otra vez. Hay veces que me cuesta mucho saber qué paso dar o dar ese paso.

—Creo que te entiendo —me dice en un tono más bajo—. Tu vida con Marcos ha desaparecido de repente y es muy difícil hacer lo mismo que antes… sin él.

Lo miro muy sorprendida porque me extraña que comprenda tan bien mis sentimientos.

—No he vivido tu situación, pero imagino que es algo así.

—Exacto, así es. Voy muy despacio, pero es que no puedo ir a otro ritmo.

—¿Y quién dice que vas muy despacio?

Me contesta con tanta rapidez que sé que es algo que le sale del corazón. No es una respuesta adecuada que ha pensado para quedar bien, y eso me gusta.

—Es la sensación que tengo a veces. No sé, es complicado, porque me gustaría poder estar bien, pero al mismo tiempo siento que, si lo estoy, traiciono a Marcos.

Asiente con la cabeza, no me lo discute. Y eso también me gusta.

—Bueno, somos los animales más contradictorios de la tierra. Yo creo que no estamos preparados mentalmente para vivir según qué experiencias y que nuestra cabeza necesita un tiempo. Un tiempo largo.

Esto último lo dice con gravedad e imagino que está pensando en el bebé que ha perdido junto a Txell.

Nos quedamos callados y me siento muy cómoda en ese silencio. Ambos tenemos la vista perdida hasta que él empieza a tararear la canción de Estopa que suena en ese momento. Lo observo de reojo porque creo que no se da cuenta de que está cantando, y al final suelto una risilla. Me mira enarcando ambas cejas al mismo tiempo.

—¿Qué?

—Nada. Que quizá te has equivocado de profesión...

Suelta una risotada y me quedo unos segundos de más mirándolo. Tiene una risa grave y contagiosa.

—A mi padre le habría dado algo —me dice aún riendo.

—Cuéntame, ¿cómo son tus padres?

Nos pasamos la siguiente hora charlando de nuestros progenitores. Tenemos bastantes coincidencias familiares: son padres con dinero, bastante estrictos y de mente algo cerrada. Acabamos concluyendo que no nos podemos quejar porque hay familias mucho peores.

Cuando llega la hora de despedirse, los dos nos miramos con timidez, como si en ese momento tuviera que pasar algo por obligación.

—Me ha encantado cenar fuera contigo.

Sonrío por cómo suena eso.

—A mí también. Repetiremos —le contesto con sinceridad.

—Cuando quieras.

Bruno me sienta bien y, además…, me gusta. No quiero jugar con él ni marearlo, pero tampoco quiero perder estos ratos.

—Por cierto, si vas a la fiesta de tu padre, puedo llevarte. Tengo el coche en el aparcamiento, lleno de polvo porque apenas lo uso.

—Ah, pues ya te diré algo.

—Genial.

—Genial.

Nos reímos de nuevo sin saber muy bien por qué y nos damos las buenas noches con una gran sonrisa.

Cuando cierro la puerta, me apoyo en ella y suspiro.

Jamás habría pensado que podría gustarme alguien después de Marcos. Estaba segura de que sería imposible volver a fijarme en alguien o quedarme embobada con una bonita sonrisa. Pensaba que estaba seca, muerta por dentro.

Pero no, por lo visto sigo viva.

GEMMA

Estoy esperando a Hugo. Como vive cerca, hemos quedado en su portal, aunque debo decir que él ha insistido por WhatsApp en pasar a buscarme.

¿Estoy nerviosa? Lo estoy. No sé cómo enfrentarme a Wilson en la cena de empresa de esta noche, no sé si vendrá con su mujer y no sé cómo va a reaccionar cuando me vea acompañada, algo que no debería importarme. Lo sé.

Me muevo de un lado a otro, inquieta, hasta que veo a Hugo.

—Joder…

No parece él. ¿Es él? Sí, sí, pero es que está… guapísimo.

—Buenas noches —dice regalándome una de sus sonrisas perfectas.

—Eh… Buenas noches, Hugo. Estás…

—¿Elegante?

—No, sí. O sea, sí.

Suelta una risilla que me hace reír a mí también. Creo que sabe que me ha impactado.

Lleva unos pantalones de pinzas de color claro bastante ajustados y una camisa blanca con un par de botones desabrochados que muestran el principio de un pectoral trabajado. Se ha peinado a conciencia y huele demasiado bien.

—Es que siempre me ves con vaqueros y eso.

—Sí, claro —respondo sin dejar de mirarlo.

¿¿Está demasiado guapo??

—¿Nos vamos?

Hugo me coge del brazo con naturalidad y emprendemos el camino hacia el restaurante, que está a unos quince minutos andando. Me gusta ese paseo, porque vamos charlando como si no nos hubiéramos visto en días. Hugo siempre tiene algo que explicar y a mí me encanta compartir mis rutinas con él. No sé, sabe escuchar y no pregunta tonterías como algunos chicos. Nadie diría que tiene solo veintiún años.

Antes de entrar inspiro con fuerza y Hugo me mira con curiosidad.

—Gemma.

—¿Mmm...?

—Estoy a tu lado, para lo que necesites.

Nos miramos fijamente, con cierta intensidad, y entonces nos sonreímos al mismo tiempo.

—Vale —le digo más tranquila.

—Vale, vamos allá.

Cuando entramos, busco con rapidez a Wilson. Necesito saber si está con su mujer. No sé por qué, la verdad. Veo que está sentado con dos altos cargos, solo.

—Buenas noches, pareja...

Algunos de mis compañeros nos saludan y me indican dónde nos ha tocado sentarnos. Por suerte, estoy lejos de Wilson, no tengo ganas de verle la cara durante toda la cena.

—¿Bien? —me pregunta Hugo, preocupado.

Lo miro a los ojos y él me mira fijamente. ¿He comentado ya que tiene una mirada de lo más intensa?

—Sí, sí, todo perfecto. Gracias otra vez.

—Deja de darme las gracias, estoy encantado de ser tu pareja.

Su mirada secuestra la mía durante unos segundos hasta que un amable camarero nos interrumpe.

—¿Vino?

—Sí, gracias —le digo casi en un susurro.

Las miradas de Hugo me tienen un poco nerviosa.

—¿Brindamos? —me pregunta de muy buen humor.

—¿Por…?

—¿Por nosotros?

Sonreímos al mismo tiempo y damos un pequeño sorbo antes de que la gente de nuestro alrededor nos incluya en sus conversaciones. La verdad es que Hugo parece uno más de la empresa. De vez en cuando, lo miro pensando en lo majo que es. Majo, guapo, divertido, interesante… Uy, uy, Gemma.

—¿Y esa cara? —me pregunta Hugo mirándome fijamente de nuevo.

—¿Eh…?, no, nada, nada.

Me sonrojo un poco y él suelta una risilla.

—No sé si quiero saber qué hay dentro de esa cabecita —comenta entre risas.

—Créeme que es mejor que no entres.

Vuelve a reír con ganas y yo me uno a sus risas hasta que noto a alguien a mi espalda.

—Perdona, Gemma, ¿podemos hablar un momento? Quiero comentarte algo del caso de Milán.

Mi corazón se salta un latido y creo que mis pulmones también dejan de funcionar.

Es Wilson, con un tono de lo más formal, con una petición más bien corriente. Me vuelvo un poco hacia él para negarme y Hugo aprovecha para posar una de sus manos en la parte baja de mi espalda.

Madre mía…

—¿Lo dejamos para el lunes? —le propongo a mi jefe en un tono bajo.

—Es urgente —me dice más serio.

Me levanto de golpe, enfadada, y paso por delante de él hacia la salida. En cuanto doy unos pasos, me giro pensando en Hugo: no le he dicho nada.

—Será solo un minuto —le digo.

Él asiente mirándome con el ceño fruncido. No conoce a Wilson, pero imagino que ya debe de haber supuesto que se trata de él.

—¿Qué es eso tan importante? —le pregunto una vez que estamos fuera de la mirada de los demás.

—¿Se puede saber qué haces con ese crío?

—No es de tu incumbencia.

—¿Lo has traído para darme celos? ¿Es eso?

—Es mi pareja, así que deja de decir tonterías.

—¿Tu pareja? Vaya, qué interesante. ¿Y sabe lo nuestro?

—Ya no hay nada nuestro.

—No me hagas reír, Gemma.

—¿Eso es todo? Porque quiero volver con mis amigos.

Wilson me mira con gravedad y yo le aguanto la mirada, retándolo.

—Esto no termina aquí, Gemma.

Opto por el silencio y por irme de allí sin decirle nada más. Yo lo tengo claro, y esto sí se termina aquí. No quiero seguir con él y no puede obligarme a seguir con una historia que me da más penas que alegrías.

En cuanto me siento a la mesa, Hugo me coge la mano y me acaricia los nudillos. Está toda la noche pendiente de mí, y me encanta, es como tener pareja de verdad. De hecho, durante algunos momentos siento que es así. Tanto que en algún instante lo miro embobada.

—¿Gemma?

—¿Sí?

—¿Me estás mirando mucho?

Vale, pillada.

—¿Eh…? Que va, que va…

—Creo que tienes ganas de bailar un poco…

—¿Qué dices? No, no…

Cuando me doy cuenta, estoy entre sus brazos, en medio de la pequeña pista del restaurante con algunos de mis compañeros. Y estoy feliz, riendo, pasándomelo en grande.

—Joder, Gemma. Estás radiante —me dice Hugo con sus ojos clavados en mis labios.

De repente me pongo de puntillas y le doy un beso rápido.

Ay, Dios…

Acabo de tocar los labios de Hugo y me arden de las ganas de volver a hacerlo, pero la verdad es que creo que he metido la pata hasta el fondo. Él me está mirando fijamente, serio, sin decir nada, y me temo lo peor.

—Esto…

—¿Me acabas de besar?

Lo miro con cara de no haber roto un plato nunca. ¿Qué cojones he hecho? Yo no soy así. Soy la señorita prudente, la que piensa tres veces las cosas antes de hacerlas, la previsora, la que siempre dice «Mira dos veces antes de cruzar la calle, aunque el semáforo esté verde».

—Eh…

A ver qué le digo. Lo he besado, claro que lo he besado, porque es que está guapísimo, porque me gusta, porque estoy pasándomelo en grande, porque Hugo es un encanto conmigo…

—Perdona, perdona, no quería molestarte… Lo siento, no sé qué me ha…

Hugo se acerca de repente y entonces junta sus labios con los míos en un beso apretado y nos quedamos unos largos segundos así: unidos solo por nuestras bocas, sintiendo el calor del otro, notando el hormigueo en nuestros dedos por tocar más...

Nos separamos casi al mismo tiempo para poder coger aire y nos miramos con intensidad.

—Ahora me has besado tú...

—Eso parece. ¿Puedo repetir?

Nos sonreímos porque los dos nos morimos de ganas, pero mi sonrisa desaparece al sentir su mano en mi cintura. Madre mía, madre mía...

Me coge de la mano y nos vamos casi corriendo hacia la salida. No queremos montar allí un numerito.

Me acerca a su cuerpo con delicadeza y siento que todo nuestro alrededor desaparece. Me muerde con suavidad el labio inferior y yo suelto una risilla.

—Te comería entera.

—¿En serio? ¿Desde cuándo?

No sé por qué pregunto eso, y menos en un tono tan coqueto. No parezco yo, pero la voz es la mía.

—Desde hace muchos días, Gemma. Muchos.

Su voz grave y ronca se me introduce en la cabeza como una droga alucinógena y siento cierto mareo. Dios. Quiero más de esa voz.

—Hugo... —le digo en un gemido.

¿Se puede sentir placer solo con escuchar a alguien?

—Gemma, no hables así.

—¿Así cómo? Si eres tú.

Hugo me sonríe en los labios y entonces empezamos a besarnos como si hubiéramos estado esperando aquello durante mucho tiempo. Nos abrazamos a la vez y yo me muero por estar en contacto con ese cuerpo duro, desnudo, dentro de mí, encima de él y de todas las maneras. Siento una excitación extrema que me deja casi sin respiración. Estoy embriagada y también algo asustada… ¿Qué es todo este torbellino de emociones?

PAULA

Estoy poniéndome el tinte rojo en el pelo cuando suena el timbre. Me cago en todo, porque no puedo pasar de ir a abrir y me queda solo poner el tinte en las puntas. Cuando abro la puerta, me encuentro con el *sugar daddy*, o sea, con Manuel.

No me lo puedo creer.

—Creo que interrumpo tu sesión de belleza. Solo venía a traerte esto.

—Pero…

Me muestra una cesta enorme a la que apenas hago caso porque no entiendo qué hace aquí.

—¿Cómo sabes dónde vivo?

No me gusta un pelo y mi tono es un poco seco.

—Tengo contactos, ya lo puedes imaginar.

Pues no, no lo imagino y no me mola nada.

—A ver, Manuel, esto no es en lo que quedamos. Te dije que yo paso de estas movidas. Y no me parece normal que te presentes en mi casa de esta forma. ¿Eres un puto acosador o qué?

Le digo todo lo que pienso, por supuesto, que es lo que habríais pensado todos.

Manuel se ríe y yo lo miro alucinada.

—No, no, Paula, solo quería traerte este detalle.

—Te dije que no me interesaba todo este rollo.

—Lo sé, pero necesitaba regalarte algo. Me gustó mucho que fueses sincera conmigo, y me gustas, no puedo evitarlo.

—¿No puedes evitar buscar mi dirección y traerme un regalo?

—Así es, es superior a mí.

Lo miro muy sorprendida porque no lo entiendo, la verdad.

—No quiero molestarte más, que tienes… cosas que hacer —dice señalando mi cabeza antes de volverse sonriendo.

Observo cómo desaparece por las escaleras y entonces me fijo en la cesta que ha dejado a mis pies. Hay varias cosas: un perfume, unos bombones, un par de botellas de vino, unos tarros de no sé qué y un móvil.

—¿Un puto iPhone? No me jodas.

Este hombre está mal de la cabeza, no puede ser de otra manera.

GABRIELA

Es sábado y estamos las tres en la cocina tomando un café bien cargado. Paula ha dormido mal porque ha tenido pesadillas con el *sugar daddy*. Gemma no ha podido dormir por culpa de la discusión que tuvo con Wilson. Y yo... he tenido unos sueños rarísimos con el vecino que no sé ni si contarlos.

—Es que no me lo quito de la cabeza, menudo idiota —suelta de nuevo Gemma.

—Ni come ni deja comer —dice Paula—, pero no debería afectarte tanto.

Wilson la vio con Hugo y, por lo visto, le sentó como una patada en sus partes íntimas. No sé qué vio exactamente, pero en cuanto pudo le echó en cara que llevara a un crío a la cena para ponerlo celoso. Él apareció sin su mujer y se pasó media noche observando a Gemma. Ella lo rehuyó y Hugo no la dejó sola ni un momento. Por lo visto, hizo muy bien su papel de nueva pareja.

—Es que encima se enfadó él —sigue Gemma.

—Es muy típico, ¿no? —le digo, intentando tranquilizarla—. Wilson debe de pensar que siempre estarás con él.

—Es que si Hugo hubiera sido mi pareja de verdad habría flipado con Wilson: no dejaba de mirarnos. Nadie se habría creído que lo hemos dejado.

—Es su táctica, claro. Por suerte, mi hermano no es tu pareja de verdad —dice Paula antes de tomar un sorbo de café.

Observo a Gemma y ella observa a Paula unos segundos de más.

—No, claro que no lo es.

—Ya, ya lo sabemos —dice Paula titubeando.

—Pues eso.

—Oye, Paula, ¿y qué vas a hacer con los regalos de Manuel? —le pregunto para cambiar de tema porque noto la incomodidad de Gemma.

—¿Eh? Pues no lo he pensado…, pero no debería aceptarlos. Ahora bien, ¿cómo se los devuelvo? No quiero quedar con él otra vez.

—Quédatelos —comenta Gemma.

Paula y yo la miramos sorprendidas porque no es una respuesta típica de nuestra amiga. A ella siempre le gusta hacer las cosas bien…

—¿Y que se piense lo que no es? —replico con rapidez.

—Que piense lo que quiera.

—Joder, Gemma, sales una noche con mi hermano y pareces otra —le suelta Paula riendo.

Las tres nos reímos. Dudo que sea por Hugo, pero es verdad que esa actitud es más de Paula que de Gemma.

—A ver, Paula, te ha regalado un perfume carísimo, un chocolate exquisito y un iPhone, ni más ni menos, entre otras cosas. A ese tío le sobra el dinero y, por lo que veo, no sabe cómo gastarlo. Pues tuyo es, oye, no lo veo de otra manera.

—Pero ¿no le estará diciendo así que acepta su juego? —pregunto poco convencida.

—No vas a quedar con él, ¿verdad?

—No, Manuel ya lo sabe.

Gemma alza los hombros mirándome, pero yo sigo insistiendo:

—No lo veo claro.

—No sé, chicas, todo esto me tiene descolocada.

—¿Se lo has contado a Samuel? —le pregunta Gemma.

—No, pero tendré que decírselo, porque no quiero malentendidos.

—Sí, será lo mejor —comento, pensando que ojalá Samuel no sea un tipo celoso.

Paula suspira con fuerza y se tumba encima de la mesa, soñolienta.

—Necesito echarme una buena siesta.

—Todas tenemos cara de haber pasado una noche de lo más divertida —dice Gemma mirándome a mí—. ¿Y a ti qué te ha pasado? ¿Todo bien con el vecino?

Me llevo la tacita de café a los labios para poder pensar en mi respuesta: me he pasado la noche teniendo sueños húmedos con él. Joder…

—Sí, cenamos y después se marchó.

—¿Y… algo más? —pregunta Paula mirándome fijamente.

—Nop.

—¿Y… por qué no me lo creo? —sigue ella, ahora con una de sus sonrisas más pícaras.

—Porque eres muy cotilla —le respondo mientras dejo la taza en su correspondiente plato.

—Y porque no nos lo estás diciendo todo —dictamina Gemma con tranquilidad.

Está claro que nos conocemos las tres casi a la perfección.

—Es que no ocurrió nada entre nosotros… Pero he soñado con él.

—Ajá —dice Paula sonriendo; lo más probable es que ya imagine por dónde van los tiros.

—¿Sueños prohibidos? —pregunta Gemma con curiosidad.

—Sí, de esos.

Paula da un par de palmadas y suelta una risotada.

—Me encanta, ¿y qué tal? ¿Ha dado la talla? ¿Cómo la tiene?

—¡Paula! —la riñe Gemma.

—No voy a contarte eso, Paula —le respondo con ganas de reír por sus preguntas.

—Bueno, pensaré que se ha portado como un campeón, porque la verdad es que tiene toda la pinta.

Soltamos una carcajada las tres al mismo tiempo. Parecemos unas crías hablando así, pero de vez en cuando va bien decir este tipo de tonterías con las amigas.

—Bueno, y ahora en serio —empieza Gemma—, si has soñado con él es porque…

—Coño, porque le gusta. Aunque no lo sepas todavía —me dice Paula con énfasis.

—¿Es así? —insiste Gemma, ilusionada.

Sé que para los dos sería una señal de que estoy superando lo de Marcos, pero no es tan fácil responder.

—A ver, Bruno me parece un tipo estupendo. Es listo, es muy divertido y es guapo, eso es evidente, pero no estoy preparada para empezar algo con nadie.

Las dos asienten con la cabeza.

—Aunque debo reconocer que me gusta.

—Ays, es que es muy mono —dice Gemma en plan romántico.

—Sí, parece un hombre bien hecho —añade Paula.

Gemma y yo volvemos a reír con ganas.

—Ya me entendéis, joder —se queja Paula entre risas.

—¿Damos un paseo? —propone Gemma mirando por la ventana.

El cielo está tapado y corre un airecito muy agradable para salir a andar.

—Vamos —le responde Paula animada.

Durante un buen rato andamos por las calles del barrio sin rumbo fijo mientras continuamos con nuestra charla sobre otros temas. Yo sigo el hilo sin problema, aunque de vez en cuando me vienen esas imágenes calenturientas que he vivido en mi cabeza con Bruno.

Espero que con las horas vayan desapareciendo de allí…

Subo sola al piso, porque Paula ha quedado con Samuel para comer y también para explicarle lo de los regalos del *sugar daddy*. La verdad es que a mí también me cuesta entender a ese personaje: ¿qué intenciones tendrá, si Paula ya le ha dicho que no quiere nada con él?

Gemma también se ha ido, ha quedado con Hugo en la biblioteca para ayudarlo a buscar no sé qué libros sobre leyes. Por lo visto, se están haciendo buenos amigos y… ¿algo más? A veces me da la impresión de que se miran más de la cuenta, pero lo acabo descartando enseguida porque… porque Gemma aún sigue colada por Wilson y porque Hugo es el hermano pequeño de nuestra amiga (¿alguien en quien no nos fijaríamos jamás? Ya no lo sé…).

—¡Ops! Creo que alguien no mira por dónde va.

Doy un paso atrás porque estoy a punto de chocar contra alguien justo al salir del ascensor.

—¡Uy! Lo siento.

Levanto la vista y me encuentro con los ojos negros de Bruno.

—No se preocupe, señorita, no me importa ser su parachoques.

Me sonríe divertido y relajo mi gesto.

—Iba despistada, pensando en Paula y Gemma.

—¿Están bien?

Un escalofrío recorre todo mi cuerpo al ver la preocupación en su mirada. ¿Puede parecerme más tierno?

—¿Eh...? Sí, sí, cosas sin importancia, ya sabes.

—Entiendo, problemas de amor y esas cosas.

Nos reímos los dos al mismo tiempo y, cuando nos quedamos en silencio, nos miramos fijamente varios segundos largos.

—Esto..., voy a preparar la comida —le digo, señalando la puerta del piso.

—Sí, claro. A mí me toca hacer la compra. ¿Necesitas algo?

Pienso en los sueños de esta noche y me sonrojo sin querer. Quiero morirme allí mismo, porque estoy segura de que Bruno está viendo con claridad cómo me han subido los colores.

—Eh... No, no, gracias.

Me mira detenidamente y sonríe de medio lado.

—Si estás cocinando y te falta algo, llámame.

—Con Gemma, nunca falta de nada —le digo sonriendo también.

—Qué suerte tener una vecina así —dice, dando un paso hacia el ascensor.

—¿Verdad? Si necesitas algún ingrediente, ya sabes.

Se abre la puerta del ascensor y antes de entrar enarca las cejas en un gesto divertido.

—Me refería a ti.

Desaparece de mi vista y yo me quedo, literal, con la boca abierta.

¿A mí?

BRUNO

—Me refería a ti.

Sí, sí, lo reconozco: cada vez me cuesta más mantener el pico cerrado, pero es que Gabriela me gusta más de lo que debería. Me parece una mujer interesante, inteligente y un bellezón. Una mezcla demasiado poderosa para mi poca voluntad, porque me dije que no iba a liarme con nadie en un largo tiempo, ya que con Txell he tenido más que suficiente, pero mi vecina me tiene atontado.

Salgo del edificio sonriendo, está claro que Madrid me sienta bien y que aquí estoy mucho más feliz. Hace un par de días tuve una larga charla con mis padres sobre todo lo que había ocurrido con Txell, y mi madre se quedó de piedra, no podía entender como esa chica dulce y bonita se había convertido en un verdadero monstruo. Yo tampoco, la verdad, porque, cuando la conocí y empezamos a ir en serio, pensé que era el hombre más afortunado de la tierra. Y ahora tengo ese miedo: ¿y si vuelvo a darlo todo y no sale bien? No me apetece nada pasarlo mal otra vez.

Pienso inevitablemente en Gabriela: ella también tiene una buena mochila y estoy seguro de que pesa lo suyo. ¿Quiero complicarme la vida de ese modo? No, claro que no, pero ella me gusta mucho, y no es tan sencillo frenar los sentimientos. No soy un jodido robot.

Cuando salía con Txell y ya sabía que era la persona más tóxica del planeta, seguía con ella porque los sentimientos estaban ahí: no dejé de quererla de la mañana a la noche. Sí, sabes que esa persona no te conviene, pero continúas amándola. Es una mierda, pero es así. Con el tiempo, empecé a entender que no podíamos seguir, que a mí me rompía cada vez que ella desconfiaba de mí. Fue un proceso largo durante el que aprendí a dejar de amarla, algo que no es nada agradable, porque se te plantean muchas dudas para las que no tienes respuesta: ¿Me estoy equivocando? ¿Y si cambia? ¿Y si cambio yo? De ahí, todas las oportunidades que me di para seguir con ella, aunque no sirvieron de nada. Txell es como es, y yo no puedo aceptar que la persona que esté a mi lado quiera controlar mi vida de ese modo. No es sano.

Tampoco es sano que Gabriela esté tan presente en mi vida, pero ¿quién soy yo para retar al destino?

GEMMA

Paso por una de las pastelerías más caras y sabrosas de la zona y veo de reojo unos pastelitos de vainilla que me traen a Hugo a la mente. Adora la vainilla, de cualquier manera: en helado, en pastelitos, en galletas… Freno en seco y vuelvo sobre mis pasos para entrar a por esos dulces. Salgo de allí pensando que son muy caros, pero acabo diciéndome que esos euros no son nada comparado con el favor que me hizo Hugo al venir a la cena de empresa.

Nos divertimos mucho, esa es la verdad. No pasamos de unos besos, y eso me encantó, para qué mentir. Me gustó que estuviera pendiente de mí toda la noche, me gustó su manera de relacionarse con mis compañeros y me gustó que no adoptara una actitud macarra frente a Wilson; al contrario, fue sutil y educado. Sin palabras, le dio a entender un par de veces que sobraba, y eso también me gustó mucho.

Hoy hemos quedado en la biblioteca para buscar algunos libros para completar sus apuntes. Por lo visto, salen muchas preguntas sobre legislación y es importante dominar estos temas para poder pelear por la plaza. Con Hugo he aprendido que ser bombero no es nada sencillo y que hay que estudiar mucho y bien.

Cuando entro en la biblioteca, lo busco con la mirada. Sé que está dentro porque me lo ha comentado por WhatsApp. No hay demasiada gente, así que lo encuentro en una de las mesas del final, solo. Está escribiendo algo en sus apuntes, concentrado, y aprovecho para observarlo. Hace tiempo que lo conozco, lo he visto convertirse en el hombre que es ahora. Un hombre muy guapo, por cierto.

Alza la vista, como si me intuyera, y me sonríe al momento. Me siento frente a él y le devuelvo la sonrisa.

—Hola —le susurro con timidez al recordar sus labios en los míos.

—Hola, ¿qué tal? Gracias por venir.

Miro a mi alrededor.

—La verdad es que hacía tiempo que no pisaba una biblioteca y me hace ilusión y todo.

Hugo suelta una risilla.

—Nadie como tú, Gemma.

—¿Me estás insultando? —le pregunto bromeando.

—Sabes que no.

Nos miramos fijamente unos instantes hasta que me doy cuenta de que me he quedado enganchada a sus ojos.

—Esto… ¿Por dónde empezamos? —le pregunto en un tono bajo.

—¿Por eso?

Hugo señala la bolsita de papel que he dejado encima de la mesa.

—Ay, sí. Esto es para ti.

Le paso la bolsa.

—¿Para mí? Dios, huele a vainilla…

Me mira con una gran sonrisa y le brillan los ojos.

—Vaya, veo que sabes bien mis gustos.

—Quizá porque alguien come productos con vainilla a menudo…

Hugo vuelve a reír.

—Gracias por el detalle.

—No, gracias a ti por venir conmigo a la cena. Me lo pasé genial.

—Yo también.

Nos volvemos a mirar con intensidad. Me relamo los labios inconscientemente y Hugo fija la vista en mi boca. Siento un calor extraño desde la nuca hasta los pies y me obligo a centrarme en lo que hago allí.

—Vale, podemos empezar por el final de la Constitución, esto no lo entiendo…

—¿Eh…? Sí, claro. A ver…

Me pasa los apuntes y tengo que leerlos tres veces para entender algo de lo que estoy leyendo, porque siento un hormigueo por todo mi cuerpo. Está claro que quiero más, pero es que Hugo es el hermano de Paula… ¿Quiero meterme en ese lío?

BRUNO

El sonido del móvil me despierta. No me sitúo: ¿dónde estoy?, ¿qué hora es? Estoy en mi cama y son las... ¿cuatro de la mañana?

Es Txell.

—¿Qué pasa?

No debería coger el teléfono a estas horas, pero temo lo peor.

—Lo siento, siento llamarte en plena noche...

Quiero mandarla a freír espárragos, pero no quiero tensar más la cuerda. Txell no está bien y no quiero empeorar su estado.

—No son horas, pero ¿ocurre algo?

—No puedo dormir...

Vale, es eso. Solía llamarme cuando tenía insomnio y yo charlaba con ella durante un buen rato hasta que lograba relajarla un poco.

—Txell, ya no estamos juntos. Lo sabes.

—Lo sé.

—No puedes llamarme a las cuatro de la mañana por esto...

—Lo sé, lo sé. Pero es que te echo de menos.

Inspiro intentando no perder los nervios, no quiero que por mi culpa acabe haciendo alguna locura.

—Txell, entiendo que esto es difícil para ti, pero debes entender que la situación entre nosotros ha cambiado.

Silencio.

Se me pasa por la cabeza decirle que si me necesita me llame en otro momento, no durante la noche, pero por suerte no le digo nada. Sería una equivocación... A Txell le das un dedo y te coge la mano.

—Intenta descansar —le digo en un tono más bajo.

—¡Bruno!

—¿Qué?

—Gracias, por estar ahí.

Me muerdo el labio porque sé lo que está haciendo, es una maestra en el arte de engatusarme. Antes no era consciente, pero ahora sí.

GABRIELA

Estoy haciendo un bizcocho mientras Gemma ayuda a Hugo a terminar sus apuntes. Ayer se pasaron toda la tarde en la biblioteca y ella llegó sin hambre y con ganas de meterse en su cama. Yo me quedé leyendo en la mía hasta que se me cerraron los ojos con el libro en las manos.

Estoy cotilleando en Instagram, apoyada en la encimera, y veo una nueva solicitud: Bruno Santana. Acepto sin pensarlo demasiado y yo también lo empiezo a seguir. Veo que tiene la cuenta abierta, pero no me da tiempo a mirar nada porque me suena el teléfono.

—Hola, Paula, ¿qué tal?

—Bien, ¿y tú?

—Bien, ahora mismo estoy haciendo un bizcocho.

—Guárdame un trocito.

—¿Por qué no te pasas a por ese trocito?

—Hoy estoy ocupada. Samuel y yo nos vamos al Rastro, después a hacer el vermut, a comer y por la tarde iremos al Museo del Prado.

—Vaya, menudo planazo.

—¿Verdad? Pues lo ha montado Samuel, él solito.

—Qué mono…

—Pues sí. Ayer le expliqué lo de los regalos de Manuel y todo eso…

—¿Y qué te dijo?

—Pues yo le dije la verdad y me creyó. Tía, ¿habré encontrado a mi pareja perfecta?

—¿Eso existe? —le pregunto imitándola.

Paula siempre ha sido más bien escéptica con ese tipo de términos que todos usamos tan a la ligera.

—Pues empiezo a pensar que sí —me responde, sin dudar ni un segundo.

Suelto una risotada porque nunca pensé que oiría a Paula decir algo parecido.

—Pues me alegro por ti —le contesto sonriendo.

—Yo también —me suelta ella, pizpireta.

No sé si Samuel será o no esa pareja tan ideal, pero de momento Paula está feliz y eso es lo importante ahora mismo.

—Por cierto, ¿Hugo está ahí?

—Sí, está estudiando con Gemma.

—¿Le puedes decir que me llame cuando pueda? Mis padres quieren que vayamos los dos a comer un día de estos.

—Sin problema, ahora mismo se lo digo.

Voy hacia el despacho para llamar a la puerta, pero antes de abrir oigo unas risas y a Gemma.

—Eres tontísimo, ¿lo sabes?

Aparto el móvil para que Paula no pueda oír nada.

—Y tu monísima.

Más risas.

Me vuelvo hacia la cocina a paso rápido.

—Paula…, que se me quema el bizcocho —le digo superapurada.

—Oh, vale. Ya hablamos. Hasta luego.

—Sí, sí, hasta luego.

Cuelgo con rapidez y suspiro. A ver, que lo que se estaban diciendo no es nada del otro mundo, pero el tono…, ese tono… No sé yo. O veo cosas donde no las hay o entre ellos ocurre algo. Podría preguntárselo a Gemma, pero creo que, si estoy en lo cierto, ella misma me lo dirá. No quiero agobiarla.

Saco el bizcocho del horno y lo dejo en la encimera para que se enfríe. La verdad es que huele de maravilla... ¿Podría llevarle un poco a Bruno? No, porque quizá piense que es una excusa. ¿Una excusa para qué?

Salgo al balcón y dejo de lado esos pensamientos absurdos. De repente empieza a sonar música, es «Mussegu», de Figa Flawas, y viene del piso de Bruno. Sonrío porque me gusta su pasión por la música a todas horas.

—Qué bien se está aquí.

Me vuelvo sorprendida porque aquella voz masculina no es la de mi vecino. Veo a un tipo no muy alto, de pelo rubio, rizado y algo largo, muy moreno de piel y con unos labios rojos y muy marcados. Es atractivo y viste con colores muy vivos.

—Soy Aleix, ¿qué tal?

Lo dice como si tuviera que conocerlo, pero la verdad es que Bruno no me lo ha nombrado nunca.

—Soy Gabriela. ¿Eres amigo de Bruno?

—Sí, ¿no te ha hablado de mí? Qué capullo es. Siempre evitando que conozca a sus amigas guapas. Total, porque una vez le quité un ligue. Así nos conocimos, ¿sabes?

Parpadeo muy sorprendida por toda la información que me da de golpe.

—Ah, y tú eres Gabriela... Vale, vale, claro, la vecina del balcón.

Enarco las cejas ante su verborrea interminable.

—¿Ves? Él sí me ha hablado de ti. Que si la vecina, que si es abogada, que si es muy...

Junta sus labios en un gesto divertido y se calla antes de decir algo indebido.

—Hablo mucho, lo sé. Bruno siempre me lo dice… Bueno, Bruno y todo el mundo, pero no puedo callar. Cada uno nacemos con un don y yo creo que en otra vida era un charlatán.

Suelto una risilla porque el tipo tiene su gracia y un acento muy simpático.

—A mí me gusta la gente que habla, mejor eso que no decir nada —le comento con sinceridad.

—Pues sí, toda la razón.

—No eres de aquí…

—No, soy de Barcelona. Conocí a Bruno allí, pero llevo un par de años viajando por el mundo con una mochila y poco más.

—Vaya, qué interesante…

—Sí, trabajé durante unos años como contable, pero me cansé del sistema y decidí vivir con menos, pero mejor. Voy haciendo algún trabajillo por ahí, y con eso y lo que tengo ahorrado voy tirando.

Lo miro pensando que yo no sería capaz de vivir así, y en parte siento una especie de envidia: seguro que ser libre de esa forma debe ser muy satisfactorio.

—¿Y te gusta ese tipo de vida?

—Lo adoro. Al principio, tuve dudas, pero ahora soy un hombre de mundo. Si no viajo, puedo morirme.

Ambos soltamos una carcajada y entonces aparece Bruno con dos cervezas en las manos.

—Ey, veo que ya conoces a Aleix.

—Sí, y por lo visto no sabía nada de mí —le echa en cara su amigo en un tono bromista.

—No sabía que te había quitado un ligue —le digo riendo.

—Joder, ¿en dos minutos le has explicado toda tu vida? —se queja Bruno riendo también.

Me mira a mí directamente y yo le devuelvo la sonrisa. Siento curiosidad por saber qué le ha contado Bruno de mí y... por qué.

—A ver, ¿por qué yo sé quién es ella, y ella no sabe quién soy yo? —insiste Aleix.

Bruno y yo nos reímos y Aleix niega con la cabeza con su bonita sonrisa de surfista. Eso es lo que parece realmente, un tipo de esos que van por la playa con el pelo despeinado por el aire y una tabla de surf bajo un brazo de piel morena.

—A ver, Aleix, no has salido en la conversación...

—Joder, macho, ten amigos para esto.

—Toma, una cerveza para compensarte.

—Menos mal que no me has mentido, es muy guapa.

Aleix coge la cerveza y le da un trago como si nada, y Bruno y yo nos miramos fijamente. ¿Muy guapa?

—¿Quieres? —me pregunta, señalando su botella.

—¿Me invitas?

—Claro.

¿Acabo de coquetear con él? Creo que sí, y me siento rara, pero al mismo tiempo feliz. Como si hubiera pasado una pantalla imposible de superar en mi vida.

Bruno me pasa la botella y me roza los dedos. Siento un hormigueo bonito por todo el cuerpo.

—Gabriela, ¿te apuntas mañana a volar en globo? —me pregunta Aleix.

—¿Cómo?

—Bruno le ha pedido a tu padre unos días de vacaciones y ese es el plan para mañana. Nos vamos a Aranjuez.

—Le he escrito esta mañana al correo. Aleix ha aparecido aquí de repente, como siempre hace, y se queda toda la semana conmigo. ¿Te apuntas?

GEMMA

Estoy con Hugo en el despacho, ayudándolo a resumir algunas de las leyes que tiene que estudiar. Las pilla al momento, con eso no tiene problema porque es listo, pero con mi ayuda consigue hacer sus apuntes con más rapidez.

Llega un wasap a mi móvil y ambos miramos hacia la pantalla.

Wilson

Necesito verte. No quiero vivir sin ti.

Se me encoge el estómago porque sigo sintiendo algo por él, pero tengo que ser fuerte.

—¿Estás bien? —me pregunta Hugo, preocupado.

—Sí, sí.

Le doy la vuelta al teléfono. No le voy a responder.

—¿Seguimos? —le pregunto.

Me mira con intensidad y yo noto que me desnuda con la mirada, como si supiera qué estoy sintiendo en estos momentos.

—Gemma…

—¿Sí?

—Conmigo no hace falta que finjas, sé toda la historia.

Bajo los hombros de repente y siento como si mi cuerpo se desinflara. Es verdad, Hugo lo sabe todo.

—¿Quieres quedar con él?

—No.

Mi respuesta es inmediata.

—¿Piensas en él?

Lo miro durante unos segundos pensando en esa respuesta y me sorprende ver que he pensado poquito en Wilson.

—Pues menos de lo que esperaba.

—Eso es porque yo lo anulo.

—¿Qué quieres decir?

—Que con mi belleza y mi increíble personalidad lo eclipso.

Lo dice bromeando y poniendo caras raras para hacerme reír.

—Eres tontísimo, ¿lo sabes?

—Y tú monísima.

Nos reímos los dos con ganas hasta que nos quedamos en un silencio extraño, mirándonos. Estamos sentados, muy cerca, y nuestros ojos se enredan sin poder evitarlo. Nos acercamos el uno al otro casi al mismo tiempo, pero cuando me doy cuenta de lo que estoy a punto de hacer, me muevo hacia atrás con brusquedad.

—Voy al baño —le digo levantándome para salir de allí con rapidez.

Oigo voces en el balcón e imagino que Gabriela está charlando con el vecino.

Me encierro en el baño y me miro al espejo.

—Gemma, es Hugo. El hermano pequeño de Paula.

Asiento con la cabeza como si me respondiera a mí misma.

—Esto no está bien, nada bien. Lo sabes.

Esta vez no me digo ni que sí ni que no. Solo me sigo mirando fijamente.

¿Por qué me complico tanto la vida?

BRUNO

Gabriela me mira con cara de sorprendida: no sé si es porque me he pedido unos días de vacaciones o por la invitación de que venga con nosotros a montar en globo.

—No quiero molestar —me responde con sus ojos azules clavados en los míos.

—No molestas —le digo un poco hipnotizado por su mirada.

—Qué va, será divertido —añade Aleix.

—¿Seguro? —me pregunta a mí.

—Segurísimo —digo con rapidez.

¿Pasar más horas con ella? No puede haber mejor plan.

Aleix empieza a explicar adónde vamos a ir y a qué hora tenemos que estar allí mientras yo aprovecho para observar bien a Gabriela. ¿Por qué me gusta tanto? Al principio, me pareció una mujer demasiado seria y estirada, pero ahora me parece una persona completamente distinta. Es curioso cómo puede cambiar la percepción sobre alguien. Está claro que las primeras impresiones no son siempre las acertadas y que yo me equivoqué del todo con ella, porque ahora me parece una mujer… ¿increíble? Sí, lo reconozco, estoy un poco pillado.

—¿Tú qué dices, Bruno?

Me vuelvo hacia mi amigo al oír mi nombre, a pesar de que no he escuchado ni una palabra.

—¿De qué?

—Le estoy diciendo a Gabriela que después del viaje en globo podríamos probar el restaurante aquel que nos recomendó María…

—¿Aquel mexicano nuevo?

—Sí, ese mismo. ¿Te gusta la comida mexicana? —le pregunta a Gabriela.

—Sí, me gusta mucho.

—Pues adjudicado, busco el número y reservo para tres.

Aleix se va adentro en busca de su teléfono y yo lo miro enarcando las cejas. Siempre acaba sorprendiéndome su descaro natural.

—Es muy simpático —me dice Gabriela, sacándome de esos pensamientos.

—¿Eh? Sí, es muy divertido. ¿Seguro que quieres venir? Sé que Aleix es muy persuasivo cuando quiere.

—Nunca he montado en globo.

—Yo tampoco —le digo en un tono que nos hace reír a los dos.

La observo reír mientras pienso que estoy perdiendo la batalla: no quería enamorarme, no quería empezar nada con nadie, tenía claro que necesitaba estar solo durante un tiempo…, pero ahora Gabriela ha aparecido y me es imposible negar la evidencia.

Me gusta muchísimo.

GABRIELA

Sin apenas darme cuenta, Aleix me ha incluido en sus planes para mañana. La verdad es que no me he negado en rotundo porque la idea de pasar más rato con Bruno me resulta... interesante. Eso sumado a que Aleix me ha caído bien al instante. ¿Por qué no? Tengo demasiado tiempo libre y parece que a ninguno de los dos les importa que los acompañe.

Aleix aparece de nuevo con su amplia sonrisa.

—Tenemos mesa, y una más en el globo sin problemas; así que planazo —comenta alegre mientras le da un botellín de cerveza a Bruno—. Tu bebida, campeón.

Bruno le echa un vistazo a la botella y luego le da un sorbo.

—Joder, no te vas a fiar nunca, ¿verdad? —se queja Aleix.

—Nunca —responde él riendo.

Los miro sin entenderlo y entonces Aleix se dirige a mí:

—Una noche me la devolvió y se ligó a una que yo ya tenía en el bote.

—Eso no fue así y lo sabes. Ella cambió de opinión.

—Que sí, que hacía solo unos días que nos conocíamos y que yo le había robado a su ligue. Y me la devolvió...

—Y a él no se le ocurre otra cosa que meterme un gusano en la cerveza.

—¿En serio? —pregunto asqueada.

—No le habría dejado beber...

—Bebí un trago, cabrón —se queja Bruno, y yo suelto una risilla.

Madre mía, qué par…

—Porque no me dio tiempo a avisarte, ansias.

Rompen los dos a reír y sonrío al verlos. Me encanta el buen rollo que desprenden.

—Total, que desde entonces siempre miro las botellas. Sobre todo las que me pasa él.

Aleix vuelve a reírse y me contagia su risa.

Durante unos segundos pienso en Marcos y por primera vez en mucho tiempo no me siento culpable. Creo de verdad que a él le gustaría verme así: riendo, disfrutando del momento, feliz.

LA FELICIDAD

GABRIELA

—Sentirte culpable no sirve de nada, Gabriela.

—Lo sé, lo tengo muy presente, pero a veces…

Mireia espera a que ordene bien mis pensamientos. Todavía me cuesta encontrar las palabras adecuadas para expresar mis sentimientos.

—A veces creo que no merezco ser feliz. Marcos se fue y me da la impresión de que con él se acabó la oportunidad de ser feliz.

—Pero sabes que eso no es verdad, últimamente has podido comprobar que no es así. Sales con tus amigas, te diviertes, te lo pasas bien. También has conocido a Bruno y te resulta muy divertido.

—Sí, todo eso es verdad. Disfruto de todos esos momentos, pero cuando me paro a pensar…, acabo concluyendo que no es justo, que no debería ser así.

—¿Recuerdas el día que subiste a aquel globo con Bruno y Aleix?

Asiento con la cabeza sonriendo: me lo pasé genial.

—¿No crees que mereces tener días como ese?

—No, sí…, o sea, sé que sí, pero en algunos momentos me siento mal.

—Culpable.

—Demasiado culpable.

—¿Qué crees que puedes hacer para no sentirte así?

—No lo sé, he empezado a escribir, como me dijiste, pero por las noches no puedo evitar tener ese tipo de ideas en mi cabeza. En bucle.

—¿Recuerdas lo que dijimos sobre aceptar nuestros sentimientos? Pueden ser positivos o negativos, no siempre estamos en la ola de la felicidad. Nos han hecho creer que siempre tenemos que estar bien, y no es verdad. También debemos entender este tipo de sensaciones, interiorizarlas y dejar que pasen. ¿Cuando te levantas sigues pensando igual?

—No, no, para nada. Me siento con ganas de empezar el día.

—Entonces deja esas ideas a un lado y piensa en tu día siguiente: ¿qué haré mañana?, ¿a quién veré?, ¿qué planes se me ocurren...?

—¿La idea es distraer a mi cabeza?

—Algo así. Mientras estés pensando en todo esto, no estarás sintiéndote culpable. Y llegará un día en que ese tipo de sentimientos desaparecerá.

—¿Tú crees?

—Gabriela, el proceso suele ser siempre el mismo. Algunas veces es más rápido y otras más lento, pero todos llegamos al mismo punto.

Oír eso me da ánimos porque tengo confianza en Mireia. Estas semanas me ha ayudado muchísimo. Gracias a sus sesiones, estoy aprendiendo a gestionar todo el dolor que todavía tengo en mi corazón. No aspiro a una felicidad absoluta, pero me gustaría dejar de lado esa sensación de que estoy haciendo algo indebido.

Aquel día, con Bruno y Aleix, conseguí sentirme yo de nuevo. Nos fuimos a Aranjuez en el coche de Bruno, y cuando llegamos, nos tomamos un café para hacer tiempo. Él y yo estábamos nerviosos e intercambiamos varias sonrisas cómplices, pero Aleix estaba muy tranquilo porque no era la primera vez que montaba en globo.

Cuando el globo empezó a subir, sentí una extraña sensación de paz, como si flotara entre las nubes. Estuvimos durante una hora volando por el cielo, los tres entusiasmados, como tres niños. Al bajar, no dejamos de hablar de lo mucho que nos había gustado y prometimos repetir la experiencia cuando Aleix volviera por Madrid. En unos días se iba a viajar por el norte de Europa; su idea era estar fuera unos seis meses, más o menos. Bruno le preguntó si no tenía ganas de asentarse un poco y él lo miró con una sonrisa y dijo: «¿Para qué? No quiero ser un esclavo de nuevo». Yo lo miré otra vez con esa envidia sana de querer ser él durante unos momentos: qué bonito ser así de libre... Tal vez por mi educación o por mi manera de ser no me veo viviendo como Aleix, pero eso no significa que no piense que puede ser una manera de vivir muy gratificante. Le pregunté si no echaba de menos a su familia y a sus amigos y él me contestó sin dudar: «Puedo comunicarme con ellos en cualquier momento y cuando vuelvo siempre están ahí». Aleix lo tenía claro. Bruno y yo lo mirábamos con admiración. Fue una comida muy entretenida, durante la que Aleix explicó muchas anécdotas y, como Bruno había participado en algunas de ellas, tuve la oportunidad de conocerlo un poco más.

Llegué a casa con una gran sonrisa, había pasado un día muy desconectada de todo y me había sentado muy bien. Pero a medida que fueron transcurriendo las horas, comencé a sentirme culpable. ¿Culpable por ser feliz? ¿Culpable por volver a reír? ¿Por ser yo de nuevo?

Lo sé, no tiene mucho sentido, no tiene lógica, y cualquiera me dirá que no debo sentirme así, pero ¿qué hago?

—Gabriela, creo que eres una persona muy fuerte, mucho más de lo que crees. Y no te lo digo por decir, te lo digo de verdad. También eres una luchadora, pero necesitas tiempo y debes dártelo, con tranquilidad. Estaría muy bien que pudiéramos tomar una pastilla y olvidarlo todo, pero esto no funciona así. Lo sabes.

—Lo sé, puedo tener días muy buenos y otros no tan buenos.

—Así es, y sabiéndolo, es mucho más fácil pasarlo. Por otro lado, saber que la culpabilidad no es útil también te servirá para dejarla a un lado. «No voy a dejar de sentirme culpable, pero no voy a recrearme con la culpabilidad; al contrario, voy a intentar obviarla».

—Bien, lo intentaré…

PAULA

Samuel está un poco mosqueado, y es normal. Ayer nos cruzamos con el *sugar daddy* en el cine y ambos pensamos que no fue casualidad. Iba solo y entró en la misma sala que nosotros. Lo vi cuando terminó la película y se lo dije enseguida a Samuel.

—¿Es que te sigue?

—Joder, no creo.

—¿Seguro?

—No sé, la verdad. No entiendo qué pretende.

La misma película a la misma hora: demasiada casualidad.

Le dejé bien claro que no quería nada con él y, además, sabe que estoy con Samuel. ¿Tal vez quiere cobrarse los regalos?

—Debería llamarlo y devolverle lo que me dio.

Samuel me mira con seriedad.

—A mí lo de los regalos me da igual, Paula. Pero me molesta que pueda estar controlando tus pasos. ¿Entiendes?

Un escalofrío recorre mi columna vertebral.

—¿Y si es un psicópata?, ¿un asesino en serie al que no pillan?

—Paula, joder… —se queja Samuel con el ceño fruncido.

—¿Qué? Cosas peores he visto en TikTok.

—Deberías dejar de ver esos vídeos —dice relajando el gesto.

—Hola, soy Paula y así fue cómo me asesinó un *sugar daddy* en el supermercado —le suelto con voz metálica.

Samuel me mira sorprendido y no sabe si meterme la bronca padre o reír. Opta por lo segundo cuando ve que entonces yo me parto de la risa.

—Ay, Samuel, si no me río, me voy a cagar de miedo. Bueno, voy a esperar por si da un paso más, y si vuelve a haber alguna casualidad de este tipo, hablaré con él.

—Si yo no estoy en esa casualidad, avísame. Estoy un poco preocupado.

Lo miro con cariño y me tiro a su cuello.

—Te adoro, ¿te lo he dicho?

—Creo que hoy muy poquito.

Me encanta Samuel, me gusta todo de él. Creo que nadie me entiende mejor que él. Es un ser de luz comprensivo y generoso. Nunca me juzga ni se escandaliza por mi manera de ser; al contrario, siempre está de mi lado y parece que lo divierto mucho. Es como la suma de Gabriela y Gemma, pero en chico. O sea, es casi perfecto.

GEMMA

—¿Qué quieres, Wilson?

Me ha perseguido hasta la sala de reuniones, no sé con qué intención.

—Quiero hablar contigo.

—No tenemos nada de lo que hablar.

Sé que quiere hablar de nosotros, por el tono. Cuando se trata de trabajo, su voz es más grave y tosca.

—Pues yo creo que sí. Ya llevamos así demasiados días, Gemma.

—Es que esto nuestro se ha terminado —le digo en un tono más bajo.

—¿Estás con ese crío? ¿En serio?

Me molesta que hable así de Hugo. Él es mucho más crío con su actitud.

—No es un crío —le replico, sin negar que Hugo y yo estemos juntos.

Prefiero que piense que estoy con él, quizá así dejará de molestarme. Pero Wilson es persistente, es algo que ya sabía de él, y se acerca a mí con un par de zancadas. Se coloca delante y me sujeta la cara con dos dedos.

—¿Qué pasa?, ¿que te folla mejor que yo?

Abro los ojos asombrada por su manera de expresarse. Me sonrojo al segundo y él acerca su rostro al mío.

—Dime que no quieres esto.

—No lo quiero.

—Yo creo que sí.

Me intenta besar, pero logro escabullirme con rapidez.

—Wilson, basta. Esto es en serio.

Se muerde el labio superior y me mira fijamente. Espero que esté entendiendo el mensaje.

—Qué decepción, Gemma.

No le respondo, porque no vale la pena. No soy yo quien está casada ni quien va a tener un bebé dentro de unos pocos meses.

—Pero ya volverás.

Se va de allí muy serio y lo primero que pienso es que todo esto puede acabar repercutiendo en mi trabajo.

¿Y si me quedo en la calle?

Hugo aparece en mi cabeza al instante: «Gemma, no pasa nada. Solo es un trabajo. Tú eres buena en lo tuyo y no tendrás problemas en encontrar algo. Y si tardas un poco en encontrar otro trabajo, tienes buenos amigos a tu lado, yo incluido».

Cuando Hugo me dijo eso, apareció en mi rostro una sonrisa de tonta que ya no pude quitarme en toda la tarde.

Tiene razón: solo es un trabajo. Nada más.

Es preferible ser feliz.

Hugo

¿Puedo llamarte?

Miro el móvil al oír el mensaje. Le respondo que sí y al segundo estamos hablando por teléfono.

—¿Qué pasa? ¿Necesitas algo? —le pregunto.

Sé que está a punto de irse a Barcelona. Esta noche va al concierto de Coldplay con sus amigos.

—A ti.

—¿Cómo?

A ver, hemos tonteado un poco estos días, pero ninguno de los dos ha dado un paso, porque… Bueno, imagino que porque él es el hermano de Paula y yo su mejor amiga.

—Laura tiene COVID.

—Pobre…

—Y no puede venir a Barcelona, ¿te apuntas?

—¿Cómo?

—Que vengas en su lugar.

Muevo los labios, pero no me sale ni una palabra.

BRUNO

Me siento en el balcón con una cerveza en la mano. Escucho los ruidos de la calle y miro hacia el cielo. Suspiro y sonrío. Estoy feliz, estoy tranquilo, estoy bien. Es una sensación que me llena y que hacía mucho tiempo que no sentía con tanta intensidad. Mi relación con Txell me convirtió en otro Bruno. Me convirtió en una persona preocupada, molesta, apagada e infeliz. Poco a poco, fui cambiando y no me di cuenta de ello hasta el final. Por suerte, pude dar marcha atrás. Hay personas que se quedan atrapadas en relaciones tóxicas durante toda su vida.

Sé que la felicidad es algo efímero, momentáneo. Pero es en esos momentos en los que te sientes bien, en los que sonríes y te dices que todo vale la pena. Si no, ¿qué sentido tiene nada?

Le doy un trago a la cerveza. Me gusta sentirme así, estar en paz conmigo mismo. Sin líos en la cabeza y con una ilusión pululando por ahí: Gabriela.

Creo que no he ido tan despacio con nadie en mi vida, pero me estoy enganchando a ella sin remedio. Me gustan esas miradas de medio lado, esos roces casi imperceptibles, esos gestos cómplices entre los dos. Me da la impresión de que he vuelto a mis quince años, pero con la libertad de alguien que es capaz de decidir qué paso dar. Creo que los dos estamos en el mismo punto, y por eso mismo creo que ambos estamos disfrutando por igual de este inocente tonteo.

Bruno

¿Cenamos fuera?

Gabriela

Jajaja, te recuerdo que esta
noche es la fiesta de mi padre.

Bruno

Dios, es verdad. Anda que
si se me olvida…

Gabriela

Ya sabes: apuntando
en la lista negra.

Su padre se toma muy en serio su fiesta de cumpleaños y quiere que asistamos todos. Solo puedes fallar si tienes una buena excusa.

Bruno

¿Vamos juntos?

Gabriela

Gracias, pero voy con mis padres.

Bruno

Es verdad, me lo dijiste.
Nos vemos en nada.

Gabriela

¡Sí! Por cierto,
¿qué te vas a poner?

Suelto una risotada al leer su pregunta.

Bruno

Estoy dudando, claro u oscuro.

Gabriela

Si quieres mi opinión:
claro, pega más con el calor.

Bruno

Pues lo que diga la señorita.

Gabriela

Jajaja, hasta ahora.

Bruno

Te oigo reír 😃

Y es cierto, me da la impresión de que tengo su risa en mi cabeza. Y me encanta.

GABRIELA

—¿Por qué no te has puesto el vestido plateado? —me pregunta mi madre en un tono un poco irritante.

—Ya te dije que no me lo pondría, no me apetece.

—Es que ese negro... ¿no es demasiado negro?

—Es un vestido negro precioso —dice mi padre, pasando por mi lado.

Nos sonreímos. Le agradezco que se ponga de mi parte.

—En fin, tú sabrás —comenta mi madre rindiéndose.

En pocos minutos saldremos juntos hacia uno de los jardines más exclusivos de las afueras de la ciudad para celebrar el cumpleaños de mi padre. Es la fiesta más sonada de la empresa, más incluso que la de Navidad. A mi padre le encanta celebrarlo a lo grande y a mi madre le encanta organizarlo y superarse año tras año.

Cuando llegamos, ya hay bastantes personas por allí con una copa de cristal muy fino en la mano. El sol se está escondiendo y la temperatura ya va bajando. Durante el día, el calor ha apretado bastante. En los jardines hay muchas mesas con manteles de un blanco roto y con una pequeña maceta de flores secas. No hay sillas porque solemos estar de pie para poder ir de mesa en mesa y charlar con todo el mundo (el que quiera, claro). A mi padre le encanta eso; disfruta mucho hablando con todos, es de los pocos días que puede hacerlo, ya que siempre está demasiado ocupado.

—¿Por qué han puesto los ramilletes a un lado de las mesas? Les dije que los colocaran en el centro.

—Cariño, no pasa nada. Está todo perfecto.

Mi padre sonríe a mi madre y ella relaja el gesto.

Nada más llegar a la zona de las mesas, nos separamos para saludar. Al principio, me siento rara porque hace muchos días que no veo a toda esa gente, pero enseguida me doy cuenta de que todo el mundo me trata con normalidad. No soy «la pobre Gabriela que ha perdido a su marido el día de su boda» y lo agradezco de verdad porque temía que pasara eso.

Estoy escuchando a un par de compañeros que están hablando sobre un cliente nuevo cuando aparece Bruno en una de las mesas que están cerca de mí. Nos miramos un segundo y nos sonreímos con rapidez porque nuestros colegas nos reclaman.

—¿Tú qué opinas, Gabriela?

—¿Eh? Perdona, me he despistado.

O más bien dicho: Bruno me ha despistado. Y mucho.

De reojo, veo que se mueve hacia otra mesa. No puedo dejar de observarlo, aunque lo intento hacer con disimulo, ya que mis compañeros no son tontos y pueden darse cuenta de que estoy buscando a Bruno. No debería importarme, pero de momento me importa. No quiero que la gente hable más de mí. Además, entre Bruno y yo no hay nada.

—Buenas noches.

Su voz grave me envuelve y me giro para mirarlo. Los otros lo saludan con entusiasmo y yo acabo siendo la última.

—Hola, Bruno.

—Gabriela.

Nos damos dos besos tan rápidos que cualquiera diría que nos caemos mal. Pero creo que es todo lo contrario.

—Me encanta el sitio. ¿Lo ha escogido tu madre? —me pregunta sonriendo.

—Sí, claro. Todo lo ha organizado ella, y sin apenas ayuda.

—Increíble —dice con admiración—. No creo que sea nada fácil estar pendiente de todo.

—Lo lleva en la sangre. Todo lo que sea mandar, controlar... Es lo suyo.

Soltamos una risilla.

—Pero debes reconocer que está todo perfecto.

—Sí, sí, vale. Eso es verdad.

Me gusta que Bruno la defienda, a pesar de que a mí a veces me saca de quicio. Pero es mi madre y la quiero.

—Gabriela...

Hablando de mi madre...

—¿Has saludado a Amanda?

Me vuelvo hacia ella y la veo con su amiga Amanda.

—Hola, Amanda, ¿cómo estás?

—Bien, bien, ¿y tú?

Charlamos durante unos minutos y cuando se marcha busco a Bruno con la mirada. Ya no está ahí. No quiero que parezca que necesito saber dónde está, así que disimulo cogiendo un canapé de una de las bandejas de los muchos camareros que van pasando por las mesas.

Saboreo el canapé de jamón de pato con virutas de foie y cierro los ojos unos segundos porque está muy bueno. Es verdad que mi madre tiene mano para montar fiestas de este tipo. El *catering* que ha contratado es de lo mejor.

—Buenísimo, ¿verdad? —me dice Ismael, uno de mis compañeros más cercanos.

—Demasiado bueno. ¿Cómo estás?

Nos saludamos con dos besos y entonces vuelvo a tener localizado a Bruno: está a mi izquierda, hablando con mis padres.

—Yo bien, y veo que tú también.

Me coge de la mano y hace que gire sobre mí misma, lo que me hace reír.

—Un vestido muy bonito, Gabriela.

—Gracias, Isma. Usted también está muy elegante.

Nos reímos los dos. Él me trató de usted durante su primer mes en el bufete, y me costó quitarle esa manía, pero al final lo conseguimos.

—Te veo bien —me comenta ya más en serio.

Ismael no es mi amigo, pero nos caemos bien. Después de lo de Marcos me envió un par de mensajes preguntándome cómo estaba. Pero yo le pedí que no volviera a hacerlo, porque, cada vez que alguien me preguntaba cómo estaba, sentía que me hundía un poco más, y no era lo que necesitaba en esos momentos. Él lo entendió a la perfección.

—Sí, estoy mucho mejor, la verdad. Ha sido un proceso largo, pero poco a poco voy saliendo a flote.

—Genial, me alegro mucho. Podríamos quedar un día y tomar algo...

—¿Un café?

—Bueno, yo me refería a tomar una copa o algo así.

—¿Una copa?

No es algo que hayamos hecho antes, por eso mismo me sorprende su propuesta.

—Eh... Bueno, me refiero solo a vernos un poco y charlar. Ya imagino que no estás preparada para salir con un tío.

Lo miro asombrada porque no sé qué me está queriendo decir.

—A ver, a ver, que me lío. No te estoy pidiendo nada, solo tomar algo alguna noche, así, más tranquilos y sin prisas.

—Sí, claro...

Justo en ese momento aparece por allí mi padre y me coge del brazo mientras saluda a Ismael. Yo los escucho como de lejos porque pienso en las palabras que acaba de decirme: «Ya imagino que no estás preparada para salir con un tío». Lo ha dicho como algo tan evidente que me ha sentado como una sonora bofetada. ¿Estoy coqueteando con Bruno, pero no estoy preparada para salir con un tío? Ahora mismo necesito a Mireia, pero no voy a poder hablar con ella hasta la próxima semana.

—Papá, voy al baño.

Me alejo de allí a paso rápido. Noto un peso en el pecho que no me deja respirar bien.

«No estás preparada, Gabriela. ¿Qué coño haces jugando con Bruno?».

«Eres una viuda. No hace ni un año que lo metiste en el hoyo».

«No tienes vergüenza».

Me apoyo en la pared del baño y cierro los ojos intentando coger aire. La ansiedad no me deja llenar los pulmones. Intento tragar saliva, pero también me cuesta muchísimo. ¿Por qué dejo que una simple frase como esa me influya de esta manera?

«Porque sabes que es verdad. Que Marcos está muerto y que no deberías tontear con tu vecino. No estás preparada porque aún no ha llegado el momento de que lo estés».

¿Y quién dice cuándo es el momento?

BRUNO

Doy un paso y retrocedo... ¿Voy tras ella? La he visto irse del lado de su padre con un gesto demasiado extraño en la cara. Como si estuviera muy preocupada por algo, cuando hace solo unos momentos estaba sonriendo y saludando a la gente con normalidad. ¿Qué ha pasado? ¿Le ha dicho algo indebido su padre? No lo creo, porque ese hombre está enamorado de su hija, cosa que entiendo bien.

Al final, mis pasos me llevan hacia los baños. ¿Y si está indispuesta? ¿Y si se encuentra mal? No puedo hacer como si nada.

Los baños están ocupados y me espero apoyado en una de las paredes con los brazos cruzados. Salen un par de personas y me saludan con rapidez. Entonces aparece Gabriela y se detiene al verme allí.

—¿Va todo bien? —le pregunto con tiento.

Su mirada me dice que la respuesta es negativa y no espero a que me diga nada más. Cojo su mano y tiro de ella hacia fuera. Intento no imaginar lo que le ocurre, pero creo que tiene relación con Marcos. Quizá estaba acostumbrada a ir a esa fiesta con él y ahora lo echa de menos.

Antes he visto una zona de árboles a la derecha y me dirijo hacia allí, donde estaremos más tranquilos.

Cuando me detengo, seguimos con las manos entrelazadas y miro sus dedos delicados.

—Gabriela... ¿Puedo ayudarte?

No sé cómo puedo hacerlo, pero quiero intentarlo.

—Es que… me he agobiado un poco.

Creo que más que un poco, aun así, prefiero no ser yo quien lo diga.

—Ya estoy mejor.

Oímos a alguien que pasa cerca de nosotros y Gabriela me suelta la mano, muy rápido. La miro intentando saber si su malestar tiene relación con nosotros.

—No sé si preguntar… —empiezo a decir.

Ella frunce el ceño y me da la espalda.

—Es por lo mismo de siempre, no te preocupes.

Su tono es muy flojo y tengo mil ganas de abrazarla y acunarla. No quiero que sufra, pero es algo que impedirlo está fuera de mis manos. Lo sé.

GABRIELA

No es por lo mismo de siempre, pero no se lo quiero decir. Esta vez, él también está en la ecuación, así que ¿qué puedo decirle? Me agobia pensar que estamos tonteando cuando no debería hacerlo porque no hace ni un año que perdí a mi pareja. Y no es que lo diga yo, es que lo dice la gente: no estoy preparada.

Pero ¿en realidad no lo estoy? No tengo ni idea. ¿Cómo se sabe eso?

—¿Damos un paseo? —me pregunta Bruno mirándome a los ojos directamente.

La verdad es que hoy está muy guapo con esos pantalones claros de algodón y la camisa blanca de lino con los dos botones de arriba desabrochados.

—Sí, está bien.

Andamos hacia los jardines que rodean toda la zona. Está lleno de flores de colores, de plantas bien cuidadas y de árboles de todas las medidas. Me gusta el lugar.

—¿Quieres hablar? ¿O prefieres el silencio?

Lo miro y le sonrío. Me encanta que no dé nunca nada por hecho.

—Prefiero escuchar, cuéntame algo.

Bruno suelta una risilla.

—A ver… Algo del trabajo, no, que es aburrido… Ya lo tengo. El otro día quedé con Santi…

—Ajá.

Santi trabaja en el bufete, es un hombre de unos cuarenta años, divorciado, que ha regresado a su juventud: sale cada fin de semana, liga mucho y está desatado. Se lo pasa muy bien, eso también.

—Vale, pues me hizo una encerrona.

—¿Y eso?

El interés deja mi agobio atrás.

—Había quedado con una chica de Tinder, con Natalia, pero ella le dijo que solo iría a la cita si podía acompañarla una amiga. Su amiga Lidia. Y entonces Santi quedó conmigo sin decirme nada de todo esto.

—¿De verdad?

—Tal cual te lo cuento. Me lo dijo cuando entramos en el local donde había quedado con ellas y se me quedó una cara de tonto…

Suelto una risilla, aunque me escuece un poco saber que Bruno queda con chicas. Es lo normal, lo sé, no soy tonta, pero no deja de picarme un poco.

—¿Y qué pasó?

No sé si quiero saberlo, pero creo que es lo que tengo que preguntar.

—Pues lo que tenía que pasar: que Lidia y yo tuvimos una conexión de menos cien.

Vaya, estaba segura de que me iba a decir lo contrario… Sonrío.

—Así que al final los dos nos lo dijimos claramente y cada uno se fue por su lado.

—¿Sí?

—Sí, claro. Santi se quedó con Natalia y yo me fui a casa. Al día siguiente le eché la bronca. No me gusta nada que me mientan.

—A mí tampoco, no lo soporto.

—Pues Santi dijo que no era para tanto…

—Qué morro le echan algunos.

—Mucho morro.

Nos quedamos en silencio y nos miramos sonriendo. A veces parecemos dos niños. Yo sé que le gusto y él sabe que me gusta, pero ninguno de los dos ha querido dar un paso. Tengo miedo... ¿Y si me es imposible dar un simple beso? Evidentemente, hasta que no ocurra no voy a saberlo...

Me detengo y Bruno me mira con curiosidad. Busco sus ojos negros pensando que quizá debería empezar a avanzar un poco más..., quizá...

Sí, no. Sí, no. Sí...

No, mejor no.

BRUNO

Noto un cosquilleo leve en mis labios: son las ganas de besar a Gabriela. Lo sé, pero no quiero hacerlo antes de tiempo.

—Estás muy callado…

Me vuelvo hacia ella, que me mira con gesto interrogante.

—No pensaba en nada…

—¿Se puede no pensar en nada? —me pregunta bromeando.

—Creo que los hombres sí.

Soltamos una risilla al unísono y seguimos en silencio hasta que llegamos donde está el resto de compañeros. Pasamos por la zona de los baños y me detengo.

—Tengo que entrar —le digo.

—Vale, me voy para allá —dice sin señalar ninguna dirección en concreto.

La veo marcharse y espero que se vuelva para mirarme, pero no lo hace. Sonrío: Gabriela no es predecible, y eso me gusta mucho de ella. Es verdad que su reciente pérdida la hace distinta, pero creo que antes de eso era igual de especial. Me atrae en muchos sentidos. Sí, a ratos me parece que he vuelto a mis años de juventud, a esos años en que lo vives todo con una intensidad inhabitual, pero me gusta. Mucho.

—¿Entras?

—¿Eh…? Sí, sí, perdona.

Me suena el móvil y veo que es Txell de nuevo. Paso de cogerlo. Esto se está convirtiendo en una mala costumbre. No podemos estar así continuamente. Ella tiene que aprender a hacer su vida sin mí y yo tengo que aprender a no dejar que me engatuse como un tonto.

PAULA

Esta noche había pensado quedarme en mi cómodo sofá viendo una película, pero de repente me han entrado ganas de salir, así que decido llamar a Gemma. Sé que Gabriela no está porque tiene la fiesta esa del cumpleaños de su padre, pero creo que Gemma no tenía planes…

—¿Gemma?

—Eh… ¿Paula?

—¿Quién si no? ¿Esperabas alguna llamada romántica?

Oigo mucho ruido de gente a su alrededor.

—¿Dónde estás?

—He salido con unos amigos del… trabajo.

—¿Con Wilson?

—No, no, claro que no.

Lo dice tan rápido y tan convencida que sé que no me está mintiendo.

—Vale, pues pásatelo genial. Me apetecía salir un rato, pero no con abogados. Sin ofender, ¿eh?

—Ya, ya…

—Llamaré a mi hermano. ¿Sabes si está estudiando?

—Creo que está en Barcelona, ¿no?

—Ah, sí, es verdad. En el concierto de Coldplay…

De repente se hace el silencio al otro lado de la línea e imagino que ha entrado en el baño de algún garito.

—Pues nada, amiga, te dejo que hagas pipí tranquila.

—¿Eh? Sí, sí, gracias.

No sé por qué la noto un poco tensa, pero Gemma es así algunas veces. Se pone nerviosa cuando no controla bien la situación.

—¿Tienes algo que contarme? —le pregunto directa.

—¿Eh?

—Lo que has oído.

—No, no, ya te he dicho que estoy con compañeros del bufete y... Wilson no está, no te preocupes.

—Valeee... Te creeré porque eres una de mis mejores amigas...

—Claro.

Su respuesta tan escueta me deja mosca, pero quizá tiene un día malo.

Todos tenemos días de mierda en que lo menos que te apetece es hablar.

GEMMA

Justo cuando nos despedimos, alguien golpea en la puerta del baño.

—Ya salgo.

—Gemma, que nos vamos.

Cuando abro la puerta, Hugo me mira con su bonita sonrisa.

—Es que era tu hermana.

—Ya.

No le he dicho a Paula que su hermano me ha invitado al concierto de Coldplay porque su amiga Laura estaba enferma y no podía ir. Tampoco le he explicado a nadie que nos hemos besado, pero es que es algo que casi no me creo ni yo. Así que aquí estamos, en Barcelona, comparto habitación con él y no le he dicho ni una palabra a Paula. Genial todo.

—Debería habérselo dicho, ya lo sé.

—Bueno, ya se lo dirás a la vuelta. Ahora vamos a disfrutar de la noche, ¿te parece?

Hugo me coge de la mano y tira de mí para seguir a sus amigos. Observo su espalda ancha, su cuello fuerte y su pelo corto y algo despeinado. Siempre viste informal, pero tiene buen gusto, aunque mi madre diría que lleva unas camisetas demasiado coloridas. A mí me gusta. Se vuelve para mirarme, como si supiera que le estoy dando un buen repaso.

—¿Todo bien? —pregunta con picardía.

Creo que me ha pillado de lleno.

—Sí, sí, todo bien —digo, intentando parecer natural.

Suelta una risilla y sigue avanzando, provocando que yo sonría también.

Estoy feliz. Creo que me espera una noche genial. Tengo muchas ganas de ir al concierto con Hugo… Con Hugo, todo parece ser mucho más divertido.

GABRIELA

—Gabriela, cariño, ¿dónde te habías metido?

Es mi madre, que me pregunta con segundas, y no porque imagine que me he ido con un hombre, sino porque cree que intento escaquearme de la fiesta.

—He ido al baño —respondo, intentando no entrar en su juego.

—¿Tanto rato?

—Mamá, ¿has contado los minutos?

Frunce el ceño y seguidamente sonríe con toda su dentadura.

—Eloísa, querida…

—¿Qué tal? Gabriela, estás preciosa.

—Gracias, tú también…

De reojo, veo pasar a Bruno con un gesto demasiado serio. ¿Tal vez se arrepiente de nuestro continuo tonteo? A veces hacemos cosas sin pensar, porque nos dejamos llevar o porque en ese momento no pensamos en las consecuencias. Podría ser que lo último que quiera Bruno es empezar una relación con alguien porque sigue arrastrando consecuencias de la anterior. Pero es que yo tampoco sé si estoy preparada para seguir adelante. Sí, hemos coqueteado. Sí, hemos tonteado y nos hemos reído, pero de ahí a una relación… hay mucho camino.

Me vuelvo suspirando, porque estoy cansada de pensar siempre lo mismo. ¿Cómo se le llama a esto? ¿Pensamientos intrusivos? ¿Pensamientos en bucle? No sé, pero me agota.

Mi cabeza regresa a la época de Marcos, cuando mis preocupaciones eran más bien mundanas: ¿Me compro esa camiseta tan mona que he visto de camino al bufete o no? ¿Cenamos esta noche fuera o preparamos una cena especial en casa con velas y eso?

Cuando la vida discurre sin más, no valoramos lo que tenemos, creemos que todo será siempre igual, hasta que un día pasa algo terrible y tu perspectiva del mundo cambia de forma radical.

A mí han dejado de importarme muchas cosas que antes me preocupaban sobremanera, ahora mis prioridades son otras y la principal es mi salud mental. Necesito quererme, cuidarme y mimarme y, por suerte, tengo a mis amigas y a Mireia para poder seguir adelante.

—Mira, Gabriela, ahí está Emmanuel.

Miro a mi madre, incrédula.

—¿No quieres saludarlo?

En el pasado ya tuvimos más de una discusión por este tema. Emmanuel es hijo de un empresario con mucho poder y, antes de que conociera a Marcos, mi madre ya intentó que tuviera alguna cita con él.

—Mamá, déjalo.

—¿Por qué? Es un buen partido.

—¿En serio?

—Cariño, solo quiero lo mejor para ti.

No digo que no sea cierto, pero es que no entiendo que no comprenda que lo último que necesito es que me busque pareja.

—Perdona, Gabriela, ¿podemos hablar un momento?

La voz de Bruno me suena como los ángeles y me vuelvo hacia él con una gran sonrisa.

—¿Es sobre el caso Jiménez? —le pregunto burlona.

—Exacto —me responde con una seriedad fingida.

Está claro que me ha visto discutir con mi madre y que me está echando un cable, cosa que le agradezco enormemente.

—Perdona, mamá, es algo urgente.

—Sí, claro, claro.

Mi madre se dirige sin más hacia una de sus amigas, y yo me voy de allí con Bruno.

—¿Ahora tienes complejo de príncipe?

—¿De esos príncipes azules perfectos que rescatan a esas princesas de narices perfectas?

Estallamos en una buena carcajada.

—Gracias, de verdad. Mi madre se pone muy pesada a veces.

—Te entiendo, la mía, cuando le da la vena, necesita organizar toda mi vida.

—Y ya tenemos una edad…

—Sí, pero imagino que para ellas seguimos siendo sus retoños.

Sonrío porque pienso lo mismo que él. Por mucho que crezca, mi madre sigue tratándome como alguien que necesita una protección y una ayuda constantes. Le cuesta darse cuenta de que ya soy una persona adulta como ella.

—Por cierto, ¿Gemma se ha ido de vacaciones?

Arqueo las cejas sorprendida. Gemma se ha ido muy temprano y me extraña que Bruno estuviera despierto.

—Se ha ido… a un concierto. En Barcelona. ¿Es que no duermes?

Suelta una risilla antes de responder.

—Hoy he salido a correr, necesitaba despejarme un poco. Y justo cuando he salido, la he visto al final de la calle con una maleta pequeña.

Ahora, la que me río soy yo. Gemma solo va a estar fuera un día, pero ha necesitado llevarse una maleta de cabina para todas sus cosas. ¿Y si llueve?, ¿y si hace frío?, ¿y si me mancho? Bueno, conocemos bien a nuestra amiga y sabemos que necesita tener sus pertenencias bien cerca cuando sale de casa. No sé si Hugo y sus amigos habrán pensando que es un poco exagerada, pero a ella le da igual, algo que me gusta muchísimo de Gemma.

—Pues sí, Hugo tenía una entrada para Coldplay y la ha invitado a última hora.

—Vaya, qué lujo…

—Sí, pero no lo sabe nadie.

—¿Qué quieres decir?

—Que Gemma no ha querido decírselo a nadie…

—¿Te refieres a Paula?

Le sonrío. Me gusta que las pille al vuelo.

—Sí, en especial a Paula.

—Pero ¿hay algo entre ellos?

Lo miro a los ojos fijamente y sin decir nada nos entendemos a la perfección. ¿Hay algo? Pues no lo sé con exactitud. Gemma es muy suya, está aún saliendo de toda esa historia con Wilson, y Hugo es… es el hermano pequeño de nuestra mejor amiga.

Sin decir nada de todo esto, Bruno asiente con la cabeza, como si me hubiera leído la mente.

—Y tú, en medio de todo.

—Bueno, yo no puedo meterme entre ellas. Si Gemma no quiere decírselo…

—Pero intuyo que no estás de acuerdo.

Lo miro de nuevo y nos sonreímos con complicidad.

—Creo que siempre es mejor ir con la verdad por delante. Al final, las mentiras traen problemas.

—Incluso cuando no los hay, los crean.

—Pues sí, pienso lo mismo. ¿No serás mi hermano gemelo?

—Espero que no.

Su mirada me traspasa y me sonrojo del calor que me hace sentir de repente. Intento disimular y hablo con normalidad:

—Gemma piensa que Paula se va a enfadar, aún no sé muy bien por qué, pero cuando se le mete algo en la cabeza, es complicado hacer que cambie de opinión.

—¿Y si Paula acaba enterándose?

—Pues creo que pillará un buen mosqueo.

—Ya imagino…

Nos quedamos en silencio mientras andamos hacia una de las mesas más apartadas. Cogemos una copa de cóctel de un color rosa claro y brindamos mirándonos con intensidad. Sus ojos oscuros hablan por sí solos y me gusta lo que veo en ellos. Me gusta Bruno, en muchos sentidos, pero hay algo que me frena. Tiempo atrás, me habría tirado a la piscina sin pensarlo demasiado, pero ahora… ahora todo es distinto. Yo soy distinta. La gente de mi alrededor sigue viendo a una persona joven, con muchos años por delante, alguien que puede rehacer su vida con el tiempo, pero no soy la misma. He cambiado, la muerte de Marcos me ha cambiado por completo. Ando con pies de plomo en algunos aspectos de mi vida y me siento muy insegura con mis sentimientos. Según Mireia, es muy lógico, pero a mí me molesta no ser la misma, es algo que me está costando aceptar. Pensaba que habría un proceso y que me iría curando hasta llegar a ser la misma Gabriela de nuevo, pero me estoy dando cuenta de que esa mujer quedó atrás y que soy otra persona. Imagino que esto es lo que llamamos «evolucionar», que lo raro sería tener experiencias y quedarte igual de estático.

—Brunooo, ¿qué tal?

—Hola, Marisol, ¿cómo va?

Si no me equivoco, es una de las últimas chicas que ha entrado en el bufete, aunque no estoy segura del todo. Tiene una melena preciosa y unos ojos rasgados muy bonitos. Debe de tener mi edad, más o menos.

—Pues hace rato que te ando buscando… Uy, perdona. Soy Marisol —me dice en un tono amable.

—Encantada. Soy Gabriela.

Me mira parpadeando unos segundos e imagino que está pensando si soy la hija del gran jefe, pero no dice nada al respecto. Se vuelve hacia Bruno de nuevo.

—Te necesito.

—Tú dirás.

Bruno la trata con normalidad, pero me siento un poco fuera de lugar.

—Vale, ¿si te dijera que quiero llevarte a un par de sitios de música en directo?

Durante los siguientes segundos, pienso en irme de allí con discreción, pero ambos lo notarían, así que decido aguantar un poco más.

—Vale, lo tengo clarísimo —contesta él—. Strikes y Cómeme a Besos. Le encantarán a tu chica.

Frunzo el ceño al oír esas últimas palabras.

—Strikes y Cómeme a Besos. Vale, lo tengo memorizado.

—Y si a Nuria le gusta algo más cañero, la puedes llevar a Fundamental, allí la música es mucho más estridente. Ya me entiendes.

—Sí, sí, a ella le va todo. Lo que le encanta es el directo.

—Normal, nada como escuchar música en directo, y en estos sitios que te he dicho te aseguras buena calidad.

—Pues muchas gracias, ya te contaré qué tal.

—Si no le gusta, déjala.

Los dos estallan en carcajadas y los miro sonriendo de verdad. Bruno es todo un personaje, y vuelvo a pensar lo mismo: me gusta mucho.

BRUNO

Marisol se despide de nosotros muy animada. Ha reconocido a Gabriela a la primera, pero no ha hecho ninguna referencia sobre quién es. Mi compañera tiene ese don: el don de callar cuando uno no tiene nada que decir.

Durante la fiesta de hoy he visto muchas miradas dirigidas a la hija del jefe, muchas y poco disimuladas, y creo que Gabriela no lo necesita, pero imagino que a la gente le interesa más el cotilleo que sus sentimientos. «¿Que se siente mal? Es su problema. Que no hubiera venido. Si está aquí, es porque quiere». Pero las cosas no son siempre así de sencillas. En ocasiones, estamos en sitios que no nos apetece, aguantando el tipo, haciendo de tripas corazón, aguantando con dificultad determinadas situaciones..., y la gente no lo sabe.

Yo no he perdido a nadie, pero puedo entender que el duelo es un proceso muy complicado. La muerte es irreversible, no tiene solución. No puedes decir aquello de «Si no tiene solución, no es un problema». Es un problema, un gran problema para tu salud mental; es complicado superar la muerte de una persona. Sobre todo cuando esa persona es tan cercana a ti, cuando el vínculo es tan fuerte. Porque ese vínculo es el que diferencia que sintamos más o menos dolor. Bueno, eso y la forma de morir. Gabriela no debe de dejar de recrear en su cabeza la forma en que murió Marcos, delante de ella, casi entre sus brazos, el mismo día de su boda.

No puedo ni imaginarlo.

—¿Así que conoces mejor Madrid que la propia gente de Madrid? —me pregunta Gabriela en un tono divertido.

—Cuando se trata de música, sí; de lo demás ando aún un poco perdido.

Se ríe y la miro unos segundos de más, encandilado. ¿Por qué me parece que su belleza se multiplica por diez cuando sonríe? Sus ojos azules cobran vida, sus bonitos labios se estiran en un gesto encantador y su expresión es muy hipnótica.

Me gusta demasiado, lo reconozco. Soy culpable.

—Buenas noches a todos...

El padre de Gabriela ha cogido el micrófono y nos acercamos, igual que los demás, a la pequeña tarima donde está subido. Empieza a hablar y a darnos las gracias, pero me pierdo algunas palabras porque no puedo dejar de pensar en Gabriela.

La conozco tan poco y me gusta tanto...

—Oye, Bruno.

Me está hablando sin mirarme, con la vista puesta en su padre.

—¿Qué?

—¿Y si tras el discurso nos escapamos y te enseño algún lugar bonito de Madrid?

Abro los ojos, sorprendido.

—¿No te echarán de menos?

—Probablemente.

Me vuelvo para mirarla y ella hace lo mismo. Nos miramos como dos niños que están a punto de hacer la travesura del año.

Joder, la conozco tan poco y me gusta tanto...

GEMMA

—¡¡¡Guapooo!!!

Una de las amigas de Hugo no deja de gritar durante todo el concierto y yo me meo de la risa. Está enamorada del cantante, lo ha repetido hasta la saciedad.

Canto, bailo y me dejo llevar por la multitud. Estamos todos extasiados, y la verdad es que poder estar en este concierto es una puta pasada, y eso que no suelo decir palabrotas. Pero es así.

Hugo también lo está dando todo y no dejamos de reír. Es increíble lo que estoy viviendo, me da la impresión de que estoy en una nube.

Me he ido a un concierto con Hugo, así de repente, cuando yo estas cosas las planifico con meses de antelación. He conocido a sus amigos y me han caído genial, cuando no soy una de esas personas que sociabilizan demasiado. Estoy en el concierto de Coldplay gritando, saltando, cantando…, cuando no suelo desmelenarme de esta manera. Debe de ser que al lado de Hugo me transformo, porque me siento como más liberada, más relajada…, incluso he dejado de pensar en Paula, algo que me tenía realmente preocupada.

—¡Uau! ¡Esta me encanta! —me grita Hugo al oído.

Lo miro sonriendo y asiento con la cabeza.

Me coge la mano y saltamos juntos al son de la música, pero la mitad de mi cerebro está centrado en la unión de nuestras manos, porque no me ha cogido la mano, ha entrelazado nuestros dedos… Entrelazado, como en las pelis de amor, como en los libros románticos, como si fuésemos algo más…

Vale, vale, me estoy montando yo sola una gran película. Lo sé. Voy a disfrutar de la música y a dejar estas tonterías a un lado.

Cuando termina la canción, ambos paramos de saltar y nos miramos con la respiración entrecortada.

Pienso también que ya tengo una edad para hacer el cabra de esa manera, pero me da igual. Hacía tiempo que no me lo pasaba tan bien.

Suenan los primeros acordes de «A Sky Full of Stars» y se me pone el vello de punta.

Madre mía…

Hugo se acerca a mi oído para hablarme y sigue con nuestros dedos entrelazados. ¿No deberíamos soltarnos?

—Porque eres un cielo, porque eres un cielo lleno de estrellas, te doy mi corazón…

Me. Está. Cantando.

Y, joder, canta demasiado bien.

Y la letra es ideal.

Y él es tan guapo.

Mis labios se estampan contra los de él y me separo mirándolo: ¿lo he vuelto a besar?

Que va a ser que sí…

GABRIELA

—Al Hotel Ferrol, por favor.

Veo que Bruno me mira de reojo, pero no dice nada. Espero que no piense lo que no es...

Miro por la ventana del taxi y siento cierta aprensión. He estado en un taxi tantas veces con Marcos que me da la impresión de que lo estoy traicionando. ¿Siempre va a ser así?

Suspiro y entonces Bruno empieza a bromear sobre nuestro destino.

—¿Nos vamos a colar en una boda o algo similar? Tengo entendido que ese hotel está especializado en bodas.

No puedo evitar reírme.

—No, no, tranquilo.

—¿Te has quedado con hambre?

Vuelvo a soltar una risotada.

—¿No hacen allí las mejores torrijas de horchata de todo Madrid? —pregunta divertido.

—¿Y tú cómo sabes tanto?

Bruno suelta una risilla y observo embobada cómo sus ojos se rasgan. ¿Puede que me parezca a cada rato más guapo? No soy de esas que solo se fijan en el físico, a ver, es evidente que las personas nos entran por los ojos, pero son mucho más importantes otros aspectos, como el sentido del humor, la inteligencia, la empatía... Pero hoy estoy en plan superficial y lo veo guapísimo.

—¿Has estado alguna vez? —le pregunto, pensando que quizá mi sorpresa no sea tan sorpresa.

—Pues no.

—Bien, porque creo que te va a gustar.

Él sonríe de medio lado y yo me vuelvo hacia la ventana del taxi para no quedarme enganchada en sus bonitos ojos. Está claro que ha pasado de ser una cara guapa a alguien muy atractivo, en muchos aspectos…, demasiados…

Cuando bajamos del taxi y entramos en el hotel, Bruno lo mira todo con atención. La decoración desprende lujo, es cierto. La primera vez que ves todas esas lámparas con destellos dorados te da la impresión de que estás entrando en el interior de una estrella.

—Buenas noches, soy Gabriela Martos.

—Buenas noches, señorita Martos. ¿En qué podemos ayudarla?

Mi padre es cliente asiduo y he almorzado en más de una ocasión con él en uno de sus restaurantes.

—¿Es posible subir a la azotea?

—Por supuesto, ahora mismo les preparamos una mesa.

Bruno me mira extrañado y le sonrío a modo de respuesta.

—Pueden subir cuando quieran —me indica el recepcionista, con su habitual amabilidad.

En cuanto entramos en el ascensor, Bruno y yo nos miramos fijamente. Aunque la tensión entre nosotros es latente, no nos atrevemos a dar un paso más. Él, no sé, pero yo tengo miedo de que en segundos se desmorone todo lo que tenemos, que para mí no es poco. Me aterra pensar que no pueda ir más allá y que él acabe huyendo de mi lado.

—Me tienes muy intrigado —dice rompiendo ese silencio sepulcral.

—Me gusta tenerte intrigado.

Volvemos a sonreírnos y el ascensor se detiene. Cuando salimos, observo a Bruno, sé que van a encantarle el lugar y el sonido del piano en directo que siempre suena como música de fondo. No sé qué pieza es, no soy experta en música clásica, pero acompaña muy bien al precioso paisaje que se ve desde allí arriba. Madrid llena de luces queda a nuestros pies.

—Vaya…

—¿Qué te parece?

—¿La verdad?

—La pura verdad —le respondo sonriendo.

—Creo que hacía mucho tiempo que nadie me sorprendía así.

—¿Así de bien?

—Así de increíblemente bien.

Nos miramos de nuevo, y sin hablar, ambos entendemos que lo nuestro empieza a ser algo más que un tonteo.

Pero ¿queremos?

¿Quiere él?

¿Quiero yo?

Dejo a un lado todas estas preguntas y nos acercamos a una de las barandillas que hay para observar mejor la ciudad. Realmente, las vistas son asombrosas y tenemos el honor de poder disfrutarlas sin gente alrededor.

—Me encanta. Todo.

Ambos admiramos las luces que dan forma a Madrid. Es una noche tranquila, ni fresca ni calurosa. La temperatura es la ideal. Como también lo es la música que sale de los dedos de ese maravilloso pianista. Es Pedro, un hombre de unos cincuenta años que lleva mucho tiempo acariciando las teclas de ese instrumento con una pasión que transmite a cada nota.

—Y cuando digo todo, es todo.

Se coloca frente a mí y echo la cabeza un poco hacia atrás para ver su cara. Me mira con intensidad, pero no sé si está pensando lo mismo que yo: quiero besarlo.

Una de sus manos se coloca en mi cadera y siento un escalofrío por toda mi columna.

—¿Gabriela?

Miro su boca y él mira la mía. No hablamos porque no hace falta.

Nos acercamos al mismo tiempo hasta quedar a unos centímetros de nuestros rostros. Siento su calor, su aroma mentolado y casi creo oír sus palpitaciones, ¿o son las mías?

Bruno acorta la distancia y posa sus labios en lo míos, despacio, con cuidado, como si supiera que necesito unos tiempos mucho más largos de lo normal.

Me gusta el tacto de su piel, el ardor que desprende, la cercanía y su respiración algo agitada.

Se separa un poco y me mira con intensidad. No dice nada, pero lo entiendo a la perfección: me pregunta si quiero continuar…

Marcos aparece de repente en mi cabeza. Lo veo esperándome el día de nuestra boda mientras yo me acerco lentamente con una gran sonrisa.

Él querría que yo estuviera bien, y yo querría lo mismo para él si hubiese sido yo la que me hubiera ido.

Cierro los ojos unos segundos e inspiro hondo.

Bruno se acerca de nuevo y me besa del mismo modo. Es tan cuidadoso que me deshago por dentro. Me encanta…

Entreabro los labios y su lengua busca la mía con delicadeza. Sus manos cogen mi cintura con más seguridad y yo lo abrazo por el cuello. Nuestros cuerpos se acercan más y ambos jadeamos un poco en la boca del otro. Parece que las ganas han surgido de repente, como un volcán en erupción.

El beso se intensifica y seguimos saboreándonos hasta que nos quedamos sin aire. Nos separamos al mismo tiempo y nos reímos. ¿Parecemos dos adolescentes que apuran hasta el último segundo para besarse?

Nos hemos besado, con todas las letras, y me ha gustado mucho. Siento una felicidad extraña recorrer mi cuerpo desde la cabeza hasta los pies y sonrío. Dios, hace tanto tiempo que no siento algo parecido que creo que puedo engancharme a esto con facilidad. Nos quedamos mirándonos a los ojos de nuevo, hasta que los suyos se posan en mis labios…

—Señorita Martos, su mesa habitual está disponible —nos interrumpe entonces un camarero con voz aguda.

Imagino que se refiere a la mesa que suele ocupar mi padre, así que lo seguimos en silencio. Nos sentamos y, sin que hayamos pedido nada, en ese mismo instante llega otro camarero y nos sirve una copa de vino blanco.

—Cortesía del hotel —nos informa—. Si no nos hemos equivocado, es el que a usted le gusta, señorita.

Me estoy dando cuenta de que parezco una auténtica pija, y no era mi intención. Lo último que pretendía era que Bruno pensara que lo quiero impresionar; sé muy bien que él viene de una familia igual de adinerada que la mía. Yo solo quería que viera las vistas y escuchara a Pedro, que es un excelente músico.

—Gracias —le digo intentando ser amable, aunque me siento un poco agobiada.

—Cualquier cosa, aquí estamos.

Los dos camareros se retiran y Bruno coge la copa con elegancia para brindar conmigo.

—¿Por nosotros? —pregunta con su media sonrisa.

Me relajo al ver su gesto y brindo despacio con su copa. El pulso me tiembla al recordar las veces que he hecho ese mismo gesto con Marcos. Intento no pensar en él y le pregunto a Bruno sobre el último caso que está llevando en el bufete. Me hace un breve resumen y en cuanto termina me mira fijamente en silencio.

—Empiezo a conocerte —me dice en un tono más bajo.

—¿Qué quieres decir?

—Usas el tema trabajo como vía de escape.

Lo miro atónita porque es verdad, pero pensaba que lo disimulaba mucho mejor.

—¿Estás incómoda por algo? —me pregunta con tiento.

—No, no…

Joder, no quiero estar siempre con lo mismo, con la misma excusa. No quiero parecer una persona rota, a pesar de que lo soy.

—Gabriela, no es necesario que escondas cómo te sientes conmigo. No puedo ponerme en tus zapatos, pero sí darte espacio.

Abro los ojos, más asombrada todavía. Bruno parece entenderme sin necesidad de explicarle demasiado. ¿Es posible eso? Apenas nos conocemos, no es una de mis mejores amigas.

—Me gusta eso —le digo con sinceridad.

—Y a mí me gusta que te guste.

Nos reímos los dos al mismo tiempo y mi estado de ánimo cambia por completo. Empezamos a charlar y enlazamos un tema con otro, en ningún otro momento hacemos referencia al trabajo. Siento una chispa de felicidad que me tiene las mejillas encendidas y los ojos brillantes, lo noto. Lo sé. Me conozco a la perfección y sé que puedo decir que en este instante siento cómo la felicidad recorre mi cuerpo. Es una sensación distinta, de paz, de bienestar. Algo bonito, algo que echaba muchísimo de menos.

—¿Y nunca has pensado en irte de aquí?

Lo miro pensando en mi respuesta: no.

—No, y es un poco triste, ¿verdad?

—A ver, yo no diría triste… Son opciones. Madrid es una ciudad maravillosa…

—¿Tú tienes pensado irte?

—De momento, no. Me apetece pasar aquí un tiempo. Al principio, sí, pensé que me iría pronto, pero ahora no, estoy bien aquí. Tengo una vecina muy simpática, ¿sabes? A veces cenamos juntos, pero cada uno en su balcón.

Me río, porque visto así parece de chiste.

—Aquel día que te vi comiendo en el balcón me diste cierta envidia y pensé: ¿por qué no? Además, comer solo es muy aburrido.

—Yo creí que te sentarías allí con el traje y pensé que era un poco raro…

Bruno suelta una risilla.

—El traje es por obligación, soy bastante comodón.

—Sí, yo también.

—Lo sé, me he fijado.

—Yo también me he fijado en que eres detallista. Aquel día me serviste el café como a mí me gusta.

Me sonríe con los ojos.

—Sí, cuando algo me gusta…, ya sabes.

Nos miramos de nuevo con esa intensidad tan nuestra y nuestros dedos se entrelazan por encima de la mesa.

Observo nuestras manos así, me gusta lo que veo y lo que siento. Ese cosquilleo que recorre mi columna vertebral también me agrada.

Cuando terminamos el vino, un camarero aparece enseguida y le pedimos otra copa más. Mientras nos sirve, me suena el teléfono. Es mi madre, y dudo si contestar o no, pero no quiero que se preocupe.

—Gabriela, ¿dónde estás?

—Hola, mamá. Estoy bien, no te preocupes.

—Ya oigo que estás bien, te has ido de la fiesta —me recrimina.

—Sí, dile a papá que necesitaba respirar aire. Lo entenderá.

Se queda en silencio.

—¿Estás sola?

Su tono cambia a uno más suave, y me sorprende.

—No, estoy con Bruno.

—Ah, con Santana.

—Sí, mamá.

—Dile que…

—Mamááá…

—Que te cuide.

Me quedo muda por esas tres palabras.

—Hasta mañana, querida.

—Hasta mañana, mamá.

Cuando cuelgo, miro el teléfono como si estuviera estropeado. Aquella no parecía mi madre. Esperaba una gran bronca, un gran enfado y una retahíla de reproches que no han llegado.

—Era mi madre —le digo a Bruno, que me está mirando entre divertido e intrigado.

—Ajá.

—Pensaba que estaría muy enfadada, pero no.

—Mejor, ¿no?

—Sí, pero me ha descolocado.

—Sí, suelen tener ese don —contesta, riendo.

—Ah, y me ha dicho que te diga que me cuides.

Él enarca las cejas.

—Uy, pues creo que ahí tu madre se equivoca. Creo que sabes cuidarte muy bien sola. Mira que no sea al revés…, que tengas que cuidarme tú a mí.

Lo dice en un tono divertido y estallamos en carcajadas, provocando que algunas personas se vuelvan a mirarnos.

Risas.

Cosquilleos.

Dedos entrelazados.

¿Qué es lo que está por venir?

PAULA

Al final, he decidido salir sola. Seguro que me encuentro a alguien, y, si no, tampoco tengo problema en tomar algo sin compañía. Ya ves tú.

Estoy en El Edén, un local muy de moda donde suelo ir con mis amigas. Me he sentado en la barra y he pedido un vodka con naranjada. La música de este pub es muy variada y siempre hay personas que bailan, aunque son las menos. El resto está charlando de forma animada en las mesas o en la barra.

Veo de reojo que alguien se sienta a mi lado, pero no lo miro, porque lo último que me apetece es conocer a gente. Estoy muy bien sola, a mi rollo.

—Paula.

Me vuelvo asustada porque reconozco su voz al segundo. Es Manuel, y lo veo clarísimo: me ha seguido.

—¿Qué haces aquí?

—Lo mismo que tú.

—¿En el mismo lugar que yo?

—¿Casualidad? —pregunta con tiento, como si barajara la idea de que me pueda gustar que me siga.

—A mí no me hace ninguna gracia, Manuel.

—No quiero molestarte, solo quería proponerte algo. No puedo dejar de pensar en ti.

Lo miro alucinada. ¿Es que está mal de la cabeza?

—Ese es tu puto problema, no el mío.

—Cincuenta mil euros. Una noche.

Abro tanto los ojos que empiezan a escocerme.

—¿Perdonaaa? ¿Me estás ofreciendo dinero para acostarme contigo?

—Mucho dinero.

—Tú estás mal, tío, muy mal.

Bajo del taburete con la intención de irme, pero entonces pienso con rapidez: me va a seguir y no sé con qué intenciones, porque, visto lo visto, no es un tío demasiado normal. ¿Qué hago? Cojo el teléfono y llamo a Gemma, pero no me lo coge. Entonces llamo a Gabriela, aunque me sabe mal porque sé que están celebrando el cumpleaños de su padre.

—Gabriela.

—¿Qué pasa?

—Necesito que vengas a El Edén, ¿puedes?

—Ahora mismo voy.

Cuelga sin preguntar porque sabe que mi tono de agobio es real.

—Paula, no tienes por qué llamar a nadie —me dice Manuel, acercándose más a mí.

—Si das un paso más, llamaré a la policía. Es más, te voy a denunciar.

—¿Y de qué te va a servir?

Lo miro entre asustada y alucinada. ¿Es que le da igual todo a este gilipollas?

—Perdona, Raúl —le digo al camarero—, pero es que este señor me está molestando.

Raúl, que me conoce y sabe que no estoy de broma, mira a Manuel con mala cara. Imagino que ya se ha dado cuenta de que pasa algo.

—Le invito a marcharse, señor.

—No he hecho nada.

—Así seguro que no hará nada. Márchese, por favor.

Raúl no pierde las maneras, pero su tono grave no da lugar a réplica.

Manuel se va sin decir nada más y yo suelto todo el aire de mis pulmones.

Joder, joder, ¿en qué marrón me he metido esta vez?

GABRIELA

No sé qué le pasa a Paula, pero si me llama a estas horas, es por algo grave, así que no me lo pienso dos veces.

—Es Paula, tengo que ir a por ella.

Bruno me mira sorprendido.

—¿Adónde? —pregunta mientras deja un billete en la mesa.

—Está en El Edén. Algo ocurre.

Sé que Paula es impulsiva y bromista, pero conozco bien su tono de «tengo un problema».

—Vamos.

Bruno me coge de la mano y salimos de allí a paso rápido mientras él llama a alguien con voz grave.

—Sí, Carmelo, necesito que vengas lo antes posible... Sí, urgente... Hotel Ferrol, gracias.

Lo miro con gesto interrogante.

—Es uno de los chóferes de mi padre cuando está por Madrid. Corre como una bala cuando quiere.

Le sonrío agradecida.

—En nada lo tenemos en la puerta —me asegura mientras entramos en el ascensor.

—Espero que Paula esté bien —murmuro.

—¿Estaba sola?

—No lo sé, podría ser. No tiene problemas en salir sola de fiesta.

—Es que así debería ser.

—Exacto, pero hay hombres que no entienden dónde están los límites. Suponiendo que el problema sea ese...

—Probablemente, sea ese el problema.

—Ya...

La verdad es que no se me ocurre otra cosa más, algún tipo la debe de estar molestando. No me ha parecido que se encontrara mal o que estuviera bebida.

Cuando salimos a la calle, vemos llegar un coche negro deportivo y Bruno me lleva directa hacia él.

—Carmelo, vamos a Edén todo lo rápido que puedas.

—Los cinturones —nos ordena Carmelo, un señor con el rostro muy serio, justo cuando arranca. Lo hace tan deprisa que me voy hacia atrás, contra el respaldo.

Alucino de lo rápido que va mientras busco el anclaje del cinturón. Me da la impresión, durante un par de minutos, de que me he metido dentro del coche de una película de acción, de esas en las que los conductores se saltan semáforos y cogen las curvas como si estuviesen participando en una carrera de Fórmula Uno.

De repente reduce la marcha y se detiene con suavidad.

—Ya estamos.

—Mil gracias, Carmelo. ¿Te importa esperarnos?

—Ningún problema.

Bajamos del coche, yo aún un poco alucinada con ese viaje astral, y nos dirigimos hacia el local donde está Paula. Al entrar, vemos que hay bastante gente, pero enseguida localizo a mi amiga: está en la barra, hablando con el camarero.

—¡Paula!

—¡Gabriela!

Corre hacia mí para abrazarme y oigo cómo suspira en mi pelo.

—Es el *sugar daddy*. Me ha seguido hasta aquí y me ha ofrecido cincuenta mil euros por acostarme con él.

—¡¿Cincuenta mil?!

La gente esté mal, muy mal. Cada día que pasa me doy más cuenta de eso.

—¿Está por aquí? —le pregunta Bruno.

—Aquí no, pero me daba miedo irme sola. Este tío está chalado.

—Ya has hecho bien en llamarme —le digo sin soltar sus manos.

—Sí, vámonos —dice Bruno, dando un vistazo rápido al local.

Nos metemos en el coche y le indicamos a Carmelo la dirección de mi piso.

—Te quedas en casa a dormir, ¿no? Gemma…, está con una amiga.

—No quiero molestar —me dice Paula en un tono bajo.

—No molestas nunca, ya lo sabes —le digo muy en serio.

Me sabe mal mentirle sobre Gemma, pero creo que es ella quien tiene que decirle que está de concierto con Hugo.

Cuando llegamos al piso, nos despedimos de Carmelo y él nos devuelve el saludo un poco más amable que antes. No me lo imagino con mujer e hijos o tomando unas copas con amigos, pero supongo que este señor también tiene una vida y quizá hoy le hemos jodido el plan.

Entramos los tres en el piso de Gemma, y Paula se sienta en el sofá, derrotada. Bruno y yo nos sentamos en los sillones.

—No entiendo de qué va.

Durante el trayecto apenas ha hablado, pero ahora parece que tiene ganas de sacarlo todo.

—¿Es que de qué va? ¿Quién se cree que es?

La miro asintiendo. Estoy totalmente de acuerdo: ese tipo es un impresentable. Se debe de pensar que el dinero lo compra todo.

—Nunca me he había sentido tan humillada. Y la culpa es mía, lo sé, lo sé…

—No es culpa tuya —dictamina Bruno, muy serio.

Ella lo mira incrédula.

—Yo me he metido solita en este lío.

—Todos nos metemos en líos, pero lo de ese tío no tiene nombre —continúa diciendo Bruno.

—Es verdad, Paula, le dejaste claro que no querías nada con él, y el muy… asqueroso te ha seguido hasta El Edén para proponerte esa barbaridad.

—Ya, ya…

Paula se siente culpable y responsable, pero de verdad creo que el problema lo tiene ese *señoro*, que, como muchos otros como él, se cree que puede hacer lo que quiera solo porque tiene algo de dinero. ¿Y dónde queda la moral? ¿Y los principios? ¿Y el respeto? ¿Y la empatía? Imagino que el dinero difumina todos estos valores, es algo que vemos a diario.

—El único culpable es él, Paula —le confirmo.

—Estoy muy de acuerdo —dice Bruno con seguridad.

Ella nos mira con una sonrisa a medias. Sabe que lo que decimos es cierto, pero no puede dejar de sentirse mal. Es real que su impulsividad y atrevimiento la han llevado a hacer cosas de las que luego se ha arrepentido, pero la actitud de Manuel no es justificable, de ninguna manera.

—Si lo sé, pero es que podría haber pasado de él desde el primer día…

—O él podría haber entendido que le has dicho que no —salta Bruno, muy convincente.

—Exacto, aquí el que está haciendo las cosas mal es Manuel. Y creo que deberíamos hablar con él en plan serio —le digo, teniendo claro que hay que frenar a ese tipo.

—¿Deberíamos?

—Sí, como tus abogados —suelta Bruno, decidido.

Lo miro alucinada porque me sorprende que haya captado mi idea tan rápido. Bueno, y también porque se una a mí para hablar con Manuel.

—¿Mis abogados? —pregunta Paula.

—Yo puedo ser muy convincente —sisea Bruno en un tono amenazante.

—Y yo muy borde —gruño, un poco enfadada.

Es que ya está bien que este tipo de hombres se crean en todo su derecho de acosar a las mujeres. El mundo no debería funcionar así.

—Vas a quedar con él, y Bruno y yo le explicaremos algunas cositas.

—Cositas lindas —añade él, provocando nuestras risas.

Paula nos mira con cariño. Me gusta que Bruno se implique de ese modo con mi mejor amiga.

—Gracias, a los dos. Dadme unos días… No quiero meteros en este lío…

—Los días que necesites, y nada de gracias. Ahora voy a por una botella de vino que Gemma guarda para ocasiones especiales —comento mientras me levanto del sofá.

—¿Vendrá pronto?

—¿Gemma? Eh… No creo, seguro que se levanta a mediodía…

Sé que hoy, después del concierto, salían de fiesta por Barcelona y que apenas iban a dormir en el hotel porque cogían el AVE a media mañana. En teoría, llegarán hacia la una.

—Pues no la veré… Mañana me iré pronto para preparar unas actividades para mis niños.

Mejor, no me gustaría nada que Paula viera a Gemma llegar con su pequeña maleta de viaje, no sé si se creería que se ha quedado a dormir en casa de una amiga.

GEMMA

Acabo de tocar los labios de Hugo y me arden de las ganas de volver a hacerlo, pero no me atrevo…

—¿Puedo? —pregunta de repente Hugo mirándome fijamente.

¿Me está pidiendo permiso?

Me acerca a su cuerpo con delicadeza y siento que todo nuestro alrededor desaparece, incluso Coldplay.

Cuando llegamos a la habitación, nos sonreímos con timidez. Nos besamos al mismo tiempo sin decir nada y nuestras manos recorren cada centímetro de la piel del otro. El placer está atrapando todos mis pensamientos y solo quiero sentirlo dentro de mí. Le doy la espalda, apoyo mi cuerpo en el suyo y Hugo suelta un gemido que me envalentona más. Rozo mis nalgas contra su sexo y me coge de la cintura con fuerza.

—Joder, Gemma, para…

No parezco yo, porque jamás tomo la iniciativa en el sexo, pero me siento liberada y al mismo tiempo poderosa. Puedo ser muy sexy si quiero, y descubrirlo me da más poder.

Nos quitamos la ropa el uno al otro. Yo me retiro las braguitas un poco y acerco su polla a mi sexo resbaladizo. Los dos gemimos a la vez. La situación nos supera. Esto parece un polvo de esos de «aquí te pillo, aquí te mato», y justo es eso lo que me tiene loca de excitación. Pero sé que con Hugo no es solo sexo. Hay más.

Noto su punta húmeda y gimo de las ganas que tengo de sentirlo dentro de mí. Sigo de espaldas a él y cierro los ojos con una sonrisa en los labios.

—El preservativo —me dice casi sin voz.

—Sí, sí…

Digo eso, pero dirijo su sexo hacia el mío sin piedad y entra de una estocada que nos deja a los dos inmóviles durante unos segundos.

—Joder, Gemma…

—Madre mía, Hugo…

Me agacho un poco más y la profundidad de la penetración nos supera a los dos con un gemido bastante escandaloso por mi parte. Nos quedamos quietos. Yo noto el latido de su polla dentro de mí, y él cómo me tiemblan las piernas. No deberíamos seguir…, no sin condón.

—Voy a salir y a ponérmelo —me dice casi en un ruego.

Sonrío y asiento con la cabeza mientras me muerdo el labio con lascivia, con deseo.

Hugo no tarda nada, y cuando sus manos vuelven a mis caderas, cierro los ojos para recibirlo. Quiero sentirlo al máximo.

Me penetra despacio. Me encanta su delicadeza, a pesar de que está tan a mil como yo. Comienza a moverse cada vez más rápido y mi cuerpo se balancea a su ritmo. Al notar su aliento en mi cuello, me vuelvo para besarlo con ganas. Nos separamos un poco y ambos jadeamos.

De repente sale igual de despacio que ha entrado. ¿Y eso?

Me vuelvo hacia él despacio.

—Quiero irme contigo, viendo tus ojos.

Noto un nudo en la garganta. Tengo mil ganas de decirle que no puede ser más adorable.

Me coge entre sus brazos y, tras dejarme sobre la cama con

cuidado, me penetra de nuevo con sus ojos clavados en los míos. El placer se mezcla con otras sensaciones que me recorren el cuerpo con un vaivén extraño. Si alguien me dijera que me han drogado, me lo creería.

Hugo acelera el ritmo y echo la cabeza hacia atrás, pero recuerdo que quiere ver mis ojos, así que me obligo a mirarlo y me da la impresión de que entro dentro de él.

—Hugo…

—Gemma…

No decimos nada más, pero con eso lo decimos TODO. No entiendo cómo, nos vamos los dos al mismo tiempo, mirándonos, con los labios hinchados, las mejillas al rojo vivo y la frente perlada de sudor.

Madre mía…

PAULA

Me suena el despertador y lo apago de mala gana. No he dormido nada bien porque he tenido una pesadilla tras otra y en todas salía el imbécil ese. Todavía no puedo creer que me siguiera y que me ofreciera dinero por acostarme con él. ¿Es que tengo pinta de ir haciendo eso en la vida? Sé que soy extrovertida, que soy aventurera, impulsiva y que no tengo filtros en mi mente, pero jamás me vendería de ese modo, y menos sin necesidad alguna. Todavía no entiendo qué se le ha metido a ese hombre en la cabeza para hacer algo así. ¿Seguirá insistiendo? Tengo que buscar una solución ya; esto no puede seguir. Hablaré con Samuel, él siempre me da buenos consejos.

Me doy la vuelta en la cama y me tapo con la almohada. Escucho a Gabriela que sale del piso y cierro los ojos.

Venga, cinco minutos más.

Sonrío al oír unas risas. Este sueño me gusta mucho más...

Miro el reloj y me levanto como un resorte: ¡la una y media del mediodía! Joder, me he quedado dormida como un lirón. Vuelvo a escuchar esas risas y frunzo el ceño, porque entonces me doy cuenta de que no estaban en mi cabeza, no era un sueño.

Me acerco despacio a la puerta y pego la oreja. ¿Es Gabriela con Bruno? Porque está claro que hay una chica y un chico...

—Pero ¿qué dices?

—Lo que oyes, niña, Carlos se lo comentó a Andrea...

—No sé si creerte...

Joder, es Gemma…

—Pues si no me crees, tendré que besarte de nuevo.

Oigo un golpe en mi puerta y me echo hacia atrás. Se han apoyado ahí. Los dos. Ella y… ¿¿¿y mi hermano??? No puede ser, joder, no puede ser.

—Pues bésame, tonto.

No, no, ni hablar.

Golpeo la puerta con fuerza antes de abrirla y, cuando lo hago, los dos me miran muy sorprendidos.

—¿¿¿Qué coño es esto??? —les grito, comprobando que realmente son ellos.

Habría preferido que hubiera sido una simple alucinación, ir al psiquiatra y que me recetara algo para el estrés. Pero no, son ellos. A punto de morrearse.

—Paula… ¿Qué haces aquí? —pregunta Gemma, observando que llevo puesta una camiseta larga de Gabriela.

Yo también me fijo en su ropa: una camiseta de Coldplay que, evidentemente, no es de su talla. Esa puta pieza de ropa es de mi hermano y se la regalé yo hace un par de años.

—A mí me va a dar algo, ¿eh? ¿Habéis ido juntos a Barcelona?

Mi hermano abre la boca, pero no dice nada y Gemma titubea.

—Eh… eh…

—La puta que me parió, ¿En serio? ¿Y estáis liados? ¿Desde cuándo? ¿De qué va esto? ¿Es que no somos amigas, Gemma? —le grito muy fuerte al final, porque me duele todo este engaño.

—Paula, yo… no sabía cómo decírtelo —susurra ella.

—¿El qué? ¿Que eres una mentirosa?, ¿que te follas a mi hermano pequeño?

—Paula, no te pases con ella. Esto ha sido cosa de los dos y hasta ahora no había pasado nada.

Miro a mi hermano fijamente. Le daría un tortazo, pero sé que no servirá de nada.

—¿Os aplaudo? ¿Os felicito? Porque ninguno de los dos me ha dicho nada. ¿O me equivoco?

—No quería que te enfadaras… —vuelve a decir Gemma en un tono bajo que me pone muy nerviosa.

—Que te den, Gemma. Eres una mentirosa.

Entro en la habitación y cierro de un portazo. Estoy muy cabreada, y creo que tengo todo el derecho a estarlo. ¿De qué van? ¿Es que todo el mundo se piensa que soy imbécil?

GEMMA

¡No puedo creerlo, no puedo creerlo!

Paula se ha enterado de la peor manera posible de que Hugo y yo… He visto la decepción en sus ojos, aparte del enorme cabreo que lleva.

Me apoyo en la pared y miro hacia el techo resoplando. La conozco bien, se enfada pocas veces, pero cuando lo hace, le cuesta salir de ese estado. No es de esas personas que se enfadan por nada, al contrario.

—Paula, ¿puedo entrar? —pregunta Hugo pegado a la puerta.

—¡Ni se te ocurra! No quiero hablar nada más con vosotros dos.

—Vamos, Paula, soy tu hermano. Y Gemma, tu mejor amiga.

—¡Pues menos mal! Porque parecéis dos desconocidos. ¡Mentirosos!

Hugo me mira y yo niego con la cabeza. Ahora mismo no va a servir de nada hablar con ella. Y él también lo sabe.

—Creo que será mejor esperar a que se le pase un poco —me dice bajando la voz.

—¡Voy a irme, así que, por favor, salid de delante de la habitación si no queréis que acabe rompiendo el hueso de alguna nariz!

Hugo se aparta y yo doy un par de pasos hacia un lado. Paula abre la puerta a lo bestia y sale de casa casi corriendo. Siento una dura opresión en el pecho, la he cagado bien. Si pudiera, volvería atrás en el tiempo para hablar con ella.

¿Por qué lo hago todo tan difícil?

BRUNO

Al entrar en el portal del edificio, me encuentro con Paula, que está a punto de salir. Con solo verle la cara, imagino lo que acaba de pasar.

—Paula…

—Bruno.

Su tono serio confirma mis sospechas.

—¿Estás bien?

Me mira fijamente y entonces parece darse cuenta de algo.

—Lo sabías. Lo sabías, ¿verdad? ¡Lo sabíais todos!

—A ver…

—No quiero hablar contigo, Bruno.

Sale a la calle como alma que lleva el diablo. No creo que valga la pena ir tras ella. Es algo que no me incumbe, pero me sabe mal que esté así. Sin embargo, ¿qué puedo decirle? «Gabriela habría preferido que Gemma te explicara lo que estaba pasando, y Gemma… Gemma no quería hacerte daño…».

Opto por no meterme en medio de toda esta historia, porque la experiencia de los años me ha enseñado que, cuanta más gente se mete en algún asunto delicado, peor. Y yo no pinto nada aquí. Creo que es algo que deben solucionar entre Paula y Gemma. Ni Gabriela tiene protagonismo en este problema, aunque le repercutirá. Lo tengo claro, viendo la actitud de Paula.

Intento ponerme en su lugar y creo que yo también estaría mosqueado. Se supone que Gemma es una de sus mejores amigas. Pero al mismo tiempo entiendo que Gemma haya ido con pies de plomo por miedo a que Paula se lo tomara mal.

En fin, que coincido con Gabriela una vez más: lo mejor es decir la verdad. Aunque duela, aunque tomes un camino más difícil, aunque puedas perder algo, aunque pienses que no puedes con lo que te viene.

La verdad por delante.

GABRIELA

Hoy es el cumpleaños de mi padre, así que comeremos en casa los tres solos. Es algo que siempre hemos hecho: ese día lo celebramos en la intimidad.

Pienso en el año anterior, cuando Marcos estaba entre nosotros. A él le encantaba este día porque se sentía parte de la familia. La verdad es que mis padres lo recibieron siempre con los brazos abiertos.

Este año voy sola en el taxi, y no puedo dejar de pensar en lo rara que es la vida. Hoy estás vivo y el próximo año quizá no, pero no lo sabes; eso es lo peor. Quizá, si lo supiéramos, aprovecharíamos un poco más la vida; no sé. Tal vez esos enfados tontos que tengo con mi madre no tendrían tanta importancia o quizá me daría absolutamente igual que la gente hablara de mí y de lo que le pasó a Marcos. Quizá es lo que debería hacer: aprender que la vida pasa volando, que hoy estás y mañana ya no, que confluyen demasiadas casualidades para que yo esté ahora mismo en este taxi.

Sonrío y entonces pienso en Bruno.

Sí, tal vez debería dejarme llevar por lo que siento y dejar a un lado esas ideas preconcebidas y esos pensamientos que no me dejan avanzar. ¿Quién está poniendo esas piedras en el camino? Yo misma. ¿Quién puede solucionarlo? Pues yo, está claro.

Suspiro y pienso en mi psicóloga. A ratos me gustaría tenerla a mano para hablar con ella, porque tengo la sensación de que, cuando expongo mis miedos en voz alta, estos pierden un poco de peso. Es algo extraño, pero al mismo tiempo satisfactorio, ya que acabo sintiendo que todo tiene una importancia relativa. Recuerdo que en la última sesión le dije a Mireia que quizá mis problemas eran un poco tontos comparados con lo que pasa en el mundo: guerras, terrorismo, hambruna…

«Sí, Gabriela, eso son problemas graves que la humanidad lleva arrastrando mucho tiempo, pero tú no debes menospreciar lo que sientes o lo que vives —me dijo—. Si hiciéramos eso, al final nada sería importante para uno mismo, ¿me explico? Para ti, esto que sientes ahora es muy grave y no debes taparlo con otros temas, debes afrontarlo. Tal y como estás haciendo».

Es cierto, yo solía hacer eso, me decía a mí misma que no debía quejarme porque hay gente con vidas muy difíciles, pero Mireia tiene razón: hacer eso es una manera de esconder tu malestar, y al final este acaba saliendo por alguna fisura de nuestra mente, y es peor. Para mí, la muerte de Marcos es un duro golpe, y no quiero fingir que no lo es. Las sesiones con Mireia me están ayudando mucho en este sentido. Cuando salgo de su despacho, me da la sensación de que voy más ligera por la vida, más relajada. Es una sensación diferente, pero agradable. Imagino que es porque, cuando hablo con ella, no hay ningún tipo de filtro entre mis pensamientos y mis palabras. Le digo todo lo que siento sin pensármelo dos veces. Sé que ella no me juzga, sé que lo que le explico no sale de allí y también sé que tiene la suficiente empatía para entenderme.

—Hemos llegado, señorita —me indica el taxista en un tono suave.

—Ah, sí. Gracias.

Le pago el viaje y salgo respirando hondo. Espero que mi madre esté de buen humor, porque no tengo ganas de que me reproche que anoche huyera de la fiesta de mi padre.

—¡Cariño!

Me vuelvo al oír la voz de mi padre. Va vestido con ropa de deporte. ¿Y eso?

—Papá…

—No me mires así, lo sé. Tengo una pinta…

Nos reímos los dos al mismo tiempo.

—Estás… raro.

—Regalo de tu madre.

Le miro las mejillas rojas y el leve sudor de la frente.

—¿Te ha obligado?

—¿A qué?

—A hacer deporte, papá.

—¡Ah, no! Qué va. Le dije yo que quería empezar a salir a caminar y me regaló un par de conjuntos.

—Pero ayer te fuiste tarde a la cama.

—Empecé hace una semana y no quiero perder el ritmo.

Sonrío al oírlo. Me parece genial que quiera moverse un poco, está muchas horas en el despacho y muchas de ellas está sentado. De repente pienso que quizá ha ido al médico y le ha dado alguna mala noticia.

—Pero ¿estás bien?

—Cojonudo. ¿No me ves?

—Quiero decir si has ido al médico o algo…

Mi padre me mira con cariño.

—Gabriela, no te preocupes. Estoy bien, en serio.

Me quedo más tranquila, pero no puedo evitar pensar que la muerte está siempre al acecho; no sé si alguna vez podré dejar de tener este pensamiento.

Entramos en casa juntos y mi madre nos sonríe nada más vernos.

—Gabriela, ¿cómo estás?

Su pregunta me deja descolocada, porque lo normal es que suelte alguno de sus comentarios sobre mi ropa o mi pelo. Por lo visto, hoy nada discurre como siempre.

—Bien...

—Yo me voy a la ducha y en nada estoy con vosotras.

—Muy bien, cariño —le dice mi madre sonriendo.

¿Qué le pasa? De nuevo, la preocupación me atrapa sin remedio.

—Mamá...

—Vamos a la cocina.

La sigo mientras observo su característica forma de andar: es de esas mujeres que saben por dónde pisan.

—¿Quieres tomar algo?

Veo que ya está todo preparado, imagino que Rosa, la cocinera, ha estado hasta hace bien poco en los fogones. Mi madre suele pulular por allí, pero cocinar no es lo suyo.

—¿Vino?

Me pasa una copa de vino blanco fresco y le doy un pequeño sorbo.

—¿Le ocurre algo a papá?

Ella me mira sorprendida.

—¿Por qué?

—Porque nunca ha hecho nada de deporte.

—No, no le pasa nada. Hace unos días me dijo que quería salir a andar por las mañanas, cosa que me parece muy bien. ¿No crees?

—Sí, claro. Pero es que, además, tú...

—¿Yo qué?

—Estás un poco rara.

Nos miramos fijamente y entonces ella sonríe, algo que también me parece extraño.

—Ayer escuché a alguien hablar de ti —suelta con tranquilidad.

—¿De mí?

No sé si quiero saberlo. O sea, sí, pero no.

—Da igual quién era, el caso es que me hizo pensar.

La miro enarcando las cejas.

—Creo que a veces soy… ¿un poco dura contigo?

Trago saliva.

—Creo que no he llegado a ponerme en tu piel. Hasta ayer. No sé por qué, entendí lo mal que lo debes de haber pasado, lo mal que lo estás pasando con lo de Marcos. Y hoy… he pensado en tu padre, en qué habría hecho yo si hubiera vivido tu situación…

Veo cómo una lágrima se le escapa de los ojos y aprieto los dientes para no llorar.

—Si él se hubiera ido como Marcos…

Otra lágrima recorre su mejilla y yo miro hacia el techo blanco para no sucumbir a mis ganas de llorar. Siempre es mi primera reacción: intento no llorar delante de los demás.

—Perdona si he sido dura contigo, Gabriela.

Mi madre me abraza de repente y siento una oleada de calor por todo el cuerpo que finaliza en la cabeza.

—Mamá…

Tengo diez años de nuevo y ella me protege, me protege como nadie. Y lloro, sin miedo, sin vergüenza, sin tapujos. Lloro junto a mi madre, que, después de mucho tiempo, parece que está a mi lado otra vez.

—Lo siento, cariño.

—Ya está, mamá. Todo está bien.

Siempre será mi madre, haga lo que haga.

Poco a poco nos vamos calmando y cuando nos separamos nos sonreímos con sinceridad por haber compartido este momento tan íntimo. Ahora me siento en paz, saber que ella es capaz de ponerse en mi lugar hace que me quede más tranquila. Son sensaciones extrañas, pero me siento bien.

—¿Un poco más de vino? —me pregunta tras mirarse en el espejo.

—Claro que sí —le digo feliz.

Me sirve, brindamos y bebemos despacio, cada una pensando en sus cosas, hasta que mi padre nos interrumpe:

—Limpio y bien vestido —me dice con una risilla de broma.

—La verdad es que la ropa de deporte te queda muy bien.

—No sé yo…

A mi padre siempre lo he visto con pantalones de pinzas, camisas y trajes. Incluso en casa viste demasiado formal.

—Cariño, estás guapísimo —le dice mi madre acariciándole el brazo.

Los miro contenta porque llevan muchos años juntos y siguen queriéndose y respetándose, algo que con el paso del tiempo cuesta mantener en una relación.

¿Cómo nos habría ido a Marcos y a mí?

Nunca lo sabremos.

—Por cierto, Gabriela, ¿ayer te fuiste con Santana? —me pregunta mi padre con cierto retintín.

—Eh…, sí. Nos fuimos a dar un paseo.

—Ajá… —dice sin añadir nada más.

Mi madre me mira achicando los ojos y yo me echo a reír.

—¡Mamá!

—No he dicho nada —se justifica ella, riendo también.

Mi padre nos mira con una gran sonrisa. Sé que le gusta vernos así porque no es lo habitual entre nosotras. Yo siempre me he llevado mucho mejor con él. Seguidamente, nos abraza a las dos y nos estampa un beso ruidoso a cada una.

—¡Mis chicas guapas!

Los tres soltamos una gran carcajada y nos miramos con un brillo especial en los ojos. Somos familia, nos queremos y nos encanta vernos felices.

GEMMA

Al final, ha pasado lo que me temía: que Paula acabara enfadada. Es lo peor que podía ocurrir, porque no se suele enfadar casi nunca, pero cuando se cabrea, lo hace en serio.

—Se le pasará —me dice Hugo en un tono neutro.

Sabe tan bien como yo que no se le pasará.

—No te engañes. Conoces a tu hermana. ¿Cuándo se enfada? Nunca. Y ya has visto que estaba hecha una furia.

—Sí, vale, pero no puede estar así toda la vida.

—Sigue sin hablar a María, no sé si lo sabes.

Hugo abre los ojos sorprendido, porque aquella historia ocurrió hace años. María era una compañera de la universidad que intentó ligarse a la pareja de Paula una noche que coincidieron en una fiesta. María vive a dos calles de aquí y Paula sigue girándole la cara cuando se cruza con ella. No soporta la deslealtad.

—Bueno, pero esa chica no es su hermana.

—Ya, contigo se le pasará.

—Y contigo también, eres su mejor amiga.

—No, Hugo, no es lo mismo.

Hugo me mira fijamente porque sabe qué estoy a punto de decirle. Durante unos segundos me muerdo la lengua, pero lo suelto, ya que creo que es lo mejor para los dos.

—Deberíamos dejarlo aquí.

Él no dice nada.

—Yo no quiero perder a Paula —le digo, sintiendo una punzada en el pecho al pensar que no volveré a besar esos labios.

—Gemma…

—Lo siento, pero no tenemos otra opción.

—Podemos hablar con ella.

—No va a servir de nada, lo sabemos. Le diré que ha sido… un error.

—¿En serio? —lo dice tan dolido que estoy a punto de abrazarlo y asegurarle que lo último que pienso es que ha sido un error.

Le doy la espalda y me muerdo los labios.

—En serio. Deberías recoger tus cosas y dejar de venir por aquí.

—Pues de puta madre, Gemma. No voy a rogarte más.

Maldigo mi mala suerte justo cuando oigo un sonoro portazo. Me apoyo en la mesa y cierro los ojos con fuerza para no llorar.

Mierda.

Hugo me gusta demasiado, pero Paula es mi mejor amiga y no puedo perderla. Lo tengo clarísimo, aunque eso no significa que no me duela dejar algo que ni siquiera había empezado.

Me siento como un pequeño brote que acaba de nacer y al que alguien acaba de pisar con ganas.

GABRIELA

Acabo de hablar con Gemma por teléfono y se me ha encogido el corazón cuando me ha explicado lo que ha pasado con Paula. Y con Hugo. Le he explicado por qué Paula estaba en casa, y con eso solo he conseguido preocupar aún más a Gemma. Lo del *sugar daddy* da un poco de miedo y no sé si hablar con él va a servir de nada.

Me despido de mis padres con un poco de prisa, diciéndoles que tengo que ir a ver a Paula porque no se encuentra muy bien.

—Espero que no sea nada —me dice mi madre con un abrazo.

Yo también lo espero, pero me temo que Paula está muy enfadada.

Primero he pensado en llamarla, pero prefiero ir a su piso y hablar con ella cara a cara. Entiendo que esté molesta, sin embargo, ella también debe entender que no puedes elegir a la persona que te gusta.

Me encuentro con un vecino cuando llego al portal de su casa, así que entro sin tener que tocar el timbre. Cuando estoy delante de la puerta de Paula, respiro hondo antes de llamar. Espero que ya se le haya pasado un poco el enfado, ya que imagino que también está disgustada conmigo.

—¿Qué quieres? —me pregunta, abriendo la puerta con tanta furia que tengo que poner la mano para que no se cierre de nuevo cuando ella se aleja por el pasillo a paso rápido.

Entro y suspiro, por lo visto está más enfadada de lo que pensaba. Cuando llego al salón, me la encuentro sentada delante del ordenador.

—Paula, ¿podemos hablar?

Me mira furiosa.

—¿Ahora? ¿Ahora sí quieres hablar? Porque por lo visto vais todos por detrás. ¿Por qué tengo que hablar contigo ahora?

—Para intentar no romperlo todo —le digo con sinceridad. Somos amigas, muy amigas. Las tres.

Me mira achicando los ojos, pero no dice nada.

—Quizá es lo menos que se merece nuestra amistad, Paula.

—Es que ya dudo de que seamos amigas de verdad.

—Sabes que eso es mentira. Lo somos. Pero, a veces, metemos la pata.

Relaja el gesto y tomo aire para continuar hablando:

—Sí, Paula, todos nos equivocamos. Gemma. Tú. Yo. Y esto de tu hermano…

Arquea las cejas esperando a ver qué digo.

—Pues esto de tu hermano ha sido algo que nadie ha buscado, e imagino que para ninguno de ellos dos ha sido fácil.

—O sea que estás de su parte y te parece muy normal que no me hayan dicho nada.

—No, no es eso —le digo con rapidez.

—Lo parece.

—Da igual lo que yo opine, Paula, yo no soy una de las implicadas.

No quiero decirle que creo que Gemma debería haber hablado con ella, porque eso cae por su propio peso.

—Entonces ¿qué haces aquí?

—Saber cómo estás.

A Paula le cambia el gesto por completo. Acaba de entender el porqué de mi visita. Se echa hacia atrás y se apoya en el respaldo mientras saca todo el aire de sus pulmones.

—Me ha jodido mucho ver que Gemma no confía en mí, o no lo suficiente. Pensaba que era una de sus mejores amigas, las tres lo somos. ¿Entonces? ¿Por qué no me ha dicho nada?, ¿por qué me ha mentido así? ¿Es que soy un monstruo?, ¿así me veis?

—Joder, no. Claro que no, Paula.

Me acerco a ella y me siento a su lado. Le cojo la mano y nos miramos con cariño.

—Yo creo que a Gemma se le ha ido de las manos y que sin darse cuenta se ha pillado por tu hermano. La conexión entre ellos era evidente, quizá tú no la has visto…

—Claro que la he visto, pero pensaba que no era nada más que cariño…, o eso quería creer.

Nos sonreímos un momento y seguimos hablando sobre el tema:

—Te han mentido porque imagino que ha sido lo más fácil. Ya me entiendes.

—Y te han hecho mentir a ti —me dice un poco picada.

—Sí, es verdad. Pero haría lo mismo por ti, y lo sabes. Para mí, las dos sois mi familia, esa familia que escoges porque quieres.

—Entiendo todo lo que me dices, Gabriela, pero ahora mismo estoy muy enfadada con los dos.

—Y estás en tu derecho, no te lo voy a negar.

En ocasiones, escoger el camino más fácil no es lo más correcto. Las mentiras tienen las patas muy cortas, y a Gemma y a Hugo los han pillado rápido. Era de esperar.

Justo en ese momento llaman a la puerta y Paula me pide que vaya yo a abrir. Creo que tiene miedo de que sea Manuel.

—¿Sí?

—Soy yo, Gemma.

Abro sin pensar, como siempre, hasta que me doy cuenta de que debería haberle preguntado a Paula si quiere verla.

—¿Quién es? —me pregunta en un murmullo.

—Es Gemma. Ahora sube…

—Joder, no quiero hablar con ella ahora.

—¿Seguro?

—Sí, es que será peor. Me conozco. Dile que necesito unos días…

—Ya…

Suena el timbre y, cuando abro, Gemma me mira sorprendida. Supongo que no ha pensado que era yo la del telefonillo. Dejo la puerta medio cerrada.

—Ahora no quiere hablar.

—¿Por qué? Tengo que hablar con ella.

—Porque está muy enfadada y prefiere esperar unos días. Ya sabes.

—Pero tiene que saber que he terminado con su hermano, que no va a pasar nada más.

Parpadeo, asombrada por la decisión de Gemma. Oigo un ruidito detrás de mí, e imagino que Paula está escuchando la conversación.

—¿Es que no te gusta?

—Da igual si me gusta o no. Para mí, lo primero es Paula.

—¿Y si no puedes vivir sin él?

—Joder, Gabriela. Déjalo ya, sabes cómo soy y sabes que, cuando tomo una decisión, la tomo porque sé que voy a cumplirla. Así que me aguantaré, se me pasará y punto.

Gemma siempre tan racional… Ojalá todo fuese así de sencillo en la vida. Me lo propongo, me olvido, se me pasa y ya está, a otra cosa.

—Vale, vale. No voy a meterme en eso, pero Paula prefiere hablar contigo dentro de unos días…

Pone mala cara, porque imagino que no quiere estar así con ella. Tengo la esperanza de que Paula salga, pero de momento no ha dado un paso.

—Está bien, no quiero agobiarla más.

—Si me esperas unos minutos, me voy contigo. ¿Vas para casa?

—Sí, te espero en el portal.

—De acuerdo.

Cuando cierro la puerta, me vuelvo para saber dónde está Paula. No la veo.

—¿Paula? Ya se ha ido.

—Ya la he oído.

Sale de su habitación y me mira preocupada.

—Lo ha dejado con Hugo.

—Exacto.

—Pues es lo mejor, porque ya me dirás…

No opino como ella, pero no creo que sea el momento de discutir este punto. Lo primero es que ellas dos logren hablar con tranquilidad. No tengo que ser yo quien explique los sentimientos de Gemma.

—Me está esperando, así que me voy. ¿Estarás bien?

Me acerco a ella y le doy un abrazo. Sé que es muy explosiva, pero en el fondo es un osito de peluche.

—Si necesitas hablar, me llamas —le digo antes de despedirme con un beso sonoro en la mejilla.

—Vale.

—Sea la hora que sea —añado señalándola con el dedo.

Ella sonríe. Ya sabe que puede contar conmigo para lo que sea.

—Vale, sí, sí.

Cuando salgo de allí, me siento algo más ligera. Creo que con los días todo se pondrá en su lugar. Odio pensar que mis dos mejores amigas no vuelvan a hablarse, no podría soportarlo.

—¿Está muy muy cabreada? —me pregunta Gemma nada más verme.

—Ahora mismo, sí; ya sabes cómo es —le respondo mientras empezamos a andar.

—Joder, qué cagada… No me lo digas, que ya lo sé: debería haber hablado con ella antes.

—Bueno, todos nos equivocamos, Gemma. Yo la primera.

Pienso en Bruno y en si me estoy equivocando con él.

—No sé en qué estaba pensando…

—Pues en que te gusta mucho Hugo, ¿no?

Gemma me mira con cara de no haber roto nunca un plato y seguidamente suspira.

—Sí, pero eso no es excusa. Y ahora ya está, lo hemos… dejado.

—¿Los dos?

—Bueno, he sido yo quien ha tomado la decisión. Creo que no le ha sentado demasiado bien…

Me explica cómo ha sido esa charla con Hugo y pienso que es una pena que terminen algo que ni siquiera ha empezado, sobre todo porque me da la impresión de que pueden hacer buena pareja. No se lo digo porque no quiero fastidiarla más, creo que ya tiene suficiente.

—¿Y tú cómo estás ahora?

Resopla un par de veces y niega con la cabeza.

—Lo primero es Paula, lo tengo muy claro, pero me costará quitármelo de la cabeza…

Tampoco se lo digo, pero tengo la pequeña esperanza de que todo se arregle, de que a Paula se le pase el enfado, de que entienda a Gemma y a su hermano y de que ellos dos puedan empezar algo bonito. ¿Por qué no?

BRUNO

Esta tarde he ido con un par de amigos al cinc y ahora estamos cenando en un restaurante tailandés que nos gusta mucho a los tres. Está cerca de donde vivo, y por eso mismo no puedo evitar mirar a través de la ventana por si veo a Gabriela. Una soberana tontería, porque probablemente esté cenando con sus amigas vete a saber dónde.

Justo cuando pedimos los postres, me suena el teléfono y veo que es Txell. Me llamó ayer y no se lo cogí, no entiendo por qué sigue insistiendo tanto, pero acabo contestando porque mis amigos me miran esperando a que lo haga.

—Ahora vuelvo —les digo, levantándome de la silla para salir fuera—. ¿Txell? ¿Qué pasa?

—Me mudo.

Arrugo la frente porque no sé por dónde va a salir.

—Me voy a vivir a Madrid.

Cierro los ojos unos segundos, no me lo puedo creer.

—¿Por qué? —le pregunto enfadado.

—Me han ofrecido un puesto en una de las empresas de mi padre.

—Pero si nunca has trabajado…

Estoy alucinando con todo. ¿Es que no me va a dejar vivir en paz?

—Por eso mismo, ya es hora de que empiece a hacerlo.

Lo dice todo como si nada tuviera relación conmigo, pero sé que sí la tiene.

—Txell, vienes aquí por mí.

—No, cariño, no todo gira a tu alrededor. Aunque podemos seguir viéndonos, ¿verdad?

—No, por supuesto que no.

—No seas tan rencoroso…

—¿Rencoroso?

—Bueno, solo quería que lo supieras. En unos días, estoy por allí.

—Deja de llamarme. No quiero saber nada más.

—No digas cosas que no sientes, cariño.

Cuelgo sin contestarle. Me pone de los nervios. Pero ¿de qué va? Voy a terminar pensando que realmente está mal de la cabeza. Muy mal.

GEMMA

Cuando llegamos al piso, noto el aroma de Hugo y por un momento pienso que estoy demasiado obsesionada con él. Me va a costar olvidarlo, lo sé, pero no quiero perder a Paula. Es su hermano y siempre ha sido más bien protectora con él, así que entiendo que enterarse de este modo de que nos hemos liado le haya puesto furiosa. Me fastidia tener que romper con Hugo, pero no me queda otra, dudo que en algún momento a Paula le parezca buena idea que estemos juntos.

Pienso en él y en ese portazo de despedida. Aunque no es justo que terminemos así, él también debe entender que lo nuestro no tiene sentido. ¿No lo tiene? No si Paula va a seguir enfadada con nosotros, yo no podría vivir así, y tampoco me apetece empezar una relación arrastrando ese problema. Para mí, Paula es más importante, aunque debo confesar que noto un pinchazo en el centro de mi corazón cuando pienso que no veré más a Hugo, que ya no vendrá al piso a estudiar, que no hablaremos, que no reiremos juntos, que no... que no nos besaremos.

Me dejo caer sobre la cama y cierro los ojos. Joder... No nos besaremos más. ¿En serio? Ya es mala suerte que me haya tenido que fijar en él. ¿Por qué siempre tengo tan mala suerte? Primero Wilson y ahora Hugo. ¿Tengo un imán para lo malo? No sé, creo que soy buena persona, un poco maniática, lo sé, pero intento ser buena gente. ¿Entonces? ¿Por qué no me enamoro del vecino y ya está? No, no me refiero a Bruno precisamente, no es mi tipo, y jamás me fijaría en el ligue de una amiga. A ver, Bruno no es un ligue, lo sé, pero ya me entendéis. Me refiero a que ¿por qué no puedo pillarme por cualquier hombre que no sea mi jefe casado o el hermano pequeño de mi mejor amiga que está para mojar pan?

Es tan guapo…

Y tan divertido…

Y esa sonrisa…

Y sus besos…

Cojo la almohada y la aplasto contra mi cara para ahogar un grito. No quiero que Gabriela piense que me estoy volviendo loca.

Madre mía, lo que me va a costar no pensar en Hugo…

GABRIELA

En cuanto me levanto, recibo un correo de Bruno sobre un caso antiguo que llevé yo en exclusiva. Sus correos siguen siendo formales y me gusta que separe una cosa de la otra, creo que es necesario.

Pienso en la risita de mi madre cuando me ha preguntado por él, y sonrío. ¿Mi madre no piensa que es demasiado pronto? Eso me alegra mucho, aunque es algo que tengo que trabajar con Mireia: no debería importarme tanto lo que piensen los demás. No están en mi vida, no saben lo que pienso o lo que siento, no tienen ni idea de lo mal que lo he pasado, no son nadie para juzgar mi vida…

¿Por qué permito que esas opiniones me influyan tanto? No lo sé, pero quiero que deje de ser así. Está claro.

Hoy es domingo y no tengo ningún plan, la verdad es que no me apetece hacer nada en especial. Gemma duerme como un tronco y Paula ha preferido quedarse en casa preparando material para sus alumnos.

Opto por servirme una copa de vino y salir al balcón para ver cómo se pone el sol. Las vistas son increíbles. Dentro de lo malo, he tenido la suerte de poder estar en este piso con una de mis mejores amigas. Me siento entre dos cojines y tomo un sorbo despacio. ¿Puede haber un plan mejor?

—Vecina, ¿qué tal?

Me vuelvo espantada hacia Bruno.

—Qué susto.

—Perdona, pensaba que me habías visto salir.

—No, estaba concentrada en el vino.

—Ya te he visto.

—¿Quieres una copa?

Me enseña el botellín de cerveza que lleva en una mano y me sonríe.

—Gracias, pero he tenido la misma idea que tú.

—Es que aquí se está genial. ¿Un cojín?

Asiente sonriendo y le paso uno de los cojines para que esté más cómodo. Lo miro de refilón. Está guapísimo. Lleva el pelo algo despeinado, como si acabara de salir de la cama.

—¿Dormías?

—Pues sí, acabo de levantarme de la siesta. Ayer salí con unos amigos y nos fuimos a dormir tarde.

¿Ligaría?

Dejo esa pregunta absurda a un lado porque no tiene ningún sentido que me pregunte eso; no estamos juntos ni nada parecido.

—¿Qué tal Gemma y Paula? —pregunto.

Por lo visto, Bruno se cruzó con Paula y ella le echó en cara que le hubiéramos mentido, pero por suerte él no le dio demasiada importancia. Entiende ambas posturas.

—Pues igual, pero pasará. Como todo —dice Bruno.

Pienso en Marcos, en su muerte, en cómo murió...

—Sí, supongo que sí.

Nos quedamos mirando fijamente hasta que retiro la mirada. Me cuesta pensar en Marcos y mirar así a Bruno, me da la impresión de que lo traiciono. Pero ¿se puede traicionar a alguien que ya no está entre nosotros?

No sé.

Suelto ruidosamente el aire retenido en mis pulmones.

—¿Te hago pensar en Marcos? —dice de repente Bruno.

Lo miro sorprendida, porque no me esperaba una pregunta así.

—Eh…

—No contestes si no quieres. Solo es que a veces lo pienso. Tal vez no es bueno para ti que esté cerca.

Siento que a cada palabra que dice me cuelo más por él. Su inteligencia emocional me fascina.

—No eres tú, Bruno. Es todo. O sea, que en cualquier momento me viene a la cabeza, no es por ti en concreto. ¿Me explico?

—Sí, te entiendo.

—Ahora, cuando has dicho que a Gemma y a Paula se les pasará, como todo, he pensado en su muerte y en si algún día dejará de dolerme tanto…

—Bueno, quizá he generalizado demasiado. Creo que eso no puede olvidarse.

Clavo mis ojos en los de Bruno y asiento. Tampoco quiero olvidarlo.

—Dicen que con el tiempo el dolor se diluye y acabas aceptándolo —le digo en un tono más bajo.

—Sí, imagino que el tiempo consigue que asumas la muerte de alguien querido.

—Mi psicóloga me está ayudando mucho.

—¿Y cómo funciona? ¿Ella te pregunta cosas?

Suelto una risilla.

—Depende del día. Al principio, le expliqué todo lo que había sucedido, la muerte de Marcos, mis pocas ganas de hacer nada, los pensamientos intrusivos que no me dejaban dormir…

Hago una pausa para coger aire. Me da la impresión de que

desde ese día han pasado siglos, y no es así. Imagino que eso es bueno. He dejado mucho lastre atrás. En estos momentos me siento con ganas de hacer cosas, e incluso de ir a trabajar.

—Ahora hay días que voy soltándoselo todo y ella apenas habla, aunque cuando lo hace da en el clavo. Y otros días me va haciendo preguntas sobre lo que le voy contando. Pero, en realidad, la terapia la hago constantemente...

—¿Constantemente?

—Sí, cuando lo necesito, pienso en las palabras de Mireia, y la verdad es que es como si tuviera un Pepito Grillo a mis espaldas.

—Vaya, me resulta muy interesante.

—Creo que el trabajo de los psicólogos es de los más importantes hoy, porque te ayudan de verdad cuando crees que no puedes salir del pozo en el que estás. Yo me sentía hundida, en la mierda, literal. Y, con Mireia, he empezado a levantar cabeza y a ponerme las pilas.

—Imagino que es un proceso largo.

—Lo es, pero no me importa, porque cada día me siento mejor.

—Me alegra oír eso.

Nos miramos de nuevo sin parpadear hasta que los dos nos echamos a reír.

—Espero ayudar un poco en esa mejoría —dice con descaro.

—Míralo, ¿quieres que te pague las sesiones de balcón?

—¿Sesiones de balcón? Me gusta cómo suena.

Volvemos a reírnos sin mucho sentido, pero es que entre los dos fluye una energía positiva que nos provoca ese tipo de risas.

Tengo claro que conocer a Bruno ha mejorado mi estado de ánimo, aunque también ha hecho que me surjan un tipo de dudas que no dejan de rondarme por la cabeza y que acaban agobiándome un poco.

Pero vale la pena.

Seguimos allí en el balcón charlando hasta que vemos que el cielo se ha oscurecido del todo.

—Creo que es hora de cenar —le digo mirando el reloj.

—¿Cenamos juntos? Así sigues contándome más anécdotas divertidas de la universidad.

—Tengo muchas más.

—Por eso mismo.

—¿Cenamos aquí?

—Mmm…, ¿y si bajamos al bar de la esquina?

—¿Al de Guille?

—Sí, me encantan sus tapas.

—Sí, están muy bien.

—¿Te apetece?

—Sí, pero primero déjame ver cómo está Gemma… Te mando un mensaje ahora mismo.

—Perfecto. Me voy peinando…

Soltamos otra risilla y entramos cada uno en su piso.

Voy a la habitación de Gemma y veo que sigue en la cama durmiendo. Imagino que lleva sueño retrasado del fin de semana, esta noche no ha dormido demasiado bien y la anterior estuvo de concierto. Le envío un mensaje de WhatsApp.

Gabriela

> Bajo al Guille a cenar unas tapas con Bruno. Si te despiertas y te apetece, te esperamos allí 😃

Entonces escribo a Bruno:

Gabriela

Gemma sigue durmiendo,
en diez minutos estoy lista.

Bruno

¿Solo diez? No me va a dar
tiempo de quitarme los rulos.

Gabriela

Jajaja, vente con ellos.
No me importa.

Bruno

No dirías eso
si me vieras con ellos.

Gabriela

Al final me voy a creer
que es verdad.

Bruno

Jajajaja, ¿te imaginas?

Gabriela

Sí y jajajaja.

Bruno

Nueve minutos y estoy fuera.

Gabriela

😃

BRUNO

Cuando la veo salir de su piso con unos vaqueros y una camiseta rosa chicle, me quedo un poco atontado. Es que da igual cómo se vista, siempre está guapa.

Me sonríe y le devuelvo el gesto. No quiero parecer un adolescente embobado, aunque me siento así. Tenía claro que después de Txell iba a darle un respiro a mi corazón, pero por lo visto esto no se escoge. Gabriela me gusta mucho y no estoy dispuesto a negarme a conocerla solo porque con mi ex las cosas acabaron tan mal. Cuando conocí a Txell, jamás pensé que pasaría dos años y pico a su lado tan malos..., pero no quiero ser de esa clase de personas que cree que todo está podrido. Quiero creer que con Gabriela podría ser feliz.

Sonrío al pensarlo y Gabriela me mira de repente.

—¿Contento?

—Sí, me apetece cenar contigo sin un balcón de por medio.

Se ríe y la observo con detenimiento: las arruguitas de los ojos, sus labios estirándose, esos dientes perfectos...

Dios, sí que me gusta, sí.

Y quiero besarla ahora mismo, pero me aguanto las ganas.

—A mí también, aunque lo del balcón tiene su rollito —me dice coqueteando conmigo.

—No te digo que no —le respondo en un tono grave.

Ella me mira con deseo y yo hago lo mismo, pero seguimos andando hacia el bar. Creo que ambos pensamos lo mismo: ya llegaremos al postre... O eso quiero creer.

GABRIELA

Llevamos dos horas en el bar y hemos hablado de todo y de nada, excepto de trabajo, algo que me encanta porque eso quiere decir que tenemos mucho en común. A él le gusta preguntar y hablar, y a mí, responder y escuchar. No nos pisamos al hablar y nos tratamos siempre con mucho respeto. No es de esas personas que cree saberlo todo o que cree tener razón siempre, al contrario. Se puede charlar con él sin problema.

Durante este rato no he pensado en Marcos, pero ahora que salimos del bar y nos vamos hacia casa sí pienso en él. ¿Qué opinaría de Bruno? Estoy segura de que le gustaría, de que se caerían bien y de que acabarían charlando por los codos con un botellín de cerveza en la mano. Pienso en esa imagen durante unos segundos y trago un nudo que tengo en la garganta.

—Bueno, soy tan galante que te he acompañado hasta tu puerta.

Suelto una risotada que acaba haciendo desaparecer del todo ese nudo en dos segundos.

—Demasiado galante —le replico, aún riendo.

Bruno me mira algo más serio y dejo de reír poco a poco.

—¿Qué? —le pregunto, intentando averiguar qué está pasando por esa cabeza.

—¿Eh? Nada. Es que cuando ríes...

Sus dedos acarician mi mejilla con suavidad y cierro los ojos. Me encanta. Noto que se acerca a mi rostro y lo miro un segundo antes de sentir sus labios en los míos. Me recorre una ola de calor y entonces nuestros cuerpos se juntan al mismo tiempo, como si alguien les hubiera dado la orden a la vez. Me sube una corriente agradable hasta la nuca que me hace sentir demasiado bien. Entreabro los labios y él empieza a explorar mi boca tan despacio que creo que me voy a desmayar de gusto. Dios, no recordaba esta sensación...

Nos separamos lentamente y nos miramos durante unos segundos. Creo que los dos estamos pensando lo mismo y lo corroboro cuando me coge la mano y nos encaminamos hacia la puerta de su piso. Entramos, y nada más cerrar, me apoya en la pared y me atrapa con su cuerpo.

—No sé por dónde empezar —gruñe en un tono grave que me pone el vello de punta.

—Por donde quieras —le replico coqueta.

—No me digas eso, que me vuelvo loco.

Suelto una risilla, entre divertida y excitada, hasta que una de sus manos me rodea el cuello para besarme de nuevo. Ya no son besos lentos ni delicados, ahora mismo creo que queremos devorarnos. Parece que vamos a la carrera, porque empezamos a besarnos y mordisquearnos con cierto desespero. Imagino que son las ganas acumuladas.

Le quito la camiseta porque tengo ganas de tocar su piel y, cuando lo consigo, gruño en mi interior. Me gusta ese tacto áspero, masculino. Bruno me besa con más pasión y yo sigo ese juego de lenguas que me tiene realmente húmeda, siento un deseo muy latente en todo mi cuerpo. Me siento viva y eso me hace suspirar en su boca, lo que provoca que se aparte de mí para mirarme.

—¿Bien?

—Demasiado bien —le respondo con una rapidez que le hace reír.

—Eso me gusta —dice, acercándose de nuevo para quitarme la parte de arriba.

Me quedo en sujetador, uno que me he puesto de encaje de color blanco, muy bonito. Él me mira como si fuese una obra de arte y me siento un poco intimidada.

—No me mires así —le pido ronroneando.

—Es que me tienes...

BRUNO

Y es que es así, me tiene loco, e incluso diría que un poco mareado. Como si la visión de su cuerpo fuese alguna especie de droga que te deja embobado.

Está preciosa, ¿qué puedo decir?

Adoro sus mejillas sonrojadas, su rostro relajado, su media sonrisa y su mirada de deseo.

La estiro de la mano hacia mi habitación y nos volvemos a besar con pasión. Creo que no me cansaré nunca de besarla, es tan receptiva y al mismo tiempo tan tierna que sus besos me parecen perfectos. Como si estuviéramos hechos el uno para el otro.

Cuando acerco más mi cuerpo al suyo, Gabriela se frota un poco contra mí provocando que mi erección vaya creciendo por momentos. Joder… Nos apretamos más, como si quisiéramos entrar uno dentro del otro. Realmente, es lo que deseo, pero no quiero correr… No; con ella, no. Me apetece mucho disfrutar de cada paso, así que bajo mis labios hasta su cuello y descubro que es uno de sus puntos débiles. Gabriela para de moverse y se deja besar mientras suelta unos leves gemidos que me vuelven loco. Voy a tener que pensar en cosas frías, muy frías, si no quiero quedar como un novato. Sonrío al pensarlo, porque es una estrategia que no utilizaba desde hacía miles de años.

—¿Por qué sonríes? —me pregunta en un tono ronco.

—¿Cómo sabes que sonrío? —le digo sin dejar de saborear la piel suave de su cuello.

—Porque lo noto…

—¿Y esto, lo notas?

Bajo una de mis manos a su pecho y lo acaricio por encima del sujetador blanco.

—Un poquito —me responde juguetona.

—¿Y ahora?

Introduzco mi mano por debajo y le rodeo el pecho con la mano completa. Siento cómo palpita mi sexo y las ganas que tengo de hacer desaparecer toda su ropa en un chasquido. Pero me recuerdo que quiero ir despacio. No hay prisa alguna.

Mi dedo pulgar acaricia con suavidad su pezón y Gabriela suelta un leve gemido que me indica que le gusta mi caricia. Sigo torturándola un poco hasta que la recuesto en la cama y me quedo mirándola fijamente. Verla tan relajada me da una paz indescriptible, una sensación extraña recorre mi cuerpo hasta llegar a mi cabeza con un mensaje: «Es increíble». Esta mujer es increíble.

—Eres...

—¿Mmm...?

—Única.

—Vas a hacer que me sonroje.

Nos sonreímos los dos como si fuese la primera vez que nos vemos, y nos acercamos despacio, sintiendo el aliento cálido del otro y el bombeo de nuestros corazones.

¿Me estoy enamorando?

No quiero analizar nada ahora. Solo quiero estar con ella, dejar que todo fluya y disfrutar al máximo de la suavidad de su piel.

GABRIELA

Me traspasa con su mirada y tengo ganas de esconderme en su cuello, pero mis ojos siguen fijos en los suyos mientras se acerca con lentitud. Los dos tenemos ganas de quitarnos la ropa a mordiscos, pero también de hacer las cosas sin prisas para saborearlas mejor. Es una mezcla extraña que me tiene el corazón en vilo. Solo puedo pensar que me gusta todo de él: cuando me besa como si se fuese a terminar el mundo y cuando me besa con esa delicadeza que me derrite. Siento que el corazón me va a explosionar, y es una sensación que adoro. Estoy viva. Bruno me hace sentir viva.

Nos quitamos la ropa mutuamente mientras nos seguimos besando y nos tumbamos en la cama en ropa interior. De reojo, admiro su cuerpo duro y suspiro.

—¿Todo bien?

—Estás… muy duro.

Bruno suelta una risotada.

—A ver, me excitas…

Entonces soy yo la que me río con ganas.

—Me refiero a tu cuerpo en general, a tu pecho, a tu espalda…

Sigue riendo.

—Vale, vale. Lo pillo. Es el gimnasio.

—Yo estoy más blandita.

Bruno pasa su mano por mi barriga y me acaricia con ternura.

—Y me gusta, mucho.

De repente me besa en el centro de mi cuerpo y suelto un gemido de placer.

—Mucho mucho…

Sus besos van subiendo mientras va comentando…

—Y esto también. Y esto… Y tus pechos… Tu cuello…

Yo ya no puedo hablar; de mis labios solo sale un suspiro tras otro. Me gusta demasiado.

Sus dedos desabrochan mi sujetador con maestría y, seguidamente, me quita las braguitas con mucha delicadeza. Todo lo hace con sumo cuidado, algo que valoro de verdad porque no me gustan los tipos que lo hacen todo a lo bestia. Da la impresión de que Bruno conoce mis gustos a la perfección, algo que me parece casi mágico. No abundan los hombres que entiendan que nuestro cuerpo es delicado, que nuestro punto de placer es muy sensible y que nos gusta que nos toquen sin presión ni dolor. Así que, sí, estoy en la mismísima gloria con él ahora mismo.

BRUNO

Estamos completamente desnudos. Me gustaría alargar el momento hasta el infinito, pero las ganas me pueden, así que me pongo uno de los preservativos que tengo en la mesita de noche. Gabriela me observa, y eso me pone a cien. Me gusta que no sea de esas que huye de este tipo de situaciones. A mí me gusta que observe mi miembro; sobre todo, con deseo.

Me acerco a ella de nuevo y me coloco entre sus piernas. Le aparto el pelo de la cara y resigo su rostro con un dedo. No quiero fastidiarle el momento, pero necesito saber que está bien, aunque no sé cómo preguntárselo. Sé que soy el primer hombre con el que está así después de su marido. No me lo ha dicho tal cual, pero lo sé.

—¿Te sientes bien?

—De maravilla.

Nos miramos unos segundos en silencio. Creo leer en sus ojos: «Bruno, no te preocupes. Esto es lo que quiero». Y yo intento decirle con los míos que quiero que disfrute, que toque el cielo con los dedos, que pierda el mundo de vista.

Busco su sexo para tocarlo con suavidad y al notar su humedad me sale un jadeo. Joder, está muy muy húmeda, muy preparada para mí, y eso me excita mucho.

Me coloco en su entrada y nos miramos de nuevo con la respiración acelerada. Al sentir todo su calor, mi polla palpita. Creo que va a explosionar de un momento a otro.

—Bruno…

Sé que me lo está pidiendo y no puedo resistirme más. Entro con cuidado, no quiero ser invasivo ni dañarla, así que intento ir lo más despacio posible y fijarme en su lenguaje no verbal. Gabriela echa la cabeza hacia atrás y gime de placer.

Bien, bien.

Sigo entrando un poco más, siendo muy consciente de cómo su cuerpo me va atrapando. Estoy dentro, noto su humedad, su ardor, y creo que también siento el latido de su corazón por todo su cuerpo.

—Te necesito —me ruega entrecerrando los ojos.

—Y yo a ti…

Empiezo a moverme dentro de ella, primero a un ritmo lento, pero cuando empezamos a besarnos, a mordisquearnos y a acariciarnos, el ritmo se acelera. Cojo sus nalgas para subirlas un poco más y ella arquea la espalda para ofrecerme una mejor entrada. La embisto con ganas, al final casi con furia, y cuando escucho sus últimos gemidos y noto unos pequeños temblores de su cuerpo, sé que ha llegado al orgasmo y entonces libero toda mi tensión para alcanzar el clímax.

—Joder, joder, sí… Dios, Gabriela…, sí…

Ella no dice nada, solo gime sofocada y yo me detengo de golpe, sintiendo cómo se remueve todo mi cuerpo por dentro. Cierro los ojos. Joder… ¿Esto va a ser así siempre con ella? Porque puede que algún día me dé un ataque serio al corazón. Ha sido brutal… No puedo decir otra cosa.

Ambos nos damos un minuto para recuperar el pulso y entonces nos miramos con curiosidad.

—¿Bien? —le pregunto.

A mí me parece que sí, pero es verdad que apenas nos conocemos…

—Mejor que bien. De puta madre.

Me rio al oírla hablar así y ella también se ríe, provocando que mi miembro salga de su interior. Cojo bien el preservativo y me lo saco con cuidado.

—¿Y tú?

La miro por encima de mis pestañas.

—De putísima madre.

Nos reímos de nuevo y voy al baño para tirar el condón y limpiarme un poco.

—¿Puedo pasar? —me pregunta desde la puerta.

Dios, tiene un cuerpo precioso. No sé si es o no perfecto, pero a mí me lo parece, y ya vuelvo a mirarla embobado como un niñato.

—No sé si me buscas imperfecciones o hay algo de mí que te tiene hipnotizado…

Suelto una risilla.

—Es más bien lo segundo. Es que me encantas.

Gabriela se sonroja un poco y me acerco a ella de una sola zanjada para plantarle un beso sonoro en los labios.

—Me encantas —le repito en un tono cantarín.

Le hago un gesto para que ahora ella entre en el baño y me quedo mirando su culo con descaro. Ella me mira por encima del hombro y se echa a reír.

—Lo sé, lo sé, parece que tenga quince años.

—Lo has dicho tú —me dice cerrando la puerta.

Sonrío, satisfecho. Feliz. Excitado. Ilusionado. Y un montón de sentimientos más que corren por mis venas. Sé que, cuando conoces a alguien más a fondo y te gusta, las sensaciones las tienes a flor de piel, pero con ella las vivo con más intensidad, como si se multiplicara todo por mil. Es extraño, es agradable, pero al mismo tiempo estoy un poco acojonado. ¿Y si todo esto no es recíproco?

Sé que Gabriela está pasando un duelo muy duro, no puedo ponerme en su piel ni entenderla al cien por cien, pero sé que es una experiencia lo suficientemente traumática como para querer estar sola durante mucho tiempo. Y yo ahora mismo no me imagino alejándome de ella. Lo haría, por supuesto, si me lo pidiera. Pero en este momento es algo que hace que se me encoja el corazón solo de pensarlo.

Mejor no pensar en todo eso. Acabo de tener el mejor sexo de los últimos tiempos con una mujer inteligente, divertida, segura de sí misma… ¿De qué me puedo quejar?

—¿Estás rezando?

Abro los ojos sobresaltado y veo que me está observando a mi lado con su bonita sonrisa. Estoy tumbado en la cama con los brazos cruzados detrás de la cabeza.

—Más bien pensando…

Me mira fijamente y sé que está a punto de preguntarme qué pasa por mi mente, pero se lo piensa mejor y se acomoda a mi lado en silencio. La abrazo y nos acariciamos sin decir nada. Noto su respiración y los latidos de su corazón. Podría acostumbrarme a ese sonido sin problema.

Es más, creo que quiero vivir con ese sonido.

GEMMA

Hugo

Hoy pasaré a recoger todos mis apuntes por la tarde.

Gemma

De acuerdo.

Releo los dos mensajes mil veces, lo que me provoca un dolor agudo en el centro del estómago. Todo esto me lo he buscado yo y también he sido yo la que ha cortado, pero no por eso deja de dolerme. Y mucho.

Ha pasado casi una semana y no he sabido nada de Hugo hasta hoy, y su mensaje me escuece tanto... No esperaba nada, aunque tenía una esperanza mínima de que quisiera hablar conmigo, pero ¿para qué? Paula sigue enfadada y yo no puedo estar con Hugo. ¿Qué más da?

Le he escrito un par de mensajes a Paula, pero las dos veces me ha contestado lo mismo: «Sigo muy enfadada, Gemma, y muy decepcionada». Y no he sabido qué más decirle, porque tiene toda la razón del mundo. Me he ido pillando por su hermano y no he tenido los santos ovarios de comentárselo. Yo también estaría muy molesta. Encima me fui con él a Barcelona, de concierto, y cuando ella me llamó, le mentí con todo el descaro del mundo en su cara. No entiendo cómo, sabiendo cómo es Paula, no pensé que esto podía ocurrir fácilmente: cuando se enfada, le puede durar siglos.

—Joder, joder…

Gabriela está muy pendiente de mí, pero yo las necesito a las dos. Necesito a Paula en mi vida y odio estar así con ella. Por eso mismo prescindir de Hugo era la única opción, a pesar de que reconozco que me pica mucho mucho.

Pero no se puede tener todo en esta vida.

Cuando suena el timbre, dejo el móvil a un lado; sé que es él.

Abro la puerta y nuestros ojos se encuentran de golpe. Nos buscamos con la mirada, una mirada fría y bastante distinta a lo que estamos acostumbrados. Es una máscara, es evidente, pero no nos queda otra.

—Pasa.

—Gracias. No tardaré nada.

Entra y va directo al despacho. Cierro la puerta con ganas de soltar un grito de rabia, pero me muerdo el labio inferior y sigo impasible ante su presencia. Me voy a la cocina para prepararme un té. Necesito hacer algo, aunque no me apetece beber nada. Le oigo recoger sus cosas y siento que mis pies quieren ir hacia el estudio y preguntarle cosas: «¿Cómo estás?, ¿qué tal te va todo?, ¿me echas tanto de menos como yo a ti?».

Joder, no, eso no.

Vale, Gemma, vale.

—Ya estoy —me dice desde el despacho.

Cuando salgo de la cocina, está abriendo la puerta de la calle y acelero el paso para poder decirle adiós.

—Hugo…

Lleva en una mano una bolsa de tela llena de libros y papeles y con la otra se despeina el pelo, un gesto que siempre hace cuando está un poco nervioso.

—¿Qué?

—No, que…

Quiero decirle que lo siento, pero me parece absurdo en ese momento. ¿Siento ser tan imbécil?

—Que espero que te vaya todo muy bien.

Me mira decepcionado y de repente tengo ganas de llorar. ¿No lo entiendes? ¡Paula es mi mejor amiga, joder!

Me coge la mano y doy un respingo al sentir de nuevo el tacto de su piel. Me la suelta igual de rápido, pero sigo notando un cosquilleo en la piel.

—Espero que a ti también, Gemma.

Y desaparece.

De mi vista.

De mi vida.

De mis ganas de besarlo.

De mis ganas de chillarle que no se vaya.

¡Vuelve!

PAULA

Sé que Gemma lo está pasando mal, soy consciente, pero me siento muy traicionada. Tenemos confianza, o la teníamos… Somos amigas de verdad, o lo éramos… ¿Por qué ha optado por mentirme? No dejo de preguntarme cuándo empezó toda esta historia. Los dos coqueteaban en mi cara, y yo pensando que solo eran amigos. No sé qué es lo que más me molesta, la verdad, creo que son varias cosas: la mentira, la desconfianza, la tomadura de pelo.

¿Y no me dijo que estaba de cena con los compañeros del bufete? ¡Sin embargo, resulta que estaba en el concierto de Coldplay con mi hermano! ¿Se puede ser más mentirosa? ¿Eso es amistad?, ¿en serio? A mí no me lo parece. Lo único que veo es que Gemma ha jugado a dos bandas y que ha pasado de mí totalmente. Me sé de memoria toda su historia con Wilson y lo mal que lo ha pasado con él, pero resulta que lo que ha vivido con mi hermano no es lo suficientemente importante para que yo lo sepa.

¡Y es que es mi hermano! ¡Mi hermano pequeño! Que sí, que tiene veintiún años, pero no deja de ser el enano de mi casa, ese hermano al que tengo que proteger, ese hermano de cuya vida sexual prefiero no saber nada. Joder, es que no quiero ni imaginarlo. ¿Se habrán acostado? Pues seguro, Paula, que estamos en el siglo XXI, por favor.

Da igual, no quiero pensar en ese tema. Aquí lo importante es la poca confianza que me ha demostrado una de mis mejores amigas. Que Gabriela no me dijera nada también me mosquea, pero entiendo su postura, yo creo que habría hecho lo mismo en su lugar. Sin embargo, lo de Gemma… No quiero decir que no tiene perdón, pero necesito mi tiempo para que se me pase… No soy fácil en este sentido, lo sé. Ellas me conocen: al final, quedaré con Gemma, hablaremos e intentaremos buscar una solución. No me gusta la idea de verla con mi hermano, pero es su vida, claro.

Alguien llama a la puerta con fuerza y sé que es Hugo, nunca usa el timbre, porque dice que es demasiado estridente. Me pregunto si habrá venido a disculparse. Cuando abro, enseguida veo que no es esa su intención, porque entra en tromba.

—Hola a ti también, hermanito.

—Vengo a estudiar.

—¿Cómo?

Entra en el salón y se va hacia la mesa para retirar la pequeña maceta que tengo con una planta de plástico que da mucho el pego, un par de velas decorativas y un marco con una foto donde estoy con Gabriela y Gemma en una de las preciosas calas de Menorca.

—¿Qué coño haces? —le pregunto frunciendo el ceño.

—Me he quedado sin despacho en el piso de Gemma, así que vendré aquí a preparar las oposiciones.

—Sí, claro.

—Y tan claro, tengo los exámenes en nada y necesito un sitio donde estudiar. Y, como gracias a ti, Gemma me ha echado de su casa, pues te va a tocar ver mis huevos sentados en tu puta silla.

Joder, está muy muy cabreado…

Nos miramos unos segundos. Conozco muy bien a mi hermano, de algo sirve haber vivido tantos años juntos. Sé que ese Hugo que habla está dolido, muy dolido.

—Ya sé que Gemma te ha dejado…

—¿Dejado? ¿Qué cojones teníamos que dejar si no nos has dejado ni empezarlo?

Me señala con un dedo acusatorio y de repente veo la otra versión: para ellos soy una cabrona, claro.

—A ver, Hugo, Gemma es…

—Tu mejor amiga, ¿y qué? ¿Acaso es una bruja? ¿O es que soy yo quien no es suficientemente bueno para ella? ¡¿Es eso?!

—¡No, claro que no!

—¿No? Pues es lo que he pensado, y la única razón de peso que encuentro para que te comportes así. Pero ya puedes quedarte tranquila. Gemma te prefiere a ti. Por lo visto, ella también piensa como tú.

Se me rompe el corazón al escucharlo hablar así de él mismo. Mi hermano es un tipo increíble, divertido, con buen corazón y muy respetuoso… No sé por qué dice eso…

Y Gemma lo ha dejado por mí…

GABRIELA

Me suena el teléfono y me pregunto si es Bruno, pero no, es David. Miro el móvil clavada en el suelo de la calle, una señora me empuja sin querer y me disculpo en un tono muy bajo.

—¿David?

—Hola, Gabriela, ¿qué tal?

Se me para el mundo durante unos segundos, porque me viene a la mente la imagen de él junto a Marcos intentando devolverle la vida.

—Eh…

No sé si decirle «bien» o «mal». ¿Qué es lo que pensaría de mí si supiera que me acabo de acostar con otro hombre?

—Bien, bien, ¿y tú?

—Bien, he regresado de Berlín y he decidido quedarme por Madrid. ¿Nos vemos un día?

Creo que mi corazón se salta un par de latidos, porque no lo siento. ¿Vernos? ¿Vernos para qué? No quiero acabar llorando con él.

—Me gustaría saber que estás bien y cómo te va todo. ¿Has vuelto al bufete?

—No, aún no, pero no tardaré mucho en incorporarme.

—Me alegro, eso es bueno.

Noto su tono alegre y me deja bastante perpleja, porque las últimas veces estaba tan o más apagado que yo.

—También quiero explicarte que no he vuelto solo a España.

—¿Ah, no?

En lo primero que pienso es en un minino blanco de orejas diminutas, no sé por qué. Quizá porque a David siempre le han encantado los animales, sobre todo los gatitos que veía por la calle.

—No, he conocido a alguien…

A alguien…

—Se llama Clara, es española… Lleva casi un año allí. Estamos juntos y es una persona maravillosa.

—Pues… me alegro mucho por ti.

Es verdad, David llevaba mucho tiempo sin una relación estable, así que espero que le vaya muy bien.

—Ya te la presentaré, pero primero nos vemos tú y yo. Cuando puedas.

—Sí, sí, claro.

Charlamos durante un par de minutos más sobre cómo le ha ido por Berlín y sobre cómo va mi convivencia con Gemma, pero no profundizamos mucho más. Cuando cuelga, siento que respiro algo mejor. Me ha gustado saber de él, pero al mismo tiempo me ha puesto un poco nerviosa. ¿Qué le voy a explicar de mi vida? Probablemente, pensará que he pasado página demasiado rápido, como mucha gente.

Estoy yendo hacia el piso con paso lento, cuando me suena el móvil de nuevo. En esta ocasión, sí que es Bruno, pero no respondo, ahora mismo no me apetece nada hablar con él. Sé que no tiene la culpa de nada, pero se me ha revuelto el estómago con la llamada de David.

La culpa.

El dolor.

Los recuerdos.

Me pregunto qué diría Mireia en estos momentos.

«Gabriela, no tenemos un manual sobre el duelo, como no lo tenemos para educar a nuestros hijos. Sabemos que hay una serie de fases que cada persona vive de una forma muy distinta, porque afortunadamente somos así: distintos. Deja de preguntarte si puedes volver a enamorarte o no, si es pronto o tarde, si es lícito o no lo es, porque no hay una forma correcta de vivir un duelo. Lo correcto, Gabriela, es hacerlo a tu ritmo. ¿Qué quieres? ¿Qué sientes? ¿Qué te apetece? La vida es muy corta y no podemos andar desaprovechándola. Debes hacer lo que sientas ahí dentro, ni más ni menos».

Suspiro, agotada, cuando entro en casa y me apoyo en la puerta con los ojos cerrados antes de ir en busca de una buena copa de vino. O dos.

—¿Gabriela?

Abro los ojos sorprendida al oír a Paula. Detrás de ella aparece Gemma y las dos me miran preocupadas.

—¿Todo bien? —me pregunta Gemma con cautela.

—Me ha llamado David. Ha regresado de Alemania y me ha removido un poco el cuerpo.

Las dos se acercan con prisas y me abrazan envolviendo todo mi cuerpo. Bajo los párpados de nuevo y me dejo mimar por ellas. Es lo único que necesito ahora mismo.

BRUNO

He telefoneado a Gabriela y no me ha respondido, así que cuando llaman a la puerta estoy casi seguro de que es ella.

Pero no.

No puedo creer que me haya encontrado con tanta facilidad.

—¿Qué haces aquí?

—¿Venir a verte?

—¿Cómo sabes dónde vivo?

—Tenemos amigos en común, Bruno, ¿o lo has olvidado?

Txell empuja la puerta sin hacer mucho esfuerzo porque me he quedado petrificado, y entra en casa sin preguntar. Cierro sintiendo que me hierve la sangre, pero me digo a mí mismo que tengo que calmarme. No debe saber que odio que esté aquí, porque entonces no me la quitaré de encima de ninguna de las maneras. La conozco bien.

—¿No me vas a ofrecer nada de beber?

Parpadeo varias veces intentando despertar de esta pesadilla, pero no estoy soñando: Txell está en mi puto piso con un vestido negro muy ajustado y con los labios más rojos que nunca. Parece que vaya a salir de fiesta, la verdad.

—¿Qué quieres tomar?

—Lo de siempre.

Me mira fijamente y aparto la mirada. No quiero empezar con esos juegos absurdos, ya no tienen sentido.

Voy a la cocina mientras ella se dirige al salón.

—Bonito piso —me dice alzando un poco la voz y sentándose en uno de los sofás.

Cojo una cerveza fresca de la nevera y se la paso.

—¿A qué has venido?

—Ya te comenté que quería pasar una temporada por aquí.

—Y yo te comenté que no quería saber nada más de ti.

—No me lo creo.

Txell se lame los labios rojos. Un gesto que me parece patético, pero no digo nada. Lo ignoro por completo.

—En serio, tú a lo tuyo y yo a lo mío.

—¿Es que hay otra?

La pregunta me pilla un poco fuera de juego, porque por su mirada veo que sabe algo. ¿Cómo puede ser? Joder, vivir en Madrid es como vivir en un pequeño pueblo de cien habitantes. Es cierto que tenemos amigos en común, pero no sabía que fuesen tan cabrones como para ir contándole este tipo de cosas a ella.

—Creo que ninguno de los dos tiene que dar explicaciones al otro sobre ese tema. Y sobre ninguno, realmente.

—Eso lo dirás tú.

El timbre del teléfono nos interrumpe y veo que es el padre de Gabriela, así que lo cojo sin pensármelo demasiado.

—¿Hola?

Me voy a mi habitación y cierro la puerta.

—Hola, Bruno, ¿qué tal?

—Bien, ¿y tú? ¿Ocurre algo?

—Perdona, no quiero molestar, pero quería preguntarte algo sobre el caso de la empresa de Alemania.

—No me molestas, dime…

PAULA

Bueno, sí, sí, lo reconozco: quizá estaba alargando demasiado el tema y no me he puesto en el lugar de Gemma y de mi hermano. El enfado hizo que solo pensara en mí, pero hablar con Hugo ha sido un poco revelador. Ellos no han buscado gustarse y no lo han hecho para fastidiarme. Es evidente que me han mentido a la cara, eso nadie puede negarlo, pero me he preguntado qué habría hecho yo en su lugar.

Conociéndome, seguramente lo mismo o más.

Si me gustara Álex, el primito cachas de Gemma, no me cortaría un pelo. Lo sé, está feo que diga eso ahora, después del cabreo que he pillado, pero no soy perfecta y también me equivoco. Muy de vez en cuando, ¿eh?, pero me equivoco.

Así que con mi cagada bajo el brazo me he plantado en el piso de Gemma y le he pedido perdón. Ay, es tan bonita que me ha abrazado con una alegría inmensa que me ha llenado el corazoncito. Y es que la echaba de menos, por supuesto que sí. Sin Gemma y Gabriela, yo no estoy completa. Que no necesito una pareja en mi vida para ser feliz, pero a ellas dos sí.

Hemos estado charlando un buen rato sobre el tema y ella me lo ha explicado casi todo (imagino que casi todo, tampoco necesito ciertos detalles).

—Y ya no estamos juntos…

—Pero lo estaréis, porque yo ahora os doy mi bendición.

Las dos hemos estallado en carcajadas y ahí he visto lo absurdo que ha sido todo por mi parte. No sé por qué soy tan protectora con mi hermano, ¿quién mejor que Gemma como pareja?

—No sé, Paula. Tu hermano estaba muy enfadado conmigo.

—Yo diría dolido, más bien, pero si lo habláis, seguro que no podrá resistirse a tus encantos.

Gemma se sonroja, me sonríe y nos abrazamos de nuevo. ¡Ay, la quiero mucho!

Justo en ese momento oímos que se abre la puerta e imaginamos que es Gabriela, pero como no oímos nada más, nos dirigimos hacia allí.

Está apoyada en la puerta, con los ojos cerrados, agobiada. Durante unos segundos pienso en Marcos, en cómo se fue de su lado, en el dolor que debió de sentir en aquellos segundos.

—¿Gabriela?

GABRIELA

Estamos las tres sentadas en el sofá con esa copa de vino que tanto necesitaba mientras hablamos de mi charla con David. Coincidimos en que debería quedar con él cuando me vea con fuerzas, pero no me va a ser fácil.

Nos miramos con tristeza y entonces decido cambiar de tema. No quiero que mi vida vuelva a girar sobre lo mismo, los pensamientos intrusivos son muy jodidos cuando aparecen sin más.

—Bueno, ¿y puedo saber por qué Paula está aquí?

Ellas dos me sonríen abiertamente y comienzan a parlotear sobre su reconciliación. Paula admite que estaba siendo demasiado rencorosa y Gemma insiste en que ella se ha equivocado mucho con todo este tema. Pero la cuestión es que las dos vuelven a estar unidas, como siempre, y eso es lo más importante. Me encanta verlas así. Sabía que terminarían hablando, pero estaba un poco preocupada por las dos.

Paula aclara que ya no le importa que su hermano y Gemma estén juntos, pero esta no lo tiene nada claro, cree que Hugo va a mandarla a freír espárragos. Seguimos charlando, pero yo desconecto unos segundos al oír el timbre en el piso de Bruno. ¿Quién será? Puede ser cualquiera, es una pregunta bien tonta. Sin darme cuenta, en ese momento de despiste, me mancho un poco con el vino y ellas se ríen de mí porque parezco una novata bebiendo.

—Me cambio en un segundo, pavas —les digo riendo.

Llevamos ya dos copas del vino que ha traído Paula y, por lo visto, debe de tener algunos grados de más.

Me voy a la habitación y me cambio la camiseta en un segundo. Cuando voy a salir, oigo mi nombre.

—¿Gabriela?

La voz viene del balcón de Bruno, pero no es él, es de una mujer. Salgo despacio, sin saber con qué me voy a encontrar y veo a una chica con un vestido negro ajustado. Es guapa, muy guapa.

—Hola, Gabriela. Soy Txell.

La miro asombrada. ¿Cómo sabe quién soy? ¿Acaso Bruno le ha hablado de mí?

—No me mires así, tenemos conocidos comunes. Es fácil sacar según qué tipo de información.

—Ya…

No sé qué decir porque no creo que tenga nada que decirle. Ella continúa hablando sin problema:

—Sé que sabes quién soy, sé que conoces nuestra historia, así que espero que sepas que Bruno y yo estamos hechos el uno para el otro, a pesar de que él ahora esté confundido.

—Confundido… —repito, sintiendo que es todo un poco surrealista.

—Muy confundido. En nada volveremos a estar juntos, y creo, sinceramente, que lo mejor es que te dediques a sanarte. Me parece que no estás en condiciones de empezar a salir con alguien.

Aspiro todo el aire que hay a mi alrededor y siento que se me bloquea la mente. ¿Qué… acaba de decir?

—Necesitas más tiempo para asumir la muerte de tu marido. ¿Cuánto ha pasado? No hace ni un año, ¿verdad? O sea, que no debes de estar bien, y es normal. Muy normal. Lo raro sería que te sintieras con fuerzas para una nueva relación.

No sé si lo que dice es cierto, pero sí lo es que no tengo fuerzas para replicarle. Por mi cabeza pasan sus palabras como un mantra: «no estás bien», «deberías sanarte», «no hace ni un año»…

Como ve que no le digo nada, se despide con una sonrisa falsa y sus últimas palabras son letales:

—He venido para quedarme, Gabriela. Quiero que sepas que siempre consigo lo que quiero.

Cuando desaparece de mi vista, me quedo unos segundos inmóvil, esperando a que aparezca Bruno y me diga que todo ha sido producto de mi imaginación. Pero no, era Txell, y sus palabras han calado hondo en mí.

GEMMA

Estoy muy nerviosa, mucho. En parte, estoy contenta porque voy hacia el piso de Paula con sus llaves y con su «bendición», como dice ella, pero, por otra parte, temo que Hugo me rechace, lo que no me resultaría extraño, porque yo lo he apartado de mi lado sin darle tregua.

Ahora mismo está estudiando allí, lo sé porque me lo ha dicho Paula. Solo espero que no me mire con frialdad. No soportaría que lo hiciera otra vez.

Desde que se fue, no he sabido nada más de él. Solo sé por Paula que está enfadado y dolido, pero no lo conozco lo suficiente como para saber cómo va a reaccionar. Quizá lo que siente por mí no es suficiente, quizá cree que soy una cobarde, que no valgo la pena... Madre mía, seguro que piensa eso, y yo no sé qué excusa voy a poner. Algo de razón tiene: lo dejé sin pensármelo ni un segundo. No pensé en ningún momento en él. Solo en mí, en mi amistad con Paula. Debe de creer que lo que siento por él es muy débil, pero no es así.

Me gusta, mucho, tanto que me duele un poco el corazón cuando pienso que puedo perderlo para siempre.

Cabe esa posibilidad.

Cuando me planto delante de la puerta del piso de Paula, siento cómo me tiembla todo el cuerpo. ¿Debería irme? ¿Debería no dar ese paso? Si lo doy y se niega a perdonarme, ya no habrá vuelta atrás; en cambio, si no hablo con él, aún me puede quedar la esperanza. ¡Qué tontería, Gemma! ¿Desde cuándo soy así?

Abro la puerta con cuidado y entro sin hacer ruido. Como no se oye nada, por un momento dudo que esté allí, pero solo he tenido que darle una vuelta a la llave…

Paula me ha dicho que estudia en el salón, que se ha instalado en la mesa grande, así que imagino que debe de estar allí, y asomo la cabeza despacio, para que no me vea.

Ahí está. Con sus auriculares, bolígrafo en mano y escribiendo a toda velocidad.

Está muy guapo, como siempre.

De repente se vuelve hacia mí y me mira asustado.

—¡Joder! Qué puto susto, Gemma.

Pongo cara de circunstancias porque siento haberlo asustado.

—Perdona…

Se quita los auriculares y me mira fijamente.

—¿Cómo has entrado?

Le muestro las llaves de Paula. Todos las conocemos bien porque lleva colgando un osito de purpurina roja.

Se levanta de la silla y se acerca a mí con lentitud sin dejar de mirarme de esa forma tan intensa.

—¿Y a qué has venido?

—Ya lo sabes.

Hugo no es tonto, sabe por qué tengo las llaves de su hermana.

—Creo que quiero oírlo.

Cojo aire y lo suelto de golpe:

—Yo, lo siento… Siento ser una cobarde, siento no haberte tenido en cuenta y entenderé perfectamente que no quieras ni hablarme, pero…

—Pero Paula es tu mejor amiga.

Asiento con la cabeza.

—Sí, pero quizá debería haber escuchado lo que tenías que decirme.

—Sí, quizá sí.

—Lo sé, lo sé, perdona… Es que no vi otra solución.

Me mira en silencio. Creo que de un momento a otro me va a decir que me vaya, porque está muy serio.

Trago saliva, no estoy mentalizada para que me aparte de su vida.

Sin embargo, de repente siento sus labios en los míos, y creo que me voy a derretir como un helado en pleno sol, así que me agarro con rapidez a sus brazos. Él me coge por la cintura y alarga el beso un poco más, antes de separarse y apoyar su frente en la mía.

No lo veo bien, pero siento su calor, noto su aroma, percibo las vibraciones de su corazón. Es familiar, agradable, excitante, intenso…

—Gemma…

Mi nombre resbala de sus labios y aprieto los párpados. No quiero una despedida así.

—Yo… Hugo, no sé qué más decirte para que me perdones.

—No quiero más disculpas —dice en un tono tan gutural que me pone el vello de punta.

Parece que de repente estoy demasiado perceptiva a todo lo que venga de Hugo.

Una de sus manos sube por debajo de mi camiseta y me quedo sin respiración. Tengo el sofá a mi espalda y me apoyo en él para no caerme.

—Gemma, Gemma, me tienes loco.

Madre mía, madre mía…

—Pero loco de verdad.

Como siga con ese tono, me voy a desmayar aquí mismo.

Una de sus manos sube hacia mi cuello y me acerca a él para besarme de nuevo.

Joder…

Me pego a Hugo y siento todo su sexo erecto apretado contra mi estómago.

Quiero más.

Empezamos a besarnos con desespero, como si las ganas hubieran explotado de repente en un cohete lleno de besos luminosos.

Más, más…

Nos vamos quitando la ropa con prisas, sin pensar en que estamos en medio del salón, mientras nos mordemos los labios, nos lamemos y nos acariciamos con una avaricia inusual.

De repente recuerdo dónde estamos.

—¿Y si viene tu hermana?

Los dos nos miramos jadeando. Solo lleva puestos unos calzoncillos y está para comérselo cien veces seguidas. Los leones son capaces de copular unas cincuenta veces en el mismo día (algunos incluso cien), ¿podríamos hacer nosotros lo mismo?

Madre mía, me estoy volviendo loca.

—Tienes sus llaves.

—Sí, es verdad.

—Y la conozco, no vendrá…

UN TE QUIERO A DESTIEMPO

GABRIELA

Estoy en la sala de espera de la psicóloga, mirando mis dedos entrelazados. No llevo ningún anillo. Cuando Marcos murió, guardé mi anillo y el suyo en una cajita y no los he vuelto a tocar. ¿Qué pensará él de esto?

Cierro los ojos con fuerza para no llorar.

No debería hacerme ese tipo de preguntas, lo sé. Lo sé muy bien, pero no es fácil mantener la mente a raya.

Oigo que se abre la puerta y sale un chico bastante joven, al que no miro para no incomodarlo.

—Buenos días, Gabriela, ¿pasamos?

Sigo a Mireia y me siento dejando caer todo mi peso. Nos miramos y me sonríe levemente.

—¿Cómo estás?

—No muy bien.

Ella no dice nada, sé que está esperando a que yo siga hablando. Es su manera de provocar que le explique lo que siento.

—El otro día me acosté con Bruno y... y fue bien, pero... Tengo la sensación de estar haciéndolo todo mal. No sé por qué.

—Cuando dices «todo», ¿a qué te refieres?

Me detengo a pensar y pongo en orden mis pensamientos. No es todo, es verdad.

—A Bruno.

Le explico durante la siguiente hora lo que ha ocurrido estos últimos días con él, lo perdida que me siento, la llamada del hermano de Marcos y que no tengo nada claro. Las palabras de Txell me taladran la cabeza, aunque no es la primera vez que oigo este tipo de cosas. Creo que yo misma tengo esa idea en mi mente: es demasiado pronto. Pero luego me rebato a mí misma: ¿demasiado pronto?, ¿por qué?, ¿quién lo dice? Y puedo pasarme así las horas.

Mireia me escucha atenta, asintiendo con la cabeza y apuntando algo de vez en cuando. Me mira a los ojos directamente y sé que está entendiendo todo lo que le explico, de ahí que yo siga hablando sin parar. Cuando termino, suspiro aliviada, como si me hubiera quitado de encima un gran peso, pero, aun así, me siento triste.

—Gabriela, tú debes hacer lo que te dicte el corazón. Lo que opinen los demás nos da igual, ¿recuerdas?

—Sí, me sé la teoría al dedillo, pero no puedo evitar sentirme mal.

—¿Te sientes mal por lo que haces o por lo que dicen?

La miro fijamente y pienso en Bruno dentro de mí. Fue increíble y muy placentero, o sea, que me sentí genial. Pero…

—No quiero equivocarme.

Mireia me sonríe con una mirada llena de ternura y sé qué me está diciendo con eso: «Todo el mundo se equivoca, ¿quién no se equivoca? ¿Por qué está tan mal visto que uno se equivoque? Joder, de ahí aprenderemos algo».

—Tengo miedo.

—Es lógico que lo tengas, no eres una máquina.

Ahora sonrío yo, porque es algo que me he dicho a mí misma en más de una ocasión.

—Tienes miedos, sentimientos, sientes el dolor, el tuyo y el de los demás. Los humanos somos así. No podemos dejar de sentir. La cuestión es… ¿qué hacemos con todo eso?, ¿dejamos que nos domine o intentamos dominarlo nosotros? El miedo te puede ayudar a superar muchas situaciones, siempre y cuando te enfrentes a ellas; si no lo haces, te controlará y no te dejará seguir adelante. Y lo mismo pasa con el dolor.

Comprendo bien lo que dice: no quiero amar para no sufrir de nuevo. Es algo que me va a la contra, es obvio.

Cuando salgo de la consulta, me siento más ligera, pero creo que debo pensar bien qué es lo que quiero en realidad. Lo primero que decido hacer es hablar con mi padre para decirle que voy a empezar a trabajar de nuevo, ya me siento mucho más fuerte y necesito llenar esas horas en las que mi cabeza da demasiadas vueltas.

Decidida, lo llamo, aunque sé que quizá no pueda coger el teléfono.

—¿Cariño? ¿Todo bien?

Mi sonrisa se ensancha al oír su pregunta. Él y mi madre siguen bastante preocupados por mí.

—Sí, papá. Quiero volver.

—¿A trabajar?

—Si el jefe me quiere de nuevo…

—¡Claro que te quiere!

Soltamos los dos una buena carcajada. Yo, por su tono, y él, de alegría. Sabe que este es un gran paso para mí.

—¿Hoy mismo?

Sigo riendo por su pregunta, que sé que es de broma.

—Si te parece bien, empezaré mañana.

—Dios, eso es genial. Mamá se va a poner bien contenta.

Charlamos un par de minutos más y quedamos en que yo misma llamaré a mi madre más tarde para darle la noticia, ahora mismo está en la peluquería. Quiero que sepa que para mí ella también es importante en mi vida.

Cuando estoy esperando el ascensor, David me llama de nuevo y le respondo casi sin pensar.

—¿David?

—Perdona, Gabriela… Es que estoy cerca de tu casa y he pensado que si estás y te va bien…

Siento que trago una bola de algodón y que no me pasa el aire.

—No vivo allí ya —lo interrumpo.

—Ah…

Nos quedamos en silencio durante unos segundos, y cuando se abren las puertas del ascensor, salen Bruno y Txell. Lo miro a los ojos y entro sin decirle nada. Me roza la mano con los dedos, pero lo aparto con un gesto rápido, no es lo que necesito en estos momentos.

David, Txell y Bruno. Demasiadas incógnitas en una misma ecuación para mi cabeza.

—David, te doy mi nueva dirección. Pásate ahora si quieres.

Las puertas se cierran, pero me da tiempo a oír a Txell llamarle cariño a Bruno con toda la naturalidad del mundo.

Vale, acéptalo, Gabriela. Bruno está atado a esa mujer no sé por qué lazos, pero lo último que necesito es una historia rocambolesca en mi vida. Así que, cuando estoy entrando en el piso, ya he decidido que Bruno y yo no vamos a continuar con… con eso que teníamos, a pesar de que en mi cabeza le grito un te quiero.

Pero no sirve de nada, es un te quiero a destiempo.

BRUNO

Tengo ganas de gritar, pero me aguanto las ganas porque no quiero montar un numerito con Txell. No puedo con ella, pero ya me ha dicho un par de veces que tiene depresión, que se está medicando, que va a terapia y que necesita tranquilidad. Ella, sin embargo, acaba con la mía, porque ahora mismo estoy de los nervios. Pero ¿qué puedo hacer? He hablado con ella y he intentado que entienda que no vamos a volver juntos, que no podemos ser amigos y que no quiero seguir viéndola. Todo esto con buenas palabras, con sumo cuidado y tratando de ser muy suave con ella. Me ha respondido con mucha calma diciendo que no adelante acontecimientos, que ya iremos hablando.

No tengo nada más que hablar con ella, pero no sé cómo decírselo sin que se me vaya de las manos. Tengo miedo de que haga alguna tontería de las suyas.

Encima, me acabo de cruzar con Gabriela y su mirada fría me ha dejado descolocado. He intentado acariciar su mano al pasar por su lado, pero la ha retirado, no ha sido algo fortuito.

Tengo que hablar con ella, sin embargo, primero quiero aclarar las cosas con Txell, no puede entrar en mi vida de esta forma. Ayer apareció en mi casa de repente y hoy ha hecho lo mismo, pero no la he dejado entrar con la excusa de que tenía que irme.

—Cariño, ¿puedes acompañarme al piso?

—No me llames así.

—No te enfades, que te pones muy mono…

—Me voy a ver a un amigo, ya te lo he dicho. Coge un taxi.

—Que poco galante. ¿Quedamos para cenar?

La miro fijamente porque empiezo a pensar que está loca de verdad.

—Txell, en serio, no quiero seguir con todo esto…

Me mira muy seria y veo un brillo extraño en sus ojos.

—Tú mismo —me dice retándome mientras se da la vuelta para cruzar la calle.

Joder, me siento aprisionado, porque no sé cómo tratar a alguien que no actúa con lógica. Quizá debería pedirle a Gabriela el número de teléfono de su psicóloga… No es mala idea…

—¡¡¡Cuidadooo!!!

El grito agudo de una señora me pone el vello de punta. Cuando miro alrededor para ver qué ha pasado, veo a Txell en el suelo y un coche amarillo justo delante de ella.

¿Qué cojones has hecho, Txell?

PAULA

Estoy con Samuel en la esquina de la calle, justo al lado del bar donde he quedado con el imbécil ese que se cree que con dinero puede comprarlo todo.

—Ahí viene, ese es Manuel.

Mi chico asiente con la cabeza y entra detrás de él. Le he dicho que vaya con cuidado y, sobre todo, que no se líe a hostias, porque todos sabemos cómo son los tíos y cómo suelen solucionar sus cositas.

Me quedo observando por la ventana sin que me vean, aunque me muero por entrar y saber qué se están diciendo. Samuel está muy tranquilo y Manuel se mueve un poco nervioso delante de la barra del bar. Observo que mi chico no hace ningún gesto de los suyos, algo que no me sorprende, porque sé que cuando está muy concentrado (cuando follamos, por ejemplo) no tiene ningún tipo de tic.

Sale al cabo de unos quince minutos y respiro hondo cuando veo que se acerca a mí. Solo espero que el tonto ese no le haya dicho ninguna mentira sobre mí, algo de lo que ya hemos hablado Samuel y yo. Porque sí, me equivoqué al aceptar sus regalos al principio, pero nunca pensé que pudiera ser tan insistente.

—Solucionado —me dice enseguida para tranquilizarme, ya que sabe que estoy un poco nerviosa.

—¿En serio?

—Le ha quedado bastante claro.

—¿Qué le has dicho? ¿Qué ha dicho él?

—Le he dicho la verdad, que tengo algunos amigos a los que les gustaría hacerse un monedero con la piel de sus huevos.

Lo miro abriendo mucho los ojos y detengo mis pasos. Samuel me mira y se echa a reír.

—Joder, no, eso lo he sacado de Buenafuente y Berto, de *Nadie sabe nada…*

—Joder, Samuel —le digo en tono de ruego.

—A ver, pues le he dicho que, si no quiere tener serios problemas, más le vale que te deje en paz. Al principio, no me ha creído, pero le he dado algunos datos y entonces se ha puesto nervioso.

—¿Qué datos?

—Tengo un amigo *hacker*.

—¿Un *hacker* de los de verdad?

—Sí de esos que si quieren pueden entrar en el Pentágono a echar un vistazo.

—Vaya…

No sé por qué siempre me han fascinado los tipos que tienen esas mentes privilegiadas. Yo con el ordenador hago lo justito, aunque sé el gran truco de cuando nada funciona: apaga y enciende.

—Y me ha hecho el favor de indagar un poco sobre este imbécil. Como era de esperar, ha tenido relaciones con alguna menor, tenemos documentación que lo corrobora. Así que asunto resuelto. Le he dicho que todo queda bajo llave si desaparece, pero que, si te molesta o me molesta a mí, saltará todo por los aires.

—Como en las pelis, Samuel —le digo entusiasmada.

Estallamos los dos a reír porque lo parece, real que lo parece, y porque me acabo de quitar ese muerto de encima de una vez por todas.

—Te invito a comer —le digo cogiendo su brazo.

—No esperaba menos.

—Ah, y te invito también a vivir conmigo.

Ya hace días que lo pienso… Se pasa muchas noches en mi piso porque es más cómodo que el suyo y, aunque nos conocemos poco, creo que no es necesario pagar dos pisos si estamos así, de puta madre.

Samuel se para y me mira fijamente. Creo que no se lo cree.

—Lo digo en serio.

—¿En serio? —pregunta, empezando a sonreír.

—Claro, porque es que…

—¿Qué?

—Que te quiero. Sé que te quiero.

Samuel me coge en brazos y damos varias vueltas mientras reímos de nuevo los dos.

—Para, para…

—Es que yo también te quierooo…

—¿Eso es un sí a mi invitación?

—¡Por supuestooo! —grita hacia el cielo como un loco.

La gente nos mira, pero nos da igual. ¿Qué más da lo que opinen todos esos desconocidos? Nos queremos. Nos vamos a ir a vivir juntos. ¿Que es muy pronto? Sí, claro, porque lo digas tú. A ver si no vamos a poder hacer lo que nos salga de allí.

Eh, que la vida es muy cortita, que tengo una amiga que siempre me dice que aquí solo estamos un ratito.

No lo olvides.

GABRIELA

Como siempre, entro en la oficina a primera hora, cuando aún no hay nadie. Es una costumbre. No sé, me gusta estar allí un rato sin gente a mi alrededor, con ese silencio que me deja pensar bien en los casos de los clientes.

Es una especie de ritual al inicio de mi jornada laboral que pienso continuar manteniendo. He cambiado en muchos sentidos, eso está claro, pero quiero seguir siendo igual de eficiente que antes en mi trabajo.

Sé que el próximo en aparecer será mi padre y que seguidamente empezarán a llegar los demás. Hoy será un día duro, eso también lo sé. Las miradas, los comentarios, los saludos... Lo hablé con Mireia y me hizo ponerme en los zapatos de mis compañeros: ellos no saben cómo quiero que me traten, así que van a intentar hacerlo lo mejor que saben. Nadie quiere hacerme daño ni fastidiarme el día, soy yo la que tiene que cortar de raíz cualquier conversación que no me guste.

No hay más.

En ocasiones pecamos de no querer ser maleducados o de no saber decir «no», y saber decir «no» es fundamental. Algo que también he aprendido con mi psicóloga. Creo que ahora mismo no puedo vivir sin ella, aunque sé que poco a poco iremos espaciando las sesiones, hasta que llegue un día que tenga que andar sola y sin su apoyo constante.

Podré, claro que podré, porque todo lo que me dice se me queda en la cabeza, me ayuda a entender la vida de otra manera y a entenderme mejor a mí misma. Me ayuda a quererme, y con eso puedo llegar hasta donde me proponga.

—Cariño, que alegría verte aquí de nuevo —me susurra mi padre en el oído mientras me abraza bien fuerte.

Le devuelvo el abrazo, algo que hacemos pocas veces porque en mi casa no somos muy de tocarnos.

—Gracias, papá. La verdad es que tengo ganas de empezar.

—Pues nos vienes de perlas, porque Bruno no va a venir ni hoy ni mañana, creo.

Arqueo las cejas extrañada y entonces pienso en Txell. ¿Es por ella?, ¿no viene a trabajar para estar con ella?

Una extraña comezón recorre mi columna vertebral, pero intento disimular mi decepción delante de mi padre.

—Me ha pasado su agenda para que estemos al día de lo que está haciendo, no hay nada nuevo, así que no creo que tengas problema alguno.

—No, claro que no.

—Y si es necesario, lo llamas.

Estoy a punto de preguntarle el motivo de su ausencia, pero aprieto los labios para no decir nada. Prefiero no saberlo, porque si me dice que se ha tomado unos días para estar con su ex, me puede dar algo.

La ignorancia es felicidad. Y yo necesito estar centrada para poder trabajar y rendir al máximo. No quiero que mi primer día de trabajo sea un desastre por su culpa.

Cuando comienzan a llegar mis compañeros, me saludan con cordialidad, pero sin demasiadas florituras, algo que agradezco de verdad. Al cabo de un par de horas, me tomo un café con algunos de ellos y me tratan como a una más, así que me siento bien, hasta que leo un mensaje de Bruno.

Bruno

¿Puedo llamarte?

Lo leo varias veces a pesar de que solo son dos palabras.

¿Quiero hablar con él? No, creo que no.

Lo dejo en «visto», sin responder, con eso entenderá que no puede llamarme. Sé que no estoy dándole la oportunidad de explicarse, pero es que no quiero ese tipo de enredos, no quiero lidiar con una ex chiflada que sigue enamorada de él, no quiero estar en medio de una historia que no es la mía. Creo que es lo último que necesito ahora mismo, y me sabe mal ser tan borde, pero en estos momentos tengo que mimarme al máximo. No necesito que los problemas de Bruno sean los míos, porque no me siento con fuerzas para afrontarlos. ¿Sueno egoísta? Quizá, pero considero que ya he sufrido bastante y que aún no estoy bien, no estoy sanada.

Cuando salgo del trabajo, miro el teléfono y veo que no hay nada. Ha entendido mi «no respuesta». Mejor.

—¡Gabriela!

Me vuelvo al oír la voz de Paula y la veo que se acerca con Gemma del brazo.

—Eh, ¿qué hacéis aquí? —les pregunto sorprendida.

—Como era tu primer día en el cole, te hemos venido a recoger —suelta Paula entre risas.

Adoro verlas bien de nuevo.

—Es que tiene que contarnos algo y está de un pesado que te cagas —dice Gemma poniendo los ojos en blanco.

Me río, porque pienso que todo se pega: esa manera de hablar no es lo común en Gemma.

—Bueno, sí, eso también. Es que es algo brutal, os vais a mear encima.

—¿De la risa? —le pregunto animada.

—Con ella nunca se sabe —comenta Gemma riendo.

Nos metemos en uno de los bares de la zona y Paula pide vino para las tres, sin preguntar.

—Por cierto, Gemma, ¿qué tal con mi hermano? —le pregunta, pizpireta.

Está de muy muy buen humor, es evidente, eso o ha asimilado muy bien que Hugo y Gemma pueden salir juntos sin ningún tipo de problema.

Ella la mira unos segundos en silencio.

—Sin detalles, ¿no? —le dice.

—Sin detalles.

Nos reímos las tres y Gemma nos explica que se entienden a la perfección en todos los sentidos. Paula les dio un empujoncito y, por lo visto, Hugo no es nada rencoroso.

—Así pues, sois pareja —comento divertida.

—Eso parece —dice Gemma, feliz.

—Oye, ¿y qué sabemos de Wilson? —pregunta Paula, de repente más seria.

Es verdad…, hace días que no sabemos nada de este tema.

—Pues de momento nada, o sea, que él sigue a lo suyo y yo a lo mío. Como si no existiéramos el uno para el otro. Y mejor, porque me he dado cuenta de que lo que teníamos era un sinsentido…

—No estabas enamorada —le comento dudando.

—No, confundí el deseo con el amor, un error muy común. Pero ahora lo tengo clarísimo.

—¡Qué bien! —dice Paula, cogiendo la copa para que brindemos—. ¡Por nosotras!

Damos un sorbito y Gemma sigue hablando del tema:

442

—He estado buscando trabajo en otros bufetes…

—¿De veras? —le pregunto interesada—. ¿Y en el de mi padre? Están buscando a alguien que…

—Que sea experto en acoso laboral, lo sé.

Abro los ojos y espero que lo siguiente que oiga es que se lo está pensando, a mí me encantaría tenerla por allí. Además, sé que sería un buen fichaje.

—Y creo que voy a aceptar —me dice en un tono cantarín—, pero antes quería hablarlo contigo.

—¿Hablar de qué? ¡Yo estoy encantada!

Nos abrazamos por encima de la mesa y nos reímos.

—Pues yo también me alegro mucho, así te quitas de encima al muermo ese —dice Paula, uniéndose a nuestro abrazo—. Cuidado con el vino, que es del bueno.

Brindamos de nuevo y tomamos otro sorbo.

—Bueno, ¿y tu noticia? —le pregunto a Paula.

Espero que sea algo bueno…

Nos explica que ella y Samuel quedaron con Manuel, el *sugar daddy* ese.

No sabíamos nada, así que tanto Gemma como yo la escuchamos con mucha atención y, cuando termina, respiramos mucho más tranquilas. Por lo visto, Samuel ha conseguido que ese tipo la deje en paz en serio.

—Paula, es una buena noticia, pero no para mearnos encima, ¿no crees? —comenta Gemma sonriéndole.

—Lo bueno viene ahora.

—¿Hay más? —pregunto con curiosidad.

—Siempre hay más —responde arqueando las cejas varias veces.

—Vamos, canta…

—Samuel y yo vamos a vivir juntos. En mi piso. Mañana mismo se traslada.

—¡Qué dices! —exclamo alucinada.

—No, es broma... —dice Gemma sin creérselo.

—Que sí, que sí. Que se lo propuse yo, y además le dije que le quería. Él aceptó al segundo y también me dijo que me quiere.

Parpadea rápido como una actriz de cine mudo cuando está enamorada y nos mira expectante.

Gemma y yo sí que nos hemos quedado mudas.

No tengo ni idea de qué pasa por la mente de Gemma, pero en la mía veo a Paula diciendo que ella no se va a enamorar nunca, que eso del amor son historietas de los libros y de las películas, que antes de meter a alguien en casa se corta los pezones... y cosas así.

—Joder, tías, ¿en serio? ¿Ni una felicitación?

—Yo es que creo que me he meado —dice Gemma tan seria que de repente estallamos las tres en carcajadas.

Y no podemos parar.

Vale, vale, necesito respirar un poco.

—¡Enhorabuena! —le digo abrazándola de nuevo.

—¡Madre mía, Paula, que estás enamorada! —exclama Gemma, pegando su cabeza a las nuestras.

—Dios, eso parece —suelta ella riendo.

—Me alegro mucho —le comento más en serio.

—Jo, y yo, Paula...

Nos quedamos las tres abrazadas, alzando los brazos para no tirar las copas, y pienso que las quiero tanto que podría estallarme el corazón en cualquier momento.

Me alegra saber que Paula está enamorada y que Samuel y ella quieran vivir juntos.

Me alegra saber que Gemma va a comenzar su historia con Hugo, a pesar de los baches que han surgido.

Me alegra verlas felices.

Pero un pensamiento fugaz pasa por mi cabeza: ¿y tú, Gabriela?, ¿qué pasa contigo?

BRUNO

Estoy agotado, llevo toda la noche y parte del día en el hospital. Txell tiene un par de costillas rotas y conmoción cerebral. Por suerte, no ha sido mucho, porque, según el conductor, ella se lanzó sobre el coche y él apenas pudo frenar.

¿Qué le pasa a esta mujer?

Tengo ganas de coger mis cosas y largarme lejos, muy lejos de todo y de todos. Siento que no puedo con esto y que Txell me tiene atrapado por los huevos. Así tal cual. ¿Cómo voy a poder vivir sabiendo que es capaz de hacer algo así porque yo no quiero estar con ella? No sé cómo llevarlo, esa es la pura verdad, y me estoy quedando sin fuerzas. Le he escrito un mensaje a Gabriela para hablar con ella, pero ha pasado de mí completamente. No voy a insistirle más, porque yo sí sé cuándo alguien quiere estar a mi lado y cuándo no.

Justo en ese momento me suena el móvil. Es mi madre y de repente me siento como un niño de diez años que la necesita mucho, mucho.

—Mamá…

—¿Bruno? ¿Va todo bien?

—No…

—¿Qué ocurre? —pregunta, alarmada.

Se lo explico. Todo. Cuando termino de hablar, ella inspira fuerte y entonces toma las riendas.

—Deberías hablar con sus padres, Bruno. Esto no es normal.

—¿Con sus padres?

—Sí, claro, deberían saber lo que está ocurriendo. Dudo que ella les haya contado... TODO.

En ningún momento he pensado que esa fuese una solución, pero imagino que mi madre, como madre que es, lo ha visto clarísimo.

—Sí, tal vez sí.

—Yo querría saberlo, Bruno, te lo aseguro. Los padres queremos a nuestros hijos por encima de todo, y esa chica necesita algún tipo de ayuda profesional.

—Lo sé. Creo que tienes razón, debería llamarlos.

—¿Tienes su teléfono? Si no, puedo ayudarte a conseguirlo.

Sonrío por lo resolutiva que es mi madre.

—Sí, lo tengo. No te preocupes. Y gracias, mamá.

—No hay de qué. Todo se solucionará, ya lo verás. Te quiero, Bruno.

Trago saliva de la emoción.

—Y yo, mamá.

GABRIELA

Salgo de la oficina. Es viernes y algunos de mis compañeros me animan a ir a tomar una cerveza con ellos, pero no me apetece. Estoy un poco cansada; trabajar después de tanto tiempo te deja sin energía. Además, como no está Bruno, me resulta más complicado, ya que tengo que tirar de otras personas para averiguar determinada información. No he querido llamarlo ni enviarle un correo porque estoy molesta con él, y también conmigo. No entiendo qué me pasa con Bruno: ¿quiero o no quiero? Cuando lo pienso, me digo que es mejor no enredarme en toda esa historia que tiene con su ex, pero mi corazón late rápido y de añoranza cuando recuerdo sus besos o sus dedos en mi piel.

Es demasiado complicado y no necesito más complicaciones. Sí, sí, eso me lo digo cada dos por tres, pero, por lo visto, los sentimientos van a su aire.

Lo echo de menos. Llevo dos días sin saber de él, sin cruzarme con él y sin escucharlo por el piso. ¿Dónde carajo está?

Cuando entro en casa, escucho las risas de Gemma y Hugo y me hacen sonreír. Es real cuando digo que parecen la pareja perfecta. No sé, entre ellos es todo buen rollo, y eso se palpa en el ambiente. Me gusta estar con ellos.

—¡Hola, Gabriela! ¿Qué tal el día? —me pregunta Gemma nada más verme.

—Hola —me saluda Hugo con cara de felicidad.

Están los dos sentados en el sofá y me siento en el sillón, suspirando.

—Bien, aunque un poco cansada.

—¿Sí? Pues nosotros vamos a cenar fuera. ¿Te apuntas? —me dice Gemma con entusiasmo.

Sonrío negando con la cabeza. Ni me apetece ni quiero ser la que aguanta la vela.

—No, gracias. Creo que voy a servirme una buena copa de vino y me voy a relajar un poco antes de cenar.

—¿Segura? —insiste Hugo.

Me encanta que me quieran incluir en sus planes, sobre todo ahora que sé que lo único que quieren es comerse la boca el uno al otro en cualquier lugar.

—Segurísima.

Ninguno de los dos insiste más. Charlamos unos minutos antes de que se vayan, y luego yo me dirijo a la cocina y me sirvo un vino blanco bien frío.

—Tú y yo —digo, observando el líquido moverse dentro del cristal.

Me voy al balcón, me siento entre los cojines y observo el ajetreo de la ciudad mientras voy dando pequeños sorbos. Estoy tan a gusto que no me doy cuenta de que alguien se asoma al balcón de Bruno.

—Perdona, ¿me pasas uno de tus cojines?

Me vuelvo rápida hacia él. Está aquí. Es él y me está mirando con su media sonrisa.

Le paso un cojín sin decirle nada y se sienta también con una copa en la mano.

No decimos nada ninguno de los dos, pero estoy nerviosa porque quiero preguntarle mil cosas: «¿Dónde está Txell?, ¿dónde has estado?, ¿estáis juntos?, ¿sí?, ¿no?».

No debería extrañarme que lo estén, ella me dijo: «Siempre consigo lo que quiero».

449

—¿Estás cabreada conmigo? —me pregunta en un tono tan cauto que me desarma.

Lo miro fijamente y durante unos segundos me pierdo en sus ojos.

Es que me gusta demasiado…, así no se puede estar enfadada…

—Sí y no.

—Vale, estás molesta porque…

—Porque tú…

Intento ordenar las ideas en mi cabeza, pero es complicado.

—Tú has desaparecido con Txell y yo no quiero estar en medio. Entiendo que tenéis una historia importante y no quiero sufrir, ¿me explico?

Asiente con la cabeza y yo sigo hablando:

—Sé que no tenemos nada, que solo hemos coqueteado y que nos hemos acostado. Lo sé a la perfección, no soy una niña, pero empezaba a pensar que…

Me callo porque no quiero parecer tan vulnerable.

—¿Que podía haber algo serio entre los dos? —pregunta con tiento.

Nos miramos sin miedo, callados.

—Vale, soy idiota.

—¡Gabriela! No digas eso porque no es verdad.

—No soy yo la que ha desaparecido…

Es que me muero por saber qué ha pasado, no puedo evitarlo.

—Sí, tienes razón y te lo voy a explicar.

Bebo un buen trago porque lo necesito, noto que se me reseca la garganta del miedo. No sé ya si quiero saberlo.

—Txell apareció en mi piso sin previo aviso y hablé con ella muy en serio. Le dije que, aunque estuviera aquí, en Madrid, no quería saber nada de ella. Intenté hacerle entender que lo nuestro hace mucho que terminó. Pero ella seguía empeñada…

—Lo sé. Charlamos un momento aquí…

—¿Aquí?

—Sí, salió al balcón.

Bruno frunce el ceño y entonces asiente con la cabeza como si recordara algo.

—Sí, yo estaba al teléfono. ¿Qué te dijo?

—Lo mismo: que estabais hechos el uno para el otro y que me olvidara de ti. Me dijo que hace demasiado poco que soy una viuda y aún debo recuperarme.

Bruno me mira preocupado.

—Joder, Gabriela, lo siento…

—No, si no es culpa tuya…

Alzo la barbilla para no llorar, porque siento que puedo hacerlo en cualquier momento.

Bruno pasa la mano por entre los barrotes del balcón y yo hago lo mismo. Mis dedos quedan entre los suyos mientras me acaricia con el pulgar.

—Txell no está bien, nada bien. Al día siguiente volvió a venir, pero no la dejé entrar. Cuando me crucé contigo en el ascensor, yo me iba a ver a un amigo y ella a su piso. Como le dije que me dejara en paz, se lanzó a un coche que cruzaba la calle…

—¿Qué dices?

Impactada, me cubro la boca con la otra mano.

—Es su manera de conseguir las cosas. He estado con ella en el hospital. Tiene un par de costillas rotas, nada grave, pero tuvo una conmoción y la han tenido en observación. No tiene a nadie aquí y no podía dejarla sola…

—Entiendo.

Parece una película, pero por lo visto hay gente así en el mundo, gente capaz de ponerse en peligro para conseguir a alguien. Eso sí que no lo entiendo.

—Al final, he llamado a sus padres. Mi madre me aconsejó que lo hiciera, yo ni había pensado en telefonearles... Estaba un poco colapsado, la verdad. No comprendo cómo Txell ha sido capaz de hacer algo así, le podría haber pasado algo más grave...

Entrelazo mis dedos con los suyos y nos miramos con pesar. Es todo bastante fuerte.

—En cuanto les he llamado y les he explicado qué ha ocurrido, han cogido un avión. Ahora están con ella, aunque antes su padre ha querido saber todos los detalles. Se lo he explicado todo, incluso lo del bebé. Creo que Txell necesita ayuda profesional.

—Sí, yo también lo creo.

—Pues ahora ya sabes por qué no he aparecido casi por aquí. Tampoco he ido a trabajar...

—Lo sé. He estado en la oficina.

Me mira enarcando las cejas y por fin sonríe. Le devuelvo la sonrisa con sinceridad.

—¿Trabajando?

—Sí, con... nuestros casos.

—Tus casos —me replica.

—Nuestros —vuelvo a repetir en un tono cantarín.

Ensanchamos nuestra sonrisa y nos miramos con intensidad. Dejamos la copa a un lado y nos acercamos a los barrotes.

—Gabriela, comprendo que no quieras sufrir, o creo comprenderlo, pero te aseguro que lo último que quiero es hacerte daño. Lo mío con Txell es historia, imagino que sus padres se la llevarán a Barcelona y la ayudarán a recuperarse.

Asiento con la cabeza. Espero que con el tiempo se cure y acabe viendo que su forma de comportarse no es la correcta. No puedes obligar a alguien a que te quiera.

—Tampoco quiero que por mi culpa estés mal…

—No es por tu culpa…

Al contrario, con él estoy en el cielo, rodeada de estrellitas brillantes y danzarinas.

Ambos miramos nuestras manos, y seguidamente nuestros ojos se encuentran de nuevo al mismo tiempo.

—Quiero estar contigo, Gabriela.

Me muerdo el labio inferior, porque yo quiero decirle lo mismo, pero tengo miedo.

—Quiero hacerte feliz, quiero ver tu bonita sonrisa, quiero oír cómo ríes. Quiero estar a tu lado…

—Yo… yo también quiero —le digo con una seguridad que me sorprende a mí misma.

—Prometo no soltar tu mano —me dice señalando nuestras manos.

Lo miro más seria porque eso es algo que no puede prometerme, pero aprieto mis dedos entre los suyos pensando que ojalá sea así.

—Quiero besarte —le susurro con timidez.

—Yo me muero por besarte…

—¿Cinco segundos en tu puerta?

—Cuatro —me dice con la misma seriedad.

Soltamos los dos una buena carcajada mientras nos separamos con rapidez para ir a la puerta. Corro como nunca por el pasillo y salgo a buscarlo. Bruno ya está fuera esperándome.

Nos acercamos despacio, mirándonos, y lo primero que hace es buscar mi mano para seguir con nuestros dedos entrelazados.

Nuestros labios se encuentran con una parsimonia que me deshace por dentro. Cuando siento el tacto de su piel, suelto un gemido que él absorbe con un delicado beso.

—Gabriela…

—Bruno…

Nos separamos y nos sonreímos una vez más.

—¿Quieres entrar? —me pregunta juguetón.

—¿Quieres que entre? —le contesto del mismo modo.

—Y no quiero que salgas en todo el fin de semana… —susurra en mi oído, apretándome contra él.

De repente me sube toda la sangre de golpe a la cabeza y siento que me tiembla todo el cuerpo.

Dios, es que me tiene loca. Lo reconozco.

Entramos dentro, cierra la puerta y apoya mi espalda en ella. Estoy atrapada entre la madera blanca y su cuerpo.

—¿Charlamos un rato en el balcón? —me pregunta en un tono inocente.

—¿Bromeas?

—¿Es que solo me quieres para… eso?

Me río con ganas.

—Te quiero para más cosas, ya lo sabes.

—¿Qué cosas?

—Para salir a cenar, para pasear por el parque, para ver una película abrazados y para tener mucho sexo juntos.

Ahora es a él al que se le escapa una sonora carcajada y yo también me rio.

—Entonces… ¿quieres ser mi pareja?

GABRIELA

Cuando lo veo entrar por la puerta, la nostalgia recorre todo mi cuerpo, pero intento decirme a mí misma que tengo que ser fuerte, que la vida no siempre es fácil y que a nosotros dos nos une algo que jamás vamos a olvidar.

—Gabriela, ¿qué tal?

Nos damos un abrazo sincero y cariñoso.

—Bien, ¿y tú?

Se sienta frente a mí y nos miramos unos segundos. David está igual, aunque es verdad que su mirada ha cambiado. Vuelve a tener ese brillo que indica que eres feliz.

—Siento haber tardado tanto en quedar contigo, pero es que me he incorporado hace poco al bufete, y entre una cosa y otra…

—No te preocupes, yo también he andado liado. Al final, nos vamos a instalar en Móstoles.

—¿Ah, sí? Cuéntamelo todo.

Prefiero que sea él quien rompa el hielo y me explique cómo le ha ido durante todo este tiempo. Me hace un breve resumen y lo escucho con atención; me siento identificada con él en muchas de las cosas que me cuenta. Al final, hemos llegado los dos al mismo punto: estamos enamorados. Cuando termina su bonita historia, le explico la mía. Durante unos momentos, sobre todo al principio, temo que David me juzgue o incluso que le siente mal, pero una vez más me equivoco, porque ocurre todo lo contrario.

—Me alegro mucho por ti, Gabriela.

—Sí, gracias.

455

—Te mereces ser feliz, lo sabes.

—Sí, y tú también.

—Exacto. Marcos siempre estará en nuestro corazón, pero debemos seguir adelante.

Asiento con la cabeza, sonriendo, aunque tengo ganas de llorar.

Veo a David, que tiene algunos rasgos de Marcos, y tengo la impresión de que una parte de él está delante de mí. Pienso también en lo duro que ha sido para él, para sus padres, para su familia… Su muerte nos ha afectado a muchos.

—Lo amábamos de verdad —le digo en un susurro.

—Y lo seguiremos haciendo, Gabriela. Siempre.

LA BODA

Creo que en este momento no puedo ser más feliz y sonrío al espejo al observarme, llevo un vestido muy sencillo, pero me siento como una princesa. ¿Quién iba a decirme que tres años después me casaría con él? Madre mía, es que no puedo creérmelo, pero estoy feliz, radiante, excitada y mil cosas más que no sé ni cómo explicar.

También estoy nerviosa, mucho, pero mis amigas ya me han dicho que es lo normal. Una no se casa todos los días, y es que para mí una boda es algo importante de verdad. Ya sé que puedes divorciarte sin problemas, pero yo no lo veo como una opción que puedas tomarte a la ligera. Creo que es un compromiso real, una manera de decirle a la otra persona que tu amor es sincero, que deseas pasar el resto de tu vida junto a ella. No sé, creo que no se le da el valor suficiente, y por eso mismo tengo un poco de miedo. ¿Y si no funciona? ¿Y si en unos años los dos cambiamos y dejamos de querernos de este modo? ¿Y si creamos una familia y después vemos que no es lo que deseábamos? Tengo miedo de un futuro lejano que todavía está por llegar, lo sé, pero esa soy yo.

De repente se abre la puerta y aparece Paula, les he pedido unos minutos para estar sola y, por lo visto, para ella ya han sido suficientes.

—¿Estás preparada?

La miro a través del espejo y asiento con la cabeza.

—¿Nerviosa?

—Un poco —le digo sonriendo.

—No te preocupes, tu madre acaba de dar un repaso y está todo bajo control.

Bien, ella seguro que no deja nada al azar. En eso es como yo.

—Estás preciosa, lo sabes.

Nos miramos a los ojos y tengo ganas de llorar, pero unos golpes en la puerta rompen esa sensación.

—¿Puedo pasar?

Por supuesto, Gabriela no es como Paula y pide permiso antes de entrar.

GABRIELA

Cuando veo a Gemma ya preparada para su boda, me emociono, y de la emoción me quedo parada delante de la puerta. Nos miramos las tres y sé que por nuestras cabezas pasa la misma imagen: yo, tres años atrás, vestida de blanco, ilusionada…

Las dos vienen hacia mí con los brazos abiertos y nos abrazamos bien fuerte.

—Gemma, estás preciosa de verdad —le digo con sinceridad, notando un nudo en la garganta.

Sabía que llegaría este momento, que una de mis mejores amigas se casaría. Bueno, Paula… lo dudo, porque eso de que no se casará nunca lo dice muy a menudo; además, ha vuelto a las andadas de ir de flor en flor. Lo dejó con Samu, aunque siguen viéndose de vez en cuando como amigos. Creo que Paula es más feliz así, algo que me parece igual de genial que cualquier otra opción.

—Gracias, a las dos. Por estar a mi lado siempre.

—No, gracias a ti por ser como eres —le replica Paula en un tono más bajo.

—No lloréis, porque entonces no podré parar —las aviso.

Tenemos la piel de gallina y estamos las tres bastante sensibles por muchos motivos. Gemma se casa, y se casa con el hermano de Paula. Hugo nos encanta a las tres, así que eso le suma más emoción a todo. Y luego están los recuerdos de mi boda, que, queramos o no, han ido surgiendo durante los últimos días con más asiduidad.

—Os quiero, ¿os lo he dicho hoy? —nos pregunta Gemma para cambiar de tema.

—Y nosotras a ti —le respondo.

—Mucho, mucho. Cuñada.

Cuando dice esa palabra, nos echamos a reír porque nos suena muy raro. A partir de hoy van a ser familia, de la política, porque familia ya éramos las tres.

Alguien llama a la puerta y nos separamos mirándonos con los ojos brillantes de felicidad.

«Felicidad». Qué palabra tan bonita y tan complicada.

BRUNO

Cuando aparece Gabriela, la miro a los ojos directamente. He aprendido a leerlos y quiero saber cómo se encuentra. Sé que esta boda puede ser dura para ella. Es un tema que hemos hablado bastante, no somos de esos que esconden los problemas bajo la alfombra, algo que me encanta. No tenemos miedo de hablar de nuestros sentimientos, de lo que pensamos, de cómo vivimos algunas situaciones. Creo que la palabra que busco es «comunicación», tenemos una muy buena comunicación, y eso a mí me da paz. A ella también, pero a mí me da una tranquilidad que no había vivido hasta ahora. Sé que si me equivoco puedo hablarlo con ella, sé que si hay algo que no funciona lo podemos reconducir, sé que no voy a encontrarme con alguien enfadado sin saber el porqué.

—Gemma está guapísima —me dice cuando se coloca a mi lado.

—Como tú.

Me mira con una intensidad que me tiene el corazón robado. Cuando me mira así, desaparece el mundo a mi alrededor y creo que incluso pierdo un poco el sentido.

—No me mires de esa forma —le ruego.

Suelta una risilla y entonces vemos que entra Hugo en la iglesia. Por supuesto, Gemma ha querido casarse en una bonita iglesia de las afueras de Madrid y Hugo le ha dicho a todo que sí. Me recuerda un poco a mí, porque está tan loco por ella como yo por Gabriela. Se casa con solo veinticuatro años. Muchos dirán que es demasiado joven, pero ¿qué más da la edad que tengas? La cuestión es que se aman con locura.

—Qué guapo —dice Gabriela, emocionada.

—Qué cara de felicidad —comento, mirándolo.

Está radiante, como si de su cuerpo saliera algún tipo de luz.

—Ay, no quiero llorar…

Me vuelvo hacia Gabriela y mi preocupación la hace sonreír. La abrazo por la cintura y la acerco a mí.

—Te quiero, pequeña —le digo tras notar su escalofrío.

—Y yo a ti, Bruno.

Nos damos un beso suave en los labios y nos sonreímos de nuevo.

Llevamos casi tres años juntos. Creo que es la primera vez que estoy enamorado de verdad. Con Gabriela, todo es más.

GABRIELA

Siento que tengo todas las emociones a flor de piel. Ver a Hugo tan alegre me ha conmovido. Estoy segura de que él y Gemma van a ser muy felices. Él se sacó las oposiciones sin problema y trabaja en el cuerpo de bomberos del Ayuntamiento de Madrid, y Gemma está en el bufete de mi padre, que está encantado con ella porque mi mejor amiga es muy buena en lo suyo, como en todo lo que se propone.

Bruno suelta mi cintura y me coge la mano. Nos gusta ir siempre cogidos de la mano, es como nuestro punto de unión, como una manera de decirnos sin palabras lo mucho que nos queremos.

Observo sus ojos y lo veo preocupado. ¿Qué le pasa?

—¿Estás bien? —le pregunto pensativa.

Siempre hablamos de nuestros sentimientos, no sé cómo hemos llegado a este punto de confianza: es el mismo que tengo con Gemma y Paula. Bruno es mi pareja y mi mejor amigo, y de verdad que es liberador. Además, sé que es algo recíproco.

—Eh…

—Te sale esa arruguita delatora en la frente —le digo sonriendo.

Ambos nos reímos flojito, porque es real que esa arruga le sale cuando está preocupado.

—Ya lo hablamos luego.

—Uy, no, no, sabes cómo soy… Empezaré a pensar que algo va mal…

—Nada más lejos de la realidad, Gabriela.

—¿Entonces?

Un miedo extraño me atrapa, es algo que todavía sigue en mí: mi primer impulso es pensar que mi interlocutor está enfermo terminal o algo parecido.

No, Bruno no…

—Ayer estuve paseando por Gran Vía con Aleix.

Lo sé. Su mejor amigo está pasando un par de días en Madrid antes de regresar a Brasil.

—Ajá.

Lo escucho atenta porque no sé por dónde van los tiros.

—Y entré en esa tienda de las vacas colgando, ¿sabes cuál digo?

—Sí, claro. En Ale-Hop…

—¡Sí! ¡En esa!

Lo miro extrañada por su entusiasmo, porque allí suelen vender cosas que tampoco son para ponerse así…

—Pues compré algo.

—Vale…

Empiezo a preocuparme: ¿es normal todo esto?

—Vale, piensas que estoy loco.

Nos reímos un poco más fuerte y la gente de alrededor nos mira.

—¿Un poco?

—Dios, es que me está costando, porque… ¿y si me dices que no?

—¿No a qué?

—A esto.

Se saca del bolsillo una bola roja peluda con el dibujito de una casa y unas llaves colgando.

Lo pillo al segundo, claro. Y abro los ojos asombrada…

—Bruno…

—Gabriela, ¿quieres trasladar todas tus cosas a mi humilde piso?

—¿Solo mis cosas o a mí también me incluyes? —le pregunto riendo, provocando más risas entre los dos.

—Eso es un sí —afirma alegre.

—Obvio que es un sí —le confirmo, cogiendo la bola roja antes de abrazarlo con fuerza.

Tengo ganas de llorar.

Ahora, de felicidad.

PAULA

Estoy observando a Gabriela y Bruno desde aquí arriba, porque soy la madrina de la boda junto a Kai, uno de los mejores amigos de mi hermano. Lo de ser madrina no lo echamos a suertes ni nada, yo le dije a mis amigas que tenía la necesidad vital de serlo y ellas lo entendieron a la perfección. ¡Mi mejor amiga y mi hermano pequeño! Cómo no iba a ser yo la madrina de tremenda unión.

Pero vamos a lo que vamos, que me lío.

Gabriela y Bruno. Lo he visto todo. Él ha sacado algo rojo del bolsillo con unas llaves colgando y a mí el corazón ya me ha hecho palmas. ¡Le ha pedido que vivan juntos! No sé dónde, pero juntos, Dios, qué emoción. Creo que hoy no me van a quedar lágrimas, como sigamos así. Y es que Gabriela le ha dicho que sí, eso también lo he captado. Hace varios meses que se fue del piso de Gemma y se instaló en uno cercano para no irse del barrio. Gemma le insistió en que se quedara, pero, claro, Hugo se va a ir a vivir con su esposa hoy mismo y creo que a Gabriela le apetecía probar a estar sola.

Joder, cuántas cosas nos han pasado en estos últimos años.

La boda de Gabriela. La muerte de Marcos. La crudeza de la vida: a veces te crees que no puedes seguir hacia delante, pero el tiempo te acaba demostrando que eres fuerte, que puedes, que tu mente puede dominar a tu cuerpo, y que tu mente eres tú.

La mierda de relación que tenía Gemma con Wilson y, sin embargo, logró salir de ella, paso a paso. En ocasiones pensamos que podemos pasar de cero a cien en un segundo, pero no es así.

Todo tiene su proceso, sus tiempos, y debemos tener paciencia. Ahora mismo, Gemma está con un hombre increíble (no lo digo porque sea mi hermano, que también) y está a punto de casarse con él. Gemma no se casa con cualquiera…, así que más feliz no puede estar.

Os puedo contar que Samuel y yo lo dejamos, pero estamos genial; es decir, que seguimos siendo muy buenos amigos. ¿Por qué no? Parece que lo normal sea que las parejas acaben todas mal, pero algunos intentamos que eso no sea así. Él es feliz y yo también, ¿qué más queremos?

De repente suena «Someone You Loved», de Capaldi, y miramos todos hacia el fondo.

Gemma, que entra, del brazo de su padre.

Preciosa.

Busco el rostro de mi hermano: la mira con adoración y trago saliva recordando esa frase de «Cásate con alguien que te mire como te mira tu perro». Vale, vale, lo del perro queda raro, pero es así. Sus ojos brillan como nunca y yo me siento muy feliz por él.

Por él y por Gemma. Ojalá sean felices para siempre.

EPÍLOGO

GABRIELA

Estamos las tres en mi piso, muy nerviosas por Gemma porque no podemos creer que vaya a hacerse una prueba de embarazo. Lleva unos días de retraso y ella dice que tiene todos los síntomas, pero no puede ser verdad. Seguro que es un simple retraso y que todo lo demás se lo imagina.

¿No?

—Ha llegado el momento, chicas —dictamina Paula.

Hemos quedado en que, cuando acabemos nuestro refresco, Gemma se hará la prueba. Así que nos levantamos y nos dirigimos las tres al baño, donde están todas mis cosas y las de Bruno. Llevamos viviendo juntos un par de años, los mismos que lleva Gemma casada.

—¿Alguna sabe cómo va esto exactamente? —nos pregunta nerviosa.

Paula coge las instrucciones y habla con una calma que no siente.

—Déjame leerlo.

—Creo que tienes que hacer pipi ahí —le digo señalando el capuchón azul.

—Sí, durante unos cinco segundos y después le vuelves a poner el capuchón. Y entonces esperamos unos cinco minutos, aunque puede salir el resultado antes.

Gemma hace lo que le indicamos y se sienta en el váter para coger la muestra que necesita. Nosotras la observamos con atención, como si no estuviera meando, como si estuviera haciendo algo especial.

—Vale, ya está —nos dice un poco nerviosa.

Cierra el cacharro ese y lo deja en horizontal en el bidet.

—No sé si quiero saberlo —salta entonces colocándose de espaldas.

Paula estira el cuello para ver el test de embarazo, a pesar de que solo han pasado unos segundos.

—Es que si sale que sí, no sé qué coño voy a hacer… Y no sé cómo ha podido pasar.

—Antes de llover, chispea. Ya lo hemos hablado —le dice Paula con poco tacto.

—Paula… —la advierto. Gemma necesita que la apoyemos en este momento.

—Perdona, perdona. Gemma, sea lo que sea y hagas lo que hagas… nosotras, contigo a muerte.

—Qué bien escogidas esas palabras —le digo, pensando en que quizá nuestra amiga acabe abortando…

No lo tiene nada claro. Está muy confundida porque ella no quería tener críos tan pronto, y ahora… ¿Ahora qué?

—Madre mía, perdón, perdón —vuelve a decir Paula mordiéndose una uña.

—¿Ya se ve algo?

—Solo ha pasado minuto y medio —le respondo.

—A veces, con un par hay suficiente —nos informa Paula.

Yo también estiro el cuello y veo que no se ve nada en la pantallita esa.

—Chicas, sabéis cómo soy. No puedo ni matar una hormiga, y menos desde que supe que las pobres solo duermen unas horas y a ratos. ¿Qué mierda de vida es esa?

Paula y yo soltamos una risilla, porque no suele decir palabrotas y porque estamos un poco nerviosas.

—Creo que ya sale algo —dice Paula, inquieta.

—¡¿En serio?! —pregunta Gemma, sin querer volverse.

Yo doy un paso hacia el bidet y me agacho para verlo bien. «Embarazada. 1-2 semanas».

La hostia…

—¿Qué pone?

Paula hace lo mismo que yo y me mira *ipso facto*. Las dos nos mordemos el labio a la vez.

—Joder, tías, ¿¿¿qué???

Ninguna de las dos quiere hablar, creemos que para Gemma es una mala noticia.

—Deberías mirarlo tú —le digo con cierta angustia.

—La madre que os parió a las dos.

Se vuelve con brusquedad y baja la cabeza hacia el bidet como si fuese a echar toda la comida. Nosotras la miramos soprendidas y a la espera.

—Madre míaaa —gruñe Gemma.

—Joder, vas a tener un bebé.

Miro a Paula asombrada. ¿Por qué le dice eso?

—¡Sí, tías! ¡Voy a tener un bebé!

Gemma nos abraza y sigue diciendo aquello con un entusiasmo que no entiendo. ¿Qué me he perdido?

—Pero… ¿lo vas a tener? —le pregunto, insegura.

Se separa de nosotras y nos mira alternativamente varias veces.

—Pues creo que sí. Sí, a ver, ¿qué hago si no? No me veo abortando, y ese bebé… será de Hugo y mío… ¡Tías, una mini-Gemma! ¿Os lo imagináis? ¡Vas a ser tía, Paula!

Estallamos a reír porque los nervios nos pueden y porque es verdad que nos imaginamos una mini-Gemma, una niña encantadora de la que nos enamoraremos sin remedio.

—Pues una cosa os digo, ¿eh? —empiezo yo, contagiada de su alegría—. Quiero ser la madrina, así que, si este bebé tiene que tener dos madrinas, que las tenga.

—¡Eso es! —grita Paula con brío.

—Joder, qué fuerte… A ver cómo se lo digo yo ahora a Hugo. Le va a dar algo…

—Creo que le va a encantar la idea de que seáis papis —le digo con sinceridad.

Nos volvemos a abrazar las tres con cariño y colocamos nuestras manos en el vientre de nuestra amiga. De allí va a salir un nuevo ser, y yo solo espero que le vaya todo genial.

TODO.

BRUNO

Cuando llego a casa, oigo el agua de la ducha correr y me quito la ropa para ducharme con Gabriela. Me coloco una pequeña toalla en la cintura y abro despacio la puerta para llamarla. Pero algo capta mi atención: una jodida prueba de embarazo.

¿Perdona?

Me acerco de un solo paso y leo que allí pone que está embarazada de una o dos semanas.

—Joder, joder... ¿En serio?

—¿Bruno?

—Sí, sí, soy yo —le digo con la mirada fija en aquel cacharro.

¿Quiero ser padre?

Vale, hemos hablado que quizá en el futuro, que ya veremos, que no hace falta correr...

Pero ahí pone que está embarazada, ya. Ahora mismo.

¿Quiero?

Cuando conocí a Gabriela no quería enamorarme de nuevo, no quería ataduras ni responsabilidades, pero estar a su lado es lo mejor que me ha pasado. Soy mejor persona, ella me hace mejor y soy más feliz que nunca. ¿Qué más necesito saber?

—Joder, pues sí. Gabriela, lo quiero todooo.

Oigo que cierra el agua y que sale de la ducha mirándome asustada.

—¿Qué te pasa, Bruno?

—Que sí quiero.

—¿Qué quieres?

—Ya sabes...

GABRIELA

Mueve la cabeza hacia un lado, señalando algo, y entonces veo el test de Gemma. Mierda, con la emoción, se nos ha olvidado ahí. Quizá Gemma quiere conservarlo o qué se yo.

Y entonces caigo en lo que me está queriendo decir Bruno.

—¿Quieres ser papá? —le pregunto entre asombrada y asustada.

—Sí, sí, quiero tener un hijo tuyo, o sea, nuestro. Un Brunito o una pequeña Gabriela que sea igual de encantadora que tú.

—¿Desde cuándo? —digo, sin creer lo que oigo.

—Desde ahora.

—Bruno, esa prueba no es mía.

Se echa a reír pensando que estoy bromeando.

—Sí, claro. Ahora resulta que es mía.

—Es de Gemma, se ha hecho el test esta tarde. Ella y Paula han venido aquí porque yo estaba sola…

Bruno deja de reír y frunce el ceño.

—¿En serio?

—No te mentiría en algo… así.

Su mirada de decepción me sorprende de nuevo.

—Bruno, ¿qué pasa? ¿Es que quieres ser padre y yo no lo sé?

—Eh, no… No es eso. Solo que, al ver la prueba, me lo he imaginado todo en un segundo y lo he tenido clarísimo.

Sonrío porque su respuesta me gusta. Mucho. Como él.

—Pero no es tuya… —se dice más para sí mismo que para mí.

—¿Sabes? Yo también he pensado en lo del bebé. No sé, creo que estoy preparada, que tú también y que lo haremos bien.

Me vuelve a mirar con un interés renovado.

—¿En serio? —repite ahora con más alegría.

—Muy en serio, pero antes quiero preguntarte algo.

—Seré un padre responsable, implicado y muuuy cariñoso. Eso seguro.

Me río por su entusiasmo, la verdad es que no esperaba que Bruno tuviera tantas ganas de ser padre.

—Me lo creo, porque eres único —le digo, y nos abrazamos.

Noto cómo su aroma me envuelve y cierro los ojos. Adoro estar entre sus brazos.

—Pero ¿qué quieres preguntarme? —me dice, intrigado, al oído.

Creo que es el momento ideal, porque temo que su respuesta sea negativa y, así, si me dice que no, podré esconderme en su cuerpo. Hace tiempo que dejamos de hablar del tema y creo que él no le da importancia, con lo cual quizá un no por su parte sea de lo más normal. Es evidente que no es necesario, pero yo... quiero.

—Bruno...

—Dime.

—¿Quieres casarte conmigo?

Noto que su respiración se detiene y sus dedos se tensan en mi cuerpo.

—Yo sí quiero —le digo sintiéndome muy pequeña.

¿Y si me dice que no?

No he olvidado a Marcos, por supuesto que no, ni todo lo que pasó el peor día de mi vida, pero quiero construir nuevos recuerdos con Bruno y quiero casarme con él. Quiero verme vestida de blanco junto a él. Quiero celebrar con nuestras familias nuestro amor. Quiero que sepa que lo amo de todo corazón. Sé que solo es algo simbólico, que ambos sabemos lo mucho que nos queremos, pero a veces es aquello intangible lo que más te llega.

—Gabriela…, ¿acabas de pedirme si quiero casarme contigo?

Se separa de mí y me mira fijamente a los ojos. Quiero desaparecer y al mismo tiempo me muero por saber su respuesta.

—Sí… —digo con tiento.

Suelta el aire de los pulmones y respira con profundidad.

—Gabriela, eres lo más importante en mi vida.

Trago un pequeño nudo que se me ha formado en la garganta.

—Te quiero como a nadie, lo sabes.

Esas pausas me están matando.

—¿Eso es un no?

Bruno arruga las cejas exageradamente y niega con la cabeza.

—¿Un no? ¿Tú te crees que estoy chiflado?, ¿que no quiero casarme con la chica más maravillosa del mundo? ¡Claro que quiero!

Río relajada y él se ríe conmigo.

—¡Gabriela, que nos casamos!

—¡Eso parece!

—¿Y el anillo? ¿Dónde está el anillo? —pregunta bromeando.

Seguimos con las risas y nos quitamos las toallas mientras juntamos nuestros cuerpos desnudos.

—Gabriela y Bruno —dice muy serio.

—Juntos.

Nos cogemos la mano, entrelazamos nuestros dedos.

—No voy a soltar tu mano —afirma con rotundidad.

—Lo sé.

A pesar de que en el fondo sé que nadie puede prometer nada, a pesar de que sé que en cualquier momento la vida puede robarte lo que más quieres, a pesar de que sé que hay baches que parecen insuperables. A pesar de todo eso, voy a creer.

En él y en mí.

Si no, ¿qué nos queda?

Agradecimientos

El trabajo de escritor es bastante solitario, y creo que es algo necesario para poder desarrollar nuestras historias. Pero, por suerte, durante todo el proceso yo me siento acompañada por varias personas a las que quiero dar las gracias desde aquí.

Gracias a todo el equipo de Penguin Random House, en especial a Gemma y Rosa por toda su implicación en mis libros. También a Marco, a Melca, a Inma, a Cristina, a Júlia y a Alicia por toda su ayuda. En general, gracias a todos.

Gracias infinitas a Roser, Paqui y Bea por estar a mi lado como lectoras beta de mis libros. Hablamos de los personajes como si fuesen reales, nos reímos de algunas situaciones y ponemos en duda algunos sucesos para que el libro quede lo más perfecto posible. Un beso enorme, chicas.

Gracias también a toda mi familia, por su apoyo continuo, y a mis hijos, por admirar mi trabajo. Ahora mismo mi hijo Aleix ha empezado a leer mis libros y no puedo estar más feliz de ver cómo los disfruta. Os quiero a los dos, muchísimo.

Gracias a todas esas personas que me hacen entrevistas, que hacen reseñas, vídeos y comentarios varios sobre mis libros allá donde sea. Sé que es mucho trabajo y que lo hacéis con mucho cariño. Un abrazo enorme desde estas páginas.

Y finalmente, quiero darte las gracias a ti, que estás leyendo esto. Sin vosotros, los lectores, los libros no tendrían sentido. ¡Un besazo!